Jadda Grönhoff

Nachtmahr und Nebelnixe

Die Sehnsucht der Wasserflüsterin

Alles Liebe,
Jadda Grönhoff

DRACHENMOND VERLAG

Copyright © 2018 by

Drachenmond Verlag GmbH
Auf der Weide 6
50354 Hürth
http: www.drachenmond.de
E-Mail: info@drachenmond.de

Lektorat: Martina König
Korrektorat: Julia Mayer
Satz: Marlena Anders
Layout: Astrid Behrendt
Illustrationen: Jadda Grönhoff
Umschlagdesign: Marie Graßhoff
Bildmaterial: Shutterstock / Pixabay

Druck: Booksfactory

ISBN 978-3-95991-528-1
Alle Rechte vorbehalten

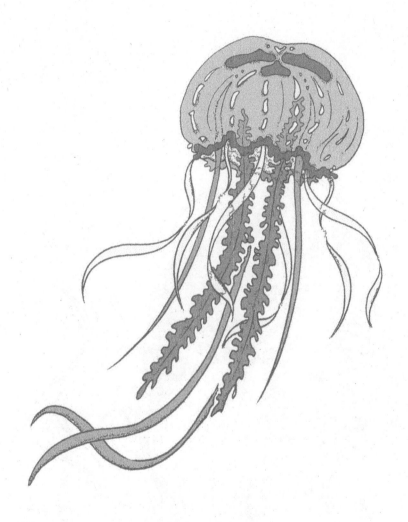

1
Wut

Gegenwart

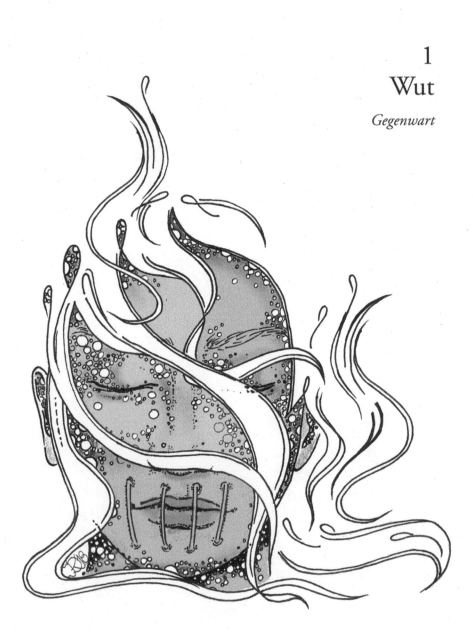

Bittersüßer Regen

Klatschnass und verzweifelt – das beschrieb meinen Zustand am besten. Meine blonden Haare klebten mir am Kopf und schmiegten sich an meinen nackten Rücken. Regentropfen sammelten sich an meinen Wimpern und ließen die Sicht verschwimmen. Mit ausgebreiteten Armen drehte ich mich in den Wind, der hier oben auf dem Flachdach des Hochhauses, in dem ich wohnte, kräftig pfiff. Unerbittlich trieb er den Regen in Wellen vor sich her und stahl dem frühen Abend durch das Grau der Regenschleier seine Farben. Abertausende winzige Stakkatos in Regenrinnen, auf Blechdächern und meinen Armen sangen mir eine Melodie, die ich liebte: Sie bestand aus dem Rauschen, das den Himmel erfüllte, dem stark gedämpften Autolärm viele, viele Stockwerke unter mir, unterlegt mit meinem sehnsüchtig klopfenden Herzschlag.

Ich streckte die Zunge raus und sog mit allen Sinnen den nassen, satten Geruch ein. Der unverwechselbare Geschmack von Pollen, die die Frühblüher in die Luft entließen, kündigte den Frühling an. Doch selbst die Aussicht auf bald wärmeres Wetter konnte meine unterschwellige Unruhe nicht verscheuchen. Etwas Bitteres überdeckte die feinen Nuancen von süßem Blütenstaub und Sand aus fernen Ländern. Typisch Großstadt – der Regen schmeckte einfach anders.

Resigniert schnaubte ich. Wem wollte ich etwas vormachen? Hier war *alles* anders als dort, wo ich herkam. Alles hatte sich geändert, wirklich jedes Detail meines erbärmlichen Lebens.

Fast schon manisch streckte ich mich den nadelspitzen Tropfen entgegen, versuchte, mich auf das Piksen und Zwacken zu konzentrieren, mit dem sie mich in Schenkel und Bauch bissen, und hob die Arme über den Kopf. Für ein paar Augenblicke schien der Wind meine stumme Bitte zu erhören. Mit aller Gewalt peitschte er das Wasser über das Dach und ließ den Regen schmerzhaft auf mich niederprasseln. Gut so.

»Mehr«, flüsterte ich, bot mich dem Wind an, überließ ihm meinen Körper. Er zerrte und zog an mir, leckte mit eiskalten Zungen über meine nackte Gestalt und schaffte es für ein paar Minuten, all die Dunkelheit aus mir herauszupusten, die in mir hauste. Je halsstarriger ich sie zu ignorieren versuchte, desto heimtückischer kam sie zurück. Jedes Mal.

Nicht nur meine Träume erschienen mir seit Tagen wieder äußerst plastisch und so intensiv, dass ich morgens glaubte, in meinen verschwitzten Laken auch *ihn* riechen zu können. Wenn ich zudem von dieser durchgedrehten, mörderischen Frau träumte, die ich nachts beobachtete, und die mir nach wie vor fremd war, glich mein Gefühlsleben am darauffolgenden Tag dem Meer – in einem Moment ruhig und friedlich, im nächsten aufbrausend und alles verschlingend. Es passierte, dass ich mitten am helllichten Tag modrigen Kellergeruch wahrnahm oder glaubte, die Menschen um mich herum beobachteten mich, als wüssten sie genau, was ich getan hatte – und dass ich nicht rein menschlich war.

»Lass mich doch endlich in Ruhe«, wisperte ich, an niemand Speziellen gewandt. Der Wind fauchte so laut, dass man mich ohnehin nicht hätte verstehen können. Lediglich zwei Silbermöwen hockten mit eingezogenem Kopf auf der niedrigen Mauer im Windschatten eines Schornsteins. Vielleicht wunderten sie sich über die nackte blonde Frau, die am frühen Abend nichts Besseres zu tun hatte, als in der Kälte im strömenden Regen herumzustehen und vor sich hin zu fluchen? Ob sie ahnten, dass ich kein normaler Mensch war?

Mit von mir gestreckten Armen begann ich mich langsam zu drehen, ließ den Wind die Richtung meiner Tanzschritte bestimmen, drehte mich und drehte mich, wirbelte wie ein Blatt durch den Sturm – und stieß mit den Knien gegen die niedrige Mauer, die das Flachdach zu allen Seiten begrenzte. Erschreckt taumelte ich vornüber, klammerte mich an ihr fest und starrte in die Tiefe. Der Gehweg und die parkenden Autos sahen von hier oben winzig aus, dabei befanden sich nur zwölf Stockwerke unter mir. Wenn ich mich einfach nach vorn fallen ließe, hätte ich es schnell hinter mir und meine traurige Existenz in der Verbannung wäre vorüber.

Für einen winzigen Augenblick pustete der Wind mir so hart in den Rücken, dass ich das Gleichgewicht zu verlieren glaubte. Adrenalin jagte mir durch den Körper. Mit einem erschreckten Keuchen fing ich mich, krallte meine Finger um die Kante der Mauer und schnappte nach Luft. Hier oben pfiff nicht nur der Sturm. Etwas Düsteres schien umherzuwabern, schwer greifbar wie ein unpassendes Gewürz im Essen. Es irritierte mich, doch jedes Mal, wenn ich mich darauf konzentrierte und glaubte, es zu fassen zu bekommen, entwischte es mir. Ich konnte sie erahnen, die Schatten zwischen den Regenschleiern – sobald ich genau hinsah, verschwanden sie. Zu wissen, dass da etwas war, das ich nicht identifizieren konnte, machte mich rasend. Schließlich glaubte ich, sanftes, höhnisches Gelächter zu vernehmen.

»Du kriegst mich nicht klein!«, schrie ich in den tosenden Wind. Er riss die Silben schneller von meinen Lippen, als ich sie aussprach. Hinter meinen Rippen hämmerte es hart in meiner Brust. Der Sturm nahm zu, drückte gegen mich und schob mich weiter und weiter auf den Abgrund zu. Erbittert hielt ich dagegen. »Du nicht!«, kreischte ich wütend auf und konnte mich bei dem Heulen selbst kaum verstehen. »Du bekommst mich nicht! Nie wieder!«

Die Worte verhallten ungehört, doch nun, da sie raus waren, ging es mir besser. Die erdrückende Finsternis, die manchmal wie etwas Lebendiges auf mich lauerte, war für den Moment fortgepustet. Erschöpft sank ich an der Brüstung auf die Knie. Ich bildete mir ein, dass auch der Wind nicht mehr ganz so hart über das Dach fegte. Trotzdem – auf noch so eine Schrecksekunde konnte ich gut verzichten. Meine Beine schienen die Konsistenz einer Qualle zu haben. Sie zitterten erbärmlich. Mein Herzschlag wummerte dröhnend in meinem Schädel und ein seltsamer Geschmack lag auf meiner Zunge. So einen Zusammenbruch hatte ich zuvor noch nie gehabt – doch bisher hatte ich es auch einigermaßen erfolgreich geschafft, die Geschehnisse von damals zu verdrängen.

Verdammt. Mich selbst konnte ich meistens hervorragend belügen – mein Körper zeigte mir zuverlässig, wie es um mich stand. Schüppchen hatten sich zwischen meine Hautzellen gemogelt und schillerten durch die Nässe in allen Farben des Regenbogens. Sie waren wunderschön und mir stiegen vor hilfloser Wut Tränen in die Augen.

Ich war eine Nixe, eine Wassernymphe, eine Undine, ein Hybrid, ein Fischmensch. Wasser war für mich lebensnotwendig, beinahe wie für Menschen die Luft.

In meiner trockenen Gestalt ging ich als einer von ihnen durch: schulterlange blonde Haare, grünblaue Augen, nicht besonders groß, nicht zu dünn, nicht zu dick. Je nach Tagesform hätte mich der eine oder andere wohl als ganz hübsch bezeichnet. Vermutlich aber nur so lange, bis meine nasse Gestalt zum Vorschein kam. Die entsetzten Blicke, sobald mir innerhalb weniger Augenblicke dünne Membranen zwischen Zehen und Fingern wuchsen, wollte ich mir nach wie vor nicht ausmalen. Von den zarten, aber äußerst kräftigen Schleierflossen an Armen und Beinen, die sich während meiner Wandlung aus meiner Haut schoben, ganz zu schweigen.

Genau dieses Phänomen musste ich im Augenblick unter Kontrolle halten, denn die Emotionen, die ich so sorgsam unter Verschluss halten wollte, suchten sich einen anderen Weg, um mir deutlich zu machen, wie aufgewühlt ich tatsächlich war. Der Drang, mich vollständig zu wandeln, wurde stärker – doch in meiner Wassergestalt auf einem Hochhausdach herumzuliegen, kam selbst meinem Verstand dermaßen dumm vor, dass er meinen Instinkt in Schach halten konnte.

Immer noch bebend hob ich eine Hand, spreizte vorsichtig die Finger und blickte prüfend zum Abendhimmel hinauf. Durch den Kontakt mit dem Regen hatte sich eine hauchdünne Membran zwischen meinen Fingern und den Zehen gebildet. Die durchscheinenden Schwimmhäute waren nicht zu leugnen.

»Kommt schon, verschwindet wieder!«, murmelte ich halbherzig. »Ich hab's verstanden, okay? Ich kümmere mich um die Sache. Ich laufe nicht mehr weg, in Ordnung?«

Selbst dort, wo meine Kiemen bei der Wandlung wuchsen, kribbelte und drückte es von innen gegen die Haut, die diese Stelle in meiner Menschenform bedeckte. Meine nasse Gestalt lockte mich. Ich wusste, dass partielle Wandlungen gefährlich waren – trotzdem genoss ein Teil von mir sie enorm.

Jetzt ist es ohnehin egal, versuchte das Stimmchen mich zu verführen. *Bilde deine Flossen aus, lass alles raus, sei endlich du selbst!*

»Still jetzt!«, zischte ich.

Ich musste mich ablenken. Missmutig blinzelte ich in den Regen, der nicht mehr annähernd so dicht fiel. Solange ich klatschnass war, würde ich es ohnehin nicht schaffen, mich auf die Wandlung zu konzentrieren.

Eine dritte Möwe landete neben den beiden anderen und so, wie sie ihre Köpfe hin und her drehten, stellte ich mir vor, dass die beiden schon anwesenden die Dritte auf Stand brachten. *Was bisher geschah …* Wie bei einer Telenovela mit mir als Hauptdarstellerin.

»Genießt das Drama«, brummte ich und presste meine Handballen gegen meine Schläfen.

Konzentrier dich, lass dich nicht von den Dämonen deiner Vergangenheit ärgern, blicke nach vorn. Und überlege dir, was du mit diesen verdammten Zetteln anfangen willst!

Leichter gedacht als getan.

Ich wischte mir die nassen Haare aus dem Gesicht und suchte mit den Augen den Boden ab. In einer Ecke zwischen Mauer und Schornstein entdeckte ich das zusammengeknüllte Papierstück, das ich vorhin aufgebracht fallen gelassen hatte. Es klebte, nass wie es war, am Boden. Doch auch ohne es aufzuheben, wusste ich, was draufstand.

STERBEN.

Es war das dritte Blatt Papier seiner Art, der dritte DIN-A5-Zettel. Weißes Kopierpapier, Laserdruck. Schwarze Großbuchstaben. Ich hatte ihn vorhin aus dem Briefkasten gefischt. Der Briefumschlag, in dem der Zettel gesteckt hatte, war in Irland abgestempelt worden. Allein das ließ meinen Blutdruck steigen.

Ich lauschte meinem dumpf schlagenden Herzen. Auf dem ersten Zettel, der vor ein paar Tagen ebenfalls mit der Post gekommen war, hatte ›ER‹ gestanden, auf dem Zweiten ›WIRD‹. Der Dritte komplettierte den Satz, der mir unablässig im Kopf herumsprang.

Er wird sterben.

»Warum können die mich nicht einfach in Ruhe lassen?«, beklagte ich mich bei meinen drei Zuhörern. Sie zogen die Köpfe ein und plusterten ihre Gefieder auf. »Ausgerechnet heute! Ich habe meine Strafe erhalten – und glaubt mir, die ist härter, als ihr euch vorstellen könnt. Wie würde es euch gehen, wenn ihr nicht mehr fliegen dürftet, hm?« Ich blinzelte den Regen aus den Augen. Meine Empörung ließ meine Stimme schrill klingen. »Wer im Namen der großen Ozeane will meinen hart erkämpften Frieden stören? Meine Tat liegt über zwei Jahre zurück, meine Existenz wird seit meiner Verbannung verleugnet! Was wollen diese Verrückten denn noch?«

Die Vögel drehten mir ihre Köpfe zu und starrten mich aus ihren dunklen Knopfaugen an. *Frag nicht so dumm, das ist doch offensichtlich!*, schienen sie mir mitzuteilen.

Ich schnaubte. »Sie haben mir versprochen, dass nur ich ganz allein für meine Tat büßen muss! Niemand sonst! Das wäre nicht fair!« Aufgebracht sprang ich auf, schnappte mir den durchweichten Zettel und hielt ihn meinem Publikum hin, ehe ich ihn wieder zusammenknüllte. »Was soll das nur?«

In mir brodelte es. Es musste ein schlechter Scherz sein, um mich einzuschüchtern und mir mein erbärmliches Dasein ein wenig trostloser erscheinen zu lassen. Irgendein blöder Scherzkeks, der wusste, was für ein Datum heute war, eines, an dem ich mich verletzlicher als sonst fühlte. Ich knirschte vor Wut mit den Zähnen. Jemand hatte genau auf diesen Tag hingearbeitet.

Mit zusammengepressten Lippen blinzelte ich gegen den Regen und neue Tränen an und verdrängte die Gedanken an meine rachsüchtige Sippe, so gut es ging. Ausgerechnet an diesem Tag sollte ich feiern und den Leuten, die mir das Leben schwer machen wollten, breit ins Gesicht lachen, provozierend, laut und selbstbewusst! Ich war am Leben und würde mich niemals mehr absurden Regeln unterwerfen. Ein paar Zettelchen würden mich nicht aufschrecken – erst recht nicht an meinem Geburtstag.

Ich sah zu den Vögeln hin. »Ich lade euch ein, ihr Stimmungskanonen. Zweiundzwanzig ist doch eine schöne Zahl. Wird bestimmt eine grandiose Feier.«

Etwas resigniert blinzelte ich in den Regen, der wieder härter auf meinen Körper hämmerte. Die Möwen saßen nach wie vor mit stoischer Ruhe auf demselben Stückchen Mauer. Hätte ich die innere Haltung dieser Vögel, die alles über sich ergehen ließen, hätte ich mir vermutlich vieles erspart.

Mit einem schweren Seufzen ließ ich mich auf den Rücken fallen und gab mich damit zufrieden, mich von den Regentropfen streicheln zu lassen. Sie platschten mir ins Gesicht, trommelten zart auf Brüste, Bauch und Beine und kitzelten mich, sobald sie seitlich an mir hinabliefen. Solch einen Wolkenbruch hatte ich seit Wochen vermisst.

»Bei allen Najaden, ich bin so erbärmlich. Ich sollte mich einfach trauen, ins Wasser zu gehen, heute, hier und jetzt. Und wenn es der nächste Alsterkanal ist!«, teilte ich dem Wind mit, der das Gefieder meiner Zuhörer ordentlich zerzauste, obwohl sie windgeschützt saßen.

Ich schnaubte matt. Sosehr mich die Vorstellung an kühles Nass auch lockte, wäre es unsagbar leichtsinnig gewesen, dem Drang nachzugeben. Mein Leben, oder das, was davon übrig geblieben war, war eben ... kompliziert. Trotz konnte ich mir nicht leisten.

Das fröhliche Piepen meines Handys, das immer lauter wurde, riss mich aus den Gedanken. Die Melodie klang viel zu unbeschwert für meine Stimmung.

Seufzend stand ich auf, streckte mich im prasselnden Regen und genoss die nadelspitzen Liebkosungen der Tröpfchen, die vom Wind gegen meinen Körper gepeitscht wurden. Es waren keine zärtlichen Berührungen, doch sie passten zu meiner Laune. Ich legte den Kopf in den Nacken, wand mich in die Richtung, aus der der Regen kam, hob die Arme und spürte für eine paar Atemzüge den feinen Stichen der kalten Tropfen nach. Das Gefühl, wie sie über meine Schenkel peitschten und in meine Brustwarzen bissen, mochte ich sehr. Doch der Regen war nur ein Geliebter, der mich zwar reizte, aber nicht befriedigen würde. Ich brauchte mehr, mehr von dieser nassen Kälte, mehr Wasser, Kubikmeter davon, in die ich mich werfen und in denen ich mich verlieren durfte. Und das konnte ich mir abschminken.

Frustriert seufzte ich, sog ein letztes Mal die nasse Luft ein, erschauerte im kalten Wind und blinzelte irritiert. Etwas hatte sich verändert. War es das Licht? Hatte der Regen noch weiter nachgelassen? Vorsichtig kostete ich das Wasser, doch das Bittere, das ich Minuten zuvor noch geschmeckt hatte, war verschwunden. Ich war einfach nur überreizt, versuchte ich mich zu beruhigen. Das Dunkle, das ich nicht zu fassen bekommen hatte, war weg. Ich hatte mich einfach nur ein wenig zu sehr aufgeregt und sah überall Gespenster.

Meine drei Zuschauer wirkten gleichbleibend unbeeindruckt. Sie hatten die Köpfe mittlerweile so weit eingezogen, dass sie seltsam untersetzt und etwas missmutig wirkten.

»Danke für eure Gesellschaft!«, rief ich ihnen zu und deutete einen Knicks an. Es kam erwartungsgemäß keine Reaktion. »Sagt nicht weiter, dass hier im Haus eine durchgeknallte Nixe wohnt, in Ordnung?«

Eine der Möwen trippelte zwei winzige Schritte zur Seite. Was auch immer das heißen mochte.

Ich schnappte mir die Plastiktüte, in die ich mein Handy gestopft hatte, um es vor der Nässe zu schützen, und trat auf die windabgewandte Seite des Fahrstuhlwartungshäuschens. Augenblicklich ließ das Prickeln des Regens nach. Beim Blick aufs Display atmete ich erleichtert auf, öffnete die Tür zum Treppenhaus und zwängte mich durch die schmale Wartungstür des Fahrstuhlaufbaus. Bei dem Wind hätte ich sonst kein Wort verstanden.

»Leena!« Die Stimme meiner Freundin klang aufgedreht, als ich das Gespräch annahm. »Ich weiß ja, dass du etwas lahm bist, wenn du beim Regentropfenzählen unterbrochen wirst, aber mich über eine Minute warten zu lassen? Jeder andere hätte aufgelegt!«

Ich lächelte. »Heute darf ich das.«

Tilly schnaubte zustimmend. »Na schön. Bist du bei dir zu Hause auf dem Dach?«

»Ganz genau.« Ich gab mir Mühe, mir meine Unruhe nicht anmerken zu lassen. Mein Herz schlug immer noch wild vor Aufregung. Wem wollte ich etwas vormachen? Dieses eine, letzte Zettelchen hatte mich in Aufruhr versetzt.

»Perfekt, ich hol dich da oben ab. Ich altes Weib kann mal wieder ein bisschen Treppensteigen vertragen.«

Ich rollte mit den Augen. Tilly war gerade mal fünf Jahre älter als ich. »Tu, was du nicht lassen kannst. Es gibt immerhin einen Fahrstuhl.« Ich lauschte auf ihr unverständliches Brummen.

In den letzten zweieinhalb Jahren war sie meine beste Freundin geworden. Viel mehr als das, schließlich hatte sie mir mein Leben gerettet. Sie war das genaue Gegenteil von mir, mit dem Element des

Feuers verbunden wie ich mit dem Wasser, und vielleicht zog uns das so an.

»In einer knappen Stunde bin ich da. Hab gleich Übergabe und dann eile ich zu dir, Wasserfee«, flötete sie und legte auf.

Ich steckte das Handy in die Tasche meiner Jacke, die ich hier im Trockenen neben einem Handtuch und meinen restlichen Klamotten deponiert hatte. Ich trocknete mich ab, zog mich an und schob die Tür nach draußen einen Spaltbreit auf. Der Regen hatte nur unwesentlich nachgelassen.

Hier auf dem Dach gab es einen winzigen Fleck, der überdacht war: Zwischen dem Schornstein, der Kabellage des Fahrstuhls sowie dem schmalen Treppenaufgang hatte irgendjemand, der hier vor mir gewohnt haben mochte, ein Stück Wellblech zwischen diesen drei Mauern angebracht. Es war schief und sah definitiv schrottreif aus, doch es bildete das Dach zu einem wundervollen Eckchen. Mit angezogenen Beinen war es problemlos möglich, dort zu zweit zu sitzen.

Mit großen Schritten rannte ich einmal um die Aufbauten herum, fluchte diesmal auf den Regen, weil ich das Gefühl von nasser Kleidung auf der Haut widerwärtig fand, und rettete mich mit einem Satz in den kleinen Unterschlupf. Der Wolkenbruch war durch das Prasseln auf dem Blech hier viel lauter, geradezu ohrenbetäubend.

»Kommt rüber, hier ist noch Platz!«, rief ich den Möwen zu und war verblüfft, als eine von ihnen tatsächlich die Flügel spreizte, in meine Richtung sah und schließlich schwankend davonflog – natürlich nicht zu mir. »Du hättest deinen Logenplatz gar nicht verlassen müssen«, gab ich leise von mir und legte die Arme um die Knie. »Meine Geschichte ist noch nicht vorbei.«

Die zwei übrig gebliebenen Vögel ruckten mit ihren Köpfen zu mir herum.

»Ich habe Unaussprechliches getan, wisst ihr?«

So unaussprechlich, dass ich es niemandem erzählt hatte und es mir sogar schwerfiel, meinen geduldigen Zuhörern davon zu berichten. Wie albern.

»Ich bin dafür verurteilt worden. Und deshalb verstehe ich nicht …!« Aufgebracht tastete ich nach dem nassen Papierfetzen, der mit meinem Handy in der Jackentasche verschwunden war. »Ich habe mich in einen

Menschen verliebt«, wisperte ich und spürte, wie sich meine Kehle verengte. »Einen Menschen! Ihr wisst schon, diese schweinchenfarbenen Wesen, die sich von euren Kumpels die Sandwiches direkt aus der Hand klauen lassen!« Mein Seufzen klang schwer. Das Bild von warm leuchtenden, grünen Augen stieg in mir auf. »Außerdem habe ich getötet«, krächzte ich. In meinem Körper herrschte Aufruhr, als ich hinzufügte: »Und ich würde es wieder tun.«

Meine dramatische Pause war nicht gespielt – doch sie ließ mein Publikum kalt. Lediglich der Regen war zu vernehmen – dann flog eine zweite Möwe einfach weg.

Ernüchtert lehnte ich den Kopf an die Backsteinmauer hinter mir und schloss die Augen. Das glockenhelle Lachen von Wassernymphen, die liebliche Stille tief am Grunde eines Sees. Der sanfte Atem meines Liebsten an meinem Ohr. All das waren Geräusche meiner Vergangenheit, versuchte ich mir klarzumachen, ebenso das hasserfüllte Röcheln des Mannes, den ich getötet hatte.

Die Tränen, die unter meinen geschlossenen Lidern durchsickerten, verrieten, dass ich noch lange nicht damit abgeschlossen hatte. Ich konnte einfach nicht – erst recht nicht, wenn mich Zettelchen wie die aus den Briefen verhöhnten. Hatte ich damals etwas übersehen? Irgendeinen Hinweis?

2
Rebellion

Zwei Jahre zuvor

Ersehntes Mass

»Ich nehme diese Bücher mit, Ma!«, zischte ich meine Mutter gereizt an, als sie mich skeptisch dabei beobachtete, wie ich meinen tonnenschweren Koffer die Treppe in unserem Haus hinunterschleppte. »Dermaßen viel Stoff zu verpassen, kann ich mir nicht leisten!« Ich hatte begonnen, Chemie zu studieren, und liebte die Geheimnisse der Moleküle, die sich Woche um Woche vor mir entfalteten. Schnaufend erreichte ich schließlich den eine Etage tiefer gelegenen Flur und starrte sie herausfordernd an. »Du hast mir einen einzigen Koffer für die Reise erlaubt, aber was ich da reinstopfe, ist meine Sache. Und wehe, du holst nur eines meiner Lehrbücher da raus!«

Ganz die vornehme Nixe, die sie so gern sein wollte, warf meine Mutter den Zopf ihrer rotblonden Haare über die Schulter und musterte mich mit eisigem Blick. »Ich erwarte, dass du zu jeder gesellschaftlichen Veranstaltung anwesend sein wirst. Korrekt gekleidet und mit vorzüglichen Manieren, versteht sich, Leena. Ich hoffe für dich, dass du das beim Packen berücksichtigt hast.«

»Natürlich.« Hatte ich nicht. Wenn es nach ihr gegangen wäre, hätte ich kiloweise Schmuck und Kleider mitgenommen. Ich fand meine überschaubare Auswahl mehr als ausreichend. »Aber über den Rest meiner Zeit darf ich selbst bestimmen? Ich bin keine zwölf mehr!«

»Dann benimm dich nicht so!«, versetzte sie und zupfte ein verwelktes Blatt aus ihrem Haar, das beim nachmittäglichen Schwimmen im nahe gelegenen See darin hängen geblieben war. Wie etwas Giftiges schnippte sie es weg und seufzte übertrieben, als hätte diese winzige

Auseinandersetzung sie bereits erschöpft. »Leena, tu es für die Familie. Mach uns bei dem Treffen keine Schande, versprochen?«

Dieser sanfte, bittende Tonfall ließ meine bissige Antwort auf der Zunge verkümmern. Ich verkniff mir meinen höhnischen Kommentar zum Thema *für die Familie* und nickte knapp. »Wird schon schiefgehen. Zur Not kannst du ja deine zwei jüngeren Töchter gesellschaftlich günstig verschachern.«

Ich lauschte dem Hupen des Wagens, der nun, am späten Abend, all diejenigen einsammelte, die ein paar Tage früher aufbrechen und den ganzen Weg zum großen Treffen meiner Artgenossen schwimmen würden. Natürlich registrierte ich das erstickte, wütende Gemurmel, mit dem meine Mutter sich bei meinem hinzugekommenen Stiefvater über mich beschwerte.

Manchmal konnte ich das diffuse Sehnen nach einem anderen Leben so wild durch meine Adern pulsieren fühlen, dass ich mich am liebsten in der stürmischen Brandung der aufgepeitschten See aufgelöst hätte – nur damit sich jedes Teilchen meines Seins neu und unbelastet von den Zwängen meiner Nixenwelt wieder hätte zusammensetzen können.

»Ich benehme mich, okay?«, versuchte ich, die Schärfe meiner letzten Worte etwas abzumildern. »Ich blamiere dich nicht, versprochen.«

Sie sah mich aufgebracht an. Hätte ihr Mann ihr nicht beschwichtigend eine Hand auf den Rücken gelegt, wäre sie explodiert. Wir waren uns ähnlicher, als ihr lieb war, und meine rebellische Ader schien für sie wie ein Spiegelbild zu sein, das sie nicht sehen wollte.

Unter den Wassermenschen galt mein etwas störrisches und aufbrausendes Temperament als unschicklich für ein Weibchen meiner Art. Ich war weit nach meinem Verfallsdatum noch unverbunden – ein Skandal, der meiner Mutter Nächte an Schlaf raubte – und so kam ich auch nicht der Bestimmung nach, die wir Nixen zu erfüllen hatten: Eigentlich waren wir weiblichen Wassermenschen zu nichts anderem gut, als für den Fortbestand unserer Art zu sorgen, sofern wir nicht ein besonderes Talent zeigten, das uns zu anderen Diensten an unserer Gesellschaft befähigte.

Mein besonderes Talent schien die Fähigkeit zu sein, überall anzuecken. Also blieb mir nur, meine Gebärmutter sinnvoll einzusetzen –

und selbst an dieser Eignung zweifelte man stark, immerhin hatte ich einen menschlichen Vater.

Ich war die personifizierte Mahnung dessen, dass auch meine Mutter es mit dem Gebot, sich von Menschen fernzuhalten, nicht immer ganz genau genommen hatte.

Böse Zungen behaupteten, mein Vater sei ein armer Tor gewesen, den meine Mutter verführt hatte, doch ich wusste es besser. Sie hatten sich geliebt, für eine Weile, dann war ihnen das reale, harte Leben zwischen zwei Welten dazwischengekommen. Schließlich hatte meine Mutter ihn verlassen und war mit einem Kleinkind – kaum größer als ein Lachs – aus seinem Leben verschwunden.

Sie hatte mir nie seinen Namen verraten, mir keinen Hinweis auf seine Identität gegeben. Ich hatte irgendwann aufgehört, mich deswegen mit ihr zu streiten. Sie wusste, was ich von ihrem hartnäckigen Schweigen hielt, und ich wiederum wusste, dass sie mindestens so stur war wie ich selbst. Vielleicht erbarmte sie sich eines Tages …

Seit damals war sie darauf bedacht, ihr gesamtes Dasein am Wohle der Wassermenschen auszurichten, die Traditionen hochzuhalten und mich und meine kleinen Schwestern mit allen Bräuchen und Ritualen zu triezen, die es in unserer Gesellschaft der Nixen zu beachten galt.

»Das will ich auch hoffen«, antwortete meine Mutter verspätet, als sie sich wieder unter Kontrolle hatte. »Vergiss nicht, dass du zum Wasservolk gehörst und nicht zu … den anderen.

Ich hob eine Augenbraue. »Sag es schon!«, zischte ich auffordernd. »Schimpf auf den genetischen Einfluss meines Erzeugers, nenn mich ein Erdblut!«

Das war die Beleidigung, die mir mehr als einmal hinterhergemurmelt worden war. So nannten die Nixen abfällig jene, die nicht von den nassen Wesen abstammten. Dass die Wasserbewohner trotzdem sehr eng mit den Menschen verwandt sein mussten, um sich miteinander fortpflanzen zu können, wurde schlichtweg ignoriert.

»Mialeena!«, fauchte meine Mutter aufgebracht. »Du bist meine Tochter und ich verlange …« Ihr Brustkorb hob und senkte sich hektisch, ehe sie sich sichtlich zusammenriss. »Mögen die Strömungen mit dir sein!«, gab sie schließlich unseren traditionellen Gruß mit vor Wut vibrierender Stimme von sich und lächelte etwas gequält. Auf mich wirkte es wie ein Zähnefletschen. »Bis in ein paar Tagen, Tochter. Würdige das Schwimmen als das, was es ist: eine innere Reise zu dem, was dich ausmacht. Pass auf dich auf.«

Ich musste mir auf die Zunge beißen, um sie nicht darauf hinzuweisen, dass diese mystische und zutiefst spirituelle Reise, nämlich die ganze Strecke nach Irland aus eigener Kraft zu schwimmen, für mich nur ein Weg war, um dem Zugriff meiner Familie wenigstens noch für ein paar Tage zu entkommen. Die Vorstellung, sie gut zwei Wochen lang um mich herum zu haben und jedes Augenrollen kommentiert zu bekommen, machte mich nervös. Das konnte einfach nicht gut gehen.

Abgesehen davon aber liebte ich das stundenlange Schwimmen. In diesem Punkt hatte sie recht: Niemals sonst war ich so sehr bei mir wie in den Momenten, in denen ich die blaugrünen Weiten des Meeres vor, hinter, über und unter mir spürte.

Ich winkte meiner Mutter und ihrem Mann kurz zu, umarmte meine jüngeren Schwestern Lia und Nora, die wie aus dem Nichts aus der Küche auf mich zugeschossen kamen, und stapfte anschließend zum Wagen. Schweigend ließ ich mich die paar Kilometer zu unserem Treffpunkt bringen.

Niemand, den ich kannte, war Teil der Gruppe, die sich hier in den späten Abendstunden traf. Mein Stiefvater hatte sich am Bein verletzt und konnte derzeit nicht schwimmen, was seiner Laune naturgemäß nicht zuträglich war. Meine Mutter setzte dieses Mal wieder aus, weil meine kleinen Schwestern diese weite Strecke noch nicht schwimmen durften. Zu groß war die Gefahr, vor Erschöpfung Schäden davonzutragen oder gar durch einen Unfall zu sterben. Gerade uns jungen, weiblichen Nixen war das Langstreckenschwimmen verboten, schließlich waren wir potenziell wertvoll – oder zumindest unsere Fortpflanzungsorgane. Was hatte ich den Tag meiner Volljährigkeit gefeiert.

Wie alle zwei Jahre hatte meine Mutter ein großes Drama darum gemacht, ob sie meine Schwestern mit einer der gebrechlichen Tanten reisen lassen sollte, um selbst in den Genuss des ach so ehrenvollen Schwimmens zu kommen. Doch wie jedes Jahr entschied sie sich im Sinne der liebevollen Brutpflege dagegen.

Ich schnaubte giftig. Sie beneidete mich um das Schwimmen, das sie mir nicht mehr hatte verbieten können – ein Grund mehr, es in vollen Zügen zu genießen.

Der Anlass ließ mich jedoch nicht unbedingt in Jubel ausbrechen. Die großen Versammlungen der Wasserleute waren eine Mischung aus Familientreffen, Heiratsmarkt und politischen Gipfeltreffen. Umweltaspekte sowie Einflussnahmemöglichkeiten wurden von unseren Herrschern und ihren Räten diskutiert, während das gemeine Volk sich anderweitig vergnügte. Ich hatte diese Treffen schon als Kind wie einen brodelnden Sumpf aus Klatsch und Tratsch empfunden.

In diesem Jahr fand das *Deóndac* an der Ostküste Irlands statt. Die Herrschersitze der Norddynastie verteilten sich an den Küsten von Atlantik, Nord- und Ostsee. Reihum wurde gewechselt, um jeden Ort nach Möglichkeit nur einmal innerhalb einer Menschengeneration aufzusuchen. Wir trafen uns, je nach Mondphase, etwa alle zwei Jahre. Es musste finsterste Nacht zu Beginn der Versammlung sein, denn je dunkler es war, desto geringer war die Chance, gesehen zu werden. Es gab ein paar Märchen, die darauf hindeuteten, dass wir Fluss- und Meeresmenschen zumindest in der Sagenwelt derjenigen Küstenbewohner existierten, in deren Nähe wir unsere *Deóndacs* abhielten. Man munkelte sogar, dass einige tatsächlich von unserer Existenz wussten und uns als gute Geister bezeichneten, aber überprüfen wollte keiner diese Gerüchte. Also sorgten wir dafür, dass niemand sich wundern musste, warum während unserer Treffen ständig abends und nachts vermeintliche Menschen aus Richtung Meer spaziert kamen.

Um einige Versammlungen in den Vorjahren hatte ich mich drücken können, doch mit einer fast zwanzigjährigen, unverheirateten Nymphe verstand meine Mutter keinen Spaß mehr. Egal wie oft ich beteuerte, dass ich unmöglich mitten im Semester fast vier Wochen fehlen durfte, wurde ich dazu verdonnert, mitzukommen. Was mich zu nachtschlafender Zeit an dieses Gewässer brachte.

Wir würden zu zwölft schwimmen, ein Paar fehlte noch. In der Ferne waren Motorengeräusche zu vernehmen, leise Stimmen wehten zu uns herüber. Die Nachzügler waren angekommen.

Die letzten paar Meter würden auch sie zu Fuß gehen müssen. Immerhin war das hier Naturschutzgebiet. Wir alle hatten uns durch die feuchten Wiesen gekämpft. Der Untergrund nahe dem Ufer, an dem wir auf die beiden warteten, war gerade so fest, dass ich nicht einsank. Trotzdem verlagerte ich mein Gewicht immer wieder, allein um das nachgiebige Federn und das leise Schmatzen des Bodens unter meinen Füßen zu spüren. Schilf wuchs schulterhoch um uns herum, Pappeln und Birken senkten ein paar Meter weiter uferaufwärts ihre Kronen in Richtung Wasser. Wir waren gut getarnt, denn man konnte einfach nicht vorsichtig genug sein.

Der Weg, den wir nehmen würden, war nicht ohne Risiken: Der Aland mündete in der Elbe, diese hinunter, über die Nordsee, durch den Ärmelkanal bis in die Irische See.

Ich hatte mich akribisch vorbereitet. Schon seit Wochen hatte ich Großwetterlagen beobachtet, mir Vergleichsdaten der vergangenen Jahre besorgt und war bestens informiert über Strömungen, Temperaturen, Fährlinien und die Beschaffenheit des Meeresbodens. Außerdem hatte ich mir wundervollen Hüft- und Bauchspeck angefuttert und fast zwei Kleidergrößen zugelegt – und das mit voller Absicht. Wer sich in den Monaten vor einer Versammlung keine Reserven angefressen hatte, um die lange Strecke durchstehen zu können, musste eines der menschlichen Verkehrsmittel benutzen. Das war in der Gemeinschaft verpönt. Wahre Nixen, die etwas auf sich hielten, schwammen zu solchen Anlässen. Punkt. Auch ein Grund, warum meine Mutter mir das Schwimmen neidete.

Als die beiden letzten Mitschwimmer angekommen waren, begannen wir synchron mit unseren Wandlungen. Der abnehmende Mond spendete mattes Licht und würde in ein paar Tagen, zu Beginn unserer Versammlung, verschwunden sein. Hier und da konnte ich das Glitzern und Schillern von Schuppen erhaschen. Über all dem Geraschel von Kleidung und trockenen Schüppchen lag vor allem eines: eine freudige Erwartung.

In Windeseile warf ich meine Klamotten von mir, bis ich splitterfasernackt in der kühlen Nachtluft stand. Wir hatten Anfang September, doch die Temperaturen waren gnädig mit uns. Prüfend kontrollierte ich die wachsenden Membranen zwischen den Fingern und meinen Zehen. Der lila und grüne Schimmer, der über meine Haut lief wie Polarlichter, verriet mir, dass meine Wandlung auf Hochtouren lief. Ich hätte mich am liebsten an einer der knorrigen Weiden gescheuert, so sehr juckte und kribbelte meine Haut, als sie sich zu feinen Schüppchen umbildete. Wie in Zeitlupe tauschten Haut und Fischschuppen die Plätze: Meine Haut wurde immer durchscheinender, bis die gewellte Schuppenstruktur sichtbar war. Glücklich strich ich über silbrig glänzende Schuppen, die nach ein paar konzentrierten Atemzügen die Rundungen meiner Hüften, meiner Schultern, Teile des Rückens und den Po bedeckten. Helle lila Plättchen prangten, wie ich wusste, auf Stirn, Nase und Kinn und schimmerten auf Brüsten, Bauch, Scham und den Beininnenseiten in einem dunkleren Blaulila.

Die ersten Minuten waren etwas, das ich immer bis zum nächsten Schwimmen verdrängte. Nicht ganz Mensch, nicht ganz Nixe, taumelte ich zwischen dem unsinnigen Impuls, Luft in meine Lunge zu pumpen, und dem Wissen, dass ich Wasser einatmen würde und deswegen meine Kiemen benutzen musste, hin und her.

Auch dieses Mal traf es mich wie ein Schlag – ein Schlag eines äußerst dominanten Liebhabers. Der Fluss unterwarf mich, versuchte mit seiner Kälte und Schwärze jeder Zelle meines Körpers Herr zu werden und machte mir deutlich, dass ich nicht mehr wert war als jeder andere Fisch, jeder Frosch, jedes Lebewesen im Wasser.

Also lauschte ich ihm, testete meine gewandelten Stimmlippen und gab ein paar Schallwellen ab. Dadurch nahm ich die Ausmaße des Gewässers in mir auf, zog Informationen über Untiefen und etwaige Strömungen, horchte mit meinen allmählich erstarkenden Unterwassersinnen nach größeren Raubfischen und paddelte aus dem recht flachen Uferbereich in tiefere Gefilde.

Eiskaltes Wasser gluckerte durch meine Kiemen, kitzelte mich und strich sanft über jede einzelne schimmernde Schuppe. Ich war friedlich gestimmt und glücklich, vergaß den Streit mit meiner Mutter und konzentrierte mich auf die Reise, die vor mir lag.

Mit einem letzten Ziepen zersprang der Rest der dünnen Hautschicht über meinen Kiemen. An meinen Beinseiten entfalteten sich silbrig schimmernde Flossen, hauchdünn und filigran, aber äußerst kräftig. Sie begannen schmal an meinen Oberschenkeln, wurden mit einem sachten Schwung nach außen breiter, wuchsen länger als meine Beine und bildeten zwei keilförmige Spitzen. Von dort aus zogen sie sich wieder hinauf zu meinem kleinen Zeh. Ich hatte zwar keinen Fischschwanz, wie ihn sich die Menschen vorstellten, aber ich hatte eine Ahnung, woher sie diese Idee hatten. Voll entfaltet brachten meine Flossen es auf eine Spannweite von gut zwei Metern.

Noch waren meine Füße gut zu erkennen. Die Membranen zwischen meinen Zehen verwuchsen erst sehr spät im Wandlungsprozess.

Kaum zwei Hände breit und nur von meinem Handgelenk bis zur Schulter wachsend, dienten die Armflossen der präzisen Navigation unter Wasser. Mit meinen Beinflossen hingegen bekam ich Antrieb – und das nutzte ich genüsslich aus.

Ich blubberte meine Freude laut hinaus und verjagte ein paar kleine braune Fische in Sekundenschnelle. Immerhin war ich größer und stärker als sie – und einem kleinen Snack für zwischendurch nicht abgeneigt.

Probeweise schwamm ich ein paar Saltos, schraubte mich gluckernd und jauchzend in die Tiefe und stellte mir vor, dass Fliegen sich so anfühlen musste – nicht, dass ich mit einem Vogel hätte tauschen wollen. Für meine auf Restlicht reagierenden Augen erstrahlte die Welt in einem matten Grün. Dank des Mondes war es weiter mittig, wo mir nicht wie im Uferbereich Schlick und Schlamm die Sicht nahmen, für meine sensiblen Augen taghell.

Kräftig schlug ich mit den Beinflossen und nahm weiter Geschwindigkeit auf. Ich bewegte mich dicht über dem Bewuchs des Bodens und spürte, wie meine Muskeln und Bänder sich an die ungewohnte Belastung gewöhnten. Eine Kraft kehrte zurück, die ich lange vermisst hatte.

Mein Seitenlinienorgan wollte heute nicht so richtig, aber dass irgendein Körperteil manchmal etwas zickte, kannte ich schon. Ich bremste ein wenig und rieb vorsichtig über die zwei feinen Linien von winzig kleinen Löchern. Sie begannen auf der Höhe meiner Augenbrauen und zogen sich seitlich über den Kopf hinweg, nahe an der Wirbelsäule im Nacken, über die Schulterblätter, hinab am seitlichen Rücken, meine Beine entlang bis hinunter zum kleinen Zeh und folgten damit der Linie meiner Flossen.

Besser. Die dünne Haut hatte das filigrane System gestört. Unternehmungslustig nahm ich wieder Geschwindigkeit auf.

Meter um Meter zog an mir vorüber. Ich wich Hindernissen so knapp aus, dass es für einen Beobachter waghalsig erscheinen mochte, doch ich war schon immer wendig im Wasser gewesen.

Ich genoss das Gewusel der anderen um mich herum, spürte den sanften Sog einer mächtigen Beinflosse, die Wasser in meine Richtung schaufelte, und wich einer älteren Dame aus, die mir mit leuchtenden Augen zuzwinkerte. Ihr schlohweißes Haar wirbelte um sie herum wie etwas Lebendiges, ihre Schuppen schillerten silberweiß. Sie war wunderschön.

Wir tauchten und schwammen eine gute halbe Stunde, flitzten den kaum einen Kilometer kurzen Nebenarm meines Heimatflusses rauf und runter, um unsere Körper an die Belastung zu gewöhnen, und sammelten uns schließlich. Um mich herum durchbrachen die Köpfe meiner Reisebegleiter die Wasseroberfläche. Allen konnte man ansehen, dass sie es kaum erwarten konnten – und ich musste zugeben, mir ging es genauso.

»Mögen die Strömungen mit uns sein!«

Der Gruß wurde reihum ausgetauscht, nun allerdings in der Sprache von uns Wassermenschen. In dieser Übergangsphase, in der mein Gehirn noch nicht hundertprozentig auf Nixe eingestellt war, hatten die Laute aus unseren nicht-menschlichen Kehlen immer etwas vom Plätschern eines Bachs. Hochfrequente Töne mischten sich mit Klicklauten und quietschenden Klängen. Es war wie eine Fremdsprache, die ich an der Sprachmelodie zuordnen, aber nicht verstehen konnte. Sobald meine Sinne sich vollständig umgestellt hatten, verstand ich meine Artgenossen problemlos. Dieser Eindruck verflog fast noch während des Hörens, doch er fiel mir immer wieder aufs Neue auf.

Dann tauchten wir zwölf äußerst wohlgenährten Nixen wieder unter und begannen unsere Reise.

Sonnengeküsst

Nach dem tagelangen Schwimmen durch Nordsee und Atlantik war ich schmaler als je zuvor. Die spätsommerlichen Wassertemperaturen waren erträglich, aber für menschliche Verhältnisse viel zu kalt gewesen. Mein menschlicher Anteil machte mich immer wieder darauf aufmerksam – ich fror schneller als die anderen, war müde und sehnte mich nach einem warmen, weichen Bett. Erschöpft und eitel genug, um nicht aus dem letzten Loch pfeifend am Versammlungsort ankommen zu wollen, beschloss ich, auf einer kleinen Insel einen halben Tag Pause zu machen, um zu verschnaufen.

»Es ist nicht mehr weit, Leena!«, versuchte mich einer meiner Mitschwimmer zu ermutigen. Er und seine Frau, samt den beiden volljährigen Töchtern, waren wie ich recht korpulent gestartet und hatten in den wenigen Tagen etliche Kilo verloren. Trotzdem strahlten sie eine Energie aus, von der ich mir eine Scheibe abschneiden konnte. Mein menschlicher Teil streikte jedoch.

»Ich bin heute Abend bei euch!«, versprach ich und sah den Vorausschwimmenden nach. Majestätisch bewegten sich ihre Beinflossen und nichts deutete darauf hin, dass nur einer aus meiner zwölfköpfigen Schwimmgesellschaft schlapp machen wollte.

Probier es einfach!, wallte meine dickköpfige Ader in mir auf, doch ausnahmsweise hielt meine Vernunft dagegen. Würde ich jetzt weiterschwimmen, wäre ich die nächsten zwei Tage zu nichts zu gebrauchen. Die Stimme meiner Mutter schrillte ungebeten in meinem Ohr nach. Sie würde mich zu jedem einzelnen Event, das im Rahmen der Versammlung stattfand, zerren – unabhängig davon, wie schlecht es mir gehen würde. Da ich wusste, wer dort anwesend sein würde, waren Schwäche und Unaufmerksamkeit keine Option. Meine Mutter war nicht die einzige Unruhequelle auf diesem Treffen.

Ich ließ ein paar Luftblasen aufsteigen und schüttelte den Kopf. »Ich brauche die Pause. Schwimmt weiter.«

»Deine Mutter wird uns den Kopf abreißen!«

»Keine Sorge, die Energie hebt sie sich für mich auf.« Ich deutete zur Wasseroberfläche, die wie Abermillionen geschliffene Smaragde über uns glitzerte. Dort oben schien die Sonne. »Der Mensch in mir hat Sehnsucht nach ein wenig Lungenatmung!«, erklärte ich und sah, wie der Mann sich geschlagen gab.

»Mögen die Strömungen mit dir sein, Mialeena.« Er schwamm einen kleinen Kreis, breitete seine mächtigen Flossen einmal ganz aus und zwinkerte mir vergnügt zu. »Hol dir keinen Sonnenbrand, Menschlein!«, gab er mir zum Abschied mit auf den Weg.

»Bis später, Liebes.« Seine Frau drehte eine Pirouette und ich fragte mich abermals, wo sie die Energie hernahm. Ihr Winken wirkte fröhlich und es gab mir einen Stich, dass diese Wildfremden sich herzlicher von mir verabschiedeten, als meine eigene Familie es getan hatte.

Die Bäume auf meiner auserkorenen Insel wuchsen spärlich, boten mir allerdings genug Schutz, damit ich mich entspannen konnte. Außerdem schien die Sonne tatsächlich von einem strahlend blauen Himmel herab und jede Zelle in mir lechzte nach Wärme. Ich schaffte es, nur meine Atmungsorgane zu wandeln, um an Land Sauerstoff zu bekommen, kletterte über muschelbewachsene, von Algen glitschige Felsen und fand ein geeignetes Plätzchen. Zufrieden faltete ich schließlich meine Flossen auf und zu, ließ mir die Sonne auf die Schuppen scheinen und blickte träge zur irischen Küste hinüber. Die Umgebung des winzigen Eilands war viel zu felsig und zu flach, als dass mich hier ein Boot hätte erreichen können. Ich fühlte mich sicher und war sehr zufrieden mit mir und der Welt. Versonnen zupfte ich ein paar Fadenalgen aus meinen eigentlich blonden Haaren. Sie mussten insgesamt hellgrün wirken, überlegte ich, als ich die Masse dieser feinen Pflänzchen, die sich in meiner Mähne festgesetzt hatten, begutachtete. Sie würden nur durch gründliches Kämmen und Waschen verschwinden, also beließ ich es bei ein paar achtlos herausgezupften Algen. Grüne Haare standen mir ganz bestimmt.

Vielleicht, meldete sich ein leises Stimmchen in mir, würde ich für diesen tagelangen Kraftakt endlich ein wohlwollendes Nicken meiner Mutter erhalten, dafür, dass ich den Weg durchgehalten hatte. Ein Teil von mir wollte ihr gefallen – der weitaus größere allerdings versuchte, sich jedes bisschen Freiheit zu erkämpfen, das ich kriegen konnte. Mit diesem Schwimmausflug hatte ich diesmal beide Teile in mir zufriedengestellt. Ich war erschöpft, aber fühlte mich großartig und sog die salzige, nach Seetang duftende Meeresluft tief ein. Die Wellen, die um mich herum an den Felsen zerschellten, lullten mein träges Hirn ein. Ich döste zufrieden weg.

Als ich wieder aufwachte, stand die Sonne nach wie vor hoch am Himmel. Ich war vollständig getrocknet, entspannt und hatte Hunger. Wohl oder übel würde ich mir ein paar Fische jagen müssen, überlegte ich müde, ging im Kopf die Arten durch, die es in diesem Teil des Meeres gab, und spürte zu spät, dass etwas nicht stimmte. Meine Sinne, die nicht zu meiner Menschengestalt gehörten, schlugen Alarm.

Ein riesiger Schatten erhob sich gegen die Sonne und ich konnte die Umrisse eines Menschen ausmachen. Vor Schreck verschlug es mir die Sprache, nicht einmal ein winziges Gluckern entkam meiner Kehle. Ängstlich verharrte ich reglos und konnte kaum atmen. Es fühlte sich an, als würden starke Algenstränge meinen Brustkorb umwinden und mir die Luft aus der sich gerade entfalteten Lunge drücken. Ein Mensch, bei allen Meeresgöttern – ein Mensch!

Die Gestalt kam näher, zögernd, wankend, unsicher auf dem felsigen Gestein und doch getrieben von unbändiger Neugierde. Schließlich war sie so nah, dass ich hellgrüne Augen und ein derbes, nicht unattraktives Männergesicht ausmachen konnte, das zu großen Teilen mit einem struppigen rotblonden Bart überwuchert war. Von der Sonne ausgebleichte blonde Locken tanzten im Wind um seinen Kopf herum. Er trug ein grau kariertes Hemd, hatte die Ärmel aufgekrempelt und gab damit den Blick auf äußerst kräftige Unterarme frei. Seine Jeans wirkte abgetragen und steckte in dunkelgrünen Gummistiefeln.

Er war sicher Ende zwanzig oder ein wenig älter, genau konnte ich es nicht sagen – das Leben auf und an der See ließ Menschen oftmals älter wirken, als sie tatsächlich waren. Bei uns Wasserwesen war es andersherum – lebten wir lange an Land und wässerten uns zu selten, grub sich das für uns ungesunde Leben in unser Gesicht ein wie eine Mahnung.

»Allmächtiger«, flüsterte der Mann unentwegt. Mal konnte ich ihn verstehen, mal trug der Wind die Silben fort. Er raufte sich die Haare und kam so nah, dass er meine Flossen berühren konnte. Ich hielt die Luft an, als er in die Knie ging und es tatsächlich tat.

Zart wie ein Schmetterlingsflügel tippte er meine Beinflossen an und starrte mich ehrfürchtig an. Ich verstand nicht, was er sagte, denn zum einen hatte ich seit Tagen ausschließlich das melodiöse Plätschern meiner Artgenossen gehört, sodass ich mich auf menschliche, hart klingende Laute einstellen musste, zum anderen war mir sein Dialekt vollkommen fremd.

»Nicht anfassen!«, sagte ich laut. An seinem verdutzten Gesichtsausdruck konnte ich erkennen, dass meine Laute für ihn wie ein Fauchen, wie eine unverständliche Tonfolge geklungen hatten. Weder meine Zunge noch meine Lippen wollten die eckigen Worte der menschlichen Sprache formen. Deswegen schwieg ich und wartete ab.

Ich beobachtete, wie seine riesigen, derben Hände meine schuppigen Beine hinauffuhren. Nicht so fest, dass es unangenehm war, trotzdem spürte ich es. Sein Staunen war echt. Ganz so, als ob er überprüfen würde, ob Schnee wirklich kalt war, strich er immer wieder über meine Schuppen. Kurz bevor er an meinem Knie angelangt war, zog ich meine Beine an. Das reichte. Die Vorstellung, dass er sich weiter hochtasten würde, verstörte mich und riss mich aus meiner Starre.

Ich stemmte mich hoch, behielt den Mann im Blick und verfluchte meine an Land unbeholfene Meeresgestalt. Als Mensch mochte ich hübsch aussehen und mich einigermaßen elegant bewegen können – doch mit meinen seitlich an den Beinen angewachsenen Flossen, die beim Gehen zwangsläufig auf dem Boden schleiften, sah ich erbärmlich und lächerlich aus. Darauf konnte ich jedoch keine Rücksicht nehmen – ich musste verschwinden.

Besser wäre es natürlich gewesen, und das wurde uns Meeres- und Flusskindern eingebläut, seit wir klein waren, wenn ich ihn mit unter

Wasser gezogen hätte, damit er ein kaltes Grab in den Tiefen unseres Reiches finden würde und unser Geheimnis vor der Welt geschützt bliebe. Aufrecht stehend erkannte ich allerdings, dass er deutlich größer und mindestens doppelt so breit war wie ich. Ihn ins Wasser zu schubsen, um ihn dort mit mir hinabzuziehen – und das hätte ich in meinem Element ohne Zweifel geschafft –, erschien mir unmöglich.

Eine Flucht war schlichtweg die vernünftigste Lösung – außerdem hatte der Mann mir nichts getan, was seinen Tod rechtfertigte. Schon immer hatte ich die archaischen Moralvorstellungen meiner Anverwandtschaft hinterfragt, häufiger, als gut für mich gewesen war.

Kurz überlegte ich, ob ich ihn irgendwie am Kopf verletzen konnte, sodass er meine Sichtung nach dem Aufwachen für ein Hirngespinst halten würde, doch eine solche Attacke war … utopisch bei seiner Größe.

Sein Blick folgte mir fassungslos, als ich mich davonmachte. Plötzlich tauchte er neben mir auf und hielt mich am Arm zurück. Seine Neugier hatte bis dahin so unschuldig gewirkt, so staunend, dass mir überhaupt nicht in den Sinn gekommen war, dass er mir irgendetwas antun würde. Sein Griff war fest, fast schmerzhaft, und ich spürte, wie sich Angst einem stacheligen Seeigel gleich in mir zusammenballte. Unsere Blicke hingen aneinander fest – meiner erschreckt, seiner neugierig, aber mit einer gewissen Härte, die ich nicht zuzuordnen vermochte.

Er schob seine Hand in meine langen Haare, was mich an einen hartnäckigen Krebs erinnerte, der vor vielen Jahren meinen Schopf als Zuhause erkoren hatte. Bis ich den losgeworden war, mussten einige Haarsträhnen geopfert werden. Ich versuchte, meine Mähne aus seiner Pranke zu befreien, doch die rauen Finger packten nur fester zu. Schließlich zog er mich so nah zu sich heran, bis ich auf den Zehenspitzen stand.

»Das ist ein Kostüm, oder?«, hakte er nach und tat dann etwas, was ich ihm sehr übel nahm – er strich vom Schlüsselbein über meine Brust und riss mir einige der lila Schuppen raus. Einfach so, ohne Vorwarnung, als wären sie etwas, das man zu Testzwecken pflücken konnte.

Ich schrie auf, versuchte mich loszureißen, allerdings hielt er mich mühelos fest. Meine Stimme überschlug sich und glitt in den unteren

Ultraschallbereich. Bis auf ein irritiertes Stirnrunzeln reagierte er nicht auf mein panisches Gewimmer.

»Du bist wirklich …«, keuchte er erstaunt, starrte auf die Schuppen, die verloren und blass auf seiner Fingerkuppe glänzten, und sah wieder mich an. Erst da schien er endgültig zu realisieren, dass ich keine Verrückte war, die in einem Kostüm in der Sonne lag. »Allmächtiger!« Er blinzelte mich perplex an. »Ich …«, stammelte er, plötzlich kleinlaut geworden. »Bist du real?«, fragte er mich betont langsam und in übertrieben deutlich ausgesprochenen Worten.

Ich starrte auf seine schön geschwungenen Lippen, denn es fiel mir tatsächlich leichter, die Worte zusammen mit seinen Lippenbewegungen zu verstehen. Mein dummes Nixenhirn war etwas übermüdet.

Er schien den Blick vollkommen falsch zu interpretieren. Seine warmen, trockenen, etwas rauen Lippen pressten sich urplötzlich auf meine, als hätte ich mit meinen Augen um den Kuss gebettelt. Sie lösten ein seltsames Ziehen in meinem Inneren aus, als sehnte sich mein Körper nach mehr davon. Überrascht starrte ich ihn an, als er meinen Mund kurz freigab.

»Nixenküsse kosten den Verstand«, murmelte er und ich konnte spüren, wie er lächelte. Er saugte sich, im Gegensatz zu seinem festen Griff, erneut zart an meinen Lippen fest.

Im Vergleich zu meinem allerersten Kuss, an den ich nicht gern dachte, war es kein unangenehmes Gefühl, als er meine Zunge auffordernd mit seiner berührte, eher … willkommen, warm, kribbelig. Er musste meinen hämmernden Herzschlag unweigerlich fühlen. Noch immer war ich vor Schreck wie gelähmt und zwischen Fluchtinstinkt und dem aufregenden Flattern in meinem Magen hin- und hergerissen.

»Entschuldige!«, raunte er, sah mich an und lächelte schief. Mein Herz kam aus dem Takt. Er lächelte tatsächlich mich ganz allein an und plötzlich wirkten die Sonnenstrahlen wärmer, das Licht heller. Meine anfängliche Scheu wich gänzlich einer brennenden Neugier, die meine Hände auf Wanderschaft gehen ließ. Ich konnte nicht anders, als ihn zu berühren. Amüsiert beobachtete der Mann mich und ließ meine Erkundungen klaglos über sich ergehen. Ich fuhr die Konturen seiner Lippen mit einem Finger entlang und zeichnete die Umrisse seines Gesichtes nach. Seine Haut fühlte sich wundervoll warm und rau an.

»Du tust so, als hättest du noch nie einen Menschen gesehen.«

Ich lächelte unverbindlich, denn meine Kehle gab nach wie vor keine verständlichen Laute von sich. Er hatte beinahe recht: So nah war ich zuvor keinem Menschen gekommen, geschweige denn einem männlichen Exemplar. Irgendwo in meinem Hinterkopf versuchte sich ein leises Stimmchen Gehör zu verschaffen, dass ich endlich auf meine Instinkte vertrauen und schnellstmöglich verschwinden sollte, doch ich war zu fasziniert von diesen grünen Augen, die mich genauso neugierig musterten wie ich den ganzen Mann.

Dann plötzlich brach der Bann, denn er rief ein paar Worte, so laut, dass ich nach Tagen der leisen Klänge unter Wasser erschreckt aufschrie. Die Schallwellen seines Gebrülls prickelten unangenehm heftig auf meinem Seitenlinienorgan. Nun endlich erwachte mein Fluchtinstinkt wieder. Ich bekam es mit der Angst zu tun, denn jemand antwortete ihm auf sein Geschrei. Er war nicht allein.

Die Erkenntnis, dass die Menschen mindestens zu zweit waren, erfüllte mich mit kaltem Grausen. Ich zog an meinem Arm, versuchte, den Mann in seine Weichteile zu treffen, doch nichts gelang. Er sah mich irritiert an, als frage er sich, was der wild gewordene Fisch da gerade tat, dann schien sein Staunen ihn wieder zu übermannen.

»Kannst du mich verstehen?«, fragte er langsam, allerdings lockerte sich sein Griff keinen Millimeter.

»Natürlich kann ich das!«, antwortete ich gereizt und erkannte an seinem Stirnrunzeln, dass meine Laute ihm nichts sagten.

»Ben?«, rief die andere Stimme ungeduldig. »Hast du die Daten, die du haben wolltest? Dann komm endlich an Bord!«

»Vergiss die Daten!«, rief der Mann – Ben – zurück und musterte mich weiterhin ungläubig fasziniert. »Das hier wirst du sehen wollen!«

Damit packte er mich, als wöge ich nichts – tat ich nach der langen Schwimmstrecke wohl auch nicht –, und schleppte mich zu einem kleinen Motorboot. Einige Meter weiter draußen lag ein kleiner Schiffskutter vor Anker, der nicht so dicht an die Felsen herankommen konnte.

»Was hast du da?«, brüllte sein Kompagnon und ich konnte selbst über diese Distanz seine Neugier heraushören.

Das war schlecht, verdammt schlecht.

»Das glaubst du nur, wenn du's siehst!« Der Mann mit den grünen Augen schüttelte den Kopf und zog mich unerbittlich mit sich. Allerdings unterschätzte er meinen Willen, ihm zu entkommen. So anziehend ich ihn auch fand – ich durfte mich nicht gefangen nehmen lassen.

Kaum dass wir mit den Füßen im Wasser waren, nahm ich meine Kraft zusammen, stieß mich von ihm ab und machte einen waghalsigen Sprung an seinem Boot vorbei.

Wasser, endlich, mein Element, mein Elixier! Ich genoss es zwar immer, ins Nass abzutauchen, doch diesmal war es nicht nur sanfter Balsam für meine Seele, sondern mein starker Beschützer, der mich verschluckte und vor dem Menschenmann schützte.

Meine Kiemen durchbrachen mühelos die dünne Haut, die sich gebildet hatte. Halb schwamm ich, halb krabbelte ich die schroffen Felsen bis zum Grund hinunter, während ich das Fluchen des Mannes und das Brummen des Motors hörte, bis beides leiser wurde.

Eine Weile verharrte ich nahe einem Felsen in der Nähe des Meeresgrundes und versuchte, mich nicht zu rühren. Wer wusste schon, mit welchem technischen Gerät das Fischerboot ausgestattet war. Wenn ich Pech hatte, würden sie mich damit orten und verfolgen können.

Ich hatte das Gefühl, dass wir uns gegenseitig belauerten. Das kleine Motorboot mit dem blonden Mann fuhr langsam in größerem Abstand um das Fischerboot herum. Konzentriert lauschte ich auf die Geräusche. Mein Unterwasserhörsinn war so fein, dass ich problemlos feststellen konnte, wann das Beiboot sich direkt über mir und wann es sich weiter weg befand.

Die warmen Lippen des Mannes spukten mir im Kopf herum und ich hätte zu gern gewusst, warum er mich einfach geküsst hatte. Ein Hallo zur Begrüßung wäre ja wohl eher angebracht gewesen. Oder war doch etwas dran an den unwiderstehlichen Verführungskünsten der Nixen, wie sie von den Menschen beschrieben wurden?

Mein spöttisches Auflachen ließ Luftblasen aus meinem Mund entkommen. Verführungskunst und ich – das waren Begriffe, die höchstens in Paralleluniversen existierten.

Im Netz

Der Tag neigte sich dem Ende zu. Es wurde dunkler unter Wasser und die Temperaturen fielen. Die beiden Boote über mir bewegten sich nicht mehr, also beschloss ich, vorsichtig fortzuschwimmen. Meine Befürchtung, dass die Menschen mich tatsächlich die ganze Zeit beobachtet hatten, wurde jedoch bestätigt, als ich nach ein paar vorsichtigen, langsamen Flossenschlägen ein lautes Platschen und gleich darauf ein Summen vernahm, das ich nicht zuordnen konnte.

Ein Taucher kämpfte sich durchs Wasser und eine helle Lampe blendete mich. Es war ein seltsames Teil, das das Geräusch verursachte und an dem der Mann sich festhielt und durchs Wasser gezogen wurde. Er steuerte auf mich zu, allerdings konnte er mich unmöglich mit seinen menschlichen Augen entdeckt haben, dazu war das Wasser zu aufgewühlt. Ich blubberte ärgerlich vor mich hin und schwamm weg.

Was für eine bodenlose Frechheit war das bitte schön? Gut, dass ich mich an Land hatte überrumpeln lassen, war keine Glanzleistung – ich hatte einfach nicht aufgepasst. Mein Fehler. Aber dass der Blonde und sein Kumpan glaubten, mich in meinem Element, in *meiner* Welt, übertölpeln zu können, fand ich anmaßend. Es kribbelte mir in den Flossenspitzen, dem Mann einen Denkzettel zu verpassen, doch die Vernunft siegte und ich schwamm fort von ihm und diesem brummenden Ding, das ihm die Schwimmarbeit abnahm.

Ich war so sehr dabei, mich aufzuregen, dass ich das Netz zu spät bemerkte. Erst als ich dagegen schwamm und mich in den Maschen verhedderte, wurde mir klar, dass diese dummen Menschen mir eine

Falle gestellt und der Taucher mich absichtlich in diese Richtung gescheucht hatte.

Die beiden meinten es ernst mit dem Fangen einer Nixe. Das hier war kein Spaß mehr. Ich versuchte, mich hektisch aus dem Netz zu befreien. Mein einziger Erfolg war, dass sich eine meiner Beinflossen immer fester im Netz verdrehte und die Nylonschnüre sich in meine Haut gruben.

Angst ließ meine Kiemen flattern. Es ging nicht mehr nur um mich – es ging um meine ganze Art. Ich musste entkommen und durfte keine Beweise hinterlassen, allerdings sanken meine Chancen mit jeder Sekunde rapide. Hektisch überlegte ich, ob ich es schaffen würde, meine reine Menschengestalt soweit zurückzuerlangen, um die Flossen zu befreien. Mein halbmenschlicher Organismus jedoch war in diesem Fall nicht nur hinderlich, sondern lebensbedrohlich – Teilwandlungen bekam ich selten sauber hin. Außerdem hatte ich ein kleines Problem, das reinblütige Nixen nicht hatten: Ich war im Vergleich zu ihnen unendlich langsam mit meiner Wasser-Land-Wandlung. Wenn mein Körper sich erst einmal auf *Nixe* eingestellt hatte, war er nur schwer und mit viel Konzentration dazu zu bewegen, wieder in die vergleichsweise plumpe Menschengestalt zu schlüpfen.

Zeit zum Überlegen hatte ich ohnehin nicht mehr. Das Fischernetz schloss sich um mich. Viel zu schnell wurde ich in die Höhe gezogen.

»Nicht so schnell! Ich kann, so wie ich bin, an der Luft nicht atmen!«, schrie ich dem Taucher zu. »Ihr müsst mir Zeit geben!« Natürlich verstand er kein Wort und paddelte gemächlich zu mir. »Ich muss im Wasser bleiben, bis ich –«

Ich brach ab, denn er würde meine Laute nur als Quieken interpretieren, bestenfalls als helle Schreie, doch so viel Fantasie traute ich ihm nicht zu. Hilflos verdreht hing ich in dem vermaledeiten Netz, als ich die Wasseroberfläche durchbrach.

Hungrige Möwen, in Erwartung einer Ladung Krabben, flogen kreischend um mich herum und schienen ihren Unmut über den unerwarteten Fang laut kundzutun.

»Ich muss mich erst in Ruhe wandeln!«, rief ich über den Lärm hinweg, allmählich in Panik. Mein Versuch, mich zu konzentrieren und wenigstens meine Lunge zur Mitarbeit zu überreden, scheiterte. Das ständige Hin und Her überforderte meinen Körper.

»Pass auf, dass sie nicht entwischt!«, schallte die Stimme des Blonden zu mir hoch, der über eine Strickleiter wieder an Bord kletterte.

»Ich fange nicht das erste Mal einen Fisch, Bruderherz«, brummte der andere Mann, der den Kran bediente, mit dessen Hilfe er den Fang – mich – aufs Deck manövrierte. Immerhin landete ich nicht in den großen Kesseln, in denen die Krabben direkt vor Ort abgekocht wurden, sondern auf den Planken des Kutters. Als der Fremde sich zu mir herunterbeugte, war seine Verwandtschaft mit dem anderen Mann geradezu offensichtlich: Seine Haare waren mehr rot als blond, seine Augen etwas blasser, ansonsten hätten sie Zwillinge sein können.

»Unglaublich!«, staunte er halblaut und begann, das Netz von mir und meinen Flossen zu lösen. Seine Griffe waren die eines geübten Fischers, routiniert und nicht darauf bedacht, angenehm zu sein. Ich konnte nicht verhindern, dass mir Tränen übers Gesicht liefen.

»Ich sterbe, wenn ihr mich nicht ins Wasser lasst!«, wisperte ich verzweifelt und versuchte, mein Hirn dazu zu zwingen, Worte in seiner Sprache zusammenzubekommen. Doch ich war zu aufgeregt. Mein Körper hatte Wichtigeres zu tun, als sich an mein Schulenglisch zu erinnern – er versuchte, zu überleben.

Meine zarten Kiemen bewegten sich hilflos, gaben alles, um an Land den Sauerstoff aus der Luft zu filtern, und scheiterten. Ich starrte den rothaarigen Mann mit riesigen Augen an und er konnte unzweifelhaft meine Panik aufblitzen sehen. Ungerührt glitten seine Hände über meinen Körper, ähnlich wie Stunden zuvor die seines Bruders, aber ungleich aufdringlicher. Er musterte mich neugierig und kühl und sagte irgendetwas zu seinem Bruder, das ich nicht verstand. Es klang hart und holperig in meinen Ohren. Schließlich ließ er mich los und verschränkte die Arme vor der Brust. Kopfschüttelnd sah er auf mich herab. »Verrückt«, brummte er. »Das gibt es ja gar nicht.«

Ich wand mich, kam auf die Knie und man hinderte mich nicht. Die beiden schienen viel zu fasziniert davon, eine waschechte Nixe gefangen zu haben. Sie beobachteten jede Bewegung meinerseits und sogen jedes Glitzern meiner Schuppen auf.

Unter höchster Anstrengung schaffte ich es, mich hochzuziehen und auf wackeligen Beinen zu stehen. Nach Tagen im Wasser schwankte ich, als hätte ich zu viel von diesem widerlichen Algenschnaps getrunken, den die Schwester meines Stiefvaters zu einem unserer Feiertage braute.

Verdammt, meine Familie, meine Sippe, meine ganze Art! Das Geheimnis unserer Existenz galt es, bis zum Tode zu verteidigen. So ganz konnte ich mich den Indoktrinierungen meiner Kindheit nicht entziehen und so ertappte ich mich bei der Vorstellung, beide Männer unter Wasser zu ziehen und zu warten, bis die letzte silbrige Luftblase aus ihren Lungen gen Wasseroberfläche gestiegen war. Doch das würde ich nicht durchziehen können, das war mir genauso klar. Niemals würde ich jemanden töten können, niemals.

Ich versuchte, auf meinen zitternden, ausgezehrten Beinen zur Reling zu kommen, entwischte dem Rotblonden, bis der blonde Mann mich an der Flucht hinderte, indem er mir das Netz nachwarf. Prompt verheddert ich mich wieder und schrie auf. Ich versuchte nach wie vor, meine Lunge zu zwingen, ein bisschen mitzuarbeiten, doch alles, was an Rückmeldung kam, war das hektische Auf- und Zuklappen meiner Kiemen. Die Wandlung von Wasser- zu Landwesen war immer schwieriger, als wehre sich mein Körper dagegen, nicht mehr im Wasser leben zu können. Umgekehrt ging es schneller, schließlich war das kühle Nass mein Element.

Röchelnd starrte ich durch die engen Maschen des Netzes in den Himmel, an dem sich die Möwen nach wie vor einen wilden Kampf um die besten Plätze lieferten, sollte Futter für sie abfallen. Selbst sie waren meinem Empfinden nach leiser geworden. Der mangelnde Sauerstoff machte sich immer stärker bemerkbar. Meine Sinne schwanden. Dunkle Schlieren griffen nach meinem Bewusstsein, doch ich durfte nicht aufgeben. Ich musste es schaffen. Es waren nur ein paar Meter, fünf, sechs große Schritte, die mich von der Reling trennten, doch es hätten Kilometer sein können. Das Tosen in meinen Ohren nahm zu. Ich bekam einfach keine Luft und würde hier elendig verrecken.

Ein Kopf schob sich in mein Sichtfeld und ich blickte in hellgrüne Augen. Obwohl der Mann auf dem besten Weg war, mich zu töten, konnte ich mich dem Zauber der Farbe seiner Iris nicht entziehen, denn ich liebte Grüntöne. Sie erinnerten mich an die tausend Facetten dieser Farbe unter Wasser, an denen ich mich nie sattsehen konnte.

Plötzlich schlang der Blonde mir ein Seil um die Handgelenke und verfuhr ebenso mit den Füßen. Mein entsetztes Fiepen klang selbst in meinen Ohren erbärmlich, denn er schnürte mir einen Teil meiner Arm- und Beinflossen mit ein.

»Halt still, Nymphe«, brummte er, als ich mich wand und gluckernde Töne ausstieß. Der Mann jedoch kannte kein Erbarmen. Meine Flossen rissen ein, wurden gequetscht und es würde Wochen dauern, bis sie wieder zum Schwimmen geeignet sein würden.

»Du machst sie kaputt, Ben. Jetzt sieh dir das an!« Der Rotblonde trat neben seinen Bruder.

Dieser schnaubte entnervt. »Brian, wenn sie verendet, sind die eingerissenen Flossen ihr kleinstes Problem. Also muss sie wieder ins Wasser, und zwar so, dass sie uns nicht entwischen kann.«

Ich schöpfte Hoffnung. »Wasser!«, quietschte ich und die beiden sahen mich erstaunt an.

»Es kann kommunizieren«, stellte der Bruder des Blonden überrascht fest. »Was war das für eine Sprache?«

Ich starrte ihn bettelnd an. »Ich … Wasser!« Meine Stimme war kaum mehr ein Hauchen.

»Deutsch«, brummte der Blonde und sein Gesicht begann zu verschwimmen. Die beiden konnten doch nicht ernsthaft anfangen, zu diskutieren, welche Sprache ich gesprochen hatte? Es war ein Wunder, dass ich überhaupt ein Wort herausbekommen hatte!

Ich suchte den Blick des Blonden, erinnerte mich an seinen Namen und formte ihn lautlos, doch er sah mich nur an und zog die Knoten der Seile fester. Mittlerweile tobte ein Sturm in meinem Kopf und schickte mich schlagartig ins Dunkel.

Ein Platschen holte mich kurz darauf aus meiner Bewusstlosigkeit. Kühle Wassermoleküle liebkosten meine Haut und ich weinte vor Erleichterung. Meine hektisch auf- und zuklappenden Kiemen holten sich den ersehnten Sauerstoff, doch mehr als bloßes Atmen schaffte ich kaum. Wie eine Ertrinkende, die endlich wieder Luft holen konnte, beruhigte ich mich nach und nach. Allerdings war ich immer noch festgebunden, und das – war schlecht.

Ich hing mit den Füßen an einem Seil, trieb in der sachten Strömung und versuchte, nicht vor lauter Angst verrückt zu werden. Gruselgeschichten von verrückten Wissenschaftlern, die uns weibliche Nixen zu Zuchtzwecken einfingen, schossen durch mein Hirn. Würde man mich untersuchen, bis jedes Geheimnis unserer Art gelüftet wäre? Würde man mich in einem Aquarium im Zoo halten? Mich verhören, bis ich zusammenbrechen und unsere heiligen Plätze an Land und unter Wasser verraten würde? Zwar hielt ich wenig von den meisten Traditionen und Bräuchen, trotzdem wollte ich nicht am Untergang meiner ganzen Spezies schuld sein.

Ein Knall erschreckte mich. Es musste der Aufprall eines menschlichen Körpers auf der Wasseroberfläche gewesen sein, denn Sekunden später tauchten erst Füße, dann der Rest eines Mannes neben mir auf. Der Blonde paddelte neben mir im Wasser und musterte mich aufmerksam durch seine Taucherbrille. In seinem dunklen Neoprenanzug wirkte er bedrohlich, doch vermutlich hätte mich auch ein niedlicher Heuler erschreckt, wäre er so plötzlich neben mir aufgetaucht.

»Bitte«, bettelte ich und versuchte, meine Zunge zur menschlichen Sprache zu zwingen, »lass mich ziehen!«

Unter Wasser verstand er natürlich kein Wort, denn sein Gehör war längst nicht so gut wie meins. Eine Hand geriet in mein Sichtfeld. Der Blonde schob meine algenbegrünten Haare zur Seite.

Für einen Moment schien mein hilfloser Anblick ihn traurig zu machen. Ich glaubte, mich in seinen Augen zu spiegeln, sah die gefangene Kreatur, die ihrer natürlichen Lebensumgebung entrissen und verstümmelt und gefesselt wieder zurückgeworfen worden war. Die zerrissenen Reste meiner majestätischen Flossen trieben in der sachten Strömung hin und her, glitzerten und wurden matt, als begehrten sie gegen ihr Schicksal auf. Meine langen Haare schwebten im Wasser wie feine Algen und verwehrten dem Mann den Blick auf mein Gesicht.

»Ich muss weg!«, versuchte ich diese seltsame Stimmung ausnutzen und sah ihn beschwörend an. »Du machst einen Fehler, Ben. Lass mich gehen!«

Der Mensch in seinen Taucherklamotten wirkte fremd in meinem Element, und doch war er momentan der Stärkere. Es war irritierend und machte mich wütend.

Er packte mich plötzlich am Arm und deutete mit der anderen Hand gen Wasseroberfläche. Verständnislos starrte ich ihn an, doch als er kurz darauf kräftig an dem Seil zog, das man mir um die Füße geschlungen hatte, ahnte ich, was er mir hatte sagen wollen: Sie würden mich wieder rausziehen.

Beschwichtigend hob ich die Hände und er hielt tatsächlich inne. Vorsichtig deutete ich auf meine Kiemen, dann auf meine Nase und versuchte ihm klarzumachen, dass ich mich konzentrieren musste. Was genau er davon verstand, wusste ich nicht, aber er harrte mit der Hand am Seil aus, beobachtete mich und deutete schließlich fragend nach oben.

Ich schloss die Augen, filterte ein letztes Mal Sauerstoff mit meinen Kiemen aus dem Wasser und nickte knapp. Meine Lungenflügel waren bereit. Es würde schon schiefgehen.

Kaum eine Minute später hing ich kopfüber am Kran und hatte ein Déjà-vu. Den Möwen erging es wohl ähnlich, denn sie kreischten hungrig und für meine Ohren reichlich enttäuscht, als schon wieder nicht die erhofften Leckerbissen zutage befördert wurden.

Angst drohte mich zu lähmen, doch diesmal hatte ich eine knappe Minute Zeit gehabt, mich auf die Landatmung einzustellen. Trotzdem klappte es schlechter als gewünscht: Meine Kiemen blieben halb sichtbar, meine Lungenflügel übernahmen nur die Hälfte ihrer Arbeit. Immerhin konnte ich Sauerstoff aus der Luft filtern und würde nicht sterben – das war aber schon alles, was mich aufmuntern konnte. Meine Welt stand wortwörtlich Kopf. Ich pendelte in der Brise, knapp oberhalb der Wasserkante, setzte in Gedanken den Namen des Schiffs aus den verkehrt herum gelesenen Buchstaben zusammen – *Meredith* – und wartete.

Der Kran schien zu haken, denn der Bruder des Blonden fluchte lästerlich und zerrte an einem der Hebel, bis der Arm der Maschine sich mit einem harten Rucken wieder in Bewegung setzte und mich direkt über Deck hängen ließ. Meine Haare schleiften auf den Planken.

Hilflose Tränen mogelten sich in meine Augen, als ich angestrengt japsend in die beiden neugierigen Gesichter blickte, die ihren Fang erneut begutachteten. Ich zappelte schwach, unterließ es jedoch schnell wieder, als der Rotblonde seine Hand in meinen Haaren verkrallte und mich zu sich heranzog.

»Verdammt, Ben, eine echte, lebendige Nixe.«

»Und das fällt dir erst jetzt auf, ja?«

Der Bruder des Blonden, Brian, schnaubte belustigt. »Ich glaube es nur, solange ich sie mit eigenen Augen sehe. Bis ich sie wieder aus dem Wasser gezogen hatte, war ich mir sicher, dass wir uns getäuscht haben.«

Ben ging mit verschränkten Armen um mich herum. »Wir sollten uns sehr gut überlegen, was mir mit ihr anfangen.«

Genau, wollte ich ausrufen. *Überlegt euch das verdammt gut, ich habe eine rachsüchtige Sippe!* Doch es kam bloß ein Röcheln über meine Lippen. Irgendetwas war bei meiner Wandlung gründlich schiefgegangen. Ich versuchte erneut, verständliche Worte zu formen, doch das Ergebnis blieb dasselbe. Bei Poseidon, das konnte nicht wahr sein! Ich hatte meine Stimme verloren.

So blieb mir nichts anderes übrig, als mit Quieken und Hecheln darauf aufmerksam zu machen, dass das Überkopfhängen mir nicht besonders guttat. Ich musste irgendwie diese Fesseln loswerden und abhauen, ich *musste* einfach.

»Du kannst an Land leben, richtig?«

Ich starrte den Blonden stumm an. War das eine Fangfrage?

»Komm schon, ich weiß, dass du sprechen kannst!«

Mein Kopfschütteln schien nicht sehr überzeugend zu wirken. Abgesehen davon versetzte es das Seil, an dem ich hing, in Schwingung und ließ mich sachte hin und her pendeln. Ich schloss die Augen, denn mir wurde übel. Glücklicherweise packte Brian mein Bein und sorgte damit dafür, dass ich wieder ruhig am Seil hing.

»Fühlt sich gar nicht wie Fischhaut an!«, teilte er seinem Bruder mit. »Nur wie etwas bläuliche menschliche Haut. Und hier, Ben, guck dir das an! Hier wachsen Schuppen! Sie schillern wie Perlmutt!«

Empört japste ich auf, als er meinen halbgewandelten Körper weiter berührte, wie er es zuvor schon getan hatte. Für ihn schien ich wirklich nur ein außergewöhnliches Tierchen zu sein. Seine Finger fuhren über meine Schenkel und meinen Bauch, bohrten neugierig in den Kiemen herum, die dank der unvollständigen Wandlung gut sichtbar waren, und brachten mich ein ums andere Mal zum Schreien. Meine kaum vorhandene Stimme klang selbst in meinen Ohren erbärmlich.

»Brian, sie hat Angst. Lass sie.« Ben, der seinem Bruder die ganze Zeit zugesehen hatte, trat näher zu uns. »Siehst du, jetzt hast du ihre Kiemen verletzt. Depp.« Er brummte unwillig, als Brian es dennoch nicht unterließ, über meinen Hintern zu streicheln. »Finger weg! Was immer sie ist – es reicht mit dem Betatschen!«

Ich hätte zu gern etwas dazu gesagt, doch der Druck in meinem Kopf wurde allmählich schier unerträglich.

»Komm, wir holen sie da runter. Ihre Gesichtsfarbe geht langsam ins Purpurne.«

Die Schicksalsgöttin hatte ein Einsehen mit mir. Nicht besonders sanft wurde ich heruntergelassen, knallte aufs Deck und japste schmerzerfüllt auf, als mein Schädel mit den Planken Bekanntschaft machte. Für ein paar Atemzüge wurde ich in Ruhe gelassen, dann trat Brian zu mir und hockte sich hin.

»Ich habe die Erzählungen der Alten immer für blankes Seemannsgarn gehalten!«, teilte er mir mit und umklammerte mein Kinn. »Würde ich dich nicht hier vor mir sehen, würde ich es nicht glauben!« Er drehte meinen Kopf von links nach rechts. »Ich hatte fest damit gerechnet, dieses Mal nur einen dicken Fisch am Seil hängen zu haben, weil Ben und ich irgendeiner Täuschung zum Opfer gefallen sind, aber du bist tatsächlich echt.« Sein Gesicht verschwamm, so nah kam er mir plötzlich. »Der Kuss einer Meerjungfrau bringt Glück und Reichtum, sagt man.«

Irgendetwas in seinen Augen ließ mich vor Angst wimmern. In ihnen zeigte sich nicht das neugierige Funkeln wie bei seinem Bruder Stunden zuvor. Alles, was ich erkennen konnte, war Gier, grenzüberschreitende, egoistische Gier. Panik schwappte über mir zusammen. Wie von Sinnen schlug ich nach seinem Arm, konnte meinen Kopf aus seinem Griff losreißen und robbte von ihm fort.

»Brian!« Die angespannte Stimme des anderen Mannes peitschte leise und bedrohlich durch die Luft und ließ meinen Nacken kribbeln. »Fass sie nicht an!«

»Du darfst sie nach mir haben, keine Sorge.«

Auf Ellbogen und Knien schob ich mich von ihm fort, trat nach ihm, als er nach meinen zusammengebundenen Füßen langte, und fühlte, wie Übelkeit gegen meinen Kehlkopf drückte. Ich war irrigerweise davon ausgegangen, dass meine Gefangennahme Gefahr für meine ganze Sippe bedeutete, und hatte dabei vollkommen ignoriert, dass man mir ganz persönlich wehtun konnte.

»Jetzt lass sie in Ruhe!« Ben zerrte seinen Bruder zurück und verschaffte mir damit Zeit, fortzukriechen.

»Aber die Legenden lügen nicht!«, fauchte Brian und verpasste dem anderen einen Schlag in die Magengrube. »Ich will sie nur einmal haben!«

Perplex krabbelte ich weiter, zwängte mich zwischen vertäuten Kisten hindurch und gab mir Mühe, mich nicht in dem Haufen Netze zu verheddern, der sich auf dem Boden zwischen den Frachtstücken befand. Was geschah hier? Wirkten die sagenhaften Anziehungskräfte der Nixen möglicherweise doch? Ein ungläubiger Laut entkam meiner Kehle. Das war unmöglich. Ich besaß solche Kräfte nicht, zumindest standen meine männlichen Kommilitonen nicht bei mir Schlange. Ob es etwas mit unserer Wassergestalt zu tun hatte?

Hektisch kroch ich weiter, lauschte auf die Schlägerei hinter mir und entdeckte einen Eimer mit Werkzeugen. Ein Messer, hämmerte es in meinem Schädel. Ich brauchte ein verdammtes Messer, um meine Fesseln durchschneiden zu können. Oder irgendetwas Scharfes. Ich –

»Wo willst du hin?«

Ich wurde hochgerissen und gegen die Frachtkissen gepresst. Warme Tränen rannen mir über die Wangen, als ich den Blonden stumm anstarrte. Blut lief ihm aus einer kleinen Wunde am Haaransatz über das Gesicht und ich konnte nicht anders – ich hob die zusammengebundenen Hände und berührte das dünne rote Rinnsal. Er hatte sich für mich mit seinem Bruder geprügelt! Hätte ich sprechen können – spätestens jetzt wäre ich sprachlos gewesen.

Bitte, formte ich mit den Lippen und hoffte, dass er verstand. Auffordernd sah ich zum Meer hin, dann wieder zurück in die Richtung, in der ich Brian vermutete. Langsam schüttelte ich den Kopf und legte all mein Flehen in meinen Blick. Er hatte wirklich so grüne Augen wie Seewasser bei Vollmond.

Für eine gefühlte Ewigkeit sah er mich bloß an, strich mir über die tränennasse Wange und zog schließlich ein Messer. Ich japste entsetzt, fing aber vor Erleichterung an zu bibbern, als er sich bückte, meine

Fußfesseln durchschnitt und auch das Seil um meine Handgelenke zersäbelte. Meine Knie fühlten sich so weich wie Quallengelee an.

Danke, sagte ich tonlos.

»Ich wünschte, wir hätten uns ... kennenlernen können«, flüsterte er und sah mich traurig an. »Aber Brian ...« Er seufzte und schob mich in Richtung Reling. »Er wird vor Wut ausflippen!«, stellte er fest und lächelte mich schief an.

Mein Herz tat einen Satz und ehe ich mich versah, hauchte ich ihm einen Kuss auf die Lippen, nahm seine Wärme in mir auf und sprang zurück ins kalte Nass.

Ich versuchte, nicht daran zu denken, wie wütend Brian sein würde und was er seinem Bruder möglicherweise antun würde. Für mich zählte nur, dass Ben mich freigelassen hatte. Aus irgendeinem Grund waren meine Freiheit und körperliche Unversehrtheit ihm wichtiger gewesen als sein Jahrhundertfang einer Meerjungfrau. Dieser Gedanke und die Wärme seiner Lippen hinterließen ein wohliges Gefühl in mir, machten die Schmerzen und den Schrecken vergessen und trieben mich an, tiefer und tiefer abzutauchen und mich in Sicherheit zu bringen.

tiefgrün

Ich war der Küste nah genug gekommen, um mir ein Plätzchen zu suchen, damit ich mich im Schutz der Dämmerung zurückverwandeln konnte. Es würde kaum mehr als eine halbe, Dreiviertelstunde benötigen, doch ich brauchte Ruhe und Konzentration dafür. Meine Kräfte waren erschöpft, das war unbestreitbar.

Ich testete das Wasser auf bekannte Signaturen, doch meine Sinne waren so taub, dass ich keine Spur auffangen konnte. Irgendwie hoffte ich, auf andere Wassermenschen zu treffen, die mir den Schutz der Gruppe bieten konnten. Dann hätte ich ihnen jedoch erzählen müssen, was geschehen war – und das bedeutete den sicheren Tod der beiden Männer. Meine Sippe würde sie suchen und ertränken und mein Herz begehrte allein bei dem Gedanken an den Tod von Ben wütend auf.

Die Flut würde sich weitere Meter der Felswand einverleiben, das konnte ich mit geübtem Blick sehen. Ein schmaler, nicht ganz ungefährlich aussehender Weg, dessen unteres Stück vom Wasser überspült war, führte die Klippen hinauf. Ich gratulierte mir, dass ich dieses Plätzchen gefunden hatte. Wenn die Flut sich mein auserkorenes Örtchen komplett geschnappt hatte, konnte ich den Weg weiter hochklettern. Perfekt – immerhin schien der Tag nicht so furchtbar zu enden, wie ich es Stunden zuvor befürchtet hatte.

Ich krabbelte aus dem Wasser und begann mit der Wandlung. Konzentriert musste ich mich zwingen, die Kiemen ruhen zu lassen und stattdessen die Lunge zu nutzen. Nach diesem unschönen Intermezzo war sie voller Wasser und ich gab mir Mühe, meinen Husten zu ersticken. Doch ich röchelte eine Weile, bis ich – glücklich, dass ich es innerhalb von einigen konzentrierten Minuten geschafft hatte, meine Atmungsorgane diesmal vollständig zu verwandeln – auf dem Rücken liegen blieb. Zu meiner Rechten erhob sich finster und erdrückend die Felswand. Sobald ich den Kopf ein wenig nach links neigte, konnte ich die Sterne erblicken, die den dunkler werdenden Abendhimmel überzogen.

Ich seufzte schwer, breitete die Reste meiner Flossen zum Trocknen aus und lauschte den vertrauten Geräuschen des Meeres. Um Kleidung musste ich mich morgen kümmern.

Das Wispern, Rauschen und Klatschen der Wellen machte mich schläfrig, doch ich fand keinen Schlaf. Erst erwischte mich eine Welle, dann stieg das Wasser so hoch, dass ich ein Stück in Richtung Klippenrand klettern musste, um in meiner Menschengestalt nicht zu ertrinken. Schließlich lenkte mich der dumpfe Schmerz meiner eingerissenen Flossen von meiner verdienten Nachtruhe ab – und plötzlich hörte ich Hundegebell.

Entnervt, geschwächt und lautlos fluchend lag ich auf dem schmalen Pfad und lauschte in die Dunkelheit. Durch meinen Kopf schossen tausend Ideen, was ich dem Besitzer des Hundes an wilden Geschichten auftischen konnte, doch die Gedankenfetzen wollten keine konkrete Form annehmen.

Hastig sprang ich auf und zischte vor Schmerz. Meine ramponierten Beinflossen zu wandeln, hatte ich eigentlich nicht vorgehabt, da sie in ihrer natürlichen Form wesentlich besser heilten, doch das war nun keine Frage des Wollens mehr. Ich zwang sie, sich zurückzubilden. Immerhin waren sie einigermaßen trocken – waren sie nass, war es fast ein Ding der Unmöglichkeit, sie gegen ihre Natur zu menschlicher Haut zu wandeln.

Das Letzte, was verschwand, waren die feinen Schüppchen. Die im Gesicht verschmolzen erfahrungsgemäß recht schnell wieder mit meiner blassen Haut und hinterließen nur perlmuttfarbenen Staub. Die anderen jedoch, die wesentlich ausgeprägteren Schuppen, brauchten mitunter Stunden, bis sie eben und glatt waren und wie menschliche Haut wirkten.

»Bedank dich bei deinem Vater!«, war alles, was meine Mutter dazu gesagt hatte, als ich mich einmal darüber beschwerte. Meinen Schwestern gelang die Transformation deutlich schneller – ich beneidete sie dafür. Nixen waren eben geborene Wandelwesen – Menschen nicht. Ich lag irgendwo dazwischen.

Der Schein einer Taschenlampe zerschnitt die Dunkelheit. Spitze, harte Felsen bohrten sich in meinen Rücken. Angespannt lauschte ich dem Bellen des Hundes und folgte nervös mit den Augen dem Lichtkegel, der stetig näher kam. Meine Gedanken wechselten die Richtung wie ein Schwarm Fischchen. Sollte ich zurück ins Wasser? Sollte ich riskieren, mich erneut zu wandeln und dabei vor Schwäche ohnmächtig zu werden? Ich sah mich bereits an den Felsen zerschellen wie morsches Treibgut.

Ich hielt den Atem an und betete zu allen Göttern, die ich kannte, als das Licht zum ersten Mal über mich glitt. Noch war ich nicht entdeckt worden, doch der Hund bellte und winselte immer aufgeregter. Er näherte sich. Unter mir klatschten die Wellen mit der ihnen innewohnenden Urgewalt an die Felsen. Selbst wenn ich topfit gewesen wäre, hätte es mir ein gutes Stück Kraft abverlangt, bei diesem Seegang gegen ihren Sog zu kämpfen, um nicht zerschmettert zu werden.

Angespannt sah ich den schmalen Weg hinauf. Ich bekam unzweifelhaft Besuch. Verdammt.

Ich versuchte, Bilder und Eindrücke des Hundes aufzufangen. Manchmal gelang mir das bei Tieren. Aber auch in diesem Punkt machte mir mein menschlicher Anteil ab und zu einen dicken Strich durch die Rechnung: Ich hatte nur eine rudimentäre Ahnung dessen, was in Tierköpfen vor sich ging, und konnte diese Begabung nicht immer nutzen. Meine jüngste Schwester hingegen konnte geradezu mit Tieren kommunizieren.

Das aufgeregte Gebell verstummte immer wieder, doch sobald es erklang, wirkte es näher als zuvor. Ich begann zu zittern. Hunde waren ganz und gar keine Tiere, mit denen ich etwas anfangen konnte.

Kleine Steinchen purzelten den Weg hinunter, als sich mir vier Pfoten näherten. Im schwachen Licht der Sterne konnte ich einen dunklen Schatten ausmachen, der ein Stückchen lief, witterte, leise grollte und beständig näher rückte. Schließlich blieb er ein Stück vor mir stehen. Als ich mich bewegte, knurrte er leise und kam die restlichen Meter bis zu mir hinuntergetappt.

»Du beißt mich nicht, okay?« Meine Beine zitterten. Ich wich ein paar Schritte zurück.

Das zottelige Ungetüm folgte mir, bis schließlich ein knappes Kommando ertönte. Das Licht der Taschenlampe wanderte ruckelig über den nackten Schiefer, brachte die Gischt, die immer wieder bis zu mir hoch spritzte, zum Glitzern, und hatte mich schließlich erfasst. Ich drückte mich an den Felsen, wandte das Gesicht ab und versuchte, nicht in Panik zu geraten. Sollte ich es doch riskieren und mich in die Fluten stürzen? Nein, ich würde schneller von den Wellen zerschmettert werden, als ich für meine Wandlung gebraucht hätte.

Der Besitzer des Hundes rief diesem ein knappes Kommando zu. Ich atmete erleichtert auf, als das Grollen verstummte. Der Mann kam mit schweren Schritten den schmalen Weg hinunter. Schließlich vernahm ich ein überraschtes »Oh!«.

Das schwer zu verstehende Englisch des Mannes rumpelte in meinen Ohren, doch ich glaubte, eine Frage vernommen zu haben. Was hätte ich ihm antworten sollen? Die Wahrheit? Da hätte ich mich gleich in die tosenden Fluten stürzen können.

Der Lichtstrahl wanderte über meinen Körper und ich wusste, was der Kerl sah: Eine nackte, mit Schrammen übersäte Frau, deren Haar grünlich und zerzaust an ihrem perlmuttschimmernden Körper klebte. Mein Aussehen schrie nach Märchengestalt und als hätte er meine Gedanken erraten, schnellte der Lichtkegel wieder zu meinem Gesicht. Ich wandte den Kopf ab. Für ein paar Atemzüge rührte sich keiner von uns, bis der Mann seinem Hund mit leisem Gemurmel irgendetwas zu verstehen gab. Ich quietschte verschreckt, als das Tier sich an mir vorbeidrückte und mir so den Weg in Richtung Wasser abschnitt. Mit angehaltener Luft verharrte ich.

Der Mann kam näher und langte nach meinem Kinn. Sein Griff war sanft, als er meinen Kopf zu sich drehte. Trotzdem fühlte sich mein Magen an, als würde ihn ein kräftiger Krake mit seinen Fangarmen zusammendrücken. Das war nicht fair! Warum entkam ich denn mit Müh und Not den zwei Fischern, nur um jetzt von einem Spaziergänger eingesammelt zu werden?

»Die Nixe«, stellte der Fremde verblüfft fest und ich glaubte meinen Ohren kaum. Eine seltsame Mischung aus Furcht und absurder Erleichterung jagte durch meine Zellen. Der Blonde! Er hatte mich schon einmal freigelassen, warum sollte er mich nun festhalten?

Ich blinzelte ins helle Licht, das meine Augen zum Tränen brachte, und zuckte zusammen, als der Hund an mir schnüffelte.

»Er tut dir nichts.« Er ließ mich los. Das Licht verschwand aus meinem Gesicht. »Komm mit.«

Ich schüttelte wild den Kopf, protestierte in meiner Muttersprache, die mir als Erstes über die Lippen rutschte, weil ich aufgeregt war, und wich vor dem Hund zurück, der mich wie auf ein unsichtbares Kommando seines Herrchens hin den Weg hinaufdrängte.

Der Mann ließ mich passieren, doch ich freute mich zu früh: Sein vierbeiniger Begleiter drückte sich blitzschnell an mir vorbei, lief den felsigen Pfad beneidenswert leichtfüßig hinauf und drehte sich nach einem Stückchen auffordernd um.

Seufzend setzte ich mich in Bewegung und hinkte in Zeitlupe den Weg hinauf. Der Blonde – Ben – leuchtete mir und folgte mir auf dem Fuße. Ich konnte seinen Blick spüren, stellte mir vor, wie er die Haarsträhnen auf meinem Rücken betrachtete und die letzten schimmernden Schuppen auf meinem Hintern bemerkte. Die Vorstellung, dass er mich dort berühren könnte, machte mich auf eine schwer zu fassende Art unsagbar nervös. Daher ging ich schneller, stolperte, rappelte mich auf und humpelte weiter, bis der Pfad breiter wurde und wir kurz darauf die Klippenkante erreichten.

»Du verstehst mich, oder?«, fragte der Mann schließlich.

Ich nickte, wollte ihm erklären, dass ich ihn, wenn er sich Mühe mit seinem Englisch gab, sogar gut verstand, doch ich zitterte wie ein Blatt in der Strömung. Ich konnte seine hellen Haare erkennen, nur die hübsche Farbe seiner Augen wurde von der Dunkelheit verschluckt.

»Hier draußen ist es nicht sicher für dich!«, erklärte er, schnappte meinen Arm, ließ ihn jedoch sofort los, als ich aufschrie. Das Netz, in dem ich mich seinetwegen verheddert hatte, hatte sich an Schultern, Armen und Hüfte in meine Haut gestanzt und machte jede Berührung zu einer Qual. »Es heißt, die Meeresgeister versammeln sich alle fünfzig Jahre in dieser Gegend«, erzählte er und pfiff seinen Hund zurück, der mich schon wieder neugierig beschnüffelte. »Es ist wahr, oder?«

Ich starrte ihn entgeistert an. Er wusste von Wesen wie mir? Zumindest kannte er offenbar Erzählungen und Märchen. Mir hatte es vollkommen die Sprache verschlagen.

»Ich habe immer davon geträumt, mal einen von euch zu sehen. Vorhin, das … das tut mir leid.«

Der Blonde musterte mich gedankenversunken und abermals spürte ich, wie sein Blick meinen Körper abtastete. Ich fühlte mich nackt – was ich ja war, aber an Land war das Nacktsein anders, absoluter.

»Viele Leute glauben an die Legenden und hoffen darauf, eines von euch Meereswesen zu erwischen. Brian sucht immer noch nach dir. Komm.« Er deutete auf winzige Lichter, die wohl Fenster eines Häuschens waren, das einen knappen Kilometer entfernt stand. »Meine Hütte. Da kannst du dich bis zur Dämmerung morgen früh verstecken.«

Ich sah ihn misstrauisch an. Zwar hatte er mich schon einmal davonkommen lassen, doch warum sollte er es sich nicht anders überlegt haben und seine zweite Chance nutzen?

Als sein Hund mich mit seiner kalten Nase anstupste, weil er vermutlich reichlich verwirrt war, da ich wie nichts roch, das er kannte, entschied ich mich. Ich richtete ein inneres Stoßgebet an alle Meeresgötter, die mir wohlgesonnen waren, bat um Kraft und konzentrierte mich allein auf die Wandlung meiner Augen. Das Einzige, was mir bei einer Flucht helfen würde, war der Vorteil, in der mondlosen Nacht besser sehen zu können als Menschen. Allerdings hatte das schon mal besser geklappt – meine Reserven waren bei null. Trotzdem rannte ich, was meine Beine hergaben. Die Wunden fingen an, stärker zu schmerzen, doch ich biss die Zähne zusammen. Unter meinen nackten Füßen spürte ich Kiesel und trockene Heide. Ginsterbüsche hinterließen ihre Spuren auf meinen Beinen, Gräser peitschten gegen meine Waden.

Die Sterne beleuchteten die Ebene, die steil zum Meer hin abfiel, nur unzureichend. Meine Nachtsicht war so gut wie nicht vorhanden. Mehrmals stolperte ich, rappelte mich auf und rannte weg von dem blonden Mann und seinem Hund. Seine Worte, dass auch andere Küstenbewohner von uns Wassermenschen wussten und die Zyklen unserer Zusammenkünfte kannten, drangen erst verspätet zu mir durch. Suchten die Leute in mondlosen Nächten etwa gezielt nach uns?

Mein Herz drohte mir aus der Brust zu springen, als der Wind mir fremde menschliche Stimmen zutrug. Ich bremste auf den Hacken, verfluchte meine trägen, unbeholfenen Beine und keuchte entnervt, als der Hund vor mir auftauchte. Er hatte mit dem steinigen Gelände überhaupt keine Probleme. Das Tier knurrte und ich schwenkte ein, kam ein paar Schritte weit und knickte dann mit dem Knöchel um, als ich in ein Loch trat. Ich schrie vor Schmerz auf, flog der Länge nach hin und verharrte reglos, als ein dunkler Schemen neben mir auftauchte. Der Lichtkegel der Taschenlampe erfasste mich erneut. Meine Flucht hatte ein jähes Ende gefunden.

»Warum rennst du weg? Ich will dir doch gar nichts tun!«, schnaufte der Mann und ging in die Hocke, fast so wie bei unserem ersten Zusammentreffen auf der Insel. »Es ist gefährlich hier draußen!«, erklärte er und versuchte, in der Dunkelheit meinen Umriss zu erkennen. Er tastete nach meinem Arm. Ich quiekte protestierend und jaulte noch lauter auf, als er gegen meinen Knöchel stieß. Schmerzwellen schossen mir das linke Bein hoch und ich fluchte herzhaft in der Sprache, die für ihn unverständlich klingen musste.

Ich war frustriert. Wieder einmal war mir deutlich gemacht worden, dass ich in keiner Welt wirklich zu Hause war: Ich war zu unbeholfen, um an Land weglaufen zu können, und zu wenig Nixe, um mich nach Lust und Laune wandeln zu können. Hätte ich diese Fähigkeit gehabt, hätte ich mich schließlich direkt von meinem Schlafplatz aus wieder in die Fluten gestürzt. Doch mein unfähiger Körper boykottierte mich. Ein weinerliches Jammern kam mir über die Lippen.

»Dein Knöchel?« Der Mann tastete behutsam meinen Fuß entlang. Er interpretierte mein Zischen vollkommen richtig als Schmerzenslaut. Ohne etwas zu sagen, hob er mich hoch. Dass er das problemlos bewerkstelligen konnte, hatte er bereits auf der Felseninsel bewiesen.

Ich war hellauf in Panik, lag stocksteif in seinen Armen und hoffte, dass wir bald an der Hütte sein würden, oder irgendwo, wo er mir nicht mehr so unglaublich nah war. Je länger er mich jedoch trug, desto ruhiger schlug mein Herz. Sein Körper war warm, wärmer als mein eigener, das konnte ich selbst durch die gefütterte Weste spüren, die er trug. Er ging mit mir um wie mit einem Kätzchen, hielt mich fest und sicher im Arm und ich lehnte schließlich verstohlen den Kopf an seine Schulter. Mich hatte noch niemand je durch die Gegend getragen. Ich mochte das sachte Auf und Ab seiner Schritte und genoss das Gefühl, dass jemand mich in Sicherheit brachte.

Gut versteckt

»Da sind wir!«

Ich musste kurz eingenickt sein, denn wir waren vor dem kleinen Häuschen angekommen, das sich zwischen Heide und windschiefen Ginsterbüschen an den Boden zu drücken schien. Sein Eingang wurde von einer milchigen Lampe kaum nennenswert erhellt.

Ich sah in Bens sanft dreinblickende Augen, die mich aufmerksam betrachteten, und hielt die Luft an. Plötzlich war ich wieder angespannt. Als er mich vorsichtig auf den Boden stellte, die Tür aufschloss und ich auf einem Bein die zwei kleinen Stufen abwärts ins Innere hüpfte, fragte ich mich, was beim Fürsten der Unterwelt ich hier eigentlich tat.

»Eine Nixe in meinem Haus. Vielleicht träume ich«, mutmaßte er halblaut und schien mit sich selbst zu sprechen. Er kommentierte meine unbeholfenen Hüpfbewegungen mit einem Seufzen. »Setz dich auf die Truhe dort.«

Ich hinkte die drei Schritte bis zur Sitzgelegenheit und ließ mich nieder. Ben schmiss seine Weste über einen der Stühle. Das Häuschen schien nur aus der großen Küche zu bestehen und wirkte zusammengepuzzelt. Auf dem Holzboden lagen gewebte, ausgetretene Flickenteppiche, im Regal über der Spüle stand ein buntes Sammelsurium an Küchenutensilien und vom großen Esstisch konnte man vor lauter Zettelstapel kaum mehr die hölzerne Tischplatte erkennen. Der Hund war mit uns ins Innere des Häuschens gehuscht. Es musste irgendein Colliemix sein, der bis auf die rechte, vollständig weiße Seite des Kopfes dunkel gefleckt war. Er lief für eine Weile aufgeregt im Raum umher, witterte immer wieder in meine Richtung und sah sein Herrchen erwartungsvoll an. Eigentlich ein hübsches Tier, aber ich nahm ihm ein wenig übel, dass er mich dort unten am Felsen aufgestöbert hatte.

»Grisha, auf deinen Platz.« Ben nickte in Richtung eines Deckenstapels, der neben dem sachte vor sich hin glimmenden Kamin lag.

Der Collie trottete nach einem letzten – und wie ich fand, eindringlichen – Blick in meine Richtung zu seinem Platz. Ein paar Mal drehte er sich auf der Stelle, bis er zufrieden zu sein schien, und legte dann den Kopf auf seinen Vorderpfoten ab. Ich war fast ein wenig neidisch. Der Platz musste herrlich warm sein.

»Ich heiße übrigens Bennett«, stellte der Mann sich offiziell vor und riss mich damit aus meinen Gedanken, wie wundervoll kuschlig der Deckenberg am Kamin wohl war. Er lächelte schief. »Kannst mich Ben nennen, das machen alle.«

Ich schwieg, denn noch war ich zu aufgeregt, um mich vernünftig verständigen zu können. Zaghaft lächelte ich ihn an und fühlte, wie seine Blicke verstohlen über mich glitten.

»Du siehst ganz schön lädiert aus«, kommentierte er mein Äußeres. Er sah plötzlich schuldbewusst aus. »Das war das Netz, richtig? Und das dort stammt von den Seilen.« Die kleineren Abschürfungen erwähnte er nicht, registrierte sie jedoch und schob sogar eine Haarsträhne von meiner Schulter, um die Prellung dort zu begutachten. »Das tut mir leid.«

Ich nickte nur.

»Ich habe eine Salbe, aber ich weiß nicht, ob sie bei dir wirkt.«

Ich zuckte mit den Schultern. Schaden würde sie sicher nicht.

Er kramte in einer Schublade und schien sich in seinem Chaos bestens zurechtzufinden. Mit einem triumphierenden Schnauben kam er zu mir zurück und hielt mir eine hellblaue Dose hin. »Hier. Ringelblumensalbe. Hat meine Mutter gemacht.«

Schweigend betupfte ich meine Blessuren mit der etwas streng riechenden Creme und sah erstaunt hoch, als er mir das Töpfchen wegnahm.

»Leg deinen Fuß hoch.« Ben schob mir einen der Stühle hin, schnappte sich, ohne zu fragen, mein lädiertes Bein und legte es auf der Sitzfläche ab. »Jetzt noch das hier«, murmelte er vor sich hin, packte ein weiches Kühlpad auf meinen Knöchel und betrachtete zufrieden erst sein Werk, dann mich. »Okay so?«

Ich blinzelte ihn mit einer Mischung aus Verwirrung und Entzücken an und bekam kein Wort heraus – also nickte ich und lächelte.

»Gut.« Er musterte mich aufmerksam. »Du glitzerst!«, stellte er erstaunt fest und streichelte mir sachte über das Schlüsselbein. »Es sieht aus wie Perlmuttstaub.«

Ich ließ ihn gewähren, denn ich fand seine Neugier und sein Staunen irgendwie erheiternd. Er strich abermals über meine Haut und hielt sich den Finger vor die Augen, pustete den Staub fort und nieste.

»Mein Gott, du bist wirklich echt.« Kopfschüttelnd sah er mich an, als würde ihm alle paar Minuten erneut auffallen, dass eine leibhaftige Wassernymphe in seiner Wohnküche saß. »Es heißt, dass ihr Nymphen magische Kräfte besitzt. Ihr schickt Seenebel, um euch Seelen zu holen, und singt, damit die Schiffer ihre Boote an den Felsen zerschellen lassen.«

Ich schüttelte heftig den Kopf. Was sollten wir denn bitte schön mit Seelen anfangen? Gut, in früheren Zeiten, in denen Menschen ausgezogen waren, um unsereins ausfindig zu machen und einzufangen, mochte der eine oder andere Neugierige mit ein bisschen Nachhilfe ums Leben gekommen sein. Soweit ich wusste, ging es dabei aber nicht um Seelen, sondern schlichtweg um den Tod der Menschen.

»Nicht?« Er wirkte aufgeregt, als er mich abermals von Kopf bis Fuß musterte. »Hast du deine Stimme verloren?«

Wieder verneinte ich mit Kopfschütteln. Ob er noch mehr Märchen- und Legendenbruchstücke auf Lager hatte?

»Das Liebesspiel mit euch soll Menschen um den Verstand bringen.« Sein leises Lachen ließ mich alarmiert zusammenfahren. Von dem Gerücht hatte zumindest ich heute zum ersten Mal gehört. »Himmel, ich habe immer davon geträumt, von einer Sirene verführt zu werden.«

Mit den Gedanken war er eindeutig woanders, doch ich dachte nicht daran, ihn zu verführen. Ich hätte nicht einmal gewusst, wie das funktionieren sollte.

»Würde es das, kleine Meerjungfrau? Würde ich meine Sinne verlieren, wenn ich mit dir schlafe?«

Ich sah ihn entgeistert an. Das war es, was sein Bruder von mir gewollt hatte?

Er kam näher, hatte seine riesige Hand auf meine Schulter gelegt und rückte immer näher, unaufhaltsam wie eine riesige Welle, die mich unter sich begraben würde. Das merkwürdige Kribbeln, das sein Kuss auf dem Felseneiland in mir hervorgerufen hatte, kam mir wieder in den Sinn. Im Augenblick fühlte ich mich jedoch in die Enge getrieben.

Unruhig sah ich mich nach Fluchtmöglichkeiten um und stellte ernüchtert fest, dass ich keine hatte – nicht in diesem Zustand. Ich blubberte ihn empört an, wohl wissend, dass er keines meiner Worte verstand. Die Tonlage schien ihm genug zu verraten. Er lenkte seine Aufmerksamkeit weg von meinen Brüsten, hin zu meinem Gesicht. Der verhangene Ausdruck in seinen Augen, die Lust, mit der er mich betrachtete, wich einem erstaunten »Oh nicht doch!«. Er lief feuerrot an. »Weißt du, ich bin nur furchtbar neugierig!« Sein Seufzen klang schuldbewusst. »Ich habe dich erschreckt, kleine Nixe, das tut mir leid.«

Die Aufregung fegte mir sämtliche Worte in der Menschensprache aus dem Hirn. Für einen winzigen, verrückten Moment überlegte ich tatsächlich, ihn zu küssen. Und dann? Ich war einfach zu unerfahren in solchen Dingen. Irgendwie musste ich dem Menschenmann noch beibringen, dass er auf die nächste Sirene hoffen musste, die ihn nach allen Regeln der Liebeskunst verführte. Mit mir hatte er diesbezüglich eine Niete gezogen.

»Ich würde dich gern küssen, schöne Nymphe, aber du hast Angst, das ist nicht zu übersehen.« Er rückte von mir ab, aber ließ mich nicht aus den Augen. »Mein Bruder darf dich nicht entdecken.« Er schien angestrengt in die Nacht hinaus zu lauschen. Doch draußen tat sich nichts. Der Hund döste ebenfalls weiter, was Ben offenbar beruhigte. »Falls er vorbeischauen sollte, versteckst du dich, versprich es mir.«

Ich runzelte fragend die Stirn und er sah mich so warmherzig an, dass mir das Herz bis zum Hals klopfte. Was tat dieser Kerl mit mir? Warum beruhigte mich seine Nähe, wie es sonst nur das Wasser vermochte, und trieb im nächsten Moment meinen Puls in die Höhe, sobald er mir in die Augen sah?

»Ich habe mir das nicht ausgedacht, dieses Gerücht, dass das Liebesspiel mit euch Nymphen unvergesslich sei. Und vielleicht stimmt es.« Er sah mich ernst an. »Mein Bruder ist ... Er würde dich ... nicht fragen.«

Mein Gesicht musste schlagartig jegliche Farbe verloren haben, denn er seufzte mitleidig.

»Er war schon heute Nachmittag wie elektrisiert, und glaube mir, wir haben uns beinahe erneut geprügelt, als er gemerkt hat, dass ich dich freigelassen habe.« Er lächelte beruhigend. »Brian und ich streiten uns ständig.« Ein Schatten huschte über seine Miene. »Dieses Mal war es heftiger als sonst, aber er wird sich wieder einkriegen. Eine Nixe fängt man nur einmal im Leben – und ich habe es ihm vermasselt.« Er verstummte und sah mich aus funkelnden Augen sehnsuchtsvoll an. »Du bist so schön!«, murmelte er und ich wusste nicht, was ich sagen sollte. Ich fühlte mich geschmeichelt und war seltsam gerührt. Aus seinem Mund klangen die Worte ehrlich.

Hätte ich endlich meine Sprache wiedergefunden, hätte ich das Kompliment gern zurückgegeben, denn es stimmte: Er zog mich an, wie eine glitzernde Fliege einen neugierigen Fisch lockte.

»Hast du eigentlich Hunger?«

Es war mir peinlich, dass die Erwähnung des Wortes *Hunger* mich so sehr von der Situation ablenkte, dass mein Magen knurrte.

Ich nickte und der Blonde lächelte mich an. »So viel Auswahl habe ich nicht, aber ... sieh selbst.«

Er erhob sich, klappte zwei Schränke auf, doch ich hätte aufstehen müssen, um den Inhalt zu begutachten.

Er sah mich auffordernd an. Zum einen war es mir unangenehm, vor ihm nackt herumzulaufen, zum anderen pochte mein Fuß immer heftiger. Ich deutete vage auf meinen Fuß, dann zögerlich auf mich selbst. Irgendein T-Shirt würde mir ja schon reichen.

Ben schlug sich vor die Stirn, zog kurzerhand sein Hemd aus und reichte es mir. »Habe nichts Besseres da.«

Bei Poseidon, mir schoss das Blut in die Wangen. Sein Körper stand dem unserer Krieger in nichts nach, bis auf dass er deutlich gebräunter war und zudem nicht die unglaublich ebenmäßige Hauttönung unserer Wassermänner hatte. Er war muskulös, ohne massig zu wirken. Abertausende winzige Sommersprossen bedeckten Schultern und Arme und eine verblasste Narbe zog sich an seiner linken Seite entlang. Er hatte seine Makel – aber ich fand ihn wunderschön. Es kostete mich Mühe, ihn nicht mit offenem Mund anzustarren, als er sich durch die blonden Locken fuhr und mich verlegen angrinste.

»Wenn du mich noch verlangender anstarrst, küsse ich dich doch«, drohte er und ich hörte mich schnauben. So erschreckend war der Gedanke nicht, stellte ich fest. Dass ich ihn jedoch *verlangend* angesehen hatte, konnte nur ein Irrtum sein. Ich war in solchen Dingen unfähig – das letzte männliche Wesen, das ich angeschmachtet hatte, hatte mich mit einem »Hab ich was im Gesicht, oder was?« abblitzen lassen.

»Ich ...«, hob ich an und die seltsame Spannung, die meinen Magen kribbeln ließ, verflog mit einem Schlag. Meine Stimmbänder funktionierten endlich wieder, wie sie sollten, und mein Gehirn rückte mein englisches Sprachwissen heraus. Zum ersten Mal in meinem Leben schien sich das Pauken und Filmeschauen im Original auszuzahlen.

Nun war Ben es, der mich mit offenem Mund anstarrte. »Sag das noch mal!«

»Warum?« Das Wort kratzte in meinem Hals, doch es würde besser werden, das wusste ich aus Erfahrung.

Er strahlte über das ganze Gesicht. »Du kannst ja doch sprechen! Wir ... Wir können uns unterhalten!«

Er war mit einem Schritt bei mir, hob mich hoch und umarmte mich. Ich biss mir auf die Lippen und quiekte leise auf. Meine Blessuren heilten zwar, wie bei allen Wandelwesen, etwas schneller als die der Menschen, aber weg waren sie dennoch nicht.

»Entschuldige.« Er ließ mich wieder los. Sein Daumen strich mir über die Wange, so zart, dass ich unwillkürlich meinen Kopf in seine Hand schmiegte, um seine Wärme zu spüren. »Du musst mir alles vom Leben unter Wasser erzählen«, flüsterte er und freute sich hörbar. »Ich analysiere die Auswirkungen bestimmter Umweltparameter auf die heimische Meeresfauna. Ich liebe das Meer!«

Seine warmen Hände umfingen mein Gesicht, meine eigenen lagen auf seiner Brust. Feine Härchen kitzelten meine Fingerspitzen. Vorsichtig zog er mich näher zu sich, bis kein Zentimeter Platz mehr zwischen uns war.

»Ich will dich küssen, Nymphe«, raunte er heiser. Er ließ seine Finger sachte von meinem Gesicht über meinen Hals, über meine Schultern bis hin zu meinem Rücken wandern. »Darf ich?«

Ob er es trotzdem tun würde, wenn ich Nein sagte? Doch ich sah ihn nur stumm an und nickte knapp. Ich war neugierig und außerdem schrien meine Lippen danach, berührt zu werden, so wie mein ganzer Körper. Mir war Erregung nicht fremd, aber neu war, dass jemand anderes sie auslöste.

Ich glaubte, meinen Herzschlag hören zu können, als sein Mund den meinen fand. Erst küsste er mich vorsichtig, um mich nicht zu verschrecken, dann wurde er drängender, schob meine Lippen auseinander und lockte meine Zunge in ein verwirrendes Spiel.

Er küsste mich, als gäbe es nichts anderes, das in diesem Augenblick von Interesse war. Mein Verstand schaltete sich aus, denn der Kuss war anders als alle Küsse, die ich je bekommen hatte. Immer wieder fanden seine Lippen die meinen und wenn er innehielt und mich ansah, strich er mir zart über den Mund, als könne er nicht glauben, was er gerade tat. Seine Hände krabbelten über meinen Rücken, erkundeten meinen Po und meine Moleküle lösten sich in flatterhafte kleine Dinger auf, die ich nicht mehr kontrollieren konnte. Ich mochte die Härte seiner Muskeln, liebkoste die weiche Haut darüber mit meinen Fingern und sah atemlos auf, als eine Hand sich um meine Brust legte. Genüsslich presste er sie zusammen und schob mich zurück, bis ich an den Esstisch stieß.

»Ich träume, oder?«, wisperte er, wischte die Zettelstapel von der Tischplatte und drückte mich nieder. »Ich muss träumen!«

Als er seine Hose öffnete, kam ich zu mir und lauschte dem wollüstigen Ziehen meines Unterleibes. Ich wollte es, wollte diesen Mann in mir spüren – und bekam es trotzdem mit der Angst zu tun. Es gab ein kleines Detail, eine im Grunde lächerliche Tatsache: Ich war noch von keinem Mann berührt worden und das machte mich nervös.

Zwei Seelen stritten in meiner Brust: Ein Teil meines Ichs jubelte, dass es endlich passierte, mit einem Mann, der einen silbrigen Schwarm winziger Fische durch meinen Körper jagte und definitiv kein Wassermann war. Es war die rebellische Ader in mir, die jubilierte – doch die warnenden Stimmen brüllten mindestens ebenso laut. Immerhin war er ein Mensch. Er gehörte zu den anderen, jenen, die uns, ohne zu zögern, für ihre Zwecke nutzen würden, sollten sie unser habhaft werden.

»Nicht!«, verlangte ich meinen Stimmbändern ab und richtete mich halb auf. »Warte, Ben … Nicht!«

Er sah mich schwer atmend an und schien erst langsam zu realisieren, was ich immer hektischer vor mich hin stammelte. In seinem Elan gebremst, spuckte er die kleine Ecke der Verpackung aus, die er hektisch mit den Zähnen aufgerissen hatte. Für einen furchtbaren Augenblick glaubte ich, er würde sich trotzdem nehmen, was er sich wünschte, und mich damit einmal in der Mitte durchreißen. Doch er hielt inne.

»Wirklich?«

Beinahe tat er mir leid. »Ich … Ich hab noch nie …« Ich sah ihn mit großen Augen an. »Tut mir leid.«

Er schnaufte. »Mein Fehler.« Sein Seufzen klang bedauernd und ich hatte mir selten so sehr gewünscht, dass eine Riesenwelle mich einfach auf der Stelle hinwegspülen würde, um nicht mehr dieser seltsamen Situation ausgesetzt zu sein. »Dann, ähm …« Er knöpfte seine Hose hastig zu, hob sein Hemd auf, das im Eifer des Gefechts auf dem Boden gelandet war, und hielt es mir hin. »Zieh das über, bitte, sonst …« Er lächelte etwas gequält. »Wo waren wir stehen geblieben? Du hattest Hunger, richtig?« Ben stolperte zurück, drehte sich abrupt um und riss sämtliche Schranktüren und Klappen auf, um etwas Essbares zu finden. »Du musst was essen, und dann versteckst du dich!«, murmelte er vor sich hin, schmiss ein Glas mit Reis um und fluchte herzhaft, als die Körner sich raschelnd in die Spüle ergossen. Er war sichtlich nicht bei der Sache.

Ich biss mir auf die Lippe, um nicht laut zu lachen. Sosehr mich seine plötzliche Nähe eben erschreckt hatte, sosehr erheiterte es mich, dass ihn das Ganze ebenso aus dem Konzept gebracht hatte.

»Ben«, benutzte ich seinen Namen und kostete diesmal den Klang aus, »es ist gar nichts passiert!« Die Worte klangen flüssig und ich war erleichtert. Sprechen zu können machte vieles einfacher.

Der Mann starrte mich unsicher an. »Aber …«, hob er an, doch ich schüttelte den Kopf.

»Ich lebe nicht hinterm Mond«, klärte ich ihn auf und lächelte, als er rot anlief. »Ich habe nur kalte Füße bekommen, nichts weiter.«

Er grinste schief. »Also hältst du mich nicht für einen übereifrigen Lüstling, der sich über wehrlose Jungfrauen hermacht?«

»Eher nicht.«

Beim Anziehen seines Hemdes sog ich seinen Geruch ein. Wie gut er roch! Sandelholz, Salz, er selbst. Ich fühlte mich ein wenig berauscht. Irgendetwas in meinem Kopf musste schlichtweg nicht ganz rund laufen, denn als ich auf mein unverletztes Bein gelehnt dastand und ihn beobachtete, wollte ich ihn schon wieder küssen. Ich biss mir auf die Lippe, wandte den Blick ab und schüttelte belustigt den Kopf. Sirenen sollten unglaubliche Verführungskräfte haben? Vielleicht war da was dran – ich zumindest setzte mich selbst damit schachmatt und konnte ihn kaum aus den Augen lassen.

»Sind Nudeln okay?«, fragte er und ich sah ihn überrascht an.

»Klar.«

Wie konnte jemand nur so wunderschöne Schultern haben? Und der Rücken erst! Es schien mir, als würde mein Gesicht perfekt in die Mulde zwischen seinen Schulterblättern passen. Ich stellte mir die warme, samtige Haut gemütlich vor und konnte sie in meiner Vorstellung unter den Fingerspitzen spüren.

»Auch einen?«

Ich blinzelte und sah ihn an. Ben hielt eine hübsch geschwungene Flasche mit irgendeiner goldbraunen Flüssigkeit in der Hand. Ich schüttelte den Kopf und beobachtete ihn, wie er sich einen Fingerbreit davon einschenkte.

»Auf die Meerjungfrau!«, prostete er mir zu und sah mich mit großen Augen an. »Hast du einen Namen?«

»Ich habe sogar einen Schulabschluss«, schnappte ich, ärgerlich darüber, dass ich dermaßen in meinen Überlegungen versunken gewesen war. »Mialeena«, antwortete ich schließlich und sah, wie er meinen Namen erst in Gedanken, dann laut aussprach. Aus seinem Mund klang das Zusammenspiel der Silben wie ein Gedicht und abermals starrte ich auf seine Lippen.

Ich dumme Sardelle hätte es einfach tun sollen! Schließlich war es, nüchtern betrachtet, nur Sex. Zwei Erwachsene, eine gemeinsame Tätigkeit, nichts weiter. Und ich hätte nicht einmal den schmerzhaften Markierungsbiss eines Wassermannes fürchten müssen.

»Mialeena, was geht in deinem Kopf vor?«

»Finstere Dinge!«, gab ich wahrheitsgemäß zu und schnaubte. »Tut mir leid, dass deine Märchengestalt nicht so sagenhaft und mystisch ist, wie du es gehofft hast.«

Ben starrte mich mit offenem Mund an und schien nicht zu wissen, worauf er als Erstes reagieren sollte. Ich registrierte ein nervöses Auf- und Abhüpfen seines Adamsapfels, dann zuckte er mit den Schultern. »Deine Gestalt im Wasser war ziemlich beeindruckend. Tatsächlich hätte ich ein paar Fragen.«

»Ich darf dir eh nichts über uns verraten.«

Er wackelte herausfordernd mit den Augenbrauen. »Ha! Du hast *uns* gesagt. Es gibt also mehr Wassermenschen als nur dich!«

Seine kindliche Freude war ansteckend und so wie es aussah, würde ich ohnehin am nächsten Morgen nicht so weit wiederhergestellt sein, dass ich zurück ins Wasser konnte. Er und sein Bruder hatten mich gesehen und ich war dabei, mit einem Menschen zu sprechen. Es machte keinen großen Unterschied, wenn ich ihm ein wenig mehr erzählte – solange ich keine Orte und Namen preisgab.

»Warum willst du das wissen?«

»Na, weil … Mialeena, ihr seid Legenden! Eure Existenz, euer Einfluss auf das Ökosystem ist vollkommen unerforscht!«

»Und dabei sollte es bleiben!«, gab ich etwas spitz von mir. »Selbst wenn ich dir haarklein berichte, wie wir leben – du würdest niemals irgendein Wort davon schriftlich festhalten dürfen. Ich könnte dir nichts erzählen, wenn ich wüsste, dass du es auch nur einer Menschenseele weitersagst.«

Sein Gesichtsausdruck spiegelte alles wider, zwischen Erstaunen, Unwillen und diesem sanften, unwiderstehlichen Ausdruck in seinen Augen, der mir so viel zu versprechen schien. »Aber … verstehst du nicht? Ich muss es nur wissen, für mich allein, um zu … um zu verstehen.« Er war leiser geworden und sah mich flehentlich an. »Das Meer hat schon immer mit mir gesprochen. Zumindest habe ich es mir eingebildet. Ich studiere Meeresbiologie, weil ich das Flüstern der See verstehen will.« Sehnsucht trat in seinen Blick. »Aber das werde ich nie, weil mir bisher immer ein Puzzlestein gefehlt hat. Du und deinesgleichen, ihr seid der Schlüssel zum Verstehen!« Ben schob mich zu der Truhe, auf der ich gesessen hatte, ging vor mir auf die Knie und langte nach meinen Händen. »Als ich dich heute auf der Insel entdeckt habe, habe ich es gespürt, Mialeena. Es war, als würde plötzlich Chaos in meinem Kopf herrschen, nur um sich dann zu ordnen. Du ordnest mich, du –«

»– machst mich ganz«, wisperte ich und musste lächeln, erstaunt darüber, dass er ähnlich fühlte wie ich mich in seiner Nähe.

»Das klingt dumm, oder?« Er stand auf, lief etwas orientierungslos im Raum umher, als sei er von seinen eigenen Worten überfordert, und gab vor, hochkonzentriert Nudeln zu kochen.

Er servierte sie nach ein paar Minuten mit einer annehmbaren Tomatensoße, die er im Regal gefunden hatte. Als wir schließlich am Tisch saßen, verblasste die seltsame Situation des Beinahe-hätten-wir-es-getan nach und nach, obwohl eine beständige Spannung zwischen uns herrschte. Wenn wir uns aus Versehen – oder auch nicht ganz zufällig – berührten, prickelte meine Haut, als hätte er sie entflammt. Trotzdem startete er keinen weiteren Annäherungsversuch – und ich war dafür einfach zu feige. Dafür hatte er tausendundeine Frage auf Lager.

»Das lustigste Tier, dem du begegnet bist?«

Ben hielt sich offenbar für einen Quizshow-Master und funkelte mich herausfordernd an, als hinge ein Preis an meiner korrekten Antwort.

»Ein Mondfisch, definitiv.« Ich gähnte verhalten, denn allmählich griff die Erschöpfung um sich. »Riesig, unförmig und gemütlich. Ich bin mal auf einen gestoßen, als ich in der Ostsee unterwegs war. Ein Sturm hatte ihn dorthin abgetrieben und ich und …« Ich biss mir auf die Lippe. Über meine Familie wollte ich so wenig wie möglich preisgeben. Wir waren im Urlaub auf See gewesen und hatten den verwirrten Fisch bis in die planktonreichere Nordsee begleitet. »Ich habe ihn zusammen mit Artgenossen wieder in die richtige Richtung begleitet«, rettete ich mich mit einer vageren Aussage und zuckte entschuldigend mit den Schultern.

Ben nickte, als habe er verstanden, dass ich nicht zu konkret werden wollte. »Und das seltsamste Tier?«

Ich überlegte kurz. »Der Igelfisch, ein Verwandter des Kugelfischs. Bläst sich bei Gefahr auf – und macht sich damit zum idealen Ball unter

Wasser.« Dann schüttelte ich den Kopf. »Nein, warte, noch seltsamer ist der Glaskopffisch. Er hat einen durchsichtigen Kopf und ... seine Augen liegen unter dieser durchsichtigen Außenhülle. Er –«

»Ich glaube, ich habe so einen schon einmal auf Bildern gesehen.« Sehnsucht stand in Bens Blick geschrieben. »Wie gern würde ich diese Welt kennenlernen!«

»Du hast ja jetzt eine Expertin an der Hand«, versuchte ich ihn aufzumuntern, denn für einen Moment sah er so traurig aus, dass ich ihn irgendwie trösten wollte.

»Aber morgen früh verschwindest du wieder und ich werde dich niemals wiedersehen!«

»Wer weiß das schon so genau?« Ich lächelte ihn an, obwohl auch mir der Gedanke, ihn so schnell schon wieder verlassen zu müssen, nicht gefiel.

Schließlich fielen mir die Augen immer wieder zu. Es musste nach Mitternacht sein. Die Flucht und das lange Schwimmen hatten mich ausgelaugt und kurz fragte ich mich, ob ich bereits vermisst wurde oder ob es niemanden kümmerte, dass ich verschwunden war. Etwas Rebellisches wallte in mir auf. Dann sollten sie mich doch suchen und meine Signatur verfolgen – sie würden mich ohnehin nicht finden, denn ich war bei einem Menschen – einem Mann, der an mir und meinen Geschichten interessiert war.

»Vielleicht bleibe ich ja noch einen Tag«, schlug ich leise vor und wünschte, dass ich das Leuchten, das in seine Augen trat, wieder und wieder hervorrufen könnte.

»Geht das denn?«

»Wer sollte mich hindern?« Ich gähnte verhalten und als ich meine Augen öffnete, hatte Ben mich hochgehoben und bugsierte mich zu einem Vorhang, hinter dem sich eine ausgeklappte Schlafcouch verbarg.

»Zeit für müde Nixen, schlafen zu gehen«, murmelte er sanft und legte mich ab. »Nur noch eine Frage für heute, okay?«

Müde blinzelte ich ihn an. Mein Körper wollte Ruhe – und er würde mir gleich einfach das Licht ausknipsen, das kannte ich schon, wenn ich mal wieder schlecht mit meinen Kräften gehaushaltet hatte. Die Decken auf dem Sofa waren zudem genauso weich, wie ich mir mein Bett schon vor dem Zwischenstopp auf der Insel erträumt hatte. Man hätte mich anzählen können, so schnell würde ich eingeschlafen sein. Doch ich riss mich zusammen. »Hm?«

»Sirenen sollen eine wunderschöne Singstimme haben. Tausende Männer sollen den Melodien in ein kaltes Grab gefolgt sein.« Er sah mich treuherzig an. »Singst du für mich?«

Ich musste ihn wie ein Plattfisch angestarrt haben, denn er hob abwehrend die Hände. »Hey, war nur eine Frage.«

Mein schnaufendes Kichern war nicht fair. Woher hätte Ben wissen sollen, dass meine menschliche Seite mir auch diesbezüglich einen Strich durch die Rechnung gemacht hatte? Meine Schwestern hatten glockenhelle Stimmen. Sie waren in der Lage, die zartesten Klänge, beinahe überirdischer Natur, hervorzubringen. Ich konnte ihnen stundenlang zuhören, wenn sie beim Gesangsunterricht unsere alten Lieder sangen. Ich hingegen war … Nun, ich war fähig zu krächzen. Und das war nicht übertrieben. Ein einfaches Kinderlied bekam ich intoniert, ohne dass einem Zuhörer die Ohren zu bluten anfingen, aber alles in allem hörte ich mich im Vergleich zu meinen Schwestern und anderen Wassernymphen wie ein röhrendes Walross an – zumindest wenn ich meinem Gesangslehrer Glauben schenken durfte.

»Tut mir leid, aber …« Ich schnaufte und sah ihn bedauernd an. »Zu deinem eigenen Schutz werde ich das nicht tun«, gab ich so ernst, wie ich konnte, von mir, doch er ließ sich nicht täuschen.

»Was ist so lustig?«

Ich schluckte und kicherte. Meine Müdigkeit machte mich albern. »Dass du dir ausgerechnet die eine Wassernymphe eingefangen hast, die von Verführung nur abstrakt was gehört hat und eine Stimme besitzt, mit der man ganze Meeresgebiete entvölkern könnte«, gluckste ich und hörte sein belustigtes Schnauben.

»Ich Glückspilz«, brummte er und plötzlich war er mir nah. So nah, dass ich die verschiedenen Grüntöne seiner Iris ausmachen konnte. Sein Atem strich mir über die Lippen und meine Müdigkeit war in Sekunden wie weggewischt. Im Gegenteil, ich war hellwach, angespannt und kribbelig vor Vorfreude. Diese Lippen hatte ich den ganzen Abend über angestarrt, mich nach ihnen gesehnt, obwohl ich sie nur kurz hatte kosten dürfen, und mich gefragt, wie sie sich auf meiner Schulter, meinem Bauch, meinen Schenkeln anfühlen würden.

Ich überwand die letzten Zentimeter Distanz, saugte mich zart an seinem Mund fest und fühlte, wie ein grollendes Stöhnen seine Kehle heraufgerollt kam und meine Zellen in Vibration versetzte.

»Kleine Nixe, schlaf jetzt, sonst führt eins zum anderen.«

»Ich weiß«, raunte ich und meine Worte streichelten seine Lippen. »Dessen bin ich mir bewusst.« Das war glatt gelogen – doch in dem Moment war ich vollkommen überdreht. Ich küsste Ben und spürte, wie er mich verlangend an sich drückte. Keinesfalls wollte ich schlafen, um bloß keine seiner Berührungen zu verpassen – allerdings griff die Müdigkeit mit lockenden Fingern nach mir, ließ mein Hirn taumeln und gaukelte mir vor, diese wundervollen meeresfarbenen Augen gäbe es viermal.

Ich hörte ihn leise seufzen. »Das eilt nicht!«, flüsterte er mir ins Ohr, küsste mich auf die Schläfe und stopfte eine Decke um mich herum fest. Irgendetwas sagte er noch, dann kam der Schlaf mich holen.

Neugier

Als ich in den frühen Morgenstunden aufwachte, tat mir jeder Knochen weh. Mein unterdrücktes Stöhnen weckte Ben, der mich ansah, als könne er meine Anwesenheit nicht fassen. Prüfend musterte ich meine Hände und Arme und schluckte nervös. Die Schwimmhäute waren nicht gänzlich verschwunden und auch auf meiner Haut verrieten einige wenige Perlmuttschüppchen, was ich war. Eigentlich sollte ich vollständig gewandelt sein. Immerhin waren meine Flossen an Armen und Beinen nicht mehr zu erkennen, wenn man nicht wusste, an welcher Stelle sie wuchsen.

»Ich muss weg!«, teilte ich ihm mit und setzte mich auf. Augenblicklich toste ein Orkan in meinem Schädel los, der die Einrichtung der Hütte vor meinen Augen flimmern ließ.

Bens Gesicht tauchte vor mir auf. »War gestern ein bisschen viel für dich, hm?«

In meinem Kopf musste sich eine ganze Familie Pottwale mit ihren Klicklauten unterhalten. In etwa so, wie ich mich fühlte, sah ich vermutlich auch aus. Widerstandslos ließ ich mich zurück in die Waagerechte drücken. Bens Finger empfand ich als warm, doch das lag nicht an ihm – meine Körpertemperatur war deutlich niedriger als die der Menschen und einiger Begabter. Selbst wenige Grad Temperaturabweichung spürte ich wie andere den Unterschied zwischen Eis und Wasserdampf. Und im Moment hatte ich vermutlich Fieber und Schüttelfrost. Mir war eiskalt.

»Du bleibst liegen und ruhst dich aus, verstanden?« Sein Tonfall war bestimmend, aber sanft.

Ich hatte nichts einzuwenden, außer ... »Ben, ich habe meine Menschengestalt nicht vollständig zurück. Wenn mich hier jemand entdeckt ... Ich *kann* nicht bleiben!«

»Stimmt, du glitzerst.« Vorsichtig strich er mir über eine Wange. »Keine Sorge, in dieser Hütte kommt mich eigentlich niemand besuchen. Außer ...« Er sah mich zerknirscht an. »Brian.« Nachdenklich kaute er auf seinen Lippen. »Wenn er eingeschnappt ist, spricht er tage- oder auch mal wochenlang nicht mit mir. Es ist sehr, sehr unwahrscheinlich, dass er hier auftaucht, in Ordnung? Mach dir keine Sorgen.«

Ich hatte ohnehin keine Wahl, also nickte ich knapp und schloss die Augen, als die Sonne wanderte und begann, mich durchs Fenster zu blenden.

»Verträgst du Schmerzmittel?«

»Ja«, brummte ich. »Mehr als du.«

»Wirklich?« Bens Neugier war erwacht. »Ich habe Ibuprofen hier und Aspirin.«

Am liebsten hätte ich einen Cocktail aus beidem genommen. »Ibu, vier Stück.«

Ich konnte mir lebhaft vorstellen, wie er die Augen aufriss, doch er schnaubte nur leise und trat kurz darauf wieder zu mir. Ich kam mir vor wie eine gestrandete Qualle. Ohne nennenswerte Körperspannung hing ich in Bens Armen, als er mir die Tabletten in den Mund schob und mich stützte, damit ich sie mit einem Glas Wasser hinunterspülen konnte.

»Danke.« Ich wagte es, ihn anzublinzeln. »Kann ich mehr Wasser haben?«

»So viel du willst.« Ihm schien es überhaupt nichts auszumachen, dass er eine angeschlagene Nixe in seinem Bett liegen hatte. »Ich kann dich runter zum Wasser tragen. Vielleicht geht es dir dann besser?«

»Bloß nicht. Wenn ich mich erneut wandle, gibt mir das den Rest.«

Er nickte verständnisvoll, brachte mir drei weitere Gläser Wasser und strich mir zärtlich eine Haarsträhne aus dem Gesicht. Seine Berührung ließ mein Herz abermals kurz aus dem Takt kommen.

»Schlaf ein bisschen. Ich werte währenddessen die Proben aus, die ich gestern gesammelt habe, und wenn du aufwachst, bekommst du etwas zu essen. In Ordnung?«

»Klingt ... wundervoll«, nuschelte ich und schlief mit dem Gefühl ein, dass jemand da war, der über mich wachte.

Ich träumte von grünen Augen, deren helle Sprenkel sich zu kleinen Heringsschwärmen zusammenfanden. Plötzlich war ich einer der Heringe, tauchte in diese seegrünen Iriden ein und fühlte mich, als hätte ich ein zweites Heimatgewässer gefunden. Ein silbriger Fisch nahm Bens Gestalt an, schnellte auf mich zu und strahlte mich an. Sein Gesicht verschwamm, als sich unsere Lippen trafen, und ich wünschte, dass ich dieses Gefühl niemals wieder verlieren würde.

Der Traum war wunderschön und als ich aufwachte, schien er nicht zu enden. Ebenjene Augen, die sich eben noch in Seen verwandelt hatten, sahen mich an.

»Du siehst schon viel besser aus.« Ben lächelte mich an. »Du hast stundenlang geschlafen, ohne einen Mucks. Aber immer, wenn ich dir ein Glas Wasser an die Lippen gehalten habe, hast du getrunken.«

Ich streckte mich vorsichtig. Ja, mein Körper meldete mir zurück, dass Ben recht hatte: Ich sah offenbar nicht nur fitter aus, ich fühlte mich auch so. Ein bisschen Muskelkater, ein wenig schlapp, ein leichtes Ziepen der Prellungen von meinem Sturz auf die Schiffsplanken – aber nichts, was nicht wieder werden würde.

Sein Blick ließ mich nicht los. »Du ... Ich ... ähm ... Ich habe dich geküsst.« Seine Wangen färbten sich dunkler. »Du hast meinen Namen geflüstert und gelächelt und ... Es tut mir leid.«

Seine Verlegenheit rührte mich. Fragend strich ich mir über den Mund. Dann war das Gefühl in meinem Traum wohl deshalb so intensiv gewesen. »Vielleicht wirken deine Küsse wie Medizin und ich fühle mich deshalb so gut?«

Er schien erleichtert, dass ich ihm nicht böse war, denn er atmete tief durch. »Ich habe gekocht«, verkündete er immer noch etwas verlegen. Ich ließ ihn nicht aus den Augen.

»Ich könnte 'nen ganzen Wal verspeisen.«

Vorsichtig setzte ich mich auf, wartete, bis mein Kreislauf hintergekommen war, und streckte die Hand nach Ben aus. Er ergriff sie, zog mich hoch und hielt mich an den Ellbogen fest, als warte er ab, ob ich auf eigenen Beinen stehen konnte. Behutsam bewegte ich meinen verstauchten Knöchel. Er schmerzte nicht mehr ganz so sehr.

»Warte!«, hielt ich ihn auf, als sein Griff sich löste. Ich langte nach seinem Kinn, spürte das Kitzeln seines Bartes unter meinen Fingern und presste meinen Mund auf seine Lippen. Sie schmeckten so wundervoll wie in meinem Traum. Seine Arme schlossen sich hinter meinem Rücken und als seine Hände schließlich auf meinem Po zum Liegen kamen, hielt ich atemlos inne. »Entschuldige!« Ich grinste ihn schief an. »Ich brauchte noch ein bisschen Spezial-Medizin.«

Ben schluckte hart und legte seine Stirn gegen meine. »Mialeena«, schnaufte er etwas atemlos, »du hast nur mein Hemd an, bist vollkommen nackt darunter und ich würde durchaus gern mehr tun, als dich nur zu küssen. Aber ich will auch nichts falsch deuten, also bitte …« Er sah mich beinahe verzweifelt an. Seine Pupillen wirkten riesig.

»Tut mir leid. Ich bin noch nicht wieder klar im Kopf.«

Meine Finger spielten wie von selbst mit seinen wirren Locken. Ich wollte mehr von diesen Empfindungen, doch ich konnte mich nicht entscheiden, ob es sein Körper war, auf den ich neugierig war – oder ob ich lieber seiner dunklen Stimme lauschte, wenn er mit mir sprach und mir das Gefühl gab, dass er ausschließlich mich sah und niemanden sonst.

»*Ich* bin nicht ganz klar im Kopf«, murmelte er. Er ließ mich los und trat zu meinem leisen Bedauern zurück.

»Ja, ich äh … Ich werde lieber erst einmal wieder gesund«, bekräftigte ich und spürte, wie meine Wangen sich röteten. Selbst wenn mein lädierter Körper die Zeit zum Regenerieren nicht dringend gebraucht hätte – mein verwirrtes Hirn benötigte sie allemal.

Ich war erstaunt, was er in der winzigen Küche gezaubert hatte. Ben war tagsüber einkaufen gewesen. Ich hatte tatsächlich den ganzen Tag verschlafen, denn es war mittlerweile nach halb neun abends. Die großzügige Portion auf meinem Teller hatte ich schon zur Hälfte verputzt.

»Darf ich dich was fragen?«

Ich nickte mit vollem Mund und aß weiter. Von der köstlichen Lasagne würde nicht ein Krümelchen übrig bleiben.

»Du lebst nicht immer im Wasser, richtig?«

Ich schluckte meinen Bissen herunter. »Richtig.«

»Wo lebst du dann?«

»In einem ganz normalen Haus in der Nähe eines Gewässers. Wir wohnen immer nah am Wasser. Versteht sich von selbst, oder?«

»Ihr lebt unter Menschen?«

»Lässt sich nicht vermeiden.« Ich musterte ihn und beschloss, dass er ohnehin schon mehr wusste, als er sollte. »Es gibt Dörfer, in denen leben ausschließlich Wassermenschen, aber die sind recht selten geworden.«

»Hier in Irland?«

Ich lächelte nur. Ja, gab es, aber das würde ich ihm nicht sagen. »Du darfst keiner Menschenseele von mir erzählen!« Ich konnte es nicht oft genug betonen. Ernst sah ich ihn an. »Nicht nur, dass Menschen dich für verrückt erklären würden. Wenn meine Anverwandten so etwas mitbekämen, fändest du schneller ein nasses Grab, als dir lieb sein dürfte.«

Feierlich legte er eine Hand auf die Höhe seines Herzens. »Ich verspreche es dir. Aber kannst du verstehen, dass ich als Meeresbiologe einfach so unglaublich neugierig bin, dass ich beinahe platze?«

»Also bin ich doch einem verrückten Wissenschaftler in die Hände gefallen«, stieß ich theatralisch aus und lauschte seinem Lachen nach. Mein Herz schlug sehnsüchtig und ich aß schnell noch einen Happen. »Solange du mich bekochst, darfst du mich alles fragen, was du willst«, bot ich ihm einen vernünftigen Deal an. Ich klimperte übertrieben mit den Wimpern. »Ich weiß nur nicht, ob ich dir auch antworte. Isst du das da noch?« Ich deutete auf den Rest in der Auflaufform. Die Lasagne war sagenhaft und ich konnte geradezu spüren, wie mich jeder Bissen munterer machte.

Ben schüttelte gut gelaunt den Kopf. »Nur zu. Ich mag es, wenn Frauen meine Kochkünste zu schätzen wissen.« Zufrieden sah er mir eine Weile beim Essen zu. »Wovon ernährst du dich, wenn du im Wasser bist? Fisch?«

»Alles, was das Gewässer so hergibt. Algen und Tang, Seegurken, Fisch natürlich …«

»Jagst du auch größere Tiere? Delfine oder so?«

Mir fiel das Essen halb aus dem Mund. »Delfine? Von denen sollte man sich unter allen Umständen fernhalten!«

Ben sah mich verblüfft an. »Aber … jeder mag Delfine!«

»Du hast mit ihnen nicht so zu tun wie wir.« Sein Kopfschütteln konterte ich mit einem energischen Nicken. »Oh, glaub mir, wenn ich Delfine auch nur höre, sehe ich zu, dass ich einen weiten Bogen um sie mache. Sie sind rücksichtslos verspielt und leider deutlich stärker als unsereins. Diese neugierigen Viecher halten Nixen für ihresgleichen oder zumindest für Spielkameraden. Schwimmen uns um, rammen uns aus vollem Antrieb, brechen uns beim Anstupsen aus Versehen ein, zwei Rippen. Manchmal versuchen die Männchen sogar, uns Wassermenschen zu begatten. Wie ein Hund, der rammelt.« Ich schüttelte mich. »Putzig, aber mit Vorsicht zu genießen. Wirklich, diese Biester sind die Rowdys der Meere.«

Ben starrte mich mit offenem Mund an. »Unglaublich.« Er schien die neuen Informationen noch zu verarbeiten, als ihm schon die nächste Frage über die Lippen kam: »Wie genau funktioniert deine Wandlung?«

Ich zog überrascht die Augenbrauen hoch. »Darüber habe ich nie so genau nachgedacht«, gab ich zu und rief mir die Bilder ins Gedächtnis. »Als Mensch sieht man mir eigentlich nicht an, dass mein Körper ein paar Überraschungen bereithält. Meine Schuppen und die Flossen bilden sich erst während der Wandlung aus, sie ... wachsen aus meiner Haut.« Ich überlegte. »Ich finde, es sieht so aus, als ob sich die schillernden Schuppen unter der Haut befinden und sich dann bis zur Oberfläche durchdrücken. Meine menschliche Haut verblasst immer weiter, wird dünner ... Manchmal verbleibt ein hauchdünner Rest, den muss ich dann wegrubbeln, damit die Kiemen sich frei entfalten können.«

»Wie eine Schlange bei der Häutung?« Ben wirkte keinesfalls abgestoßen, sondern fasziniert.

»Nicht ganz. Schlangen hinterlassen eine Hülle – ich nicht. Es ist irgendwie ... fließend. Wenn ich meine Menschengestalt zurückhaben will, funktioniert das genauso: Meine Flossen und Kiemen bilden sich zurück, bis an ihrer Stelle glatte Haut ist. Das Schuppenkleid insgesamt wird dünner, je stärker meine menschliche Haut darunter nach oben drückt. Von den Schuppen bleibt meist ein wenig Perlmuttstaub auf der Haut, aber der verfliegt.«

Ben sah mich mit großen Augen an, hatte den Mund zu einem O geöffnet und schien nachzudenken. »Und wenn du zu schwach für die Wandlung bist?«

Mein Seufzen kam aus tiefstem Herzen. »Dann bleiben Reste der Schuppen oder Flossen erhalten. Ist ziemlich ungünstig.«

»Glaube ich dir.« Er schenkte mir ein winziges Lächeln. »Wie gut, dass ich schweigen kann wie ein Grab.«

»Andernfalls müsste ich dich ertränken!«, erklärte ich ihm mit halbvollem Mund.

Er lachte auf und verstummte irritiert, als ich nicht mit einfiel. »Äh … Müsstest du wirklich?«

Ich nickte knapp. »Oh ja. Wenn du ein kaltes nasses Grab haben willst – geh und posaune dein neues Wissen herum.«

»Würdest du mich wirklich …?«

»Nein!« Ich schüttelte heftig den Kopf. »Ben, nein, ich doch nicht! Aber es gibt andere, also bitte … verrate das, was ich erzähle, nicht einmal auf dem Sterbebett.«

»Ist angekommen.« Er schluckte ein paar Male, ehe seine Neugier wieder Oberhand gewann. »Ich kann es ja nachvollziehen«, gab er zu und seufzte. Dann richtete er sich auf und beugte sich gespannt über den Tisch zu mir. »Da ich jetzt eh schon zu viel weiß: Wie orientiert ihr euch?«

Ich kaute und schluckte. »Schall.«

»Verrückt. Und … Wenn ihr im Meer schwimmt, wie und wo schlaft ihr? Schlummert bei euch auch immer eine Gehirnhälfte wie bei …?«

»Bei Delfinen?« Ich schüttelte den Kopf. »Nein. Wenn ich länger schwimme und ein paar Tage unter Wasser bleibe, suche ich mir ein sicheres Plätzchen am Meeresgrund oder in irgendeiner Felsspalte. Aber allein zu schwimmen, empfiehlt sich nicht unbedingt. Es gibt genügend Räuber, die alles, was Robben- oder Nixengröße hat, für einen leckeren Snack halten. In der Gruppe, wenn einer Wache halten kann, ist es einfach sicherer.«

»Wow.« Er nickte und schüttelte abwechselnd den Kopf. »Aber müsst ihr nicht zum Atmen an die Oberfläche? Ach nein, ihr habt Kiemen wie Fische.« Seine Verwirrung war ihm anzusehen. »Und wie bekommt ihr Junge, ähm … Kinder? An Land? Im Wasser? Wie lange sind die Weibchen … nein, die Frauen bei euch, ähm … trächtig … ich meine, schwanger?«

Sein Eifer amüsierte mich. »Schwanger ist die korrekte Bezeichnung. Wir legen keine Eier und sind mit Menschen im Übrigen enger verwandt als mit Fischen. Und wie und wo wir unsere Kinder bekommen … Na ja, darüber habe ich mir nie so genau Gedanken gemacht. Im Kreißsaal, zu Hause, einige ganz sicher im Wasser.«

»Hattest du schon als Baby Flossen?«

Bei Poseidon, der Mann stellte Fragen!

»Nein. Kiemen: ja. Und schwimmen können selbst Menschenbabys unter Wasser. Aber die erste Wandlung, die wir länger beibehalten können, geschieht in den meisten Fällen nicht, bevor wir zehn, elf Jahre alt sind. Unsere Pubertät fängt ein wenig früher an als bei Menschen und startet mit dem Erlangen der Kontrolle über unsere Wassergestalt.«

Er war überwältigt und sprachlos – ich hingegen aß die Lasagne auf und musste zugeben, dass es mich beinahe ein wenig freute, endlich einmal eine Expertin auf einem Gebiet zu sein.

»Ich sehe dich hier vor mir und du bist so …«

»… anders, als du dir eine Nixe vorgestellt hast?« Ich seufzte. »Ich kann nicht singen, ich habe keine Zauberkräfte – tut mir leid.«

»Nein, das ist es nicht!« Seine Augen leuchteten begeistert. »Ich kannte immer nur Sagen und Legenden von Nixen und Selkies. Gibt es diese Seehundmenschen?«

»Natürlich. Es gibt regelmäßige Konferenzen aller Menschenähnlichen.«

Ben sprang auf und begann, in der kleinen Küche auf und ab zu laufen. »Oh mein Gott, oh mein … Was ist mit Atlantis? Wie kommt ihr mit der Wasserverschmutzung zurecht? Habt ihr Götter? Wie viele gibt es von euch?«

Ich wollte nicht unhöflich sein, aber ich musste gähnen. Mein Körper hatte sich schon immer genommen, was er brauchte – und im Augenblick war es Schlaf, auch wenn ich den ganzen Tag tief und fest geschlummert hatte. »Tut mir leid«, murmelte ich hinter vorgehaltener Hand. »Können wir die Fragen auf morgen verschieben?«

Ben sah mich glücklich an. »Bleibst du denn?«

Das war eine gute Frage. Ich fühlte mich so wohl mit ihm wie mit niemandem zuvor. Vielleicht hatten meine Leute längst begonnen, mich zu suchen, aber die Erfahrung zeigte, dass man es nicht eilig hatte, ein Erdblut wie mich zu finden.

»Noch eine Nacht, wenn es dir nichts ausmacht.« Ich gähnte erneut.

Er rollte mit den Augen. »Du darfst bis an mein Lebensende bleiben, wenn du willst!«, lachte er und für einen Moment kam mir der Gedanke sehr verlockend vor.

»Was sind dir noch für Tiere unter Wasser begegnet?«

Die letzten Bissen der Lasagne wanderten in meinen Mund und ich stöhnte überrascht, als Ben aufstand, Tiramisu aus dem Kühlschrank holte und es mir wie einen Hauptgewinn präsentierte.

»Solange ich dir Nahrung besorge, darf ich dich befragen«, wiederholte er sinngemäß meine Worte und grinste triumphierend. Mir lief das Wasser im Munde zusammen, als er mit einem Löffel die Schichten der Süßspeise durchstach und mir ein Schälchen füllte. Die Zeit, in der ich geschlafen hatte, hatte er äußerst sinnvoll genutzt.

Ich überlegte, während ich einen Löffel vom Dessert nahm. Allzu oft war ich nicht durchs offene Meer geschwommen. Tatsächlich war diese Reise in die irischen Gewässer das erste Mal gewesen, dass ich einige Tage am Stück unter Wasser gelebt hatte – von einem unfreiwilligen Aufenthalt abgesehen. Tagestouren hingegen hatte ich immer mal wieder unternommen. Zigmal hatten wir mit dem Segelschiff meines Stiefvaters Urlaube auf hoher See verbracht und waren nur zum Schlafen an Bord gekommen.

»Von Walen mal abgesehen – die sind wirklich beeindruckend unter Wasser! –, fand ich den Riesenhai toll«, überlegte ich laut. »Das Weibchen, dem ich begegnet bin, sah richtig grimmig aus, aber es fraß nur Plankton, schaufelte Tonne um Tonne durch sein riesiges Maul und schwamm ganz entspannt weiter. Ein elegantes Tier.«

»Könnt ihr mit ihnen irgendwie ... sprechen?«

»Einige von uns, ja. Aber nicht mit Worten, eher mit Bildern und Eindrücken. Die in diese Richtung begabtesten Wassermenschen werden zu Kommunikatoren ausgebildet, um die Belange aller Wasserbewohner möglichst umfassend verstehen zu können.« Ich seufzte leise. »Ich hingegen bin nicht besonders begabt, was das betrifft. Dabei würde ich so gern einmal hören, was die Eishaie aus ihrem jahrhundertelangen Leben zu berichten haben.«

Wirklich, diese Tiere fand ich spannend, doch die Alten von ihnen hielten sich von allen Zivilisationen der Erde nach Möglichkeit fern. Lediglich alle paar Jahre empfingen sie eine Delegation an begabten Nixen.

»Wahnsinn!« Ben wirkte, trotz seines breiten Kreuzes und der kräftigen Arme, die er auf dem Tisch verschränkt hatte, wie ein kleiner Junge, der sehnsüchtig auf die nächste Silbe einer spannenden Geschichte wartete. »Und du?«

»Die meisten Laute der hiesigen Walclans kann ich zumindest zuordnen und die Geräusche von Robben, Seelöwen und Delfinen ebenfalls. Aber alle halbwegs stummen Meeresbewohner ...« Ich schüttelte den Kopf. »Keine Chance.«

Ich rechnete damit, dass Ben endlich nachfragen würde, warum ich so ein degeneriertes Exemplar Nixe war, doch er strahlte mich nur beseelt an.

»Du bist wundervoll!«, erklärte er mir mit Nachdruck, als hätte er auf unheimliche Art und Weise meine Gedanken gelesen. »Ich könnte mich nicht glücklicher schätzen, ehrlich.«

Er mochte mich? Einfach so? Ohne dafür Forderungen zu stellen? Für einen Augenblick war ich sprachlos, bis ich mich in ein schiefes Grinsen rettete. »Du kennst mich nicht«, wehrte ich ab und sah ihn erstaunt an, als er eine seiner großen Hände auf meinen Arm legte.

»Ich lerne dich jede Sekunde besser kennen«, versicherte er. »Was gäbe ich darum, wenn du bleiben könntest!«

Ich lauschte in mich hinein. Vermisste ich meine Eltern? Nein, ganz und gar nicht. Lia und auch Nora? Ja, definitiv. Ich wünschte, ich könnte wenigstens ihnen beiden mitteilen, dass es mir gut ging – nein, besser als jemals zuvor –, doch das war nicht möglich.

Ich wusste, dass ich meiner Mutter und auch meinem Stiefvater Kummer machte. Es kam selten, aber immer mal wieder vor, dass Anverwandte eine solche Reise durch Unfälle nicht überlebten. Doch ich hatte mich ja von meiner Reisegruppe abgemeldet und das Versprechen gegeben, rechtzeitig zu Beginn der Versammlung anwesend zu sein. Zwei, drei Tage hatte ich also noch.

Ob meine Familie vermutete, dass ich mutwillig mit meiner Ankunft trödelte? Ob man mich längst suchte, weil man von einem Unfall ausging?

Ich versuchte, mir meine Unruhe nicht anmerken zu lassen. Was auch immer geschah – sie durften mich nicht hier bei Ben finden.

»Das wäre schön«, antwortete ich verspätet.

Ich wollte hier nicht fort. Jede Faser meines Herzens klopfte dagegen an.

Verbunden

Die Tage zogen mit der gleichmütigen Regelmäßigkeit der Gezeiten an uns vorbei. Wir blieben bis spät in die Nacht wach, standen mit den ersten Morgenstrahlen auf, aßen, redeten, lachten und suchten die Nähe des anderen, als sei das Leben ohne diese undenkbar.

Ben sorgte dafür, dass ich wieder zu Kräften kam, und nutzte die Chance, mich mit Fragen zu löchern. Dann wieder beobachtete er mich nur, wie ich draußen in einem Regenschauer stand und den sanften Landregen auf meine Haut prasseln ließ. Schwimmen traute ich mir noch nicht wieder zu, außerdem hätte meine Wassersignatur meinen Aufenthaltsort sofort verraten – zumindest, wenn jemand danach Ausschau hielt.

Als der erste graue Schimmer des fünften Tages über den Horizont kroch, wurde ich wach. Auf Wanderungen wie der meinen diktierten die Tageszeiten den Schlafrhythmus und so wurde ich munterer, streckte mich genüsslich in Bens warmer Umarmung und lauschte auf den ruhigen Atem des Mannes, der meinen Weg unverhofft gekreuzt hatte. Seine Anwesenheit fühlte sich dermaßen vertraut an, dass es mich nicht störte, als seine Hand über meine Seite strich. Im Gegenteil – ich war hellwach, drehte mich vorsichtig zu ihm um und blickte in verschlafene, winzig wirkende Augen. Er ließ seine Finger neugierig über meine Hüfte wandern. Ich tat es ihm nach – und plötzlich waren wir wieder an dem Punkt, von dem wir uns an den Tagen zuvor abgelenkt hatten. Kribbelige Aufregung erfasste mich.

Seine Hände erforschten mich sanft, manchmal neckend, und fanden Punkte, von deren Existenz ich nichts geahnt hatte. Seine

Lippen entflammten meinen Körper auf eine Art und Weise, die mich süchtig machte.

»Ben«, wisperte ich, »nicht erschrecken, wenn ... wenn das hier passiert.« Ich zog mir das Hemd über den Kopf, das er mir geliehen hatte, sonnte mich in seinen begehrlichen Blicken und griff nach seiner Hand. Wohlgefallen zeigte sich bei uns Nixen unterschiedlich – ich gehörte zu jenen, deren Haut von schillernden Polarlichtern überzogen wurde.

Ich schloss für einen Augenblick die Augen, konzentrierte mich auf das warme, wohlige Gefühl, das sich anfühlte, als sei ich endlich hier bei diesem blondgelockten Mann angekommen, und strich mit seiner Hand über mein Schlüsselbein. Sein staunendes Japsen bestätigte mir, dass er genau den Effekt bemerkt hatte, den ich ihm hatte zeigen wollen.

»Du leuchtest, wenn ich dich berühre«, flüsterte er ehrfürchtig. Seine Finger malten mir zärtlich schillernde Muster auf den Bauch, umkreisten meine Brüste und näherten sich sanft meiner Scham. Sie sorgten dafür, dass mich mein Verstand verließ und einer Lust Platz machte, die ich so noch nie zuvor verspürt hatte.

Plötzlich nahm er eine meiner Brustwarzen zwischen die Zähne. Ich keuchte sehnsüchtig, denn das sachte Ziepen schoss mir direkt in den Unterleib. Ich wollte ihn. Sofort – und das schon seit Tagen.

Als er mich wieder ansah, lag etwas Dunkles in seinem Blick, ein Versprechen, das mir Schauer über den ganzen Körper jagte, je länger ich in seinem Blick versank.

»Geduld«, wisperte er und küsste mich. Seine Hände brachten mich zum Glühen und Leuchten. Die fluoreszierenden Spuren, die er auf meiner Haut hinterließ, kribbelten und als er endlich den Weg zwischen meine Beine fand, hielt ich es kaum mehr aus.

»Leuchtest du, wenn ich ... wenn ich in dir bin?«

»Finde es heraus«, forderte ich ihn liebestrunken auf, suchte seine Lippen und stöhnte, als er sich auf mich schob.

»Diesmal keine kalten Füße?«, neckte er mich und atmete tief ein, als ich mich ihm entgegenbog.

»Mach schon«, zischte ich ungeduldig. Ich vernahm das Knistern von Folie und sah ihn aufgeregt an, als er sich tiefer zwischen meine Beine sinken ließ. Überrascht keuchte ich auf, als er in mich eindrang.

Tränen schossen mir in die Augen und obwohl er sich nicht weiter rührte, sondern nur schwer an meinem Ohr schnaufte, fühlte ich mich ein wenig betrogen.

»Au«, wisperte ich empört und hielt die Luft an, sobald er sich sachte in mir bewegte.

»Nicht gut?« Ben hielt inne. »Komm schon, sag was«, bat er leise und streichelte mir über den Kopf.

»War nur … überrascht.«

Mein Körper schien sich nicht entscheiden zu können, ob das leise Brennen schwerer wog als das drängende Sehnen nach mehr von diesem Mann. Ich spürte dem warmen Körper nach, der mich in die Liegefläche der Couch drückte, und bewegte probeweise mein Becken. Helle Lichter huschten wie ein Wetterleuchten über meine Haut.

»Mach weiter«, verlangte ich.

Ben sah mich mit einem seltsamen Glitzern in den Augen an, als sei er sehr zufrieden mit sich und der Welt, und küsste mich zart. »Kleine Meerjungfrau«, murmelte er und begann, in meinen Körper zu stoßen, erst langsam und bedächtig, dann, als ich ihn heiser vor Lust darum anflehte, schneller werdend. Losgelöst gab ich mich den lustvollen Schauern hin, die den ersten Schmerz immer weiter in den Hintergrund drängten.

Wir schmiegten uns aneinander wie die Wellen, die bei kabbeliger See an den Strand schlugen. In mir selbst tobte ein Sturm und als ich Ben in die dunklen Augen sah, ahnte ich, dass sich auch in ihm etwas zusammenbraute. Unsere Körper schienen sich auf einen Rhythmus verständigt zu haben. Er floss beständig durch uns hindurch wie ein gemeinsamer Pulsschlag, der uns befahl, wie und wie schnell wir uns zu bewegen hatten.

Als die Welle mich mitriss, wusste ich nicht mehr, wo mein Körper aufhörte und wo Bens begann – und es war mir noch nie so egal gewesen.

Kaum dass ich wieder zu mir gekommen war, gratulierte mir der aufmüpfige, revolutionäre Teil in mir, während mein wohlerzogenes Ich sich vor Scham verzogen hatte. Irgendwo dazwischen schwebte ich, spürte, wie Ben mir zart über das Gesicht strich und mich an seine Brust zog. Ich hatte mein erstes Mal mit einem Menschen erlebt – und wollte mehr.

»Das war ganz ... gut, glaube ich«, gab ich zufrieden von mir und spürte sein Lachen mehr, als dass ich es hörte.

»Nur ganz gut?« Der sanfte Spott in seiner Stimme war unverkennbar. »Es wird noch besser.« Er küsste mich aufs Haar. »Wenn ich darf, beweise ich es dir.«

Ich brummte meine Zustimmung und genoss es, neben ihm auf dem Klappsofa zu liegen und die Wange auf seine warme Brust zu pressen. Konzentriert fühlte ich seinen rauen Fingern nach, die die Konturen meines Körpers nachfuhren und ihn sachte erschauern ließen. Das Leuchten faszinierte ihn nach wie vor und ich fühlte mich tatsächlich so wohl, dass ich das Phänomen nicht unterbinden konnte, selbst wenn ich gewollt hätte.

»Ich will mehr von dir«, teilte ich ihm nach einer Weile mit. Wir waren beide kurz weggedöst. Neckisch zupfte ich an seinen hellen Brusthaaren, schmiegte mich an seine Schulter und vernahm ein leicht gequältes Stöhnen.

»Sag nicht so was, schöne Nixe!« Er zog mich enger an sich. »Wie könnte ich einer solchen Verlockung widerstehen?«

»Gar nicht«, schlug ich trocken vor, streckte mich und küsste seine Halsbeuge. Ich wollte sein Gewicht auf mir, wollte ihn in mir spüren. Als er nur fortfuhr, mich träge lächelnd zu streicheln, und meine freie Hand aufhielt, die auf dem Weg zu seinem Schritt gewesen war, funkelte ich ihn an, so böse ich konnte. »Versuchst du, dich mir mit Absicht zu entziehen?«

»Ja, ganz genau.« Er küsste meinen nicht allzu überzeugt vorgebrachten Protest weg.

Ich ließ meine Hand abermals provozierend seinen Bauch abwärts wandern, doch er fing sie ein.

Ben sah mich streng an und hatte Mühe, ernst zu bleiben. »Wenn du mich da unten streichelst, werte Nymphe, trocknet mein Hirn vollkommen aus und ich denke nur noch daran, was sich zwischen deinen Schenkeln verbirgt. Und da ich dir nicht wehtun will, müssen wir einfach ein bisschen warten.«

»Ach, warten ist doch für Anfänger«, maulte ich und fühlte, wie Bens Körper vor Lachen bebte.

»Genau das bist du doch, hübsche Meerjungfrau. Oder, korrekterweise, Meerfrau.«

Ich rollte mit den Augen und seufzte ergeben. »Du hast recht«, flüsterte ich. Irgendetwas an ihm sorgte dafür, dass ich mich angekommen fühlte.

»Weißt du, wie schön du bist?« Seine Stimme nah an meinem Ohr klang wie das sanfte Rauschen eines warmen Windes. »Wenn deine Wangen sich röten und du dir auf die Lippe beißt, weil du deine Erregung verbergen willst. Und dann fängst du an zu glühen und zu schimmern. Du bist wundervoll, Mialeena.«

Mein Herz setzte für ein paar Momente aus, jedenfalls fühlte es sich so an. Seine Worte rührten etwas in mir an und das Gefühl war so fremd, dass ich es sofort wieder vergrub.

»Also ist das bloß wissenschaftliches Interesse?«, hakte ich verschnupft nach.

»Nein, ganz und gar nicht.« Ernst blickte er mich an. »Ich weiß nicht, was es ist, Mialeena, aber es ist … Ich will …«

»Ich weiß«, unterbrach ich ihn. Ich wusste es genauso wenig, aber zwischen uns existierte mehr als bloße Lust. Ich holte tief Luft, ließ das fremde Gefühl von eben zu und beschloss, mutig zu sein. »Es geht mir ähnlich mit dir, Ben. Wir brauchen dem Ganzen keinen Namen zu geben, okay?«

Seine Augen begannen zu leuchten. Als sich unsere Lippen trafen, war nichts mehr von dem hektischen, fast suchtartigen Rausch von eben zu spüren. Ich gehörte hierher, wurde mir klar. In Bens Arme, genau an dieses Fleckchen Erde.

Mein Magenknurren unterbrach die romantische Stimmung. Ich lief korallenrot an.

»Hast du schon wieder Hunger?« Ben starrte mich ungläubig an. »Wo lässt du das alles, bitte schön?«

»An Bauch, Beinen, Po«, gab ich zurück. »Erwähnte ich nicht, dass wir Wassermenschen wahre Fressmaschinen sind? Ich habe fünfzehn Kilo auf dem Weg hierher verloren, mindestens! Und jedes einzelne davon werde ich mir bei Bedarf wieder anfuttern«, warnte ich ihn würdevoll. »Kurz bevor wir zu langen Schwimmreisen aufbrechen, tendiere ich in Richtung Seekuh, nur damit du es weißt.«

Er prustete los, brachte das ganze Sofa zum Wackeln, begrub mich halb unter sich und gab sich überhaupt keine Mühe, sich zu beruhigen. Ich konnte Tränen in seinen Augenwinkeln ausmachen, als er mich ansah, ein letztes, unterdrücktes Lachen vernehmen ließ und mich auf die Stirn küsste.

»Mach weiter so und ich verfalle dir hoffnungslos«, drohte er mir. »Meine wunderschöne, perlmuttschimmernde Seekuh.«

Ehe ich ihn mit einem gezielten Tritt strafen konnte, war er aufgesprungen und in Richtung Herd gehechtet. »Ich guck mal, was ich dir herbeizaubern kann.«

Ich versuchte, nicht an die nahe Zukunft zu denken. Die rosa schillernde Blase um mich herum sollte nicht platzen, zu sehr genoss ich Bens Anwesenheit.

»Ich würde dich niemals unglücklich machen«, versprach er, als wir nachmittags an den Klippen spazieren gingen und ich ihn abermals daran erinnert hatte, dass er kein Sterbenswörtchen über mich und meine Gattung verlieren durfte. Seine Antwort bestand aus einem innigen Kuss und diesen paar Worten.

Seine Hündin, die ich an diesem Morgen zum ersten Mal vorsichtig hinter den Ohren gekrault und die mich mit einem zaghaften Schwanzwedeln belohnt hatte, fiepte eifersüchtig. Ich ließ mich nicht von ihrem Gewinsel beeindrucken. Auch ihr anschließendes entrüstetes Bellen, während sie um uns herumsprang, versuchte ich zu ignorieren.

»Ich weiß«, sagte ich schlicht und eine warme, wohlige Erkenntnis schwappte durch jede Zelle meines Körpers. Ich hatte mich in ihn verguckt. Ben war meine Freiheit wichtiger als die eigene Wissbegier gewesen, als er mich wieder freigelassen und damit vor seinem Bruder geschützt hatte. Er hatte nicht wissen können, dass wir uns wiedersehen würden. Als wir uns erneut trafen, war seine Neugier zwar präsent gewesen, aber über alledem hatte diese herrliche Mischung aus prickelndem Knistern und warmer Verbundenheit existiert.

Verliebt lächelte ich ihn an. Ständig zogen sich meine Mundwinkel unwillkürlich nach oben, wenn ich ihn ansah. Der Wind pustete uns die Haare um die Ohren und ich hatte Mühe, meine langen Strähnen trotz Zopf zu bändigen.

»Ich weiß, wir sollten dem Ganzen keinen Namen geben und die schöne Zeit einfach nutzen, aber … ich habe mich in dich verliebt, Meerestochter.«

Konnte er Gedanken lesen? Ich fühlte mich, als würden mich warme Südseewellen in kuschlige Sphären davontragen. Sein Körper machte mich schwach, seine Blicke streichelten meine Seele und das Wissen, dass es ihm mit mir genauso ging, machte mich glücklich. Mit großen Augen sah ich ihn an und zählte die hellen Sprenkel in seinen Iriden. Ich wäre zufrieden, wenn ich für den Rest meines Lebens die winzigen Pünktchen in diesen grünen Weiten zählen durfte.

»Und ich mich in dich, Ben.«

Ich hatte mich in einen Menschen verliebt. Ausgerechnet in einen Menschen. Bei allen Najaden, ich war geliefert. So was von geliefert.

3
Anspannung
Gegenwart

Irgendwie entführt

Ein Geräusch holte mich aus den bittersüßen Gedanken. Ich war so tief in meinen Erinnerungen versunken, dass ich mich orientieren musste und beruhigt feststellte, dass ich immer noch auf dem Dach in meinem kleinen Unterschlupf hockte, es nach wie vor regnete und meine Zuhörerzahl an Möwen auf unglaubliche fünf Exemplare angewachsen war.

Der Laut, der mich irritiert hatte, war die quietschende Tür zum Dach gewesen, die sich just mit einem ebenso erbärmlichen Ton wieder schloss. Ich hörte meine Freundin herzhaft fluchen. Für sie war Wasser etwas, von dem sie sich nach Möglichkeit fernhielt. Leise zeternd kam sie um die Aufbauten herum zu mir gelaufen und ließ sich mit einem erleichterten Seufzen neben mir nieder.

»Ganz dein Wetter, oder?«, stöhnte Tilly theatralisch und schob die Kapuze ihrer Regenjacke zurück. »Sweetie!«, begrüßte sie mich und küsste mich auf die Wange. Es funkte kurz und wir lachten auf.

Wenn wir uns berührten, gab es jedes Mal einen kleinen Funken, der eine von uns zwickte, als wären wir so gegensätzlich, dass sich etwas zwischen uns entladen musste. Tilly rieb sich die Lippe und grinste mich schief an.

»Alles Liebe zum Geburtstag!«, gratulierte sie mir schließlich.

Ihre zierliche Figur in den dunklen Klamotten verschmolz fast mit der finsteren Ecke, in der wir beide hockten. Lediglich zwei rotbraune Augen funkelten mich vergnügt an und schienen vor meinem Gesicht zu schweben.

»Beweg dich, Schätzchen!«, forderte sie mich auf und fuhr sich durch ihr kurzes schwarzes Haar. Sie sah umwerfend aus, wenn sie sich in Schale warf, die Lippen knallrot anmalte und sich das Licht in ihren Haaren fing. »Ich weiß, du findest dieses nasse Matschwetter super, aber ich nicht. Außerdem habe ich eine Überraschung für dich!« Sie legte ihre Finger sachte um mein Handgelenk.

Mein erster Impuls war es, zurückzuzucken, schließlich befanden sich dort unschöne Narben, die mich immer an das Unheil erinnern würden. Tilly hatte diese allerdings längst gesehen und bisher nie tiefer nach dem Warum und Wie gefragt, wofür ich ihr sehr dankbar war. Sie hatte einen siebten Sinn für mein persönliches Distanzgefühl und wusste immer recht genau, wann ich es vertrug, aus meinem kleinen Kokon geschubst zu werden.

Auch jetzt schien sie meine Gedanken zu erraten. Aufmunternd strich sie mir über die Hand. »Komm schon!«, beharrte sie und zog an meinem Arm. »Es ist fast Frühling! Bring deine Körperzellen auf Trab, die haben lange genug im Kälteschlaf geschlummert!«

Ich grinste sie unbeholfen an. »Weiß ich doch!«

Tilly hatte recht – meine Körperfunktionen glichen zum Teil denen von Kaltblütern. Im Winter war ich träge und rollte mich am liebsten an einer Heizung oder vor einem Kamin zusammen. Zumindest so lange, bis die trockene Luft mir Probleme bereitete und ich mich mit noch mehr Wasser als sonst versorgen musste. Doch sobald es ein bisschen wärmer wurde, taute ich im wahrsten Sinne des Wortes auf und war schneller, wendiger und stärker, als Menschen es im Allgemeinen sind. Wurde es zu heiß, war ich allerdings ebenfalls unglücklich – doch mit dem Gejammer über Wetterlagen war ich zum Glück kein Einzelfall und hatte im Notfall ein hervorragendes Smalltalk-Thema im Gespräch mit Menschen parat. Die jammerten und fluchten schließlich ständig, was das Wetter betraf.

»Wir haben immerhin schon acht Grad!«, informierte Tilly mich. »Und am Tag haben wir an die fünfzehn Grad geschafft. Die Winterschlafausrede kannst du dir abschminken!«

Tilly konnte nie lange stillsitzen und so sprang sie auf, ungeduldig auf mich wartend. Durch ihre Kapuze, die sie sich augenblicklich wieder über den Kopf schob, konnte ich ihr Gesicht nicht mehr erkennen. Lediglich ein leichtes Glimmen auf Höhe ihrer Augen verriet, dass sie mich ansah. Manchmal glaubte ich, sie würde mir mit einem einzigen Blick jedes noch so kleine Geheimnis entlocken können, jede Missetat, die ich in den letzten Jahren begangen hatte, und an die ich mich selbst kaum mehr erinnern konnte.

Ich hörte ihr leises Seufzen. »Du bist traurig«, stellte sie schließlich fest, ohne Vorwurf, einfach so.

»Melancholisch«, korrigierte ich sie automatisch, doch ob es tatsächlich einen Unterschied gab, wusste ich nicht. Ja, ich war bedrückt. Ich hatte Geburtstag und außer für Tilly und ihren Mann, einen Gestaltwandler, den sie gegen den Willen ihrer beiden Familien vor einigen Jahren in einer Nacht-und-Nebel-Aktion geheiratet hatte, war der Tag niemandem wichtig. Ben hätte ganz sicher gern mit mir gefeiert – doch die Gedanken an ihn und was hätte sein können, schmerzten viel mehr an einem Tag wie heute, also schob ich sie zur Seite – erst recht, seit diese Zettelchen aufgetaucht waren.

»Tarun muss arbeiten, sonst wäre er mitgekommen«, erriet Tilly die Richtung meiner Gedanken. Sie hatte mir geschworen, dass sie keine Gedankenleserin war.

»Kein Problem«, gab ich fröhlicher zurück, als mir zumute war. »Er hat vorhin angerufen. Alles gut.«

»Na siehst du. Nun komm endlich.«

Sie hielt mir ihre Hand hin, die ich schließlich ergriff und mich von ihr hochziehen ließ. Die Windrichtung wechselte leicht und trieb den Regen stärker in die Ecke, in der ich auf Tilly gewartet hatte.

Meine Freundin murrte. »Leena, bitte! Wenn ich noch länger hier draußen bleiben muss, wachsen mir Schwimmhäute.«

Ich schnaubte. »Die sind sehr kleidsam«, gab ich gespielt empört zurück und ließ mich von ihr in Richtung Treppenaufgang schieben.

Im Trockenen angekommen, schüttelte sie sich. »Ich nehme an, nasse Haare machen dir nichts aus?«, fragte sie und deutete mit einem Kopfnicken auf meinen Handtuchturban.

»Richtig.« Genau genommen mochte ich das Gefühl von nassen Haaren einfach zu gern, um sie jemals zu föhnen.

»Dann folge mir unauffällig. Ich habe einen Plan.«

Tilly schnappte sich meine Hand und zog mich die ganzen zwölf Stockwerke die Treppen hinunter. Sie ließ keine Sekunde los, antwortete nicht auf meine Fragen und lachte nur leise, als ich anfing, ihr im Scherz zu drohen.

»Bitte einsteigen!« Tilly verbeugte sich leicht, riss die Beifahrertür ihres alten, mitten auf dem Gehweg geparkten Golfs auf und präsentierte mir den Beifahrersitz, als wäre er ein Thron. Sie wischte sich den Regen aus dem Gesicht und grinste mich an. »Ihr Fahrservice, Madame«, kicherte sie, drückte mich unnachgiebig auf den Sitz und warf die Tür hinter mir zu, kaum dass ich die Beine verstaut hatte.

Für ein paar Minuten sagte ich nichts, lauschte dem rhythmischen Hin und Her der Scheibenwischer und Elton Johns *Nikita* im Radio, und folgte mit großen Augen den Ausschilderungen, die eindeutig darauf hinwiesen, dass wir in Richtung Autobahn unterwegs waren. Irgendwann hielt ich es nicht mehr aus.

»Wohin fahren wir, Tilly?«, wollte ich wissen. »Du kannst mich nicht einfach mitten in der Nacht entführen!«

»Es ist gerade mal sieben. Das ist nicht *mitten in der Nacht*. Außerdem bist du freiwillig mitgekommen, folglich ist das hier keine Entführung«, gluckste sie und machte das Radio leiser. »Leena«, hob sie leise an, »deine Augen haben seit ein paar Tagen ein ungesund grelles Blau angenommen. Und du bist kein Husky, also …«

Ich seufzte, schließlich wusste ich, worauf sie hinauswollte. Je länger ich mir das Schwimmen untersagte, desto blauer wurden meine Augen, bis sie irgendwann so hellblau waren, dass sie – nach menschlichen Maßstäben gemessen – unnatürlich aussahen. Sie glommen und funkelten dann, doch es war kein schönes Glimmen, nicht für mich. Es bedeutete nur, dass ich mich langsam, aber sicher trockenlegte.

»Ich hätte bald einen kurzen Sprung in die Alster gewagt«, wich ich aus.

Tilly schnaubte. Sie wusste, dass ich log. Es musste mir viel schlechter gehen, bevor ich wirklich schwamm und mich damit dem Risiko aussetzte, entdeckt zu werden. »Hättest du nicht!«, schnappte sie. »Manchmal glaube ich, dass du dich immer noch umbringen willst.«

Darauf konnte ich ihr keine ehrliche Antwort geben. Tilly kannte meine Geschichte eben bloß zu einem kleinen Teil. Dass ich manchmal so einsam war, dass ich auf der Stelle tot umfallen wollte, um diese Leere nicht mehr spüren zu müssen, hatte ich mal angedeutet. Doch wie sehr ich litt, konnte sie nur erahnen. Ich überlegte kurz, ob ich ihr von den Zetteln erzählen sollte, entschied mich jedoch dagegen. Später. Morgen vielleicht. Schweigen machte Dinge häufig einfacher.

»Tarun hat mich letztens auf deine Augen aufmerksam gemacht«, fuhr sie fort. »Er ist ebenso sehr auf seine Tiergestalt angewiesen wie du auf das Wasser. Wenn er sich lange nicht wandelt, wird er krank. Und terrorisiert vorher seine ihm Angetraute, also mich, und ich schwöre, er wird dann zur nervtötenden Plage. Gereizt, unausgeglichen, wirklich zum Kotzen. Du terrorisierst lediglich dich selbst mit deiner Weigerung, dir dein Element zu gönnen. Tarun hat mich gefragt, wann du das letzte Mal schwimmen warst. Und damit meinte er nicht das stundenlange Liegen in der Badewanne, das ist keine besonders gute Ersatzdroge. Ich schätze mal, das ist einige Wochen her, oder?«

»Kann sein«, brummte ich. Ich hatte keine Ahnung gehabt, dass meine Freunde mich beobachteten. Irgendwie war das beruhigend.

»Du brauchst einen besseren Rhythmus«, schimpfte Tilly mit mir. »So schnell können deine Leute dich doch gar nicht entdecken.«

Ich biss mir auf die Lippen und schluckte das zynische *Du hast keine Ahnung* herunter. Tilly meinte es gut, aber sie kannte nicht die Schergen, die auf jede kleine Verfehlung eines Verurteilten lauerten. Sobald ich mit Wasser in Berührung kam, nahm es meine Signatur an, was für Menschen nicht nachvollziehbar war, für ausgebildete Sucher jedoch einer Leuchtspur glich.

Das Meer oder fließende Gewässer waren für mich daher tabu. Innerhalb von Minuten würden Sucher mich orten können, weil unsere Signaturen sich rasend schnell verbreiteten. In abgeschlossenen Tümpeln und Weihern, die keine unmittelbare Verbindung zueinander, zu Bächen oder Flüssen hatten, dauerte es, bis eine Signatur über das Grundwasser weitergetragen wurde, so lange, dass sie kaum mehr zu orten war – und ich vor allem über alle Berge sein würde, bis jemand sie wahrnahm.

Ein Wandlungsbann konnte Hunderte Kilometer entfernt ausgesprochen werden und brauchte ähnlich lange wie eine Signatur, um sich zu verbreiten. Befand sich derjenige, über den der Bann verhängt war, dann noch im Wasser, war er verloren. Solche Banne wirkten wie ein fein abgestimmtes Gift, das das Rückerlangen der vollen Menschengestalt teilweise oder vollständig verhinderte – oder schlagartig beschleunigte, was unter Wasser zumeist tödlich ausging.

Ich schüttelte mich und rieb mir über die Arme. Es durfte nicht geschehen und deshalb war ich sehr vorsichtig und schleppte mich lieber wie eine abgekaute Gräte durch mein Leben, bevor ich es riskierte, zu schwimmen.

»Leena, sieh mich nicht so an!« Tilly schüttelte den Kopf und warf mir einen schnellen Blick zu.

Ich runzelte die Stirn. »Wie denn?«

»So ... misstrauisch. Ängstlich. Als würde ich sofort nachbohren, sobald du nur eine Silbe zu viel aus deinem früheren Leben verrätst.«

Ertappt kaute ich auf meiner Lippe herum, holte Luft, um meiner Freundin zu erklären, warum ich war, wie ich war, doch Tilly wedelte mit der Hand, als wolle sie meine Worte verscheuchen.

»Nicht, Leenchen. Du solltest mich gut genug kennen, um zu wissen, dass ich dich nicht verhören würde, falls du mal zwei Sätze fallen lässt.« Sie drehte die Musik noch ein wenig leiser. »Eines Tages, Leena, wirst du den Mund aufmachen. Du wirst die Macht über dein Leben nicht mehr deiner Vergangenheit und den Schatten von damals überlassen wollen.« Sie sah mich aus den Augenwinkeln an und lächelte. »Du wirst es merken. Und solange kann ich warten. Freunde tun so etwas.«

Etwas schnürte mir die Kehle zu. Die Briefe. Die Zweifel. Die finsteren Gedanken. »Tilly ...«

»Nein«, winkte sie ab. »Überstürze nichts. Konzentriere dich darauf, dass du in ein paar Augenblicken im Wasser planschen kannst. Happy Birthday!«

Ich blinzelte überrascht. »Was?«, japste ich eine Tonlage zu schrill und starrte Tilly perplex an. »Du fährst mit mir ans Wasser?«

Meine Freundin nickte und ich fühlte, wie es in meinem Magen anfing, vor Nervosität und aufkeimender Vorfreude zu kribbeln. »An einen See. Abgeschieden. Schwer zugänglich. Zum Schwimmen für Menschen kaum geeignet – aber für dich perfekt. Keine Zuflüsse, keine Abflüsse.«

Ich konnte ein leises Juchzen nicht unterdrücken und Tilly freute sich wie ein kleines Kind, als ich unruhig anfing, auf dem Sitz herumzuhibbeln.

»Gutes Geschenk?«, hakte sie überflüssigerweise nach und ich hätte sie abknutschen können. Natürlich waren die Gefahren da, keine Frage.

Aber ich konnte nicht anders, ich war restlos entzückt. Wasser gab mir mein Gleichgewicht zurück, meine Lebensfreude, meine Kraft – allein der Gedanke, mich ins kühle Nass stürzen zu können, verdrängte all meine finsteren Grübeleien.

Vielleicht, überlegte ich übermotiviert, *werde ich Tilly zur Feier des Tages alles erzählen. Oder fast alles. Nun, ein kleines Stückchen mehr.*

Ich lächelte sie an und war sprachlos, was für eine Freundin ich gefunden hatte. Sie würde, wenn es sein musste, die ganze Nacht wach bleiben, trotz anhaltendem Regen am Ufer des Sees hocken, mit ihren Fähigkeiten in die Nacht hineinlauschen und mich warnen, sobald sie etwas oder jemanden entdeckte. Das Geschenk war wundervoll.

Kaum eine Dreiviertelstunde später kurbelte ich das Fenster herunter und ließ die kalte, feuchte Nachtluft ins Auto. Der Wolkenbruch war in ein feines Nieseln übergegangen, das meine Hand streichelte, als ich sie hinaushielt. Ich konnte es riechen, das Wasser der Seen, Tümpel und Gräben um mich herum. Jeder mit seiner unverkennbaren Signatur, die ebenso an mir haften würde wie meine an jedem Wassermolekül, das ich berührte. Sogar eine Spur Ostsee konnte ich erschnuppern, dabei waren es einige Kilometer bis dort.

Ich schloss die Augen, lehnte den Kopf halb aus dem Fenster und genoss das Rauschen des Fahrtwindes und die feinen Nuancen der Wasserdüfte. Ich fing an zu summen, zunächst unbewusst, dann, als ich Tillys leises Lachen hörte, bewusster. Gleichzeitig lauschte ich für ein paar Augenblicke dem Plätschern und Gurgeln, das meine Stimmbänder verließ. Es hörte sich laut Tilly jedenfalls so an – für mich war es meine Muttersprache, in der ich sprach, sang und träumte, wenn ich mich gewässert hatte. Geerdet, sagten die Menschen, doch ich hatte mit Erde nichts am Hut. Ich musste mich wässern, um mein Gleichgewicht zu finden.

»Besingst du jede einzelne Pfütze, an der wir vorbeifahren?«, lachte meine Freundin und ich wusste, dass sie es nicht böse meinte.

»Ich sage nur Hallo«, gab ich zurück und lächelte. Ich hatte ein gewisses Talent als Besingerin von Wasserstellen gezeigt. Wasserflüsterer und Wasserflüsterinnen waren die klassischen Binnengewässernymphen. Die Mythen der Menschen besagten, dass ein See oder

Teich starb, wenn seine Nymphe verscheucht oder getötet wurde. Das stimmte zum Teil, aber den Job, den meine Vorfahrinnen gemacht hatten, hatten die Sagen nie richtig wiedergegeben. Nixen mit einem Talent wie meinem konnten mithilfe von magischen Gesängen das Wasser reinigen. Wir vernichteten zu starken Algenbewuchs, filterten organisches Material heraus, hielten Mikroben im Gleichgewicht – und verscheuchten Menschen. Mittlerweile war das Besingen eine fast vergessene Kunstform geworden. Gegen den Dreck, der in die hiesigen Gewässer gelangte, half auch die magischste Stimme nicht.

Mein Talent jedoch hatte laut meinen Lehrern nicht ausgereicht, um wirklich darin ausgebildet zu werden. Dafür hatte ich zu viel von meinem Vater in mir. Als Talentbremse hatte meine Mutter den genetischen Einfluss meines Erzeugers bezeichnet und ich fragte mich manchmal, was ich wohl Gutes von ihm haben mochte. Irgendetwas von ihm musste doch in mir stecken, das mich nicht nur anders und zum Außenseiter machte.

»Also als Profi-Sängerin würde ich dich nicht gerade bezeichnen«, holte Tilly mich aus meinen Gedanken. »Für meine Banausenohren hört sich das zwar nach Geräuschen des Wassers und Walgesängen an, aber –«

»Mir egal!«, unterbrach ich sie vergnügt. »Nenn es jodeln, singen, brummen, flüstern. Es ist auf jeden Fall eine Sprache, und zwar meine.«

Eine Welle der Wehmut überfiel mich. Es war über zwei Jahre her, dass ich Worte in meiner Mundart gehört hatte: das Urteil samt der Verbannung.

Ich schluckte und wischte mir schnell über die Augen. An so etwas wollte ich nicht denken, nicht heute, wenn die einzige Freundin, die ich hatte, mir so ein wunderbares Geschenk machte. Allerdings glaubte ich zu spüren, dass wir nun statt nach Osten in Richtung Südosten fuhren, und das konnte zu Problemen führen. Plötzlich stieg Unruhe in mir auf. Es war eine Sache, verbotenerweise schwimmen zu gehen. Das allein war riskant, aber direkt innerhalb des mir untersagten Bannkreises ein Gewässer aufzusuchen, wäre grauenhaft dumm. Gegen das, was mir drohte, wenn ich den Bannkreis überschritt, war ein Wandlungsbann noch milde.

»Wie weit östlich von Hamburg sind wir?«, wollte ich nervös wissen.

»Etwa sechzig Kilometer. Im Hellbachtal gibt es mehrere Seen, die durch einen kleinen Flusslauf miteinander verbunden sind. Einer von ihnen hat keinen Zugang zu fließendem Wasser. Ich bin beim Auskundschaften letzte Woche dort gewesen. Das Schilf steht brusthoch und die Zweige der Bäume am Ufer hängen so tief, dass du ungesehen ins Wasser steigen kannst.«

Ich rechnete, versuchte mich darauf zu konzentrieren, Zahlen voneinander zu subtrahieren, während meine Körperzellen jauchzten und das nahende Wasser herbeisehnten.

»Okay«, stellte ich leise fest, »das müsste gehen.«

Es war knapp, denn mein Heimatsee lag gerade mal dreihundert Kilometer von meinem jetzigen Wohnort entfernt.

»Ich weiß von dem Bannkreis, schon vergessen?«, fragte Tilly. »Ich habe ein Gewässer gewählt, das deutlich außerhalb davon liegt, in Ordnung?«

Ich nickte erleichtert. Tilly war umsichtig und dachte mit – soweit sie eben anhand der Fakten, die ich ihr erzählt hatte, mitdenken konnte. Das war mein Leben seit den damaligen Geschehnissen: An jenen Tagen, an denen ich mir das Schwimmen erlaubte, lebte ich, als seien es meine letzten Stunden.

Auf dem letzten Stück des Weges wurde ich wirklich zappelig. Der Wagen rumpelte zwischen Feldern hindurch und über Waldwege, doch ich machte mir keine Sorgen um das Auto – ich hatte Angst, nicht schnell genug ans Wasser zu kommen. Ich konnte es spüren. Die Moleküle meines Körpers summten vor Freude und ließen meine Haut lila schimmern. Meine Wandlung hatte von mir unbemerkt begonnen, denn meine Kiemen hatten sich ausgebildet. Die zarte Pergamenthaut, die sie bedeckte, spannte, als ich reflexartig begann, das falsche Atmungsorgan zu benutzen. Ich bekam einen mittelschweren Hustenanfall.

»Langsam«, mahnte Tilly und sah mich schräg an. »Wir sind fast da. Reiß dich noch ein bisschen zusammen, dann kannst du gleich Anlauf nehmen und den Rest der Nacht planschen, so viel du willst.«

»Ich weiß«, keuchte ich und schnaufte tief durch. Es musste fast zwei Monate her sein, dass ich frei geschwommen war, in einem winzigen Tümpel in Stadtnähe, der nicht mehr ganz sauber gewesen war und mein Verlangen nach Wasser mit einem farbenfrohen Hautausschlag vergolten hatte. Doch hier und jetzt konnte ich es riechen, hören, in der Luft schmecken – hier gab es für ein paar Stunden einen Platz für mich und das würde genügen müssen. Mit meiner Freundin an meiner Seite, die zumindest an Land die Situation überwachen konnte, fühlte ich mich ohnehin ein wenig sicherer.

Tilly nieste und die Druckwelle kitzelte mein Seitenlinienorgan, das normalerweise erst aktiv wurde, nachdem ich ein paar Minuten im Wasser war.

»Aua«, brummte ich vorwurfsvoll.

Jede meiner Zellen schien sich nach dem anderen Teil meines Ichs zu sehnen, so sehr, dass ich die Wandlung kaum unter Kontrolle bekam. Doch das musste ich, sonst hätte Tilly in ein paar Minuten einen japsenden, sechzig Kilo schweren Fischmenschen auf dem Beifahrersitz hängen, der nicht allzu lange überleben würde.

»Die kleine Meerjungfrau ist heute etwas empfindlich, was?«, stichelte Tilly und warf mir einen prüfenden Blick zu. »Komm schon, zehn Minuten, höchstens. Ich lasse dich raus, warte, bis du sicher im Wasser angekommen bist, und fahre zu einem Ferienhäuschen auf der anderen Seite des Sees, in Ordnung? Du kannst es gar nicht verfehlen – einfach am Steg gegenüber anlanden.«

»Wir übernachten hier?«, fragte ich geistesabwesend.

»Ich habe alles eingepackt, was wir brauchen.« Tilly schnaubte. »So was nennt sich Überraschung, Leena. Du hast Geburtstag.«

»Danke.« Ich hörte nur mit halbem Ohr zu. Ungeduldig kratzte ich mit den Fingern über den Türgriff, zählte jede Sekunde mit, hielt meine Kiemen unter Kontrolle und endlich hielt Tilly an.

Ich sprang aus dem Wagen, sog die Lunge voll mit feuchter Nachtluft, die nach Wald und Wasser roch, und war mit einem Satz bei Tilly. Obwohl sie protestierte, umarmte ich sie und hob sie ein Stück hoch, drückte mich an ihren warmen Körper und küsste sie voll Übermut auf den Mund.

»Danke«, hauchte ich und ließ sie los.

Tillys Augen schimmerten rötlich und ich konnte ihr Lächeln erahnen. »Los, Flipper, hau ab!«, murmelte sie zärtlich und ich hörte ihr helles Auflachen, ehe ich mich auf den Hacken umdrehte, zum Wasser rannte und überwältigt stehen blieb.

Freischwimmer

Es war kein idyllischer See, zumindest nicht an der Stelle, an der ich eintauchen wollte. Für Menschen musste er dunkel und abweisend aussehen, geradezu gefährlich. Für meine Augen jedoch, die sich allmählich an die Dunkelheit gewöhnten und sich, sobald ich im Wasser war, auf Wassersicht umstellen würden, wirkte er einladend wie ein Geliebter, der auf mich wartete.

Ich flüsterte ein paar Worte zur Begrüßung, so wie es sich gehörte, lauschte in die Nacht und konnte neben einigen Tieren nur Tilly hören, die sich abseits hielt, um mich nicht zu stören. Zaghaft kniete ich nieder und berührte die Wasseroberfläche mit den Fingerspitzen.

Obwohl meine Zellen danach schrien, ich solle mich ins Wasser stürzen, prüfte ich, ob ich irgendeine verräterische Signatur erspüren konnte. Ein paar Fischarten, ein paar Amphibien. Wasservögel, schlafend. Sogar Insekten nahm ich wahr, allerdings eher als diffuse Masse. Ich zog beruhigt die Finger zurück.

Ich war beileibe nicht so sensibel wie ein ausgebildeter Sucher, doch in den Monaten, in denen ich versteckt gelebt hatte, hatte ich mein Gespür trainiert. Wir alle konnten einander im Wasser erfühlen und diese Fähigkeit hatte ich notgedrungen ausgebaut.

Jetzt oder nie. Ich schlüpfte aus meiner Kleidung, beeilte mich mit der Wandlung und bemerkte zufrieden, dass die Teilwandlungen auf dem Dach eher förderlich gewesen waren. Innerhalb weniger Minuten war ich fertig und startklar – und das, obwohl ich seit Wochen nicht so vollständig in meine Wassergestalt geschlüpft war. Bedächtig trat ich ans Ufer, das mit Wurzeln übersät war, schätzte die Wassertiefe ab und sprang.

Der See erfüllte sowohl meine Erwartungen als auch meine Ängste: Er hieß mich willkommen und überwältigte mich so sehr, dass ich kaum atmen konnte. Das Nass suchte sich mit eisiger Gewalt seinen Weg in sämtliche Körperöffnungen. Es drang in mich ein, mit seiner ganzen Dunkelheit und Kälte, forderte jede meiner Sinneszellen und belohnte mich mit süßer Lust und einer weichen Umarmung.

Hektisch rubbelte ich über die dünne Kiemenhaut, damit dieses Organ seinen Dienst aufnehmen konnte. Wie bittersüß es sich jedes Mal anfühlte, wenn das kalte Wasser durch die rosa Büschel der Kiemen strömte, war kaum zu beschreiben. Als ich Tilly versucht hatte, zu erklären, wie ich das Wiedersehen, das Wiedereintauchen in ein Gewässer empfand, war sie kaum davon zu überzeugen gewesen, dass ich nicht von Sex sprach, sondern von der Sehnsucht nach Wasser, die erfüllt wurde. Trotzdem war es nicht nur ein grelles Aufflackern und lustvolles Feuern der Synapsen. Wasser gab mir das Gefühl, vollständig zu sein. Es zeigte mir, was ich war und immer sein würde.

Der See war freundlich zu mir, so wie es mir mein Bauchgefühl prophezeit hatte. Keine natürlichen Gefahren, keine von Menschenhand erschaffenen – bis auf einen Steg, an dem ein kleines Holzboot festgemacht war, einen knappen Kilometer entfernt. Ich schätzte, dass sich ungefähr dort die Hütte befand, von der Tilly gesprochen hatte. Trotzdem würde ich mir das Ganze erst sehr genau ansehen müssen, bevor ich an Land ging. Unbeteiligten Menschen zu begegnen, gehörte nicht zu meinem Plan.

Das war mir nur ein einziges Mal passiert und selbst jetzt lächelte ich beim Gedanken daran. Ben. Der von Unbekannten bedroht wurde. Oder fand die Bedrohung nur in meinem Kopf statt?

Nicht daran denken, beschwor ich mich. *Konzentriere dich auf deine Umgebung, genieße das Schwimmen, denk später in Ruhe darüber nach!*

Ich drehte ein paar schnellere Runden, als könnte ich den Erinnerungen dadurch entkommen, und ließ mich schließlich eine Weile treiben. Ich schaffte es, die Stille unter Wasser zu dem zu machen, was sie immer gewesen war: mein Ruhepol. Mein Herzschlag wurde langsamer, je schneller ich schwamm.

Schließlich wurde mein Körper spürbar müde. Er war nichts mehr gewohnt, das dumme Ding, und nicht zum ersten Mal an diesem Tag verfluchte ich die Gemeinschaft der Wassermenschen, die mich zur Ausgestoßenen gemacht hatte, obwohl ich es gewesen war, die Schutz gebraucht hätte.

Ich rief mich zur Ordnung. Über diese archaisch denkenden, hochnäsigen Nymphen zu grübeln, von denen einige ihre Stammbäume bis nach Atlantis zurückführen konnten und sich darauf mächtig was einbildeten, war ein sinnloses Unterfangen. Das Hier und Jetzt war schöner und mindestens genauso spannend.

Etwas überdreht schraubte ich mich in die Tiefe, um mit ein paar kräftigen Flossenschlägen gen Oberfläche zu schießen. Von irgendwoher hatte ich ein Geräusch vernommen, das ich nicht zuordnen konnte. Angespannt klappte ich meine Schleierflossen auf und kam dadurch abrupt zum Halten. Was war das gewesen? Ein lautes Platschen?

Ich konzentrierte meine Sinne, die menschlichen und nichtmenschlichen, und war mir sicher, dass dort oben etwas schwamm – etwas Großes, das ich nicht erkannte, sosehr ich mich auch anstrengte. Ich prüfte das Wasser auf eine verräterische Signatur hin und das Ergebnis war nicht sehr beruhigend. Das war kein Wassermensch, sondern irgendein Tier. Aber welches?

Ich war überfragt, dabei kannte ich die einheimischen Wassertiere recht umfassend. Vielleicht ein stromernder Hund? Doch selbst die sprangen mitten in der Nacht nicht einfach in irgendein Gewässer. Außerdem war das, was dort im See schwamm, größer.

Neugier und Vorsicht stritten in meiner Brust. Je näher ich der Oberfläche kam, desto heller wirkte das Wasser um mich herum. Abertausende Grüntöne malten mir meine Umgebung und ich hielt inne, ließ mich für ein paar Schwimmzüge von dem Geräusch ablenken und staunte. Ich versuchte, jede Schattierung in mich aufzunehmen, sie mir zu merken, damit ich sie in meine Träume einbauen konnte, wenn ich mich nach dem Wasser verzehrte. Und der Tag würde kommen, das war sicher.

Ich ließ mich auf dem Rücken treiben, paddelte träge mit meinen Flossen und kam der Geräuschquelle näher. Es klang wie Schwimmbewegungen eines Säugetiers. Ja, eindeutig: Das Schnaufen und Platschen war unverkennbar. Was, bei allen Najaden, plantschte dort oben zu dieser nachtschlafenden Uhrzeit in meinem See? Meine kribbelnde

Neugier wich nervöser Unruhe. Sollte ich verschwinden und zusehen, dass sich möglichst viel Wasser zwischen mir und diesem ... Ding befand? Mein Magen hüpfte nervös auf und ab. Nur ein kleines Stückchen noch, verhandelte ich mit mir. Meine Neugier auf das da oben war einfach zu groß. Außerdem konnte ich, und damit versuchte ich mich zu beruhigen, pfeilschnell kehrtmachen, sollte es nötig sein. Im Wasser schlug ich in Sachen Schnelligkeit jedes Säugetier – von lästigen Delfinen mal abgesehen.

Ich konnte vier Beine ausmachen, die unbeholfen im Wasser herumpaddelten. Riesige Tatzen schoben das Wasser mehr schlecht als recht zur Seite. Fellfarbe? Konnte ich kaum sagen. Eventuell grün und – gestreift? Ich sog konzentriert das Wasser durch meine Kiemen und überlegte. Das Vieh hatte mich nicht bemerkt und ich schwamm etwas näher.

Adrenalin kitzelte meine Rezeptoren und schon hörte ich Tilly mit mir schimpfen. »Ich hab dich nicht hierhergebracht, damit du dich umbringen kannst!«, würde sie fluchen und kleine Flammen würden über ihre Haut kriechen, weil sie sich aufregte.

Plötzlich sah das Ungetüm mich an und vor Schreck entflohen mir ein paar blubbernde Töne. Ich war bestimmt fünf Meter unter ihm und dieses riesige ...

Eine Katze. Es war eine riesige Katze. Ein Tiger?

Verblüfft starrte ich das für meine Augen grün schimmernde Riesenkätzchen an und war zu keinem klaren Gedanken fähig. Wieso ... Hier ... Heute?

Mit ein paar kräftigen Beinschlägen schwamm ich um es herum und tauchte in sicherer Entfernung neben ihm auf. Ein Tiger, mitten in der Nacht in Deutschland an einem See. Das war seltsam.

»Tarun!«, hörte ich Tilly rufen. »Komm raus aus dem Wasser!«

Tarun? Ich sah zu dem Tiger, der zielsicher auf mich zuhielt. Das war ...

Ich gluckste amüsiert. Er war ein Gestaltwandler, warum war ich nicht eher darauf gekommen? Dass seine Tiergestalt ein Tiger war, war mir entfallen.

»Und du hast gesagt, du hättest heute keine Zeit«, blubberte ich fröhlich. Natürlich verstand er nichts. Ich wusste nicht einmal, ob er in seiner Tiergestalt Sprache überhaupt als solche wahrnehmen konnte – obwohl, dann hätte Tilly ja nicht so herumgebrüllt.

»Lass sie in Ruhe, Tarun«, schrie sie. »Sie ist kein Fisch zum Fangen!«

Ich sah Tarun irritiert an. Wollte er mich etwa …?

»Leena, hau ab!«, kreischte meine Freundin und wedelte mit den Armen. Im Mondlicht konnte ich nur einen hüpfenden Schatten ausmachen. Über Wasser sah ich zwar immer noch besser als ein Mensch, aber nicht mehr in diesen wundervollen glitzernden Grüntönen. Alles wirkte matter.

»Hau ab, Leena! Er hält dich für seine Beute!«

»Tarun«, flüsterte ich nervös. »Bleib, wo du bist!«

Mit einer eleganten Drehung tauchte ich ab, kurz bevor mich die Katze erreicht hatte, und wurde von einer Kralle an meiner Schwanzflosse erwischt. Es war bloß ein kleiner Riss, trotzdem tat er weh. Ich vernahm das enttäuscht klingende Brüllen des Tigers und suchte das Weite.

Dumme Neugier, schalt ich mich selbst. Doch woher hätte ich ahnen sollen, dass Tarun mich nicht erkannte? Vielleicht hatte er sich ebenfalls schon lange nicht mehr gewandelt und die Gunst der Stunde genutzt. Als Wandler hatte man es in Industrieländern nicht einfach. Mittlerweile mussten wir höllisch aufpassen und die meisten von uns Wassermenschen zogen sich in dünner besiedelte Gegenden zurück. Selbst meine Familie hatte überlegt, hoch in den Norden nach Norwegen auszuwandern.

Andernorts, in Gegenden, in denen Sagen um Wandler, Nymphen und andere Naturgeister zu den Geschichten und Überlieferungen gehörten, wurden Vorfälle und Zusammenstöße mit unsereins anders behandelt. Wenn man den Erzählungen der Alten glauben durfte, war früher alles besser gewesen. Hätte mich heutzutage jemand in der Alster gesehen – womöglich mehrere unabhängige Zeugen –, wären Presse und Wissenschaftler und weiß Poseidon wer noch ausgerückt. Jedes picklige Gör hatte ein Smartphone und konnte Bilder und Videos machen.

Tarun musste es ähnlich gehen. Wäre sein Tier ein einheimischer Eber gewesen, über den sich niemand gewundert hätte, hätte er sich sicher häufiger gewandelt, doch als Raubkatze sah das Ganze ähnlich schwierig aus wie bei mir. Er hielt sich sehr zurück, doch sobald er dann nach einer Weile Abstinenz seiner Natur folgte, brach das Tier stärker als sonst durch.

Fast hatte ich ein bisschen Mitleid mit ihm. Trotzdem – so viel Selbstdisziplin musste er aufbringen! Schließlich wusste er, dass ich hier im See herumschwamm.

Verschnupft begutachtete ich den Riss in meiner Beinflosse. Es war kaum mehr als ein Kratzer, doch mit seinen Krallen hätte er mir auch ganz aus Versehen das halbe Bein aufreißen können.

»Du gehörst einfach nicht ins Wasser, Mauzi!«, brummte ich missmutig. Dafür schuldete er mir etwas.

»Leena!«

Ich tauchte auf und sah Tilly auf dem Steg stehen. Am Ufer arbeitete sich gerade eine gestreifte Raubkatze aus dem Wasser und ich bildete mir ein, dass sie ein bisschen bedröppelt aussah, als sie den großen Kopf in meine Richtung drehte und ein vibrierendes Brüllen ausstieß. Ich hoffte, dass er ein furchtbar schlechtes Gewissen haben würde, sobald er wieder in seiner Menschengestalt steckte.

»Essen in einer Stunde?«, rief Tilly.

»Nur, wenn keine Nixen auf dem Speiseplan stehen«, grummelte ich in mich hinein und gab per Handzeichen meine Zustimmung. Mit einer eleganten Wendung tauchte ich wieder ab und schwamm noch ein paar Runden durch den grünen Mikrokosmos des Sees. Die Bewegungen wurden anstrengender, doch ich wollte nicht mit dem Dahingleiten durch das Wasser aufhören. Es machte mich vollständig und heil und dämpfte die Sehnsucht, die ich seit dem Unheil damals mit mir herumtrug.

Abermals musste ich an die Zettel denken. Was, wenn das alles ein ganz besonders perfides *Geburtstagsgeschenk* war, um mir eine Heidenangst einzujagen?

Plötzlich blitzte mich etwas Blaues an, winzig und entfernt, aber doch so auffällig, dass ich es zwischen all den grünen Farbtönen deutlich ausmachen konnte. Ich kniff die Augen zusammen, erhaschte ein weiteres bläuliches Schimmern und erstarrte. Wälzte sich dort unten etwas schwarz-blau Geschupptes am Seeboden?

Ungute Erinnerungen stiegen in mir auf. Meine Nerven mussten mir einen Streich spielen. Vielleicht hatte sich dort unten ein Wels bewegt? Abgesehen davon, dass die wirklich großen Exemplare uns

Wassermenschen gefährlich werden konnten, wenn sie hungrig waren, war ein solcher Fisch geradezu harmlos im Vergleich zu demjenigen, den ich zu sehen geglaubt hatte.

Unschlüssig schwamm ich ein paar Flossenlängen näher heran, doch das blaue Schillern war nicht mehr zu entdecken. Trotzdem konnte ich es für ein paar Atemzüge wieder spüren, dieses Dunkle, Finstere, das auch schon auf dem Dach anwesend gewesen war. Der seltsame Geschmack, den ich im Regen wahrgenommen hatte, tauchte auch jetzt wieder auf.

»Du bist nicht real«, wisperte ich, kostete das Wasser und war wenig überrascht, als der bittere, fremde Geschmack wieder verschwunden war. Vielleicht drehte ich einfach nur durch.

Ich beschloss, dass mein Ausflug ein Ende hatte.

»Leena?«

Wenige Minuten später saß ich auf dem Holzsteg und war mit der Wandlung so weit fortgeschritten, dass ich an Land problemlos atmen konnte – trotzdem schnellte mein Puls in die Höhe. Zu gefährlich war es, in dieser Phase überrumpelt zu werden. Glücklicherweise war es nur Tilly, deren Schritte ich spüren konnte, als sie näher kam.

»Alles in Ordnung?«

Sorgfältig trocknete ich jede Flosse mit dem Handtuch ab, das sie mir hingelegt hatte. Nasse Flossen zu wandeln war, als wollte man einen Fisch zu einem Wüstenausflug überreden.

»Du wirkst so abwesend.«

Tilly hockte sich mit ein paar Metern Abstand zu mir. In meiner Wassergestalt war ich noch scheuer als in meiner menschlichen Form und das respektierte sie.

Ich zog eine Grimasse. »Nein ... ja. Es ist nur ...« Ich kam mir albern vor. »Ich glaube, ich habe unter Wasser jemanden gesehen. Jemanden von früher. Aber das ist unmöglich.«

»Wen?«

Tilly hob die Hand, als ich den Mund öffnete, um mich in Ausflüchten zu üben. Das kannte sie schon.

»Wird das wieder eines dieser Gespräche, die du eigentlich mit dir selbst führst, und gleich starrst du mich wütend an, weil ich zufällig dabei gewesen bin?«

Ich sah erstaunt in ihre Richtung. Mir war nicht bewusst gewesen, dass ich so unfair zu meiner Freundin gewesen war. »Habe ich das wirklich …?«

Tilly seufzte leise. »Ja, früher. Schon okay. Aber … erzähl nur von dir, wenn du das wirklich willst, okay?«

Ich atmete tief ein und gab mir einen Ruck. »Ich habe schon einmal erwähnt, dass ich meine Sippe für krank halte?«

»Du hast mal etwas von *inzestuösen Spinnern mit Flossen* gemurmelt, ja.«

»Oh.« Ich schnaubte belustigt. »Ja, Verbindungen zwischen Cousins und Cousinen werden tatsächlich noch praktiziert. Kannst dir ja vorstellen, dass da genetisch nicht viel bei rumkommt. Aber das meine ich nicht. Nein, sie sind … berechnend, kalt. Herzlos.« Ich überlegte kurz. »Tilly, wann hast du deinen ersten Kuss bekommen?«

Die rotbraunen Augen meiner Freundin leuchteten kurz im Dunkel auf. Wäre sie nicht *sie* gewesen, wäre ich vor Schreck schreiend davongelaufen. Sie prustete leise. »Puh, ähm … Der erste unschuldige, an den ich mich gut erinnere, war im Kindergarten. Ein anderes Mädchen, eine Feuerträumerin, und ich hatten beschlossen, dass wir für immer zusammenbleiben wollten. Unsere Liaison hielt nur bis zum Ende des Kindergartens, aber immerhin. Den ersten richtigen Kuss? Hm … mit vierzehn. Diesmal ein Junge. War eine Mutprobe.«

Ich lächelte, als ich mir Tilly bei der Mutprobe vorstellte. »Wie war es?«

»Ich habe ihn aus Versehen in Flammen gesteckt.« Tilly kicherte. »Und ich meine nicht das romantische *für jemanden entflammt sein*. Ich musste ihn in den Pool schubsen.« Sie schnaufte und beruhigte sich nur langsam. »Und du? Lass mich raten – im Wasser?«

»Natürlich.«

»Und was hat das mit deinen herzlosen Spinnern zu tun?«

Ich faltete meine Beinflossen auf und zu, damit sie weiter trocknen konnten, ehe ich sie zurückverwandelte. »Oh, wart's ab. Mit dreizehn war ich in jemanden verschossen, den ich auf einer unserer Versammlungen auf mich aufmerksam machen wollte. Der Idiot hat allerdings eine andere Nixe geküsst.«

»Männer!«, brummte Tilly verstehend und ich konnte mir ihr Augenrollen bildlich vorstellen.

»Nun ja – der Dummkopf in der Geschichte bin definitiv ich.«

Es war mir ein wenig peinlich, ihr die Story zu erzählen, aber ich hatte mir schließlich vorgenommen, mich fest verschlossene Auster wenigstens einen Spaltbreit zu öffnen. Außerdem musste ich irgendwem von dem blauen Glitzern erzählen und warum es mich noch immer beunruhigte.

»Ich hatte einen genialen Plan: Ich wollte im Bergsee schwimmen, mich in einer der Höhlen verstecken und so tun, als hätte ich mich verirrt, bis man einen Trupp Sucher nach mir ausgeschickt hätte. Mein Angebeteter war Auszubildender bei diesen Kriegern, also dachte ich … Ach, was weiß ich. Irgendwie hatte ich die Vorstellung eines Helden, der mich retten würde.«

Tilly stöhnte auf. »Leena … echt mal!«

»Ich war dreizehn, meine Güte!«

»Hat dein genialer Plan wenigstens funktioniert?«

»Absolut. Nur vollkommen anders als geplant.«

Erstaunlicherweise war es gar nicht so schlimm, Tilly etwas aus meinem früheren Leben zu erzählen, stellte ich fest. Aber das hier waren auch die harmlosen Geschichten.

»Ich habe dir vom Kuss des Wassers erzählt, oder? Je nach Intensität verrät der mir einiges über das Wesen eines Gewässers. Damals habe ich ihn in meinem hormonüberfluteten Hirn nicht registriert oder falsch gedeutet, denn er war hart, brutal und sehr deutlich. Ich meine, es war ein Bergsee! Weißt du, wie verdammt kalt die sind?« Ich schüttelte den Kopf über meine damalige Unvernunft. »Ich habe mich trotzdem kopfüber in die Fluten gestürzt. Das Wasser war kristallklar, wirklich umwerfend schön. Diese Blau- und Türkistöne! Wahnsinn. Und dann wurde es allmählich dunkel und kälter und kälter.«

»Lass mich raten: Du hast dich tatsächlich verirrt?«

»Und wie. Ich bin in die Höhlen getaucht. Plötzlich steckte mein Fuß fest – ich war mit ihm in einer Felsspalte hängen geblieben. Eine unruhige Strömung und ein unvorhergesehener Sog müssen mich dort hingetrieben haben. Ich rief um Hilfe, kreischte, wimmerte, zerrte an meinem Bein – doch nichts rührte sich.«

»Das wäre mein absoluter Albtraum«, gab Tilly zu. »Aber du kannst unter Wasser ganz gut überleben, oder?«

»Zum Glück. Aber hast du eine Ahnung, was mein Organismus beim Schwimmen an Kalorien verheizt, erst recht in eiskaltem Wasser? Lach nicht, aber ich hatte wirklich Sorge, da unten zu verhungern.« Ich schüttelte mich, als die Erinnerungen plötzlich greifbar wurden. »Drei Tage hing ich in den dunklen Tiefen fest. Man hat sehr spät mit der Suche nach mir begonnen. Für einen Sucher wäre es ein Leichtes gewesen, mich anhand meiner Signatur zu finden.«

»Aber niemand kam?« Tilly seufzte mitfühlend. »Armes Fischchen.«

»Das kannst du laut sagen. Nein, niemand schien mich zu vermissen. Am dritten Tag habe ich mein Bein plötzlich frei bekommen. Die Kälte des Wassers hat so sehr an meinen Reserven gezehrt, dass meine Muskeln den entscheidenden Zentimeter schmaler geworden waren. Es kam mir wie ein Wunder vor, dass ich irgendwann doch noch den Weg aus diesem verfluchten Höhlensystem gefunden habe.« Ich lachte bitter auf. »Kaum schwamm ich wieder im offenen See, tauchten die Sucher auf. Mein Angebeteter war nicht einmal dabei – so viel zu meinem meisterhaft ausgearbeiteten Plan, von ihm gerettet zu werden.« Ich versuchte, das aufgeregte Rauschen in meinen Ohren wegzuatmen. »Sie waren die ganze Zeit dort, Tilly«, murmelte ich mit belegter Stimme. »Die Sucher haben sich nicht zufällig in der Nähe des Eingangs aufgehalten, davon bin ich überzeugt.«

Meine Freundin klang irritiert. »Aber warum … hätten sie dich dort unten schmoren lassen sollen?«

Ich zuckte mit den Schultern. »Das weiß ich nicht. Obwohl ich selbst kein Sucher bin, kann ich Signaturen im Wasser lesen. Das konnte ich schon damals ganz brauchbar. Als ich dort unten in der Höhle gefangen war, habe ich ein Dutzend Signaturen im Wasser schmecken können. Sie waren die ganze Zeit dort.«

Fassungslosigkeit machte sich erneut in mir breit. Nie zuvor hatte ich die Geschichte jemandem erzählt. Meine Vermutung nun laut auszusprechen, machte sie seltsam real.

»Ich frage mich, ob sie mich rausgeholt hätten, wäre ich nicht von allein freigekommen.«

»Vielleicht wollten sie dich testen?«

Ich rieb mir über die brennenden Augen. »Keine Ahnung. Aber da hast du einen Beweis dafür, dass das Wasservolk vollkommen gestört ist.«

Tillys Augen leuchteten in der Dunkelheit auf. »Sind diese Sucher nicht zur Verantwortung gezogen worden? Irgendjemand muss doch beschlossen haben, dich in der Höhle zu lassen?«

»Tja ... Ich kann es dir nicht genau sagen, aber ich vermute, dass einer der Prinzen der Nordmeere etwas damit zu tun hatte.« Ich schauderte. »Uriel Demetrios.« Für ein paar Atemzüge lauschte ich dem Klang des verhassten Namens nach. »Ich bin von dem Haufen junger Krieger in Richtung Ufer eskortiert worden – als hätte ich es nicht allein gefunden. In der Gruppe sind Sucher wirklich unheimlich. Vielleicht ist es diese merkwürdige, schweigende Verständigung untereinander. Sie ändern synchron die Richtung, rücken auf die kleinste Handbewegung hin zusammen oder auseinander und agieren wie ein perfekt aufeinander abgestimmter Schwarm. Wie ein gefährlicher, im Zweifel tödlicher Schwarm.« Mein Herz pochte aufgeregt. »Alles Verrückte, Tilly, ich schwöre es ...«

Meine Freundin schwieg, als ahnte sie, dass meine Geschichte noch nicht zu Ende war.

In Bedrängnis

Einige Jahre zuvor

Ich bemerkte nicht, wie die Gruppe einen Zahn zulegte und nur einer der Sucher bei mir blieb. Erst als er direkt neben mir schwamm und seine Flossen mich streiften, sah ich mich um. Das Licht, das in langen, glitzernden Strahlen von der Wasseroberfläche zu uns durchdrang, erhellte meine Umgebung in schillernden Grün- und Türkistönen – eigentlich sehr hübsch. Die durchdringenden blauen Augen, die mich aufmerksam beobachteten, störten die Idylle ein wenig.

Dunkle lange Haarsträhnen hatten sich aus dem festen Haarknoten, den die meisten Sucher trugen, gelöst und schwebten um seinen Kopf herum. Ich bekam Gänsehaut, als mich eine davon an der Wange streifte. Jede einzelne Schuppe stellte sich auf, gleich den Härchen der menschlichen Haut. Durch den geänderten Winkel der glänzenden Schüppchen schimmerten sie und verrieten mein Unbehagen. Der Sucher bemerkte es und lächelte mich träge an.

»Mialeena Fenjenhi, richtig? Uriel Demetrios«, stellte er sich vor und kam so nah, dass ich beim Zurückweichen felsigen Boden mit meinen Flossen ertasten konnte.

Mir war nicht bewusst gewesen, dass der junge Mann, der mich gründlich musterte, zum Königshaus gehörte. Das Herrscherpaar des Nordens hatte acht Kinder, das war mir bekannt, doch viel mehr auch nicht.

»Eure Hoheit«, gab ich nach einer kurzen Denkpause steif zurück und spürte, wie sich mein Magen meldete. Hunger.

»Nenn mich Uriel«, bot er lässig an und paddelte gemächlich um mich herum. Es verunsicherte mich, dass ein Wassermann aus diesen

Kreisen mit mir sprach. Außerdem war er wirklich attraktiv. Seine Schuppen schimmerten in allen erdenklichen Blautönen, von fast schwarz bis hin zu zartem Himmelblau, und passten damit perfekt zu seinen Augen. Er mochte ein paar Jahre älter sein als ich, vielleicht achtzehn, neunzehn, und hatte die Hormonschübe recht gut überstanden. Seine Gestalt mit den breiten Schultern und einem markanten Kiefer verriet ebenfalls, dass er auf dem besten Weg war, sich in einen äußerst anziehenden Mann zu verwandeln. Und auch auf mich wirkte er – ich wusste plötzlich nicht mehr, wo ich hinsehen sollte, und glaubte, dass meine Wangen sich unter seinen gründlichen Blicken rosa gefärbt hatten.

»Du bist das Erdblut, nicht wahr?« Er hatte es nüchtern gesagt, mehr Feststellung als Frage, doch es machte mich misstrauisch.

»Ja«, gab ich verunsichert zu. Etwas Gutes hatte noch nie jemand in der Tatsache gesehen, dass ich einen menschlichen Vater hatte.

»Das erklärt einiges«, bemerkte er orakelhaft und ich war ein wenig beleidigt.

»Tatsächlich? Das geht dich gar nichts an!« Ich war schnell auf Konfrontationskurs, wenn es um dieses Thema ging.

»Und garstig wie beschrieben!« Er kam so nah, dass ich nicht mehr ausweichen konnte. Verunsichert starrte ich ihn an. »Ich mag das«, perlten unerwartete Worte aus seinem Mund. Er paddelte um mich herum und begutachtete mich wie etwas, das er überlegte, zu kaufen. »Bisschen dürr bist du«, stellte er fest. »Wie lange warst du in den Höhlen?«

Überrumpelt und gehörig empört, mich als zu dürr zu bezeichnen, starrte ich ihn an. »Ich ... äh ... weiß es nicht.« Meinem Hunger nach zwei Wochen. »Einen Tag?«

»Dreieinhalb Tage«, informierte er mich.

Nun war ich noch verwirrter. Warum fragte er, wenn er es besser wusste als ich?

»Interessant«, murmelte er und kam näher. Ich konnte seine Körperwärme spüren und paddelte unruhig ein Stückchen zurück.

»Uriel ...« Etwas an ihm störte mich, doch ich wusste nicht genau, was es war. Mein Herzschlag beschleunigte sich, jedoch nicht auf die angenehme Art, während er mich in Richtung der Felsen drängte, die an dieser Stelle zum Ufer hin steil anstiegen.

»Du bist mir aufgefallen«, begann er und behielt mich im Blick. Seine Worte klangen plötzlich dunkler und vibrierten über mein Seitenlinienorgan.

Perplex stieß ich ein paar schillernde silberne Luftblasen aus. »Ach ja?« Ich hatte kaum noch Platz zwischen ihm und der Felswand im Rücken. Die ersten Algen kitzelten meinen Nacken, als ich weiter zurückwich. »Was soll das?«, wollte ich wissen, als es nicht mehr weiterging. Die Sonne musste hinter einer Wolke verschwunden sein, denn hier unten, unter Wasser, wurde es plötzlich merklich dunkler.

Ich registrierte ein begehrliches Funkeln, das sich in Uriels stahlblaue Augen geschlichen hatte. Angst kroch mir Wirbel für Wirbel den Rücken hinauf, doch mein Temperament ließ gleichermaßen Empörung zu.

Ich stieß ihn fest vor die Brust. »Verschwinde! Und fass mich nicht an!«

»Für wen hältst du mich?« Spöttisch schüttelte er den Kopf, doch er folgte jeder noch so kleinen Bewegung meinerseits und ließ mich nicht ziehen. »Ein Kuss, Mialeena, und du kannst zurück zu deiner Familie.«

»Ich denke nicht dran, dich zu –«

»Nur ein einziger.«

Plötzlich fühlte ich seine Hand auf meiner Hüfte, dann eine auf meinem Rücken, die mich an ihn drückte. Ich versuchte, mich wie ein Aal aus seinem Griff zu winden, doch es funktionierte nicht.

»Komm schon, Erdblut, tu, was ich dir sage.«

Seine Arme drückten mir die Luft aus dem Körper. Meine Kiemen flatterten unruhig, denn er hielt mich so fest, dass ich mich kaum bewegen konnte. Ich hörte im Geiste meine Rippen knacken, hielt dagegen und wimmerte schließlich, als er immer fester zudrückte.

»Und?«, raunte er mir ins Ohr, »Wie ist es?«

Ich presste ein schwaches »Okay« heraus, völlig überrumpelt von seiner übergriffigen Art. Erstaunlicherweise ließ er mich augenblicklich los.

»Dann komm zu mir und küss mich, Mialeena Erdblut.«

Diese Mischung aus meinem Namen und dem verhassten Schimpfwort machte mich nur wütender, doch Uriel wirkte amüsiert. Ungeduldig sah er mir dabei zu, wie ich mich sortierte und meine Kiemen einige Male ausgiebig auf- und zuklappte.

»Beim nächsten Mal breche ich dir vielleicht ein paar Knochen«, teilte er mir mit, als berichtete er mir nur, wie das Wetter in den letzten Tagen gewesen war. Das hier schien er wirklich zu genießen, denn er lächelte sanft.

Er musste verrückt sein. Ich beschloss, es schnell hinter mich zu bringen.

Zaghaft beugte ich mich vor, berührte flüchtig mit meinen Lippen die seinen. Es fühlte sich fremd und eigenartig an und nicht so eklig wie erwartet. Für ein paar Herzschläge ließ ich zu, dass ich vergaß, wie dieser Kuss zustande gekommen war, spürte den fremden Lippen und der Zunge nach, die meinen Mund erkundete, und zuckte schließlich zurück.

»Gar nicht so übel, oder?«

Ich blinzelte ihn vollends verwirrt an. Stimmt, es war nicht so furchtbar wie gedacht gewesen, aber freiwillig hatte ich ihn sicher nicht geküsst! Plötzlich schämte ich mich, dass ich nicht standhaft geblieben war.

»Tu einfach immer das, was ich dir sage, Mialeena, und wir werden uns prächtig verstehen.«

»Warum sollte ich das wollen? Verschwinde!«, zischte ich und hatte plötzlich einen schlechten Geschmack im Mund.

Er hob nur eine Augenbraue, kam näher, presste mich an sich und rieb sich an meinen fest zusammengedrückten Beinen. Seine flatternden Kiemen verrieten mir, dass er nervös oder … erregt sein musste.

»Eines Tages, Mialeena, wirst du mir gehören. Versprochen.« Er packte mich am Hinterkopf. »Noch bist du mir zu leichte Beute.« Er küsste mich ganz keusch auf meine fest zusammengepressten Lippen. »Und jetzt schwimm nach Hause, Erdblut.«

Genau das tat ich – und zwar so schnell ich konnte – und versuchte, dieses unheimliche Erlebnis zu verdrängen.

Nervöse Andeutungen

»Das war der Beginn meiner Bekanntschaft mit Uriel Demetrios, dem Königssohn der Nordmeere.«

»Was für ein ekliger Typ!« Tilly schnaubte angewidert und durchbrach meine Gedanken. »Ich nehme nicht an, dass du ihn angezeigt hast?«

Ich schüttelte den Kopf. »Einem Erdblut wie mir hätte niemand geglaubt.«

»Und … deine Familie?«

Ich konnte Tilly das Zögern anhören. Sie wusste nur, dass ich auf Lebenszeit verbannt worden war – mehr nicht. Nicht genau, warum, nicht genau, was und wen ich verloren hatte.

»Selbst meiner Mutter habe ich nichts erzählt. Sie wirkte immer so glücklich bei den Großversammlungen der Wasserwelt. Ganz anders als sonst bei uns zu Hause, wo sie sich hin und wieder mit Menschen abgeben musste.«

Tilly atmete tief durch, als müsse sie sich beruhigen, und ich sprach schnell weiter.

»Ihr Streben war es, die perfekte Wasserbraut zu sein, die der Gemeinschaft diente. Ich habe es nicht übers Herz gebracht, ihr mitzuteilen, dass ein Mitglied der von ihr verehrten Herrscherfamilie mir unangenehm nah gekommen war. Und außerdem …« Ich holte tief Luft. »Irgendwie hatte ich immer das Gefühl, dass schließlich ich *ihn* geküsst habe und ich mich deshalb nicht … beschweren sollte.«

»Ach Leenchen …« Meine Freundin atmete tief durch und schwieg ratlos. »Hätten wir uns damals schon gekannt, ich hätte ihn –«

»Ich weiß.«

Wir schwiegen für eine Weile. Erste Tropfen fielen, ich konnte es an dem veränderten Rauschen der Bäume hören, die am Ufer des Sees wuchsen. Es fing wieder an zu regnen.

»Ich habe ihn gesehen, Tilly«, flüsterte ich schließlich. »Eben im See. Da war etwas blau Schillerndes und es sah aus wie … wie sein Schuppenkleid.«

»Aber du hast keine Signatur gespürt, oder?«

Ich schüttelte den Kopf. Meine Nerven waren nur ein wenig angespannt. Ich konnte Uriel nicht gesehen haben – das war unmöglich. »Mein Gehirn ist einfach ein bisschen eingetrocknet und hat mir Streiche gespielt«, versuchte ich, in erster Linie mich selbst zu beruhigen. »Lässt du mich kurz allein?«

Den Geräuschen nach erhob sie sich. »Natürlich.« Ihre Stimme klang weich. »Danke, dass du mir von alldem erzählt hast. Und jetzt grübele nicht mehr so viel – es gibt gleich was zu essen. Und ich habe noch eine Überraschung für dich.«

Tilly hatte mir eine Decke auf die Bretter gelegt, in die ich mich einwickelte – schließlich waren wir nicht allein unter Frauen hier.

Ich wankte unbeholfen den Steg entlang in Richtung Hütte und nahm mit leisem Bedauern wahr, dass meine Umgebung dunkler wurde, als meine Augen wieder zu ihrer menschlichen Leistungskraft zurückkehrten.

»Hast du 'ne volle Weinflasche auf dem Grund des Sees gefunden oder warum schwankst du dermaßen?« Tarun brach – in Menschengestalt und immerhin mit einer Hose bekleidet – aus dem Unterholz und grinste mich frech an.

»Schön wär's«, brummte ich und blieb stehen. So ganz traute ich dem Frieden nicht. Er war eine Seele von Mann und ich liebte es, ihn und Tilly zu beobachten, wenn sie glaubten, ich sähe sie nicht. Wie die Raubkatze, die sein anderes Ich darstellte, es vielleicht tun würde, schubberte und drückte er manchmal seinen Kopf an Tillys Bauch, knurrte behaglich, wenn sie ihn hinter den Ohren kraulte, und benahm sich wie eine Katze im Körper eines großen, wunderschönen Mannes.

»Ich tue dir nichts, Leena, guck mich nicht so verschreckt an.« Aus dunklen Augen sah er mich treuherzig an.

»Ich schmecke auch gar nicht gut«, antwortete ich ihm etwas verschnupft.

Tarun seufzte entschuldigend. »Tut mir echt leid, das vorhin. Ich habe mich lange nicht gewandelt und deshalb –«

»Habe ich mir schon gedacht«, winkte ich ab und lächelte zaghaft. »Es ist ja nichts passiert.«

»Ja, ein Glück. Happy Birthday«, murmelte er schließlich. »Zweiundzwanzig also.« Seine Zähne blitzten im Mondlicht auf. »So ein kleines Kätzchen ... Vor zehn Jahren war ich auch mal so jung wie du.« Er warf sich etwas übertrieben in Pose. »Aber ich habe mich unglaublich gut gehalten, richtig?«

Ich schnaubte. »Wart's ab. Nicht mehr lange und dein Fell färbt sich grau.«

Tarun war der eitelste Mann, den ich kannte.

»Das lasse ich dir durchgehen, weil du Geburtstag hast«, ließ er verlauten und brummte noch irgendetwas in sich hinein, das ich lieber nicht so genau verstehen wollte.

Ich konnte erahnen, wie es ihn in den Fingern juckte, mich an sich zu reißen, um mir gebührend zum Geburtstag zu gratulieren, doch er war feinfühlig genug, um mein Zurückzucken zu akzeptieren.

»Geht es dir denn jetzt besser?«, wollte der Tigermann wissen und schlenderte mit mir zur Hütte.

»Ja, klar«, versicherte ich ihm.

Wissend nickte er und deutete mit dem Zeigefinger auf mich. »Mach solch einen Quatsch nicht zu häufig, Fischchen«, gab er leise von sich. »Tilly macht sich Sorgen um dich.« Er grummelte in sich hinein. »Und ich mir auch.«

»Tut mir leid«, lenkte ich ein. »Es ist nur ... Die Signaturen im Wasser ...«

»Weiß ich, kenn ich. Trotzdem«, beharrte er. »Ist mit deinen Leuten wirklich nicht zu verhandeln?«

Ich sah ihn stumm an, wusste nicht, was ich sagen sollte, doch Taruns Gesicht, das unter seiner wunderschönen karamellfarbenen Haut bleich wurde, spiegelte wider, dass ich all die Verzweiflung hatte durchblitzen lassen, die ich sonst so sorgsam verbarg.

»Kleine Leena«, brummte er gutmütig und strich mir über die Wange, auf der die letzten Schuppen juckten. »Du wirst deinen Weg schon machen. Lass dir ab und zu mal helfen.«

Er hatte mich kalt erwischt und ich spürte, wie mir Tränen in die Augen stiegen. »Das ist nicht so einfach«, presste ich hervor und wischte energisch die Nässe auf meinen Wangen weg.

»Erzähl eines Tages wenigstens Tilly, was passiert ist, in Ordnung?«

»Ist eh vorbei. Ich kann's nicht ändern, es ist –«

»Wärst du meine kleine Schwester, würde ich dir jetzt eine zärtliche Kopfnuss verpassen«, erklärte Tarun und schüttelte nachsichtig den Kopf. »Du weißt, was ich meine. Und jetzt sieh zu, dass du dich umziehst. Tilly platzt sonst, wenn sie dir nicht endlich den zweiten Teil deines Geschenks überreichen kann.«

Mein Lächeln geriet ein bisschen schief, als ich zu Tarun aufblickte und nickte. »Womit habe ich euch eigentlich verdient?«

Ein beruhigendes Gefühl machte sich in mir breit. So musste es sich anfühlen, wenn man echte Freunde hatte – und da ich nicht besonders viele Vergleichsmöglichkeiten hatte, war ich hin und weg.

Der große Mann lachte, öffnete mir die Tür zu der kleinen Hütte und musste den Kopf einziehen, als er nach mir den Raum betrat.

Holz, Holz und nochmals Holz. Schnitzereien, rot-weiß karierte Vorhänge und Kunststoffblümchen auf den Fensterbrettern komplettierten das Bild einer Inneneinrichtung, die ich im Süden Deutschlands erwartet hätte. Es roch nach Kamin und irgendetwas Süßem.

»Wir haben die Hütte nicht nach Schönheit ausgesucht«, kommentierte Tilly meine Blicke spitz und warf den Porzellanfiguren, die auf einem langen Regal über der Eingangstür standen, einen kritischen Blick zu. »Die Hütte war zu mieten und liegt absolut abgeschieden. Perfekt für eine Geburtstagsparty.«

»Absolut«, versicherte ich. »Bester Geburtstag seit Jahren!«

Ich warf ihr einen Luftkuss zu und verschwand im winzigen Bad. Nach dem Schwimmen verfing sich immer irgendeine Pflanze oder auch mal ein Krabbeltierchen in meinen Haaren oder der eine oder andere Blutegel heftete sich an mich. All diese spontanen Mitbewohner wollte ich entfernen.

Im Bad stellte ich erstaunt fest, dass Tilly tatsächlich ein paar meiner Klamotten entführt hatte. Sie hatte sie fein säuberlich auf dem Toilettendeckel gestapelt. Ein kleines Kulturtäschchen mit lila Schleife drum herum stand daneben. Sie hatte an alles gedacht.

Ich entwirrte meine Haare, entfernte ein paar Pflanzenreste und warf mir schließlich ein knielanges türkises Sommerkleid über. Geringelte Wollsocken und eine braune Strickjacke komplettierten mein bequemes Outfit. Tilly kannte mich wirklich recht gut.

Die Uhr verriet mir, dass ich tatsächlich einige Stunden geschwommen sein musste – ich hatte überhaupt kein Zeitgefühl mehr gehabt. Es war kurz vor halb zwölf und auch wenn ich todmüde hätte sein sollen, war ich aufgekratzt. Das Schwimmen, das Gedankenkarussell ...

Ich warf meinem Spiegelbild einen prüfenden Blick zu. Erstaunlich rosig schimmernde Wangen fielen mir auf. Verblüfft sah ich ein zweites Mal hin, wischte die letzten Schüppchen ungeduldig weg und musste zugeben, dass ich frisch aussah, geradezu lebendig. Sogar ein bisschen Lippenfarbe hatte ich zurückgewonnen und mir wurde klar, wie unglaublich krank ich in den letzten Wochen gewirkt hatte.

Ich würde mich nicht brechen lassen. Das hatten meine Leute schon versucht – und ich war nach wie vor da.

»Du Hübsche!«, begrüßte Tilly mich, als ich aus dem Bad kam. Sie strahlte wie die Sonne höchstpersönlich. »Du hast da was im Gesicht!«

»Was denn?«

»Du glitzerst.« Sie zog eine Augenbraue hoch. »Bist du vielleicht doch einer dieser handzahmen Glitzer-Vampire?«

Ich schnaubte empört. »Nein! Ich bin eine Wassernymphe mit Vorliebe für ausgiebige Sonnenbäder. Sollte ich jemals von so einem Nachtgeschöpf gebissen werden, jag mir einen Pflock durchs Herz!«

Ich streckte ihr die Zunge raus und konnte Tilly einfach nicht lange genug böse anfunkeln. Sie hatte schließlich nicht unrecht: Ich glitzerte tatsächlich. Die feinen helllila Schüppchen auf meinem Gesicht verblassten, zerbröselten zu feinem Perlmuttstaub und fielen ab, doch für eine Weile würde ich noch aussehen, als wäre ich ein wenig zu großzügig mit Glitzerpuder umgegangen.

»Du hast nicht zufällig einen Pinsel dabei?«, fragte ich hoffnungsvoll.

Tilly schüttelte den Kopf. »Nein, hab nicht dran gedacht. Ist nicht mehr viel, keine Sorge. Morgen früh bist du wieder öffentlichkeitstauglich.« Sie griff nach meinem Arm – und ich zuckte zusammen. Erschreckt starrte sie mich an, murmelte ein »Entschuldige!« und ließ mich wieder los.

Ich lauschte immer noch meinem klopfenden Herzen, ärgerte mich für eine Sekunde, dass die Erinnerungen mich stärker beeinflusst hatten, als ich es zulassen wollte. Ich hatte Geburtstag, verdammt, und wollte mich heute nicht mit diesen düsteren Geschehnissen von damals belasten.

»Was gibt es zu essen?«, versuchte ich, mich wieder auf die wichtigen Dinge zu konzentrieren.

»Der Goldfisch ist heute aber extrem empfindlich«, stellte Tarun fest, zwinkerte mir zu und hievte einen riesigen Pott mit irgendetwas süß Duftendem auf den Tisch. »Grießbrei à la Tarun.«

Kaum dass er den Deckel kurz anhob und schnupperte, entfalteten sich Wolken von Aromen. Das Wasser lief mir im Mund zusammen. Es duftete nach Kardamom und Zimt, Nelken und einem Gewürz, das er häufig verwendete, mir aber nie verraten wollte, was es war. Aprikosenkompott brachte eine fruchtige, säuerliche Note mit sich.

»Riecht köstlich«, versicherte ich dem Koch, der mit hochgezogener Augenbraue auf mein erstes Urteil wartete.

»Seelenfutter«, verkündete er zufrieden und ich glaubte, dass da etwas dran war: Allein schon der Duft hüllte mich ein wie eine kuschlige Decke. Ich fühlte mich tatsächlich mittlerweile ruhiger und weniger flattrig. Gutes Essen vermochte so etwas zu bewirken, stellte ich fest und musste lächeln.

Ich hatte wirklich wenige gravierende Laster – Tilly würde das vermutlich anders sehen – und Taruns orientalisch gewürzter Grießbrei gehörte dazu. Eigentlich aß ich alles, was er kochte, denn das Universum hatte es wirklich gut mit ihm gemeint: Er war zwar eine Raubkatze in einem Menschenkörper, aber in einer äußerst ansehnlichen Form. Dazu war er einer der besten Freunde, die ich mir vorstellen konnte, und zudem ein abgöttisch guter Koch – ich konnte manchmal verstehen, warum Tilly sich in ihn verliebt hatte.

»Wer soll das alles essen?«, erkundigte ich mich und maß den Inhalt des Topfes mit prüfenden Blicken. Die Hälfte ging schon einmal an mich.

Tarun wechselte einen für ihn etwas untypischen, unsicheren Blick mit Tilly. Wenn dieser imposante Tigermann sich vor dem Sprechen erst bei seiner Frau rückversicherte, wollte das was heißen. »Wir, ähm, bekommen noch Besuch«, gab er zögernd zu.

Augenblicklich war sie wieder da, diese fast schmerzhafte Aufregung, die durch meine Adern kroch. Für einen Moment hielt ich die Luft an, spürte, wie meine Kiemen nach Luft schnappen wollten, und atmete etwas angestrengt, aber bewusst mit der Lunge. »Und wer, wenn ich fragen darf?«

Ich hatte außer Tilly und Tarun keine Freunde. Zwei, drei Bekannte, die rein gar nichts über meine wahre Natur wussten, hätte ich noch nennen können, doch die würden die beiden ja nicht mitten in der Nacht zu dieser abgelegenen Hütte beordert haben?

»Eine Überraschung.« Tilly lächelte zaghaft. Ihre Nervosität strich mir wie Tentakeln eines ganzen Medusenschwarms über die Arme. Auch sie schien nicht zu wissen, was ich von dem Besuch – der Überraschung – halten würde.

»Wer?«, zischte ich und spürte Ungeduld in mir aufsteigen.

Die Tür der kleinen Hütte knarzte leise. Noch bevor ich reagieren konnte, wehten mir ein paar Duftmoleküle in die Nase. Ich roch kaum besser als Menschen, längst nicht so gut wie Tarun, doch diesen Duft, dieses Gewässer, hätte ich überall auf der Welt wiedererkannt. Auf ihn war ich geprägt wie eine Schildkröte auf ihren Schlupfort.

Ich fuhr auf den Hacken herum, just als die Tür sich langsam öffnete.

Das Geschenk

Man hätte mich genauso gut in ein Grad kaltes Wasser werfen können – in etwa denselben Effekt hatte dieser Anblick. Hatte ich es mir so vorgestellt? Nein, ich hatte vermieden, darüber nachzudenken, wie dieser Moment ablaufen würde – denn es war ungewiss gewesen, ob es ihn überhaupt jemals geben würde. Meine Gedanken hatten sich immer wieder aufs Neue weggeduckt und waren mir aus purem Selbstschutz entglitten.

Wie festgenagelt verharrte ich auf der Stelle, einer mitten in der Bewegung erstarrten Figur gleich. Mein luftiges Kleid regte sich im Windzug von draußen. Als ich meinen Namen aus heiserer Kehle vernahm, schluchzte ich trocken auf.

Kupferblonde Haare wehten mir entgegen, verwehrten mir die Sicht, ehe ich in tiefblaue Augen blicken konnte, die ebenso wie meine vor Tränen überliefen. Die Welt verschwamm.

Meine Schwester sprang mich an, klammerte sich an mich und ein herzerweichendes Schluchzen schüttelte ihre schlanke Gestalt.

»Lia«, wisperte ich und vergrub mein Gesicht in ihrer Mähne. Ihr weicher Körper drückte sich an mich, als wollte er mit mir verschmelzen. Ich atmete den Geruch der Wasserpflanzen unseres heimischen Flusses ein, erschnupperte den vertrauten Duft unseres Zuhauses und brach haltlos weinend zusammen.

Ein Kinderlied über die wilde sturmgraue See und einen armen Fischer, der verloren geht und von einer wunderschönen Artgenossin in ihr Reich gezogen wird, holte mich aus meinem zittrigen Geschniefe. Liliana hielt mich umklammert, ließ ihr Haar wie einen Vorhang um uns herum fallen und sang in unserer Muttersprache für mich. Ihre schlanken Finger strichen mir zärtlich über den Kopf, so wie ich es vor Jahren getan hatte, wenn ich auf meine beiden kleinen Schwestern hatte aufpassen müssen und sie allmählich schlafen sollten.

»Lia«, flüsterte ich und lauschte dem sanften Gluckern und den zart plätschernden Lauten, die aus ihrem Mund perlten. Ich hatte seit Jahren nicht mehr so etwas Schönes gehört und sog die Geräusche auf, als wären sie das Letzte, das ich je vernehmen würde.

»Leena«, hauchte meine Schwester mir schließlich ins Ohr.

Vorsichtig richtete ich mich auf und behielt sie genau im Blick. Wer wusste schon, ob sie nicht plötzlich wieder verschwinden würde?

Sie war älter geworden, fraulicher, erwachsener. Als ich verbannt worden war, war sie gerade seit ein paar Wochen sechzehn gewesen. Die zwei Jahre waren ihrer Schönheit sehr zuträglich gewesen. Ich bestaunte sie eine Weile, nahm ihren Anblick in mich auf und schluchzte schon wieder.

»Wie …?«, hob ich an, versuchte, die ältere, starke große Schwester zu sein, die ich einst gewesen war, doch es gelang mir nicht. Mauern, die ich jahrelang sorgsam Stein für Stein aufgebaut hatte, bröckelten unter dem liebevollen Blick meiner kleinen Schwester ein.

»Ich habe dich so unendlich vermisst«, murmelte sie und strich mir meine blonden Haare aus dem Gesicht. »Ich wusste nicht, wo ich dich suchen sollte. Ich habe seit zwei Jahren versucht, dich aufzuspüren, Leena. Seit du weg bist …« Sie kniff die Lippen fest zusammen und ein harter Ausdruck huschte über ihr Gesicht. Er erinnerte mich erschreckend an mich selbst. »Später«, raunte sie und wischte erst mir, dann sich selbst die Tränen von der Wange. »Was für eine Wasserverschwendung!«, schniefte sie und lächelte. »Geht es dir gut?«

Ich rettete mich mit einem Nicken und rang mir ein Lächeln ab. Der Kloß in meinem Hals schien riesig zu sein. Die ehrliche Antwort war: Ich wusste es nicht. Die Zettel, meine Albträume, der Aussetzer auf dem Dach … Das war vermutlich nicht das, was unter *gut gehen* fiel. Aber jetzt, in diesem Moment, war ich tatsächlich glücklich.

»Habt ihr zwei Hunger?«

»Riesenhunger!«, bestätigte Liliana Taruns Frage und musterte meine Freunde scheu. »Danke, dass ich hier sein darf.«

Wir rappelten uns auf. Auf die Geschichte ihres Zusammentreffens war ich wirklich gespannt. Fragend sah ich Tilly an, die verdächtig gerötete Augen hatte, aber mich mittlerweile wieder anstrahlte.

»Gutes Geschenk?«, fragte sie leise und quietschte, als ich sie fest umarmte und ein winziges Stückchen hochhob.

»Du hast mir mein Leben gerettet, Flammentochter«, raunte ich und ließ sie wieder los. »Danke«, flüsterte ich und Tränen erstickten meine Stimme abermals.

Wenn Tilly jemals erfahren sollte, was ich getan hatte, würde sie mich dann immer noch so behandeln, wie sie es in den letzten Monaten, seit wir uns kannten, getan hatte? Wer wollte schon mit einer Mörderin befreundet sein?

Liliana sah mich genau in diesem Moment an und ihr Blick reichte bis auf den Grund meiner Seele. Sie wusste, dass ich getötet hatte, sie wusste wen, aber sie kannte keine Details.

Ich drohte vor lauter Gefühlen zu platzen. Erinnerungen, denen ich abgeschworen hatte, wollten mich in finstere Gewässer zerren. Haltlos irrte mein Blick durch den Raum wie ein Schwarm winziger aufgescheuchter Fische, bis ich Lilianas Hand an meiner Wange spürte.

»Denk nicht daran, Leena. Eines Tages wirst du es mir erzählen. Du wirst deine Gründe gehabt haben, ihn zu –« Sie verstummte abrupt und biss sich schuldbewusst auf die Lippen. »Entschuldige«, flüsterte sie und wechselte erst jetzt in unsere Muttersprache.

»Schon gut.« Ich straffte die Schultern. Schon immer war ich zu dickköpfig zum Aufgeben gewesen und ein paar Erinnerungen würden mich nicht kleinkriegen. Ich reckte das Kinn. »Heute wird ein bisschen gefeiert. Ich habe schließlich Geburtstag.«

»Ja, das hast du.« Tilly ging über den kleinen Zwischenfall hinweg, als wäre nichts gewesen, obwohl sie mit ihrem feinen Gehörsinn sicher vernommen hatte, was Liliana gesagt hatte.

Auch Tarun mit seinem Katzengehör schien sich seinem Gesichtsausdruck nach zu fragen, was ich mit *ihm* getan haben mochte. Doch sie fragten nicht, nicht offen.

Wir aßen, scherzten, lachten und ich musste Liliana die ganze Zeit ansehen. Meine Schwester so nah bei mir zu haben, ohne schwere Fesseln an mir und bei der kleinsten Bewegung mit ihren Waffen zuckende Wächter um mich herum, erschien mir nach all den vielen Monaten als irreal. Das letzte Bild, das ich von ihr im Kopf hatte, war ein versteinertes Gesicht mit Augen, die dunkel vor Trauer waren. Da sie die Einzige meiner Familie war, die zu der offiziellen Verbannung erschienen war, war sie diejenige gewesen, an die ich mich geklammert hatte – zumindest mit Blicken. Obwohl sie damals so jung gewesen war, hatte sie die Stärke besessen, mich bei meinen letzten Schritten auf dem Gebiet unseres Fürsten zu begleiten. Lias Anwesenheit hatte mir die letzten Minuten erträglicher gemacht, und dafür liebte ich sie umso mehr.

»Ich bin hier!«, erinnerte Lia mich sanft und drückte meine Hand.

Verwirrt sah ich hoch. Ich hatte nicht gemerkt, dass ich mit dem Löffel in der Hand verharrt war und den Grießbrei angestarrt hatte. »Ja«, murmelte ich, »aber wieso?«

Da war sie raus, die Frage, die mir unterschwellig im Kopf herumgespukt war. Sosehr ich mich freute, meine Schwester zu sehen, drängte sich gleichsam diese Frage auf: Wie bei allen Gewässern hatte sie mich gefunden? Ich zweifelte nicht eine Sekunde daran, dass ich ab und an von Spähern beobachtet wurde, damit man Bericht über meinen Aufenthaltsort erstatten konnte. Aber ansonsten war es, als sei ich tot. Nein, schlimmer – über Tote durfte gesprochen werden. Ich hingegen … Ich hatte nie existiert.

»Warum bist du hier?«, wollte ich wissen und war erstaunt, als Tilly antwortete.

»Mehr oder weniger ein Zufall, Leena.« Ihre dunklen Augen wirkten ernst und die fröhliche Stimmung verkroch sich urplötzlich. Unruhig rutschte ich auf dem Stuhl hin und her. »Es gibt in jeder größeren Stadt Lokalitäten, die von Begabten, Dämonen und Anderswesen frequentiert werden. Das weißt du doch?«

Ich nickte, allerdings war ich noch nie in einem solchen Etablissement gewesen. Fernab von Menschen ließen unterschiedlichste Wesen dort ihrer Natur freien Lauf. Ich hatte mich als Nymphe nie zu solchen Lokalitäten hingezogen gefühlt. Was hätte ich auch ausleben sollen? Alles, was ich brauchte, war Wasser.

»Ich war da«, warf Lia leise ein und ich sah sie mit großen Augen an. Sie? Meine kleine Schwester, in einem solchen … Schuppen?

»Ich habe nach dir gefragt, also ... nach einer blonden Nymphe wie dir.« Ihre blauen Augen sahen mich lange an. »Niemand kannte dich. Ich hatte Gerüchte gehört, wo du stecken könntest, doch ich hatte eher geglaubt, dass du irgendwo weiter weg gegangen seist. Hamburg ist noch ... sehr nah dran an zu Hause.«

Ich schluckte hart. Ja, Hamburg war wirklich nicht weit weg von meiner Heimat, aber ich hatte damals keine Kraft mehr gehabt, um weiter wegzulaufen.

»Jetzt, wo ich euch nebeneinander sehe, ist es nicht mehr ganz so gravierend, aber als ich dieses kleine hübsche Püppchen so ganz allein durch den Laden habe stromern sehen, dachte ich, da hake ich mal nach. Ich habe zuerst gedacht, sie sei du.« Tarun grinste und entblößte damit seine Fangzähne. »Du hättest die Kerle mal sehen sollen. Dass dich niemand angefallen hat, ist wirklich ein Wunder, junges Fräulein!«

Lia wurde feuerrot. »Ja, äh ...«

Ich hob fragend eine Augenbraue, doch Lia schüttelte den Kopf.

»Das tut nichts zur Sache. Ich habe jemanden getroffen, der jemanden kannte ... und so weiter.« Sie winkte ab. »Und dann stand der da plötzlich vor mir.« Sie nickte zu Tarun. »Ich dachte erst, er wollte mich ... na ja, eben ...«

Zarte Röte flammte erneut auf ihren Wangen auf und mein Herz schlug höher. Ich hatte vergessen, wie sehr ich jemanden lieben konnte, wie sehr selbst die kleinste Geste, die winzigste Regung mich mit Wärme überfluten konnte. Ich hatte Lia schon immer näher gestanden als Nora. Obwohl wir lediglich dieselbe Mutter hatten, war sie beinahe wie ein Teil von mir. Ein Teil, den ich zwar schmerzlich vermisst hatte, aber es nie hatte wahrhaben wollen.

»Du wolltest dich mir hemmungslos hingeben«, kicherte Tarun und ließ ein Schnurren vernehmen, das mir bis in den hintersten Nerv prickelte. »Nicht so schüchtern, Wassermädchen!«

»Lass sie in Ruhe!«, versetzte Tilly und sah ihn streng an.

Lia atmete erleichtert auf. »Na ja, er schien etwas zu wissen und ich dachte, ein bisschen flirten könnte nicht schaden.« Sie warf Tilly einen zerknirschten Blick zu. »Tut mir leid.«

»Er ist ja nicht mein Eigentum«, winkte Tilly lässig ab. »Und wer wäre ich denn, wenn ich das nicht voll und ganz verstehen würde?

Ich würde ebenfalls hemmungslos mit ihm flirten.« Auf ihren Armen tanzten für ein paar Atemzüge winzige rotorange Flammen und verrieten mir, dass ihre Stimmung gerade wechselte. Den Blicken zufolge, welche die beiden wechselten, hätten sie wohl zu gern etwas Privatsphäre gehabt.

Ich räusperte mich vernehmlich. »Kommen wir zum eigentlichen Punkt zurück.«

Tilly und Tarun seufzten synchron und kicherten in sich hinein, wurden dann aber wieder ernst. Ein paar verstohlene Blicke, die die beiden tauschten, verrieten mir, dass sie ihre wie auch immer gearteten Pläne noch nicht aufgegeben hatten.

»Ich habe der Kleinen mal ein bisschen auf den Zahn gefühlt. Und von ihren Aussagen her passte einfach so vieles. Als dann schließlich dein Name fiel, habe ich Tilly dazugeholt. Na ja – hier sind wir.«

Ich hob die Augenbrauen. »So einfach?«

Sie nickte andeutungsweise. »So einfach«, bestätigte sie.

Meine Schwester hielt etwas zurück. Ich konnte es ihr ansehen, als wäre sie ein offenes Buch. Das nervöse Kribbeln in meinem Nacken nahm wieder zu. Ich würde nicht umhinkommen, mich meiner Vergangenheit zu stellen. Lias schwermütiger Blick verriet es mir. Mein Herz schlug dumpf und ich war abermals den Tränen nah, ohne genau benennen zu können, warum.

Wie immer, wenn ich in morastigen Gedankensümpfen zu versinken drohte, beschwor ich Bilder in mir herauf, die mich lächeln ließen, die mich wärmten, wenn mir innerlich kalt war: die von grünen Augen, deren helle Sprenkel glitzerten wie Sonnenreflexe auf sanften Wellen.

»Gut, jetzt weiß ich, wie du hergekommen bist, aber nicht, warum. Weswegen bist du hier?«

Lia drehte eine Strähne ihres rotgoldenen Haares unruhig zu einem festen dünnen Seil und ließ es wieder los. »Es ... Es gibt Unruhen. Seit ... damals.«

»Das geht mich nichts an!«, versetzte ich knapp und bemerkte, dass Tilly und Tarun mich aufmerksam beobachteten. Ich konnte ihnen unmöglich alles erzählen, so leid es mir tat, dass sie sich aus kleinen Bröckchen etwas zusammenreimen mussten.

»Geht es um das, was geschehen ist, bevor du zu mir ins Krankenhaus gekommen bist?«

Ich nickte und sah die Fragen in Lias Augen.

»Krankenhaus?«

»Frag Tilly«, seufzte ich. »Ich kann mich nicht mehr besonders gut an die paar Wochen erinnern.«

»Ich bin Ärztin«, fing Tilly prompt an. »Während einer Nachtschicht bekamen wir eine bewusstlose, vollkommen dehydrierte Frau eingeliefert. Leena war einem Jogger im Park vor die Füße gestolpert.« Tilly seufzte und auch mir schnürte es die Kehle zu.

Die ersten Wochen nach dem Unheil hatte ich in einem Park zwischen Bäumen verbracht, hatte mich dort zusammengerollt, meine Wunden heilen lassen und hatte vor Verzweiflung kaum atmen können. Nachts legte ich mich für ein paar Minuten in die Brunnen, nahm in Kauf, dass das leicht gechlorte Wasser meine Haut angriff, wühlte in Mülleimern nach Essbarem und fragte mich, wie ich ein einigermaßen normales Leben führen sollte.

»Ich habe gleich gesehen, dass mit der Frau was nicht stimmt. Irgendein siebter Sinn oder so. Wir haben versucht, sie wieder aufzupäppeln, aber erst als Tarun mich mal nach Feierabend aus der Klinik abgeholt hat und ich ihm von dieser seltsamen Frau, die einfach nicht aufwachen wollte, erzählte, gab es einen Durchbruch.« Tilly lächelte ihren Mann an. »Er kannte die Welt der Wandler wesentlich besser und als wir einen Blick auf die Unbekannte geworfen hatten, ist er ganz bleich geworden. *Sie trocknet aus,* hat er gemurmelt. *Sie ist eine Wassernymphe.*«

»Oh ja«, bestätigte Tarun. »Das kleine Fischmädchen war am Verdorren. Und das zusammen mit den Narben hat bei mir die Alarmglocken läuten lassen.«

Tilly sah Lia mit glühenden Augen an. »Wir haben deine Schwester aus dem Krankenhaus geschmuggelt und in unseren Jacuzzi gepackt, zusammen mit viel Meersalz. Drei Tage lang lag sie Tag und Nacht im kalten Wasser und nach und nach wurde die Haut wieder praller und sie ist unter die Lebenden zurückgekehrt.«

Lia öffnete den Mund, um etwas zu sagen, stand dann auf und fiel Tilly direkt um den Hals. Sie flüsterte ihr etwas ins Ohr, woraufhin meiner Freundin abermals das Wasser in die Augen stieg.

»Aber gern«, murmelte sie verlegen.

»Können wir jetzt einfach essen und das Thema fallen lassen?«, klinkte ich mich wieder in das Gespräch ein. »Ich will nicht mehr an dieses ganze Unheil von damals denken.«

»Das tust du ohnehin die ganze Zeit«, widersprach Tilly und ihre Augen glühten rot auf. Das taten sie nur, wenn sie wirklich aufgeregt war. »Ich habe zwar nur die Hälfte eurer Unterhaltung verstanden, aber es reicht, um zu erahnen, dass dich etwas umtreibt. Ich versuche zu akzeptieren, dass du niemandem so sehr vertraust, um diese Last loszuwerden, aber es ist schwer.« Die Feuernymphe, die mich aus mir unerfindlichen Gründen so gernhatte, dass sie meine Freundin geworden war, lächelte etwas gequält. »Es ist schwer, weil es dich zerreißt, und dem zuzusehen und nichts tun zu können, widerspricht meinem Naturell, weißt du?«

Tränen, dumme, schwache Tränen, rannen mir über die Wangen. Es schien so einfach. Ich musste lediglich den Mund aufmachen. Aber wären meine Freunde immer noch meine Freunde, wenn sie wüssten, was ich getan hatte? Würde das geschehene Unheil das Hier und Jetzt, meine Gegenwart, erneut vergiften? Andererseits – es vergiftete mich Tag für Tag. Vielleicht würde das Gift seine Wirkung verlieren, wenn ich die Dosis verdünnte, indem ich endlich Worte für das Chaos in meinem Kopf fand? Der Gedanke gefiel mir – doch als ich zaghaft aufblickte, war die Angst augenblicklich wieder da.

»Es würde mir das Herz brechen, wenn ich euch davon ... und ihr mich danach nicht mehr ...«, stammelte ich und wich ihren Blicken aus.

Tarun sah mich mit seinen Mandelaugen, in denen ich stets etwas Katzenhaftes ausmachen konnte, prüfend an. »Es gibt keine einfachen Entscheidungen, wenn sie das eigene Herz betreffen.«

»Es ist nicht nur mein Herz, verdammt!« Seine Gestalt verschwamm. Tränen liefen mir über die Wangen. »Es geht um mein ganzes Leben, das, was ich war, was ich getan habe!« Ich schluchzte wütend auf. »Um das, was es mit mir gemacht hat!«

Tarun stand langsam und bedächtig auf. Seine Hände legten sich fest auf meine Schultern. »Nein, Leena.« In seiner Stimme klang ein Grollen mit, das in mir nachhallte. »Es geht um das, was du daraus machst.«

»Aber ich …!«, protestierte ich wild und verstummte, als Tarun eine Augenbraue hob.

»Was immer dir geschehen ist, was immer du getan hast – wenn du eine Zukunft haben willst, solltest du überlegen, was *du* mit deiner Vergangenheit anfängst.«

Mein Herz klopfte hart in meiner Brust. Ein Erdbeben brach los, in dieser Sekunde, doch als ich aufsah, schienen die anderen nichts davon zu bemerken. Es waren nur meine eigenen Knie, die zitterten.

»Niemand hat behauptet, dass es leicht werden würde«, brummte der Tiger und lächelte. »Wir sind deine Freunde. Du hast uns einen Haufen Puzzlesteine vor die Füße geworfen – und ja, ich für meinen Teil will wissen, was für ein Bild dabei herauskommt, wenn du es zusammensetzt.« Er drückte aufmunternd meine Schultern. »Aber ein Puzzle aus tausend Teilen muss man nicht in eins zusammensetzen, in Ordnung? Manchmal reicht es für den Anfang schon, wenn vom Alpenpanorama nur ein Stück Himmel mit Berg zu erkennen ist.«

Tarun hatte recht, ich fühlte es, doch ich wusste nicht, mit welcher Handvoll Puzzlesteine ich beginnen wollte. Satzfetzen in meiner Muttersprache huschten durch mein Hirn, mischten sich mit menschlichen Worten und hinterließen Chaos. *Mut*, redete ich mir gut zu. *Nur Mut.*

Die Worte waren plötzlich in meinem Kopf, doch ich brachte sie nicht über die Lippen, als würden sie, kurz bevor sie auf der Zunge angekommen waren, meine Kehle wieder zurückkrabbeln und mich ersticken. Ich sah die drei an, verbuchte für mich, dass sie noch nicht weggelaufen waren, und gab mir einen Ruck. Wie in Zeitlupe schob ich die Hände des Tigermanns fort und setzte mich wieder hin. Eisern hielt ich den Blick gesenkt.

»Ich habe getötet«, sprach ich die gefürchteten Worte endlich aus. »Ich habe einen Mann umgebracht und …« Tränen schnürten mir die Kehle zu. »Ich wurde geschnappt und zu lebenslanger Verbannung aus meinen Heimatgewässern verurteilt. Das Schwimmen wurde mir unter Androhung eines Wandlungsbannes untersagt. Deshalb muss ich so vorsichtig sein. Falls ich erwischt werde, töten sie mich.«

Das Schweigen machte mich nervös, doch ich wagte nicht, aufzusehen.

Tarun beugte sich vor und versuchte, mir ins Gesicht zu blicken. Ich konnte ihn einfach nicht ansehen, zu sehr fürchtete ich den stillen Vorwurf, den er vielleicht zu verbergen suchte. Ich würde ihn trotzdem entdecken – und die Furcht davor, wie sich die Freundschaft und Zuneigung aus seinem oder Tillys Blick schleichen würden, war unerträglich.

»Wir sind hier, Leena«, unterbrach meine Freundin die angespannte Stille. »Und wir gehen nicht weg, versprochen.«

Meine Schwester legte mir eine Hand auf den Arm und sagte nichts – brauchte sie auch gar nicht. Es war ein stilles *Trau dich, ich bin bei dir!*

Und ich holte tief Luft.

4
Dunkelheit
Zwei Jahre zuvor

Herzschlagmomente

»Bist du wach?«

Ich brummte bestätigend und schmiegte mich an Bens Brust. Der Blick aus dem Fenster verriet mir, dass draußen blauer Himmel und morgendlicher Sonnenschein herrschten. Wind pfiff jedoch heulend um das kleine Häuschen an den Klippen, sodass es viel gemütlicher war, mich an den warmen Männerkörper zu kuscheln und liegen zu bleiben.

Ben küsste mich auf den Scheitel und begann versonnen, mich zu streicheln. Ich wand mich Augenblicke später genüsslich unter seinen kundigen Fingern und war ihm nach ein paar weiteren Herzschlägen auf Gedeih und Verderb ausgeliefert. Das langsame Aneinanderreiben unserer Körper vernebelte meinen Verstand, ließ mich nicht mehr klar denken. Wozu auch? Ben würde mit mir das tun, was gut für mich war, was gut für ihn war. So war es die Tage zuvor auch gewesen: Wir liebten uns still, liebevoll konzentriert auf den anderen, dann wieder leidenschaftlich, als wäre der fremde Körper eine Droge, deren Vorrat zur Neige ging. Ich mochte es, wie seine Augen dunkel wurden vor Verlangen, er mich unter sich begrub und Saiten in mir zum Erklingen brachte, die mir selbst vollkommen unbekannt gewesen waren. In solchen Momenten schwamm ich gefühlt in warmem, kristallklarem Südseewasser, mit der Sonne über mir und dem Herzen voller verspielter Fischchen. In menschlichen Kategorien schwebte ich irgendwo zwischen Wolke sieben und acht.

Wir liebten uns auch diesmal ohne Hast und doch hatten seine Bewegungen etwas Verzweifeltes an sich. Ben stieß in mich, als wolle er sichergehen, dass ich mich auf jeden Fall an ihn erinnern würde, dass jede Zelle einen Abdruck von ihm trug – dabei besaß er längst mehr als meinen Körper. Ich tanzte mit ihm den Tanz, der vor Urzeiten choreografiert worden war, und verlor mich schwitzend und glücklich japsend mit ihm.

Als wir ineinander verschlungen dalagen und ich seinem sich allmählich beruhigenden Herzschlag lauschte, kam mir der Gedanke, dass all das hier ein Ende haben würde. Bald. Erschreckt hielt ich die Luft an.

»Ist was?«

Ich schüttelte den Kopf. Vorahnungen waren eigentlich nicht mein Ding, aber diese nagende Gewissheit, dass ich nicht einfach hierbleiben und bei Ben einziehen konnte, setzte sich in mir fest.

Wir brachen nach dem opulenten Frühstück zu einem Spaziergang auf, eng umschlungen, schweigend und schlicht glücklich, an der Seite des anderen zu sein. Die Hauptspazierwege vermeidend, die in Richtung Felsen führten, schlenderten wir querfeldein. Bens Hund tollte ausgelassen um uns herum, sah mich immer wieder mit schrägem Blick an, als wolle er überprüfen, ob ich nasses Wesen seinem Herrchen auch wirklich nichts tat, und rannte beruhigt weiter. Von mir aus hätte die Zeit stillstehen dürfen.

Schließlich spürte ich es das erste Mal wirklich bewusst – ein leises Singen, so hell und fein, dass Ben davon nichts hörte. Es war wie ein schrilles, stetiges Pfeifen des Windes, heller noch als eine Hundepfeife, so schrill, dass es Fledermäusen in den Ohren wehtun musste. Bens Hund winselte verwirrt und auch ich hielt abrupt inne. Dieser Ton gehörte zu unseren Jagdgeschwadern. Es war nicht unüblich, dass während der Großen Versammlung zur Unterhaltung und zum Zeitvertreib die eine oder andere Jagd geplant war. Außerdem standen sportliche Wettkämpfe und kreative Wettbewerbe auf dem Plan. Eine Jagd an Land war allerdings eher untypisch. Unruhe kroch mir von den Zehen bis in die Haarwurzeln.

»Sie sind hier«, flüsterte ich und vernahm abermals das helle Pfeifen. Ich kannte nicht viele Signale, aber sie funktionierten grob gesehen wie das Morsen. Unsere Sucher verständigten sich darüber beispielsweise über Himmelsrichtungen – und das, was ich vernahm, klang nach Nordost und einer Entfernungsangabe in Flossenlängen.

Mit klopfendem Herzen überprüfte ich den Sonnenstand, versuchte, mein verschüttetes Schulwissen auszukramen und die Angabe *siebenhundert Flossenlängen* umzurechnen. Ich schluckte nervös. Eine Flossenlänge entsprach etwa zwei Metern zwanzig ...

Mein Hirn ratterte, doch alles, was es ausspuckte, war, dass sich meine Leute definitiv auf unseren Standort zubewegten. Man suchte mich also – und das allein hätte mich schon stutzig machen sollen. So mächtig und einflussreich war meine Familie nicht, als dass man mit einem Großaufgebot nach mir gesucht hätte. Schließlich war ich erwachsen und zudem ein unbedeutendes, sogar unliebsames Exemplar in meinen Reihen.

»Ich muss gehen.« Aufgeregt sah ich Ben an. So überstürzt hatte ich mir meinen Abschied nicht vorgestellt.

»Kommst du wieder?«, wollte er wissen und ich glaubte, schon jetzt vor Sehnsucht nach ihm zu vergehen.

»Natürlich«, versicherte ich ihm. »Sobald die Versammlung vorbei ist.« Wie lange war ich jetzt hier? Eine Woche? Zehn Tage? »Zum nächsten Neumond verlassen wir diesen Ort für die nächsten fünfzig Jahre.« Ich lächelte ihn an. »Ein paar Tage, kaum mehr zwei Wochen noch, Ben. Aber ich muss gehen, denn wenn sie dich finden ...« Ich atmete tief durch. »Das darf nicht geschehen, klar? Wehe, du folgst mir! Versprich, mit niemandem über mich zu reden!« Energisch stupste ich ihm mit dem Finger vor die Brust. »Nymphen sind intrigante, missgünstige Neider. Glück außerhalb der Gemeinschaft ist eine Schande, also würden sie versuchen, es kaputt zu machen.« Ich schluckte und verlor mich in den Grünschattierungen seiner Iris. »Sie würden dich zerstören, Ben. Hüte deine Zunge, ich bitte dich! Sie haben ihre Ohren überall.«

»Ich kann dich beschützen, Mialeena«, flüsterte er und ich wünschte, er hätte recht. »Ich kenne eine Frau, von der man heimlich sagt, sie sei eine Hexe. Vielleicht könnte sie ...?«

»Wenn ich wieder da bin, überlegen wir uns etwas, versprochen!« Meine Stimme klang selbst in meinen Ohren hektisch. »Es bleibt uns keine Zeit, Ben. Sie sind gleich hier und dann ... Bitte geh!«

»In Ordnung. Und ich werde kein Sterbenswörtchen verlauten lassen.«

Er zog mich nah an sich und seine Wärme ließ mich behaglich seufzen. Wir standen im Schutz einiger verholzter, windgebeugter Ginsterbüsche. Böen ließen unsere Kleidung flattern. Über dem Meer hatten sich Wolkenberge aufgetürmt, denn ein Gewitter bahnte sich an. Erstes Donnergrollen rollte heran und ich fühlte, wie der veränderte Luftdruck meine verborgenen Nymphenorgane kribbeln ließ. Die Elektrizität war in der Luft zu schmecken und als Ben mich küsste, stöhnte ich verwirrt. Zu viele Empfindungen kämpften um die Vorherrschaft in mir.

Ich wollte hierbleiben, bei ihm – doch ich musste verschwinden, um ihn zu schützen. In Windeseile zog ich die dicke Strickjacke aus, die so gut nach ihm roch, klopfte die Taschen meiner geliehenen, viel zu großen Jeans nach irgendetwas ab, das mich hätte verraten können, und fand nichts. Ich würde ihnen entgegenkommen, wie zufällig, erschöpft hinkend, und den Suchern irgendwie weismachen, dass ich die letzten Tage verwirrt herumgeschwommen war und mich – selbstverständlich nur auf die Sicherheit unserer Art bedacht – nicht getraut hatte, mir Hilfe aus der Menschenwelt zu holen.

»Ich liebe dich«, murmelte ich und der Wind riss mir die Worte von den Lippen.

Sein Mund formte dieselben Silben und für einen Moment sahen wir uns nur an. Es gab nichts mehr zu sagen, das mit Worten hätte ausgedrückt werden können. Schließlich presste ich meine Lippen auf seine, strich über seine stoppelige Wange und spürte, wie es mir die Kehle zuschnürte. Dunkle Wolken bauschten sich über uns zusammen – und auch in mir wurde alles grau und leblos, als ich mich umdrehte und in die Richtung verschwand, in der ich die Sucher vermutete.

Im Lichtergarten

Ich lief kaum fünf Minuten, als mir der erste Wassermann entgegenkam. Inständig betend, dass Ben schon weit genug weg war, um nicht mit mir in Verbindung gebracht werden zu können, setzte ich alles auf mein in Spuren vorhandenes schauspielerisches Talent. Ich brachte zitternde Beine, eine raue Stimme und einen erleichterten Gesichtsausdruck zustande, auch wenn ich hätte schreien wollen.

Den Mann, fast noch ein Junge, kannte ich vom Sehen von vorherigen Versammlungen. Er war ein ruhiger Vertreter seiner Gattung, mit sanften braunen Augen, die für mich viel zu verträumt wirkten, als dass es zu einem Sucher gepasst hätte. Er lächelte mich freundlich an, scannte mich mit schnellen Blicken, entdeckte die immer noch nicht ganz verheilten Abdrücke des Fischernetzes auf meinen Armen und die gelblich schimmernden Prellungen und nickte, als habe er sich irgendetwas bestätigt.

»Du wurdest vermisst, Mialeena aus dem Hause Fenjenhi.«

»Glaube ich gern«, antwortete ich und meinte das genaue Gegenteil.

Mit einer kleinen Pfeife stieß der Sucher eine Folge an kurzen und längeren Tönen aus und im Minutentakt fanden sich mehr Mitglieder unserer Elitetruppe ein. *Gut so*, dachte ich. Je mehr hier bei mir waren, desto weniger konnten noch frei herumlaufen und aus Versehen Bens Weg kreuzen.

»Wärst du sieben Kilometer weiter südlich an Land gegangen, hätten wir gar nicht so lange suchen müssen.« Der junge Mann mit den braunen Augen sah mich ernst an. »Deine Signatur war nur noch schwach im Wasser zu spüren. Bist du schon lange an Land gewesen?«

Ich riss mich zusammen, um ihn nicht erschreckt anzustarren. »Ich weiß es ehrlich gesagt nicht mehr so genau.«

Meine abenteuerliche Geschichte, wie ich mich in einem Netz verheddert hatte, doch noch losgekommen war, vor Schwäche in Richtung Felsen getrieben und dort gegen eine der unter Wasser befindlichen Klippen geschleudert worden war, nahmen die Sucher aufmerksam zur Kenntnis.

»Um ein Haar hätte es mir den Schädel zertrümmert!«, unterstrich ich mein Märchen und seufzte schwer. »Ich kann mich an eine Höhle in den Felsen erinnern, in die ich mich verkrochen habe, und letzte Nacht habe ich mich kräftig genug gefühlt, um mich an Land zu wagen. Und wer seine Kleidung über Nacht auf der Wäscheleine lässt, ist selbst schuld!« Ich deutete auf meine Kleidung, lächelte meine Retter treuherzig an und spielte die Karte *Hilflose blonde Schönheit in Nöten* gnadenlos aus. »Schließlich konnte ich ja schlecht vollkommen nackt hier herumlaufen. Nicht auszudenken, wer mich hätte sehen können!«

Sie nahmen den Hinweis schweigend zur Kenntnis und rückten wie auf ein unsichtbares Zeichen hin zusammen. Ich hätte die Arme ausstrecken und dem nächsten Sucher an die Schulter fassen können. Auch wenn mich keiner von ihnen anfasste, war ihre Präsenz erdrückend. Ich wollte keinen von ihnen berühren, also musste ich mich wohl oder übel in die Richtung bewegen, in die sie mich lotsten. Kaum eine Viertelstunde später saß ich auf der Rückbank eines Wagens und fuhr mit meiner Eskorte zum Versammlungsort.

In Gedanken war ich bei Ben und hoffte, dass er gut nach Hause gekommen war. Verstohlen versuchte ich, seinen Geruch in dem Hemd, das ich mir heute geliehen hatte, zu erhaschen, und unterdrückte ein Lächeln, als ich ihn tatsächlich erschnuppern konnte. Für die Sucher war der Geruch an meiner Kleidung nur der eines x-beliebigen Menschen, dem ich laut meiner Legende die Kleidung geklaut hatte – wenn sie ihn denn überhaupt wahrnahmen. So nah brauchten sie mir gar nicht erst zu kommen. Für mich duftete es nach Ben und Freiheit.

Als wir das Anwesen fast erreicht hatten, wurde ich unruhig und rutschte auf dem Sitz hin und her. Etwas in meiner Gesäßtasche drückte. Mit klopfendem Herzen ertastete ich ein kleines Stückchen

Pappe. Der Platz neben mir war leer, also wagte ich es, verstohlen einen Blick drauf zu werfen, immer darauf bedacht, dass die beiden Sucher auf den Vordersitzen nichts bemerkten.

Auf der Pappe befand sich eine kleine Zeichnung, die Ben angefertigt hatte. Mir wurde übel vor Aufregung. Wenn jemand das hier bei mir fand, würde meine Story in sich zusammenfallen wie eine Sandburg bei Flut. Ich hatte extra all meine Taschen geleert, und Ben ... Kurz wallte Wut über so viel Unvernunft in mir auf – dann wurde sie hinweggespült von einer Welle Sehnsucht.

Die Frau auf dem Bild war wunderschön. In jedem Strich lag nichts als Zärtlichkeit. Jede gezeichnete Schattierung war wie ein Streicheln, jede Kontur wie eine Berührung an genau dieser Stelle. Ich stellte mir vor, wie Bens Blicke mein Gesicht abgetastet hatten, wie er dabei gelächelt haben mochte – oder hoch konzentriert gewesen war, das wusste ich nicht so genau. Es war ein wundervolles Geschenk, wenn auch brandgefährlich. Mir standen Schweißperlen auf der Stirn, als ich es zurück in die Tasche schob. Ich würde es die nächsten Tage verdammt gut verstecken müssen.

Lia fiel mir um den Hals, als ich die Wohnung betrat, die wir für die Dauer der Versammlung gemietet hatten. Nora küsste mich, zurückhaltend wie sie war, nur zart auf die Wange. Selbst meine Mutter umarmte mich fest. Doch außer mit »Den Najaden sei Dank, du lebst. Jetzt wird alles gut, jetzt kann das was werden!« kommentierte sie mit keinem Wort, dass ich über eine Woche verschwunden gewesen war und damit die ersten zwei Tage der Versammlung verpasst hatte.

Ich war zwar mit neunzehn volljährig und konnte theoretisch tun und lassen, was ich wollte. Trotzdem machte es mich misstrauisch, dass mein tagelanges Verschwinden dermaßen kommentarlos hingenommen wurde.

Meinen Koffer fand ich in dem winzigen Zimmerchen, das für mich vorgesehen war, tatsächlich unverändert vor, was mich ein wenig milder stimmte. Ich hätte meiner Mutter ohne Weiteres zugetraut, die Bücher durch noch mehr Kleider und Schmuck zu ersetzen.

»Heute Abend heiratet Sylphanine de Meliban. Wir sind eingeladen.«

Ich schreckte zusammen und hielt bei der Inspektion meines Kofferinhalts inne. Meine Mutter stand im Türrahmen und musterte mich abwartend. »Sylpha… wer?«

Sie wiederholte diesen Namen, der mir immer noch nichts sagte. »Sylphanine ist eine Nichte des Königs.« Ihre Augen leuchteten vor Freude. Zu solch einer Hochzeit eingeladen zu werden, musste in ihren Augen einem Ritterschlag nahe kommen.

Wieder einmal fragte ich mich, wie diese Frau es geschafft hatte, sich gegen die Traditionen durchzusetzen, sich in einen Menschen zu verlieben und auch noch ein Kind von ihm zur Welt zu bringen. Irgendwann einmal musste das gleiche rebellische Feuer in ihr gelodert haben wie in mir. Vor tausend Jahren vermutlich.

»Du willst, dass ich mitkomme, richtig?«

Sie nickte knapp. »Natürlich.« Ihr Schweigen war keines der Sorte, das ich ignorieren sollte, also wartete ich ab, was kommen würde. »Wo bist du gewesen?«, kam nach ein paar betont ruhigen Atemzügen die Frage, auf die ich innerlich gewartet hatte. Es war eine Sache, den Suchern eine abenteuerliche Geschichte aufzutischen, aber eine andere, meiner Mutter direkt ins Gesicht zu lügen.

»Was glaubst du?«, wich ich mit einer Gegenfrage aus.

»Ich denke, dass du dich unglücklich machen wirst.« Ihr Blick bohrte sich in mich. »Mialeena Fenjenhi, auch wenn du ständig glaubst, ich wolle dich mit Absicht triezen, habe ich nur dein Wohl im Sinn.«

»Ma …«

»Nein, hör mir zu.« Sie schloss die Tür hinter sich und nahm auf dem Bett Platz, denn eine andere freie Sitzgelegenheit gab es in diesem Gästezimmer nicht. »Ich habe vorhin das Leuchten in deinen Augen gesehen, sobald du geglaubt hast, niemand würde dich beobachten. Diesen verträumten Blick kenne ich.« Sie beugte sich zu mir. »Schließ damit ab«, riet sie mir eindringlich. »Was immer in den letzten Tagen geschehen sein mag, schließ ab und blicke nach vorn.«

Ich schluckte nervös. Dass meine Mutter mich so mühelos durchschaut hatte – oder zumindest ahnte, dass meine wilde Geschichte nicht der Wahrheit entsprach –, damit hatte ich nicht gerechnet.

»Wir können in dieser anderen Welt nicht leben, Leena.« Ihre Stimme klang leise und, wie ich fand, auch ein wenig traurig. »Für eine Weile überleben, ja. Aber kein Leben führen, wie es uns unter unseresgleichen möglich ist.«

»Ma ...« Plötzlich wollte ich sie trösten, sosehr sie mich auch manchmal nerven mochte. »Mach dir nicht so viele Gedanken.« Ich griff nach ihrer Hand und drückte sie leicht. »Lass mich meine eigenen Erfahrungen sammeln, okay?«

Sie schüttelte den Kopf, doch ich wusste nicht, ob sie mir damit auf meine Bitte antwortete oder ob es ein zerstreutes, unbewusstes Kopfschütteln war. Schließlich holte sie tief Luft, lächelte mich an und richtete sich wieder auf. »Heute Abend um sieben, Leena. Versprich mir, dass du nach vorn sehen wirst, ja?«

»Natürlich.« Es war nicht so, als hätten Ben und ich nicht schon Luftschlösser gebaut, wie es weitergehen könnte. Ich hatte nichts, was mich in Deutschland hielt. Mein Studium konnte ich genauso gut hier in Irland fortsetzen ... Ich hatte Pläne. »Und wie ich das tue«, bekräftigte ich und entlockte ihr damit ein zufriedenes Nicken.

»Egal, was passiert?«

Ich runzelte die Stirn. »Mal sehen. Der Vergangenheit nachzuhängen, hat noch niemanden weitergebracht, richtig?«

Abermals huschte ein Schatten über ihr Gesicht und ich hätte schwören können, dass sie an meinen Vater dachte. »Richtig.« Sie stand auf und öffnete die Tür. Der seltene Moment, in dem sie und ich uns nicht angifteten, war vorüber.

Ein paar Stunden später war ich fertig herausgeputzt. Meine Schwestern hatten meine Haare geflochten und sie mit blaugrünen Muscheln und Schnecken geschmückt. Um meinen Hals baumelten etliche Reihen Perlenketten und ein klein wenig kam ich mir so vor, als wäre ich ein Stück Vieh, das zum Markt getrieben wurde.

Wir verließen unsere Unterkunft und liefen über die feinen Kieswege in Richtung des riesigen Herrenhauses, das meiner Einschätzung nach aus dem siebzehnten Jahrhundert stammte. Es war ein Schloss. Wie ein Magnet zog es die Gäste an, die aus ganz Europa angereist waren. Da dies eine der größeren Versammlungen war, mussten sich zwischen acht- und zehntausend Wassermenschen in der Gegend befinden. Mir war es ein Rätsel, wie sie alle unterkommen konnten, ohne aufzufallen. Man munkelte, dass Blendzauber genutzt wurden, doch Magie war etwas, mit dem Wassermenschen am liebsten so wenig wie möglich zu tun hatten. Also sprach niemand darüber, auch wenn sie natürlich genutzt wurde.

»Du siehst toll aus!«, raunte Nora, meine jüngste Schwester, mir zu, als wir einen der riesigen Säle betraten, in dem Teile der Feierlichkeiten abgehalten wurden. »Wenn du heute Abend keinen abbekommst, weiß ich auch nicht, was wir noch –«

»Halt die Klappe!«, unterbrach ich sie unwirsch.

Mein Eindruck hatte mich nicht getrogen – ich *war* eine herausgeputzte Milchkuh, die schaulaufen sollte. Ich spürte die Ader an meiner Stirn pochen. Dieses eine Mal hatte ich um des lieben Friedens willen nicht protestiert, als ich in eine heiratswillige Nixe verwandelt worden war: Ich trug die purpurroten Bänder im Haar, die meine Verfügbarkeit auf dem Heiratsmarkt signalisierten. Am liebsten hätte ich sie mir wieder rausgerupft. Wenn einer dieser ebenfalls herausgeputzten Schönlinge mich auch nur schräg ansehen würde, ich würde ihn –

»Leena, sieh mal! Die Braut!« Nora umklammerte meine Hand. »Ist sie nicht wunderschön?«

Ich hatte keine Ahnung, welche der ein Dutzend auffällig aufgedonnerten jungen Frauen die Braut sein sollte. Ich nickte vage und folgte dem Strom der Leute, die nach draußen drängten. Die Zeremonie würde unter freiem Himmel stattfinden, ein Teil davon im Wasser.

Als ich durch eine der zig Flügeltüren auf die Terrasse trat und in den golden erleuchteten Park blickte, war ich mir sicher, dass hier mit allerhand Tricks und Blendwerk gearbeitet worden war. Von unserer Unterkunft aus und auch auf dem Weg hierher hatten wir nicht den kleinsten goldenen Schimmer entdecken können. Nun aber erstreckte sich vor uns ein Park, dessen Wasserspiele und Heckenskulpturen mit Abertausend winzigen Lichtern geschmückt waren. Es gab diverse Bars, in denen für menschliche Gaumen widerwärtige Mixturen aus vergorenen Algen, Fischeiern und Meersalz gereicht wurden, alles abgerundet mit einem ordentlichen Schuss Rum. Ich mochte das Zeug nicht besonders. Doch hätte ich mich betrinken wollen – auch ich hätte genügend genießbare Drinks bekommen. Hier war alles vorhanden, was zum Feiern notwendig war, von Trinken bis Essen. Hätte es auch noch Fahrgeschäfte gegeben, wäre das hier ein riesiger Nixen-Jahrmarkt gewesen. Ich wünschte mir, Ben könnte all das hier sehen.

Im Mittelpunkt der Inszenierung lag der See, auf dem Lichter schwammen. Selbst unter Wasser waren dunkelblau leuchtende Lichtquellen angebracht worden. Dorthin, ans Ufer, zog es die Massen und bald schon hatte ich Nora und die anderen in der Menge verloren.

Für einen Augenblick fühlte ich mich unwohl. Wer wusste schon, wem ich hier über den Weg laufen würde? Es gab da jemanden, dem ich auf gar keinen Fall begegnen wollte. Für mich stand außer Frage, dass Uriel sich jemals um mich als potenzielle Heiratskandidatin kümmern würde, und machte mir deswegen keine Sorgen. Allerdings hatte ich gehörigen Respekt davor, in die Situation zu kommen, mit ihm oder seinen treu ergebenen Freunden allein zu sein. Das ergab sich normalerweise nicht – zum einen ging es bei den Versammlungen zu wie im Heringsschwarm, zum anderen gehörte ich bloß zum Fußvolk. Welch ein Glück.

Auch wenn wir heute eingeladen waren – ich tippte darauf, dass meine jüngste Schwester mit ihren Verbindungen ihre Finger im Spiel hatte –, würde es sich kaum ergeben, dass ich den dunklen Prinzen treffen würde. Doch es schadete nicht, aufmerksam zu sein.

Als die Menschenmenge sich am Seeufer versammelt hatte, ertönten Fanfaren, die die Ankunft von Braut und Bräutigam ankündigten. Ich stand mitten zwischen Fremden und beschloss, die Vermählungszeremonie einfach zu genießen. Aus meinen Kindertagen konnte ich mich an fröhliche, ausgelassene Feste erinnern – damals hatte ich allerdings auch noch keines dieser verfluchten roten Bänder im Haar gehabt.

Die Braut war wunderschön. Ihr dickes kastanienbraunes Haar war zu einer kunstvollen Flechtfrisur aufgetürmt. Ich beneidete sie ein wenig um ihren Haarreif aus Koralle, Perlen und filigranen Kunstwerken aus Perlmutt und kleinen, blau schimmernden Muscheln. Sie schritt den Gang, den wir geladene Gäste Stück für Stück freigaben, mit hocherhobenem Haupt entlang. Ihr fließendes forellenblaues Kleid umhüllte ihren Körper wie ein Nebelschleier.

Ich war verblüfft, als ich das versteinerte Gesicht der Frau betrachtete, die ich nicht einmal kannte. Ein hektischer kurzer Blick von ihr traf mich und während der letzten Schritte, die sie auf mich zukam, ehe ich ihr traditionsgemäß Platz machte, hielt sie meinen Blick. Ich hätte sie am liebsten umarmt, so angespannt wirkte sie auf mich. Schließlich schien sie sich zusammenzureißen, lächelte mich an und schritt an mir vorbei, ihrem zukünftigen Mann entgegen, der sich ihr von der anderen Seite der Menschenmenge auf dieselbe Weise näherte – bis sie sich küssen würden, kurz bevor die letzten Sonnenstrahlen des Abends von der Nacht verschluckt wurden und den See in magischer Dunkelheit zurückließen.

Am liebsten hätte ich ihr zugerufen, dass sie einfach umdrehen konnte und diesen Kerl nicht ehelichen musste, wenn sie nicht wollte, doch ich blieb stumm. Vielleicht war sie einfach nervös gewesen, versuchte ich mich zu beruhigen.

Ich folgte den zeremoniellen Handlungen und stellte schließlich erleichtert fest, dass die Braut ihren Zukünftigen wohl doch ganz gernhatte. Auf dem Podest, auf dem das Paar und die Priester standen, konnte ich ihr Gesicht halb im Profil sehen. Sie strahlte ihren Auserwählten an, als wäre er die Sonne höchstpersönlich.

»Träumst du?«, riss mich eine dunkle Stimme aus meinen Gedanken. Ich zuckte zusammen.

Finster drehte ich mich nach dem Störenfried um und presste die Lippen wütend aufeinander. Uriel Demetrios. Natürlich war er bei der Hochzeit einer seiner zig Kusinen anwesend, allerdings hatte ich ihn irgendwo fernab vom Fußvolk gewähnt.

»Du suchst einen Ehemann?« Spielerisch schnappte er nach einem der roten Bänder. Ich riss es ihm ungeduldig aus den Fingern.

»Lass mich in Ruhe!« Meine Worte waren lauter als beabsichtigt aus mir herausgeplatzt.

Seine blauen Augen glitzerten amüsiert. »Geht nicht. Die Zeremonie sieht gleich die Segensküsse vor.«

Ich stöhnte leise. Dem Paar wurden Glück und Fruchtbarkeit gewünscht, indem sich die Gäste küssten. Der eine oder andere übertrieb es und knutschte den Nächsten direkt auf den Mund, die meisten beließen es allerdings bei höflichen Wangenküssen. Sich dem zu entziehen, wäre nicht nur extrem unhöflich gewesen, es wurde auch als schlechtes Omen angesehen.

Die Menge murmelte den Beginn der rituellen Sprüche, die sich wie Meerestosen für menschliche Ohren anhören mussten. Um mich herum wurde die erste Runde an herzlichen und höflichen Küssen getauscht. Uriel berührte lediglich meine Wange und ich atmete innerlich auf. Er hatte offenbar doch einen Funken Anstand. Trotzdem versuchte ich, mich zwischen den Leuten hindurchzuschlängeln, um Abstand zwischen mich und den aufdringlichen Königssohn zu bringen. Seine Hand fand jedoch mein Handgelenk, kaum dass ich eine Lücke zwischen den Leuten entdeckt hatte, und umklammerte es eisern. Beharrlich hielt er mich zurück und zog mich näher zu sich, während wir die von klein auf gelernten Glückwünsche wiederholten, wann immer das Priesterduo es uns mit huldvollem Nicken bedeutete.

Er stand jetzt direkt hinter mir, hatte seine Arme um mich geschlungen und schnupperte an meinem Haar. »Wasserlilie«, stellte er fest und bohrte seine Finger in meine Arme, als ich wegzucken wollte. »Scht«, flüsterte er. Uriels Lippen streiften meinen Hals und mir stellten sich die Nackenhärchen auf. »Still jetzt.«

Wir sprachen die folgenden Segenssprüche nach – es waren zwölf und wir waren erst beim fünften Wunsch angekommen – und ich schwitzte Blut und Wasser. Die langen, weiten Gewänder, die wir trugen, kaum mehr als ein paar zusammengenähte Schals, verbargen hervorragend die neugierigen Finger, die Uriel schamlos wandern ließ. Ich bohrte ihm die Fingernägel in die Hand und versuchte sie von meinem Bauch wegzuzerren.

»Lass mich«, zischte ich leise. Ich kam mir fast undankbar vor, dass ich den Königssohn verschmähte, doch seine Nähe stieß mich nun einmal ab. Besonders dieses unberechenbare Lauern, das sich in seinen Blick schlich, riet mir zur Flucht. Aus welchen Gründen auch immer, es schien ihm immense Freude zu bereiten, mich zu triezen.

»Ich krieg dich ja doch«, flüsterte er mir ins Ohr, rief einen weiteren Segensspruch – nach Nummer sechs gab es die zweite Runde der glücksbringenden Küsse –, drehte mich ein Stück zu sich herum und strich mir mit den Lippen über den Mund.

»Ich beiße dir die Zunge ab«, warnte ich ihn leise und atmete erleichtert auf, als er ein winziges Stück zurückwich. Meine martialische Ankündigung hatte ihn zumindest kurzzeitig irritiert, doch noch war das hier nicht überstanden.

Zu allem Übel drängte sich nun auch noch meine Familie in unsere Nähe. Meine Mutter begutachtete Uriel wie eine Goldmünze, wägte seinen Wert ab und schlug die Hand vor den Mund, als sie das königliche Wappen auf seiner Kleidung erkannte. Es schockierte mich, dass sie mich nie zuvor so zufrieden angesehen hatte wie in diesem Moment. Vermutlich war das hier genau jene Variante von *nach vorn sehen*, die sie sich für mich wünschte. Huldvoll nickte sie, zwinkerte mir zu und drehte sich wieder weg. Trotzdem wusste ich, dass sie mich und Uriel im Blick hatte – und nicht einen Finger rühren würde, solange ich nicht in haltloses Schreien ausbrach.

Es schnürte mir die Kehle zu.

Reglos ließ ich zu, dass Uriels Hand viel zu tief an meinem Bauch entlangstrich und er mir bei den nächsten Küssen die Zunge bis zum Anschlag in den Hals steckte. Seine Finger wanderten viel zu tief, doch selbst mein schrilles Quieken beeindruckte ihn nicht. Abrupt ließ er mich los und brüllte die abschließenden Segenswünsche so euphorisch laut, dass meine Ohren klingelten – zumal der Jubelruf von den Umstehenden aufgenommen wurde und für eine Weile nicht verebbte. Mir war schlecht.

»Reservier mir einen Tanz, Mialeena«, raunte er mir zu, ehe er sich umdrehte und ich ihm starr nachsah. Den Musterungen einiger junger Nymphen zufolge hätte ich tot umfallen müssen, so voller Neid und Missgunst waren sie. Fassungslos erhaschte ich den einen oder anderen Blick. Sie hatten genau gesehen, wie übergriffig der Prinz geworden war – und doch neideten sie mir seine Aufmerksamkeit. Suchend sah ich mich nach meiner Familie um – doch auch von ihnen war nichts mehr zu sehen.

Mit zittrigen Beinen verharrte ich an Ort und Stelle, versuchte, mich zu beruhigen, und beschloss, dass dieses Fest für mich gelaufen war. Vor Wut verschwamm mein Blick, als ich mich endlich wieder normal bewegen konnte. Wenn ich diesen Widerling in die Finger bekam, wenn sich mir auch nur die winzigste Chance auf Rache bieten würde – ich würde sie nutzen. Vor allem aber hatte ich eines – Angst davor, was dieser Mann vorhatte.

Hinterhalt

Am nächsten Morgen hatte ich mich immer noch nicht beruhigt. Ich war früh im Bett gewesen, hatte schlecht geschlafen und mich hin und her gewälzt. Albträume hatten mich wieder und wieder aus dem Schlaf gerissen.

Von meiner Familie waren nur Nora und meine Mutter schon wach. Sie wirkten zufrieden, wenn auch etwas übermüdet, und tuschelten. Ihr Gespräch verstummte, sobald ich die Küche betrat. Das kannte ich schon. Nora und meine Mutter waren wie bei der Geburt getrennte Zwillinge.

»Ma, ich muss mit dir –«, fing ich an, doch sie hob die Hand und unterbrach mich.

»Du warst gestern Abend früh weg?«

Der unterschwellige Vorwurf war nicht zu überhören. Ich ballte die Hände und mahnte mich, ruhig zu bleiben. »Darüber wollte ich mit dir sprechen.« Ich holte tief Luft. Nur weil Uriel ein Sohn des Nordkönigs war, durfte er sich ja nicht alles erlauben, richtig? Während ich nach den richtigen Worten suchte, sprang Nora auf.

»Darf ich?« Sie zwinkerte unserer Mutter verschwörerisch zu.

Etwas an dem schnellen Blick, mit dem die beiden mich musterten, irritierte mich. Als meine kleine Schwester jedoch auf mich zukam und meine Hand ergriff, mich anstrahlte und in Richtung Wohnzimmer zog, verscheuchte ich das Misstrauen. Nora so ausgelassen zu erleben, kam selten vor. Sie übte sich normalerweise in der Tugend der kühlen, zurückhaltenden Nixe – ganz wie unsere Mutter.

Kaum dass die Tür zum Wohnzimmer des gemieteten Appartements ins Schloss gefallen war, beugte Nora sich zu mir und senkte verschwörerisch die Stimme. »Er hat gefragt! Er hat mich wirklich gefragt!«

Zur Freude meiner Mutter hatte Nora sich mit ihren fünfzehn Jahren einen Freund angelacht. Ausgerechnet einen Demetrios.

Ich versuchte, mein Unbehagen nicht allzu deutlich zu zeigen, und zwang mich zu einem Lächeln. »Wer ... Ah, Derk? Der vor ein paar Wochen zum Essen da war? Das ist doch ... toll!«, gab ich etwas lahm von mir, und meine süße kleine Leonora war sofort statt auf Schmuseauf Konfrontationskurs.

»Bist du neidisch?«, wollte sie schnippisch von mir wissen und ich schüttelte hastig den Kopf. So ernst ich konnte, sah ich sie an.

»Nein, Nora, ich bin nicht neidisch. Du weißt, dass ich dir alles Glück der Welt wünsche.« Und das meinte ich ernst. Ich liebte meine beiden kleinen Schwestern. Leonora, die Jüngste, besaß goldblonde Haare wie ich selbst und dunkle, geheimnisvolle braune Augen. Sie hatte etwas Weiches, Süßes an sich. Manchmal kam es mir sogar so vor, als sei sie hilflos und ein wenig einfältig. Wenn man sie jedoch so behandelte, konnte urplötzlich etwas Kaltes in ihr aufblitzen, das mir mehr als einmal bewiesen hatte, welch harte Auster sie war.

Als sie wieder besänftigt vor mir stand und kaum stillstehen konnte, sah ich nur das Mädchen in ihr, das von seinem Freund gefragt worden war, ob es ihn heiraten wolle. Ich hielt das für zu früh, zu unüberlegt und für zu kurzsichtig. Außerdem war sie immer noch meine kleine Schwester, die mit ihren dicken, schokoladenverschmierten Händchen meine Schulbücher ruiniert hatte. Ich seufzte. So klein war sie schon lange nicht mehr.

»Bist du dir sicher mit ihm?«, hakte ich vorsichtig nach und bekam prompt einen dieser Blicke zu spüren, die mich immer wieder an ihr irritiert hatten: hart, kalt, etwas abfällig.

»Du weißt schon, wer er ist?«, hakte Nora nach und verzog fragend eine ihrer fein geschwungenen blonden Augenbrauen.

»Natürlich weiß ich das.«

Derk Demetrius war einer der Junggesellen gewesen, hinter dem heiratswillige Mädchen herliefen – er beleidigte das Auge nicht unbedingt, war ansonsten aber eher unauffällig, von seiner großen

Klappe mal abgesehen. Und, für meine Schwester und ihre Freundinnen nicht ganz unwichtig: Er war ein Sohn unseres Königs. Nicht der älteste, doch das war irrelevant. Nachfolger wurde derjenige, der sich am tauglichsten zeigte – der einzige Fortschritt, den die Gesellschaft der Wassermenschen seit Jahrhunderten gemacht hatte. Früher war einfach der Erstgeborene auf den Thron gekommen, und wenn er nur den Geist einer Handvoll Kaulquappen besaß, hatte man ihm eben Berater zur Seite gestellt – oder hatte ihn einen Unfall erleiden lassen. Mittlerweile setzte man von Beginn an auf Tauglichkeit – immerhin.

Als Nora mit Derk nach Hause gekommen war, hatte er einen ganzen Abend meiner Mutter und ihrem Mann den Königssohn mit den perfekten Manieren präsentiert. Alle waren – von mir abgesehen – begeistert gewesen. Immerhin war Derk ein Bruder des größten Widerlings, den ich kannte. Möglicherweise übertrug ich meine Antipathie zu sehr, doch ich konnte nicht aus meiner Haut. Auch Liliana, die mittlere von uns Schwestern, erlag nicht vollends seinem Charme. Ihr fragender Blick hatte mich damals am Tisch gestreift und ich war froh gewesen, nicht allein mit meiner verhaltenen Begeisterung zu sein. Meine Mutter war ganz aus dem Häuschen gewesen und auch der Vater meiner Schwestern hatte sehr zufrieden gewirkt. Wenn diese Verbindung zustande käme, wäre das ein gesellschaftlicher Aufstieg, wie er alle paar Jahrzehnte mal vorkam, und der für meine Mutter das Ziel allen Sehnens war.

»Du freust dich gar nicht richtig«, stellte Nora fest und sah mich beschwörend an. »Was hast du gegen ihn?«

»Nichts, Nora, wirklich. Ich denke, er liebt dich tatsächlich.« Denn das musste ich Derk immerhin lassen – er scherte sich nicht darum, ob meine Schwester aus seiner Sicht standesgemäß war.

»Ich habe Ja gesagt!«, informierte sie mich und es tat mir ein wenig leid, dass sie mir diese für sie tolle Nachricht mitgeteilt hatte und ich so ... wenig euphorisch reagierte.

»Liebst du ihn denn?«

»Natürlich.« Ihre Augen blitzten herausfordernd.

»Dann freue ich mich für dich.«

Mein Magen kribbelte plötzlich aufgeregt. Wenn Nora die Ehre der Familie retten würde – war ich dann nicht aus dem Schneider? Noch während ich mich mit dieser neuen Überlegung anfreundete und sie für gut befand, zog Nora mich zum Sofa. Wir setzten uns.

»Hier, sieh mal!«

Sie rückte verschwörerisch ein Stück zu mir rüber und hielt mir ihre schmale helle Hand mit den grazilen Fingern hin. Der Verlobungsring. Netter Klunker. Sollte die Verlobung aus irgendwelchen Gründen gelöst werden, könnte sich meine Schwester zumindest materiell eine Weile über den Verlust hinwegtrösten. Ich staunte angemessen und schnappte ehrlich erstaunt nach Luft, als sie sich vorbeugte, ihre lange blonde Mähne zur Seite strich und den Nacken entblößte.

»Wir haben es getan«, flüsterte sie und für einen Moment blitzte die kleine Schwester in ihr auf, die ich so liebte – süß und unschuldig. Sie sah mich mit großen Augen an und kicherte. »Erzähl es nicht Ma, ja? Ich habe sein Mal auf mir!«

Unzweifelhaft, das hatte sie. Derks Zahnabdruck hatte sich wie ein roter Stempel in ihren Schultermuskel gestanzt und würde dort bleiben, bis sie beide alt und grau waren. Wenn Nymphen eine Bindung ernst meinten, taten sie so etwas. Solch ein Abdruck war ernster als eine Unterschrift auf irgendeiner Heiratsurkunde.

»Oh«, murmelte ich und wusste nicht, ob ich geschockt sein sollte, weil Nora sich mit ihm vereinigt hatte, bevor es den offiziellen Segen gegeben hatte, oder erleichtert, weil Derk es offenbar ernst mit ihr meinte. Ein Lächeln stahl sich auf meine Lippen, als mir auffiel, dass auch die brave Nora nicht ganz regelkonform gehandelt hatte. »Wow. Und hast du ihn ebenfalls …?«

»Gebissen? Natürlich. Derk lebt ja nicht im letzten Jahrhundert.«

Allmählich wurde mir der junge Mann beinahe sympathisch. Früher hatten nur die weiblichen Nixen einen solchen Abdruck wie einen Stempel getragen, um sie als Eigentum zu kennzeichnen. Mittlerweile gab es auch weibliche Nixen, die ihrem Partner ein solches Mal verpassten.

»Ich beginne, ihn zu mögen«, teilte ich meiner Schwester mit und meinte es ernst.

Sie strahlte mich glücklich an. »Es war Wahnsinn!«, erzählte sie aufgeregt. »Hat zwar ziemlich wehgetan, aber dann … Ich bin der glücklichste Tropfen im ganzen Ozean!«

»Das bist du auf jeden Fall, so wie du strahlst.«

Ich freute mich ehrlich für sie. Meine Schwester hatte vielleicht tatsächlich ihr Glück gefunden, und wenn es nun zufällig mit einem Prinzen sein sollte, warum nicht? Unabhängig davon, ob er jemals den Thron bekommen würde oder nicht, würde sie ein angenehmes Leben führen können, mit allen Annehmlichkeiten, die ihr so wichtig waren. Trotzdem musste ich noch eine Sache wissen.

»Und er ... Er will dich wirklich heiraten, trotz ...«

Ich konnte es nicht aussprechen. Nora wusste auch so, was ich meinte. Nymphen waren lupenreine Rassisten, nicht alle, aber der Großteil. Mischlinge wie mich duldeten sie. Wenn Nora und Derk sich vermählten, gehörte ich jedoch offiziell zur Königsfamilie. Das würde nicht jedem passen.

»Trotz dir? Das wird sich regeln.«

Es machte mich stutzig, dass sie mir bei den Worten nicht in die Augen sehen wollte. »Was ist los?«, hakte ich vorsichtig nach. Mein Herz begann schneller zu schlagen, als sie meinem Blick auswich. »Leonora, was ist –?«

»Wie gesagt, das wird sich regeln. Er sagte ... er müsse da noch was klären.« Sie sah mit einem Flehen in den Augen auf, doch hinter diesem Blick regierte ein eiserner Wille. »Bitte, Leena, tu es für mich! Sie werden dir einen Vorschlag unterbreiten und er ist –«

»Nora – raus mit der Sprache.« Meine Stimme war leise und klirrend kalt. Etwas passierte in diesen Minuten und ich hatte keinen blassen Schimmer, was es war. »Sag es mir augenblicklich, oder ich sage auf jeden Fall Nein, egal zu was!«, drohte ich flüsternd.

Sie wand sich um und versuchte aufzuspringen, doch ich erwischte sie am Arm. »Bitte, Leena, es ist ... Wir haben das schon besprochen. Mutter hält es für eine gute Sache, Vater auch und –«

»Schön, dass ihr euch einig seid!«, knurrte ich und spürte, wie mein Temperament in mir hochkochte. Ich hatte gute Lust, meine Schwester zu schütteln, bis ihr die Zähne aufeinanderschlugen. Ich ballte jedoch nur meine Hände zu Fäusten, bis meine Gelenke knackten. Unglaublich dringend wollte ich ins Wasser – wie immer, wenn ich mich aufregte.

»Du wirst ebenfalls heiraten«, ließ meine Mutter vernehmen. Sie war unbemerkt zu uns ins Wohnzimmer getreten.

Hitze stieg mir ins Gesicht, als ich ihre ruhige Stimme vernahm. Sie kam einen Schritt auf uns zu und erst da wurde mir klar, dass sie mich und Nora extra allein gelassen hatte, vielleicht in der Hoffnung, dass Noras Freude mich anstecken würde und ich milder gestimmt wäre.

»Garantiert nicht!«, sagte ich sehr bestimmt. »Ich kann mir nicht einfach so irgendwen aussuchen, geschweige denn, dass ich das will und –«

»Das musst du nicht«, unterbrach meine Mutter mich und nickte irgendwem im Nebenraum zu. »Wir haben jemanden für dich gefunden. Und wie ich gesehen habe, versteht ihr zwei euch ganz gut.«

Der entschlossene Blick meiner Mutter tat fast körperlich weh. Meine Empörung über die Offenbarung, dass man mich um des lieben Friedens willen verheiraten wollte, wich brennender Wut, als er durch die Tür trat, mein zukünftiger Gatte – Uriel Demetrios, Derks älterer Bruder.

Ich schnappte nach Luft. Ein Orkan braute sich in mir zusammen.

Uriel stellte sich galant und wohlerzogen vor, ganz der Sohn eines Herrschers. Als er meine Hand ergriff und mir einen Begrüßungskuss auf die Wange hauchen wollte, musste ich mich sehr zusammenreißen, um nicht zurückzuzucken.

»Ich habe doch gesagt, dass ich immer bekomme, was ich will«, flüsterte er mir ins Ohr und seine strahlend blauen Augen blitzten mich triumphierend an. »Immer.«

Ich ballte die Fäuste und dachte nicht daran, die ebenfalls wohlerzogene, wenn auch aus bürgerlichem Hause stammende, Tochter zu spielen. »Auf gar keinen Fall!«, ließ ich laut vernehmen und trat demonstrativ von dem Mann weg, der mich belustigt ansah, als sei ich etwas unglaublich Drolliges. Er strich sich durch seine dunklen Haare und versuchte, meine allzu offene Ablehnung wegzulächeln.

»Mialeena!«, zischte meine Mutter mir zu und durchbohrte mich mit Blicken. Ich dachte nicht daran, mich zu mäßigen.

»Nicht in hundert Jahren würde ich diese Person ehelichen!«, erklärte ich mit vor Wut vibrierender Stimme.

Nora schluchzte laut auf. Uriels jüngerer Bruder drängte sich an ihm vorbei, eilte zu ihr und versuchte, sie zu beruhigen. Mein Stiefvater tauchte auf und unwillkürlich fragte ich mich, ob dieses morgendliche harmlose Gespräch mit Nora nicht von Beginn an inszeniert gewesen war. Ich begegnete dem unnachgiebigen Blick meines Stiefvaters und dem entschlossenen meiner Mutter. Lia stand kalkweiß noch in ihren Schlafklamotten im Türrahmen hinter Uriel und wirkte ebenso fassungslos wie ich.

»Wie lange habt ihr das schon geplant?«, fauchte ich, als niemand sich rührte. Mein Versuch, der ganzen Situation zu entkommen, indem ich einfach aus dem Zimmer stürmte, wie ich es sonst gern tat, wurde von meinem Stiefvater verhindert. Er vertrat mir den Weg.

»Du bleibst«, erklärte er ruhig und sah mich warnend an. »Wir werden noch ein paar Formalitäten der Verbindung klären.« Er versuchte sich an einem Lächeln. »Dir soll gar nichts geschehen, Mialeena. Niemand will dir etwas Böses.«

»Ich soll verschachert werden wie ein lästiges Erbstück, das keiner mehr will!«, rief ich.

Vor lauter Empörung stiegen mir allmählich Tränen in die Augen. Ich fand kaum Worte, so wütend war ich. Hatten sie vielleicht sogar von Uriels uncharmanter Annäherung gewusst und mich meinem Schicksal überlassen? Abartige Gedanken voller Misstrauen türmten sich in meinem Kopf.

»Lasst mich doch einfach so leben, wie es mir gefällt! Ich studiere, werde mein eigenes Geld verdienen und falle daher niemandem zur Last!«

Die Blicke der Anwesenden widersprachen mir stumm und ein dicker Kloß bildete sich in meinem Hals.

»Ich existiere, das reicht also schon, um mich zur Last gemacht zu haben, ja?«, presste ich bitter heraus. Das bestätigende Schweigen war erdrückend. »Ich will aber nicht. Und zwingen könnt ihr mich nicht«, beharrte ich, doch irgendwie zweifelte ich an meinen eigenen Worten. Sie würden einen Weg finden. Ich versuchte, Uriel auf meine Seite zu ziehen: »Warum willst du eine Frau heiraten, die du nicht liebst und die dich nicht liebt? Das ergibt keinen Sinn! So kannst du nicht glücklich werden!«

Er zog seine dunklen Augenbrauen hoch und lächelte mich herablassend an. »Heiraten, liebste Mialeena, ist Politik. Und im Augenblick ist alles, was ich brauche, eine schöne Frau mit starkem Blut, die ihre gesellschaftlichen Pflichten an meiner Seite klaglos erfüllt.« Seine Stimme war sanft, die Augen aber blieben kalt, so wie ich sie kannte.

»Gesellschaftliche Pflichten sind mir vollkommen –«

»Mialeena!« Meine Mutter unterbrach mich scharf. »Blicke nach vorn, wir waren uns doch einig!«

Daher wehte also der Wind. Sie wollte um jeden Preis verhindern, dass ich mich mit einem Menschenmann verband. Meine Kehle schien eng wie ein Strohhalm zu sein.

»Nein!«, krächzte ich und starrte sie fassungslos an. War das die Frau, die sich allein mit einem kleinen, halbmenschlichen Kind ihren Platz in der Welt der Nymphen verbissen und ehrgeizig zurückerobert hatte, nachdem sie sich ihren Fehltritt mit meinem Vater geleistet hatte? Diejenige, die mich zu einer selbstbewussten Frau erzogen hatte? »Ma, gerade du solltest doch –«

»Gerade ich weiß, dass Liebe kein relevanter Faktor sein kann.«

Ich schluckte hart. Noch gab ich mich nicht geschlagen. »Es gibt mindestens hundert andere, viel passendere Kandidatinnen!«, protestierte ich hilflos. »Warum ich?«

»Ich kann es mir leisten, dich zur Frau zur nehmen«, erklärte Uriel nüchtern.

Das Entsetzliche war, dass er recht hatte. Er war der Hoffnungsträger des Königshauses, jung, gut aussehend, ein ausgebildeter Sucher, der Beste seiner Abschlussklasse. Einer wie er hatte es nicht nötig, sich gesellschaftlich zu verbessern. Er brauchte nur eine gesunde Frau, die ihm gefiel.

»Das Königshaus gedenkt, ein Zeichen zu setzen. Du bist zwar zur Hälfte der Erde verbunden, aber dafür fließt auch enorm starkes Nymphenblut in dir. Es ist genau das, was unsere Blutlinie braucht.« Er zog mich kurzerhand am Arm in eine der Zimmerecken. »Und du hast Temperament«, raunte er mir zu. »Du weißt, wie sehr ich das schätze.«

Dieser mit anzüglich vibrierender Stimme vorgebrachte Spruch brachte das Fass zum Überlaufen. Ich riss meinen Arm aus seinem Griff, schubste ihn so hart weg, dass er in eine Vitrine mit Vasen und Geschirr stolperte und mit lautem Getöse zu Boden ging. Schnaubend deutete ich mit dem Finger auf ihn. »Uriel Demetrios, niemals!«

Er war wütend, dermaßen überrumpelt worden zu sein. In seinen Augen sah ich etwas aufblitzen, das ich bisher nur einmal gesehen hatte – und das ließ meinen Magen revoltieren. Ich rannte hinaus, wunderte mich über meine Tanten, Onkel und anderen Anverwandten, die just angekommen waren und mich anstrahlten, und stürzte ins Bad. Dort übergab ich mich, bis nur noch Galle kam.

Die Wohnungsklingel ging wieder und wieder und allmählich dämmerte mir, dass die Familie eingeladen worden war, um etwas zu verkünden – Noras Verlobung mit Derk und meine mit …

Ich würgte erneut. Er durfte nicht gewinnen, er durfte einfach nicht recht behalten – dafür würde ich sorgen.

Der Geschmack von Wut

Zittrig und wütend kehrte ich ins Wohnzimmer zurück. Der kleine Eklat, der noch im engsten Familienkreis stattgefunden hatte, war offenbar von den anderen weggelächelt worden. Das junge Paar wurde beglückwünscht und Derk und Nora strahlten um die Wette.

Meine jüngste Schwester entdeckte mich als Erste. Ihre dunklen Augen, eben noch sprühend vor Freude, erkalteten. »Leena.«

Alle Blicke richteten sich auf mich, die blass und mit geballten Fäusten in der Tür stand. Selbst meine Tanten und Onkel schienen zu spüren, dass hier etwas nicht ganz so rund lief, wie man es ihnen weismachen wollte.

»Eine Doppelhochzeit, das wird ein rauschendes Fest«, versuchte meine Mutter die Stimmung zu retten, doch so recht gelang ihr das nicht. Ihr Lächeln wirkte bemüht und als ich sie flehend ansah, nach wie vor fassungslos vom ungeheuerlichen Vorhaben meiner Sippe, wich sie meinem Blick aus. Diese niedergeschlagenen Augen, ihr abgewandtes Gesicht, die Halt suchend in den Arm ihres Mannes verkrallten Hände, all das brannte sich in mein Hirn ein. Noch schlimmer war jedoch der Moment, in dem sie den Blick wieder hob, sich straffte, ihr rotgoldenes Haar zurückwarf und mich fest ansah.

»Sieh nach vorn.« Sie warf Uriel einen herzlichen Blick zu. »Schau dir nur diesen schmucken Mann an, Leena. Er wird dich gut behandeln.«

In dem Augenblick brach mein Herz. Sosehr ich mich wieder und wieder gegen sie auflehnte, liebte ich sie doch. Ein Teil dieses Urvertrauens, das mich immer mit dieser Frau und niemandem sonst auf dieser Erde, an Land und unter Wasser, verbunden hatte, zerbröselte unter dem unnachgiebigen Blick, der mir meine Freiheit nehmen wollte.

»Jetzt verstehe ich, warum mein Vater nicht mit dir leben wollte!«, zischte ich. »Er hat dich verlassen, richtig? Gefühle anderer Menschen bedeuten dir gar nichts!«

Ich konnte ein winziges Flackern in ihrem Blick ausmachen, doch sie erhielt ihre Maske stur aufrecht. Sie vor all diesen Leuten an ihr Vergehen zu erinnern, war schon Affront genug. Meine nächsten Worte jedoch machten alles noch schlimmer.

»Ich liebe längst einen anderen Mann, Mutter, und ich werde mit ihm zusammen glücklich sein!« Es wurde augenblicklich totenstill im Raum. »Und jedes Kind, das ich austrage, jeden seiner Samen, der mit meinem Körper verschmilzt, werde ich lieben. Und niemals, wirklich niemals, wird eines dieser Kinder mit dieser verlogenen Welt hier in Berührung kommen!« Einzig mein wild pochendes Herz zerriss die atemlose Stille. »Ihr werdet mich nicht wiedersehen. Niemals.«

Damit drehte ich mich auf den Hacken um, rannte in das Zimmer, in das ich einquartiert worden war, und ließ hektisch meinen Blick über die karge Einrichtung fliegen. Das Einzige, das mir wirklich etwas bedeutete, war die versteckte Bleistiftzeichnung von Ben. Ich holte sie aus ihrem Versteck ganz unten im Koffer und rannte um ein Haar in Uriel hinein, der sich just auf den Weg gemacht hatte, um nach mir zu sehen – oder sonst was mit mir anzustellen.

»Aus dem Weg!«

An dem bläulichen Leuchten, das seine Haut blitzartig überzog, konnte ich erkennen, wie aufgewühlt er war. Es fiel ihm sichtlich schwer, seine menschliche Gestalt zu halten. Dermaßen zurückgewiesen vor anderen – das kannte er offenbar nicht und es entsprach nicht seinem Naturell, so etwas einfach wegzustecken. Winzige blutige Schnitte an seinen Händen verrieten mir, dass der Sturz in die Glasvitrine nicht ohne Folgen geblieben war. Als er blitzschnell nach meiner Hand griff, mit der ich immer noch die Zeichnung von Ben umklammert hielt, schrie ich erschreckt auf. Grob entwand er das Stück Pappe meinen Fingern, starrte für ein paar Sekunden darauf und schnaubte leise.

»Es gibt also tatsächlich jemanden, ja?«

»Das geht dich nichts an.« Ich gab mir allergrößte Mühe, mir nicht anmerken zu lassen, wie angespannt ich war. Bisher hatte ich Uriel für lästig gehalten – im Augenblick wirkte er wie ein angriffslustiger Hai. *Er ist gefährlich*, hämmerte es in meinem Kopf, *provozier ihn nicht*. Mein Herz raste.

»Du wirst meine Frau werden«, gab er mit gepresster Stimme von sich und zerriss die Pappe gemächlich in winzige Fetzen. Aufmerksam beobachtete er mich dabei, klopfte sich schließlich die Finger ab, als hätte er etwas Ekliges in den Händen gehabt, und kam drohend auf mich zu. »Überlege dir sehr gut, was du jetzt tust, Mialeena Fenjenhi. Notfalls sperre ich dich bis zur Hochzeit ein.«

»Und dann? Testest du schon mal, ob ich in der Hochzeitsnacht was tauge?«, spie ich ihm entgegen und sah, wie sich blaue und schwarze Schuppen an seinen Armen durch die Haut drückten. Er musste kurz vorm Explodieren stehen und doch lächelte er plötzlich.

»Natürlich nicht. Ich sorge dafür, dass du die Hochzeit herbeisehnst und von selbst zu mir kommst.«

Ich schnaubte angewidert. »Nur, wenn mein Hirn bis dahin Brei ist.«

Das kalte Glänzen seiner Augen verstärkte sich. »Du wirst dich schon fügen. Hast du bisher immer, nicht wahr?«

Peinlich berührt schluckte ich. Ich hätte niemals damit gerechnet, dass der Kuss damals im Bergsee mich noch einmal so kalt erwischen würde. Steif nickte ich. Ich hatte ihn geküsst, richtig? Ich hatte – »Das war etwas anderes. Du hast mich gezwungen!«

»Lüg dich nicht selbst an, Mialeena.« Er kam näher, drängte mich zurück, doch diesmal war ich schneller. Als er eine Hand hob, um mich zu berühren, duckte ich mich weg, schlüpfte an ihm vorbei und fing an zu rennen.

Mein Vorteil war es, ihn so aufgeregt zu haben, dass seine Wandlung ihn behinderte. Er musste sich konzentrieren, seine Gestalt zu behalten, denn die Wandlung kostete immer Kraft – abgesehen davon war sie, wenn man noch in seinen Klamotten steckte, recht unangenehm. Alles scheuerte, juckte und zog, sodass man diesen Fehler wirklich nur einmal machte.

Ich sprintete treppabwärts, ließ meine Verwandten staunend zurück, gewann an Vorsprung, ignorierte Uriels Brüllen, spürte, wie mir verwunderte Blicke hinterhergeworfen wurden, und legte noch einen Zahn zu. Ich wusste, dass ich lediglich so weit rennen musste, bis ich unter Menschen war. Natürlich würde man versuchen, mich wieder einzusammeln, doch Menschen boten mir diesmal einen gewissen Schutz: Auftritte in der nicht-eingeweihten Öffentlichkeit wie die von Uriel eben waren tabu, denn seine wahre Abstammung war allzu deutlich zu erkennen gewesen. Gerade in einer Gegend, in der es Legenden über unser Volk gab, würde eine Sichtung die Gerüchte nur noch mehr anheizen und den einen oder anderen zum Nachforschen anregen. So wie Ben – der mir versprochen hatte, nichts publik zu machen. Und ich vertraute ihm.

Ben. Der Gedanke an ihn wärmte mich und ließ mir regelrecht Flügel wachsen.

Ich war endlich draußen, schlängelte mich zwischen den weißen Zelten hindurch, die zum Teil als Quartiere, zum Teil als Festzelte dienten, hastete über die geschotterten Wege des Parks und rannte in Richtung Dorf. Die Kirchturmspitze war von hier sogar zu erkennen, es mochten zwei, vielleicht drei Kilometer sein. Eine Distanz, die ich durchaus zurücklegen konnte, ohne vollends zusammenzubrechen. Allerdings begann mein Knöchel wieder zu schmerzen. Doch dafür war jetzt keine Zeit.

Mehrmals sah ich mich um, konnte allerdings niemanden entdecken. Dass man mich davonkommen ließ, war ausgeschlossen. Mein Gehirn arbeitete auf Hochtouren, ließ mich Deckung suchen und befahl mir, auf die krummen Bäume zuzusteuern. Ich trat kaum einmal daneben, sprang über die grauen Schieferstücke, die aus dem Boden ragten, und wurde langsamer, als ich nach einigen Minuten immer noch durch den spärlichen Wald rannte. Das Gelände stieg ein wenig an und ich kämpfte mich zwischen kniehohem Farn, lila Heidekraut und wildem Blaubeergestrüpp hindurch. Mein Knöchel pochte wild, also versuchte ich, mir meine Kräfte einzuteilen, und war erleichtert, als die ersten Häuser der Siedlung auftauchten.

Allmählich war es an der Zeit, mir einen Plan zurechtzulegen. Ich hatte kein Geld, war fremd hier und der Einzige, den ich im Umkreis kannte, war Ben – doch ihn zu gefährden, war undenkbar. Uriel war ein ausgebildeter, gut trainierter Krieger, dem ich durchaus zutraute, Ben zu töten. Vermutlich würde er damit vollkommen ungeschoren davonkommen, denn schließlich stand zu vermuten, dass der Mann, dem mein Herz gehörte, etwas über meine Art wusste – damit wurden nasse Eliminierungen von Menschen häufig begründet und gerechtfertigt.

Es fing an zu nieseln, dann zu regnen. Ich begrüßte jeden einzelnen Tropfen, der meine Haut liebkoste, lief durch den Regen, hielt das Gesicht in den Wind und beruhigte mich ein wenig. Uriel konnte das nicht einfach durchziehen, versuchte ich mich zu beschwichtigen, bei einer Hochzeit mussten immerhin beide Parteien Ja sagen, oder? Ich konnte hervorragend auf stur schalten und wenn er sich eine Abfuhr nach der anderen abholen wollte – bitte schön! Ich würde mich einfach so lange weigern, bis er das Interesse an mir verlor, und wenn es ein paar Wochen dauerte. Andererseits … Der Gedanke, der mir durch den Kopf sprang, verursachte mir eine unangenehme Form von Gänsehaut, die bis zur Kopfhaut reichte. *Er hat bereits gewartet*, wisperte ein Stimmchen in meinem Kopf. *Jahrelang. Er will dich, seit ihr euch im Bergsee getroffen habt.*

Das Unbehagen wurde greifbar und plötzlich wusste ich, was das war, das sich in meinem Kopf festkrallte: Angst. Wütende Tränen stiegen mir in die Augen und vermischten sich auf meinen Wangen mit dem Regen. Uriel war im Begriff, mir alles kaputt zu machen.

»Bleib stehen!«

Ich schrak zusammen, fluchte innerlich, dass ich so in Gedanken versunken war, und warf einen Blick über die Schulter. Uriels Schemen waren durch den Regen hinweg gut zu erkennen – also konnte auch er mich bestens sehen. Ich rannte augenblicklich weiter.

Nur noch eine langgezogene Senke, dann hätte ich die ersten Häuser erreicht. Auch wenn sie wild bewuchert wirkte – der direkte Weg war vermutlich der einfachere, als einen kräftezehrenden Bogen zu laufen.

Mannshohe Ginsterbüsche erschwerten mein Vorankommen jedoch stärker, als ich gedacht hatte. Trotzdem schlängelte ich mich zwischen dem Gestrüpp hindurch, beruhigte mich damit, dass auch Uriel aufgehalten werden würde, und hoffte, dass er mich aus den Augen verlieren würde. Bei dem Nieselregen standen meine Chancen nicht so schlecht.

Er kriegt mich nicht, hämmerte es in meinem Kopf. *Niemals, niemals, nie-*

Dass dies eine vollkommene Fehleinschätzung war, spürte ich, als ich die Talsohle der Senke erreicht hatte. Als ich das Knacken von trockenen Ästen vernahm, war es schon zu spät. Uriel bekam mich zu packen, stöhnte, als ich ihm den Ellbogen in die Rippen rammte, und schüttelte mich hart.

»Halt still, Erdblut, oder ich tue dir weh.« Er krallte sich in meine Oberarme und betrachtete mich gefährlich ruhig. Schwer atmend starrte ich ihn an.

»Lass mich sofort –«

»Wer ist er?«, unterbrach er mich. An seiner klirrend kalten Stimmlage konnte ich erkennen, dass er nach wie vor wütend war. »Hat er dich berührt?«

»Das geht dich immer noch nichts an!«, schleuderte ich ihm entgegen und schluckte nervös. Ich musste Ben da irgendwie raushalten, und wenn ich ... Nein, ich würde nicht mit Uriel zurückkommen. Oder?

»Du wirst noch auf dieser Versammlung meine Frau, Leena, und dann werde ich es sein, der dich berührt, ob du willst oder nicht.« Er zog mich so nah zu sich heran, dass ich auf Zehenspitzen stehen musste. »Aber wenn ein Mensch sich bereits das genommen hat, was mir zusteht ...« Er zuckte vielsagend mit den Schultern.

Angst ließ mich zittern, helle Wut, die mir durch die Adern schoss, sorgte jedoch dafür, dass ich ihm antworten konnte. »Das bin ich also, Uriel? Ein Schoß, ein Gefäß, in das du deinen widerlichen Samen pflanzen willst?«

»Unser Königshaus braucht frisches Blut.« Er klang, als sei das offensichtlich und ich nur zu dumm, um das zu erkennen. »Dir wird es an nichts mangeln, Mialeena. An nichts. Du musst nur eines tun – Ja zu mir sagen und mir gehorchen.«

Ich rollte mit den Augen. »Ich wollte schon immer nur benutzt werden. Was wäre ich dann? Der Schnellkochtopf für deine Nachkommen?« Ich sah ihn voller Verachtung an, denn meine Wut auf ihn schwemmte meine Angst fort. »Lass mich los und dann geh mir aus dem Weg, Uriel Demetrios. Ich werde niemals deine Frau und wenn du mich zwingst, dir zu Willen zu sein, finde ich einen Weg, um dich für den Rest deines Lebens unglücklich zu machen!« Die Drohung ging mir glatt über die Lippen, doch die angespannte Stille, die danach herrschte, kratzte an meinen Nerven.

Seine Stimme klang immer noch verstörend ruhig, als er mir antwortete. »Ich werde dich kriegen, Mialeena, und ich werde dich heiraten. Dann gehörst du mir und ich kann tun und lassen, was ich will. Dein ganzes Leben lang.«

Ich hatte keine Ahnung, warum er so versessen darauf war, mich zu bekommen, aber mir war klar, dass er ein gefährlicher Gegner war, der seinen langen Atem bereits bewiesen hatte.

»Und jetzt sag: Hat er dich berührt?«

»Verschwinde!«, schleuderte ich ihm wütend entgegen und sehnte mich nach Bens vorsichtigen, zärtlichen Berührungen.

»Dann schaue ich einfach nach«, teilte Uriel mir mit, als sei das der folgerichtige nächste Schritt.

»Nein!«, kreischte ich und hoffte, dass ich noch zu ihm durchdringen würde. »Er hat mich nicht ... Wir haben nicht ...«, log ich und zappelte, bis er mich brutal schlug. Ich fiel in einen der Ginster, strampelte, um wieder auf die Beine zu kommen, und stöhnte, als Uriel mir nachsetzte und mich aus dem Busch zerrte.

»Selbst wenn ihr es nicht getan habt«, raunte er und drehte meinen Kopf am Kinn zu sich, »für alle anderen *wird* er es gewesen sein, dafür sorge ich. Und ich werde dir das in meiner Großmütigkeit selbstverständlich verzeihen und dich trotz deines Fehltrittes zur Frau nehmen.«

Ich hatte ihn noch nie so sehr gehasst wie in diesem Moment. Mein Kreischen erstickte er mit einer Hand, zerrte und riss an meiner Kleidung, bis er meine Hose losgeworden war, und stöhnte lüstern, als er entdeckte, dass ich keine Unterwäsche trug.

Schließlich traf mich etwas am Kopf. Mein Hirn schien zu explodieren. Für endlose Sekunden verweigerte mein Körper seine Mitarbeit. Ich vergaß, wie man atmete, und versuchte, mich in der Finsternis, die um mich herum herrschte, zu orientieren. Als ich blinzelnd die Lider wieder hob, blickte ich verwirrt in lüsterne stahlblaue Augen. Feuchte Strähnen seines Haares strichen über mein Gesicht.

»Uriel, bitte«, flüsterte ich und versuchte, den Haaren auszuweichen, die wie Fangarme auf meiner Haut kleben blieben.

Er verzog höhnisch die Mundwinkel. »Wenn du zu mir Ja sagst, werde ich nicht weiter versuchen, herauszufinden, wer der Mann ist, zu dem du flüchten wolltest«, wisperte er. »Sag Ja und du hast mein Wort, ihn nicht weiter zu verfolgen.«

Ich zitterte vor Angst und versuchte, die richtige Entscheidung zu treffen. Ben schützen? Mich selbst schützen? Gab es überhaupt eine richtige Antwort?

»Sag Ja, Mialeena«, raunte Uriel mir ins Ohr und küsste mich, als wollte er mich aufessen. Atemlos sah er schließlich hoch. »Wenn du dich weigerst, tut es nur mehr weh, und dann …«, er krallte seine Finger in meine Haare, »… werde ich ihn finden, fangen und dich vor seinen Augen nehmen, bevor ich ihn langsam töte. Willst du das?«

Der Mann war vollkommen verrückt, und obwohl mir das abstrakt klar war, spürte ich es nun am eigenen Leib. Er würde trotzdem versuchen, Ben zu finden, ganz egal, was ich tat oder sagte.

Mit aller Kraft versuchte ich, ihn von mir zu stoßen, ihm so wehzutun, dass ich eine Chance zur Flucht bekam, doch er hielt mir lediglich mit einer Hand die Arme über dem Kopf zusammen.

»Du magst es auf die kratzbürstige Tour?«

»Tu mir was an und ich lasse dich dafür bezahlen«, wisperte ich mit vor Wut heiserer Stimme und weinte auf, als die Finger seiner freien Hand sich in meinen Oberschenkel gruben.

Uriel verzog nur höhnisch den Mund, sagte kein Wort und schrie plötzlich auf. Abrupt ließ er mich los. Ich krabbelte instinktiv wie eine Krabbe rückwärts und achtete nicht auf die zahllosen Äste, die lange Kratzer auf meiner Haut hinterließen. Zu fasziniert war ich von dem seltsamen Bild, das sich mir bot. Ich erkannte erst auf den zweiten Blick, dass der Hund, der sich in Uriels hinteren Oberschenkel verbissen hatte, Bens treuer Begleiter war. Ich mochte keine Hunde, sie waren mir unheimlich – aber in diesem Moment schwor ich mir, ab jetzt jeden bellenden Vierbeiner zu lieben.

Ben!, hüpfte mein Herz und ich glaubte, die Hundepfeife zu hören, die der blonde Hüne mit sich herumtrug. Ich wusste nicht, warum er ausgerechnet hier aufgetaucht war, aber es war ein perfektes Timing.

Uriel brüllte vor Schmerz. Seine Laute klangen wie die lieblichste Melodie des Universums in meinen Ohren.

Ich sprang auf und rannte, lauschte der Hundepfeife und war so aufgeregt, dass ich die ganze Zeit heulte, zitterte und beim dichter werdenden Regen schnell die Orientierung verlor. Immerhin wurden die Büsche niedriger.

Wie aus dem Nichts tauchte eine Silhouette vor mir auf, groß, dunkel – und vertraut. Ich musste alarmierende Töne von mir gegeben haben oder ich sah fürchterlich aus, denn Ben starrte mich vollkommen schockiert an. Für aberwitzige Augenblicke befürchtete ich, er würde mich nicht erkennen, so klatschnass, wie ich war.

»Wo kommst du so plötzlich …? Ich wusste nicht, dass du …«

Meine Sorge erwies sich als unbegründet. Als er die Arme ausbreitete, warf ich mich hinein.

»Was ist denn nur …?«, flüsterte er, streichelte meinen Rücken und murmelte beruhigenden Unsinn vor sich hin. Ich bekam genauso wenig einen sinnvollen Satz zusammen.

»Dein Hund«, hickste ich schließlich, »dein Hund!« Plötzlich bekam ich ernsthaft Angst, dass Uriel den Hund längst getötet hatte.

»Der kommt schon klar. Ist ein zähes Mädchen.«

Ich schüttelte wild den Kopf. »Aber er … Er wird ihn töten!«

Meine Stimme überschlug sich und Ben versuchte immer noch, mein plötzliches Erscheinen irgendwie einzuordnen. Ich war genauso verblüfft, dass er hier in der Gegend unterwegs war, und in mir keimte der Verdacht, dass seine Neugier ihn angetrieben und er mich vielleicht gesucht hatte.

»Wer wollte dir was tun?«, fragte er leise und strich mir zärtlich die nassen Haare von der Wange.

Ich schnappte nach Luft und wusste nicht, was ich sagen sollte. *Mein zukünftiger Ehemann,* schoss es mir durch den Kopf, *mein selbsternannter Zukünftiger.*

»Erzähl ich dir später«, versprach ich, lauschte in den prasselnden Regen hinein und erstarrte, als ich Uriels Gebrüll vernahm. »Weg hier«, beharrte ich. »Bitte, komm …«

Etwas stieß mich von hinten in die Kniekehle und ich fuhr so schnell herum, dass ich das Gleichgewicht verloren hätte, wäre Ben nicht gewesen. Eine blutige Hundeschnauze stupste mich gegen die Hüfte, als wolle ihr Besitzer mich vorwärts schieben. Tränen schossen mir vor Erleichterung in die Augen. Ben erstarrte hinter mir und ich mochte mir kaum vorstellen, was ihm durch den Kopf ging, seine Hündin dermaßen demoliert zu sehen. Auch ich hoffte, dass das Blut an der Schnauze des Hundes ausschließlich Uriels war.

Als ich mich umdrehte, las ich auf seinem Gesicht nicht nur Verwirrung. Eine ungewohnte Härte hatte sich in seine Züge gemischt. Er schien erst jetzt mein zerrissenes T-Shirt und die Tatsache, dass ich keine Hose mehr anhatte, zu registrieren.

»Komm mit«, forderte er mich leise auf und kraulte seinen Hund kurz hinter den Ohren. So schnell ich konnte, rannte ich neben ihm her, fluchte leise, weil Uriel mir neben meiner Hose auch meine Schuhe ausgezogen hatte, und schwor ihm Rache.

Ich folgte Ben, ohne nachzudenken. Der Regen blieb unablässig dicht, doch ich fror nicht. Einzig meine Füße schmerzten immer stärker, je länger ich sie über die Schotterwege und schließlich über den Asphalt quälte. Das Lächeln des Mannes, dem mein Herz gehörte, wärmte mich. Ben war hier, von irgendeiner Macht durch den strömenden Regen zu mir gesandt. Es würde alles gut werden, beschwor ich mich und ignorierte das Stechen in meinem Knöchel. Nur noch ein bisschen durchhalten, noch ein paar Schritte …

»Ich bringe dich zu meiner Mum«, erklärte Ben, fasste meine Hand fester und zog mich eine Treppe hinauf, die zu einer Straße, gut zwei Meter höher gelegen, führte. Ich schnaufte ordentlich, als ich die wenigen Stufen erklommen hatte, und klammerte mich an das eiserne Geländer, um zu Atem zu kommen. Die Bäume, die den Weg säumten, bogen sich bedrohlich. Was als feiner Nieselregen begonnen hatte, artete zu einem Unwetter aus. Bens Hund knurrte leise.

Sanft legte Ben mir einen Arm um die Schultern. »Komm, ich trage dich besser. Du klappst sonst gleich zusammen.«

Ganz unrecht hatte er nicht. Ich zitterte und sooft ich meinem Körper auch sagte, er solle sich zusammenreißen, wollte er einfach nicht auf mich hören.

»Wie weit ist es noch?«
»Zehn Minuten.«

Ich seufzte. »Das schaffe ich.«

Den Wagen, der an uns vorbeirollte, beachtete ich gar nicht. Erst als er direkt neben uns hielt und sich meine Nackenhärchen aufstellten, witterte ich Gefahr. Bens Hund fing nun an zu bellen. All die Panik, die ich in den letzten Minuten so mühsam verborgen hatte, brach wie eine riesige Welle einer Springflut über mich herein.

Wenn man Ben einfing, würde er sterben, an nichts anderes konnte ich denken. Ich handelte nur noch.

»Es tut mir leid!«, rief ich und stieß ihn mit aller Kraft die Treppe hinunter, die zu der tiefer gelegenen Straße führte. »Lauf!«, brüllte ich und betete, dass er auf mich hören würde und sich beim Sturz nichts getan hatte. Dann lief ich die Straße bergab, und zwar so schnell ich konnte.

Ich ignorierte meine wunden Sohlen und den stechenden Schmerz in meinem Knöchel. Hoffentlich folgte man ausschließlich mir und ließ Ben unbehelligt. Schritte hinter mir ließen mich rennen wie nie zuvor.

Als mein Verfolger mich das erste Mal zu ergreifen versuchte, konnte ich dank meiner nassen, glitschigen Haut entwischen – beim zweiten Mal hatte ich kein Glück. Jemand packte mich, stieß mich gegen die nächste Hausmauer und fing mich auf, als ich zusammensackte.

Ich wurde in den Wagen gestoßen, fiel so Uriel um ein Haar in den Schoß und fuhr zurück. Entsetzt prallte ich gegen die Tür, die hinter mir ins Schloss geworfen wurde, und starrte ihn wild an. Blut klebte ihm an Beinen und Händen. Ich hoffte sehr, dass es sein eigenes war.

»Wie kannst du es wagen?«, brüllte ich ihn an, schüttelte seine Hand ab und heulte auf, als er mir, ohne irgendein Wort von sich zu geben, ins Gesicht schlug. Der dumpfe Aufprall meines Kopfes an der Scheibe war das Letzte, was ich spürte.

Als ich die Augen wieder öffnete, hockte ich rittlings auf Uriels Schoß, lehnte an seinem Brustkorb und konnte seinen aufgeregten Herzschlag an meiner Wange spüren.

»Noch einmal läufst du mir nicht weg, einverstanden?«, raunte er mir ins Ohr. Mit einer widerlichen Zärtlichkeit strich er mir über den Rücken. Sobald ich meinen schmerzenden Kopf einen Zentimeter anhob, presste er mich augenblicklich an sich. »Scht, nicht bewegen«, verlangte er. Als hätte ich ihm auf diesem engen Raum irgendwohin entfliehen können.

»Uriel, bitte ...« Ich klang jämmerlich, doch so fühlte ich mich auch. »Tu mir nicht weh, ja?«

»Das muss ich nur, wenn du nicht gehorchst, Mialeena.« Er strich mir sanft über den Kopf. Gänsehaut prickelte mir über den Nacken.

»Aber ...«

Uriel lachte nur. Er genoss meine Furcht vor dem, was kommen mochte, viel zu sehr. Schließlich drehte er meinen Kopf so, dass er mir ins Ohr flüstern konnte. »Du kannst jederzeit Ja zu mir sagen, Mialeena. Jederzeit. Ich will nicht nur das Fleisch zwischen deinen Schenkeln besitzen, ich will dich ganz und gar, seit ich dich im Bergsee entdeckt habe.« Seine Lippen berührten meine Schläfe. Ich hatte nicht genügend Spielraum, um zurückzuweichen. »Du wirst mir gehören – ich gestatte dir sogar zu entscheiden, wann das sein wird. Du musst lediglich ganz offiziell Ja zu mir sagen.«

Angst ließ mich erstarren. Seine Worte, seine feste Umklammerung, die unmissverständliche Beule in seiner Hose – ich war einer Panik nahe.

»Uriel, bitte! Das ist Wahnsinn!« Ich schluchzte unterdrückt. »Ich *will* dich nicht!«

»Oh doch, du wirst mich wollen. Du wirst mir aufs Wort gehorchen und mich um Dinge anbetteln, die du dir jetzt noch gar nicht ausmalen kannst.«

Da waren wir also – nach Jahren an dem Punkt angekommen, den er ganz offenkundig herbeigesehnt hatte, und den ich nicht hatte kommen sehen.

Bis zu dem Zeitpunkt, in dem er in das Wohnzimmer des Appartements getreten war und man ihn mir als meinen Zukünftigen präsentiert hatte, hatte ich ihn nie als echte Bedrohung wahrgenommen. Ich hatte kaum einen Gedanken an ihn verschwendet und war davon überzeugt gewesen, er mache sich einen Spaß daraus, mich zu piesacken. Das hier war jedoch bitterer Ernst.

Die Erkenntnis, dass er mich quälen und demütigen wollte, bis ich einknickte, fraß sich grell und furchteinflößend durch mein Hirn.

Angst vor dem, was er mir antun wollte, schwemmte den kläglichen Versuch meiner kämpferischen Seite hinfort, mich zu Widerstand mit Zähnen und Klauen anzustacheln.

»Was willst du tun?«, wollte ich wissen und stöhnte, als er mich hart an sich presste. Seine Ankündigungen aus dem Bergsee fielen mir schlagartig wieder ein. Wollte er mir die Rippen brechen?

»Ich sorge dafür, dass du eine fügsame Nixe an meiner Seite wirst, und achte darauf, dass du es auch bleibst.«

»Darauf kannst du lange warten!«, weinte ich.

»Möchtest du Wetten abschließen?« Er amüsierte sich hörbar.

»Armseliges Stück Scheiße!«

Ich hatte mich noch nie so hilflos gefühlt. Vor Nervosität bildeten sich stellenweise silbrige Schuppen aus meiner Haut heraus. Uriel bemerkte es und strich mit seinen langen, kühlen Fingern darüber. »Du machst mir eine große Freude, wenn du dich weiterhin sträubst, Mialeena.« Er spielte mit einer meiner Haarsträhnen und drückte mich härter an seine Mitte. »Oder ich schwängere dich einfach. Dann erledigt sich die Frage, ob du mich willst, von allein.«

Es dauerte etwas, bis die Bedeutung der geflüsterten Worte bei mir ankam, dann wurde mir schwummrig im Kopf.

»Nein!« Mir wurde übel. »Das Gesetz gibt es schon lange nicht mehr!«, entgegnete ich perplex. Die Natürliche Hochzeit, die nach der Verlobung gefeiert werden konnte, meinte eine Schwangerschaft innerhalb der ersten drei Zyklen der Frau. Wenn dies klappte, galt ein Paar als verheiratet. Danach konnte, musste aber keine offizielle Zeremonie vollzogen werden.

Es gab Erzählungen, Märchen, die von unsterblich Verliebten handelten, deren Familien sich spinnefeind waren und die diese Möglichkeit genutzt hatten, um auf natürlichem Weg ein fest verbundenes Paar zu werden. Ich hatte diese Variante der Verbindung immer als besonders romantisch empfunden – dass sie aufs Hinterhältigste missbraucht werden konnte, war mir nie wirklich bewusst gewesen. Mir wurde übel.

»Uriel, bitte …!« Ich begann, ihn aus meinem tiefsten Inneren zu verabscheuen.

Dunkelrot

An jenem Morgen, an dem ich mich von Uriel befreite, war ich beinahe so weit gewesen, mich aufzugeben. Ich konnte nach Tagen meinen Körper kaum mehr spüren, erkannte mich selbst nicht mehr wieder und wünschte mich in ein anderes Leben – auch wenn ich dieses hier dafür hätte beenden müssen.

»Sag einfach Ja, Mialeena«, riet Uriel mir und streckte sich auf der Matratze neben mir aus.

Er war die halbe Nacht bei mir gewesen und ich wollte einfach nur noch schlafen und die vergangenen Stunden vergessen.

Für seine Verhältnisse berührte er mich sanft, streichelte meine Schulter und hielt mich fest, als ich mich von ihm wegdrehen wollte. »Ich würde dir deine Fesseln abnehmen, deine Wunden versorgen und dir ein wenig Zeit lassen, bis du wieder vorzeigbar bist. Sag Ja.«

Ich war unendlich müde. Das kleine Wörtchen kroch meine Kehle hinauf, doch ich erstickte beinahe daran. Hustend krümmte ich mich zusammen, spürte, wie Uriel mich an sich zog und nach meinem Kinn langte. Er zwang meinen Kopf in den Nacken.

»Ich habe übrigens bekanntgegeben, dass wir eine Natürliche Hochzeit feiern werden.«

Ich blinzelte ihn matt an. Das hatte er mir schon in den letzten Tagen angedroht, doch irgendwann war es mir egal gewesen. Sollte er meinen Körper haben – wenn ich nur Wasser dafür bekam.

»Du wirst hierbleiben, bis die Verbindung vollzogen ist«, teilte Uriel mir mit. »Es sei denn … du sagst endlich offiziell Ja zu mir.« Er bettete mich in seine Arme wie eine Geliebte, doch das waren die Berührungen, die ich am allermeisten verabscheute. Sie verhöhnten alles, was Geliebte miteinander taten. »Es ist an der Zeit, Mialeena. Du fühlst es in dir, nicht wahr?« Sachte hauchte er mir einen Kuss auf die Stirn. »Wenn du mir gehorchst, wirst du ein wundervolles Leben an meiner Seite haben.« Er sah mir in die Augen. »Habe ich dich jemals angelogen?«

»Nein«, hauchte ich tonlos, denn es stimmte. Er war erschreckend konsequent in dem, was er sagte und tat. Allerdings hatte er Dinge von mir verlangt, die ich nicht zu geben bereit war – und dann hatte er mich bestraft. Gnadenlos.

Meine Zeit hier hatte ich eingeteilt in Phasen, in denen Uriel anwesend war und mich quälte, und jene, in denen er mich in Ruhe ließ. Und dann waren da noch die Träume von grünen Augen, von zärtlichen Berührungen, von liebevollen Worten, die mich durchhalten ließen. Doch meine Kraft war am Ende, ich hatte keine Tränen mehr. Lebendig würde ich hier nicht mehr rauskommen. Nicht, wenn ich nicht nachgab.

»Gut«, krächzte ich schließlich.

Uriel zwang mich, ihn anzusehen. Das triumphierende Funkeln in seinen Augen ließ mich würgen. »Im ganzen Satz, Mialeena. Sonst ...«

»Ja«, flüsterte ich hastig. »Ich heirate dich.«

»Wenn du dein Versprechen brichst, weißt du, was passiert?«

Ich nickte knapp und presste meine zitternden Lippen aufeinander. Seine Drohkulisse reichte von bloßem Trockenlegen über den Hinweis, mich seiner kompletten Suchermannschaft zu überlassen, bis hin zu bloßen körperlichen Androhungen, welche Körperteile er mir verstümmeln würde – für jeden Ungehorsam eines.

Ich schloss die Augen. Der letzte Funken Hoffnung zerbrach genau in diesem Moment, als Uriel mir die plötzlichen Tränen vom Gesicht strich. Es war ein stiller Schmerz, leise, unspektakulär, und er hinterließ eine Leere in mir, für die ich keine Worte fand.

»So ist's brav. Jetzt sieh mich an.« Der Prinz musterte mich abschätzend. »Da du nun eingewilligt hast, meine Frau zu werden, sorgen wir dafür, dass die Welt auch sieht, wie sehr du mir verbunden bist.« Sein Lächeln ließ mich wimmern. »Ich zeige guten Willen, liebste Braut.«

Er packte meine Hände, zückte seinen Dolch und durchschnitt die Fesseln. Kraftlos fielen meine Armen neben meinen Körper, als gehörten sie nicht zu mir. Uriel kniete sich über mich, und ich wusste, was kommen würde.

»Willst du ein wenig Wasser haben? Ja, natürlich willst du.«

Das war Teil seiner perfiden Masche: Ich bekam Wasser, er bekam mich. Ganz zu Anfang hatte ich stur und dickköpfig etwas über einen Tag lang verweigert, auf sein simples Angebot von einem Schluck Wasser gegen einen Kuss einzugehen. Ein paar Stunden später war ich schon so ausgetrocknet gewesen, dass ich kaum mehr schlucken konnte. Ich hatte Ja zu allem gesagt, was er verlangt hatte, nur damit das Brennen in meinem Körper, das das Vertrocknen einläutete, aufhörte.

Auch dieses Mal packte er mich bei den Haaren, zerrte mich halb hoch und küsste mich hungrig, ehe er mir die Wasserflasche an die Lippen hielt. Ich hatte dazugelernt: Ich trank gierig, gab all die einstudierten Antworten auf seine hämischen Fragen, bedankte mich für das Wasser, nannte ihn Gebieter und wartete darauf, dass er sich endlich nahm, was er wollte, um mich danach wieder in Ruhe zu lassen.

Diesmal jedoch schien er etwas anderes im Schilde zu führen. Angst ließ mein Herz klopfen. Uriels Atem strich mir über Wange und Hals, dann zog er mich noch weiter zu sich – und biss zu. Ich schrie gellend, bäumte mich unter ihm auf und wimmerte, als er seine Zähne immer tiefer in meinen Schultermuskel stanzte.

»Jetzt gehörst du mir, Erdblut«, flüsterte er, ließ mich zu Boden sinken und wischte sich das Blut von den Lippen. »Endlich.«

Schmerz pulsierte in meiner Schulter. Ich drehte wimmernd den Kopf weg und entdeckte den verführerisch glänzenden Dolch neben mir. Er würde mich nicht lange behalten, schwor ich mir, fixierte die Klinge und stellte mir vor, wie ich sie mir in den Hals rammen und mich dann auflösen würde wie die Nixe im Märchen, leicht wie Schaum über die Wellenkämme tanzend. Uriel rechnete vermutlich mit allem, nur nicht damit, dass sein Spielzeug sich selbst zerstörte. Er würde vor Wut rasen – meine letzte Genugtuung.

Mit all meiner Verzweiflung schnellte ich hoch, griff nach der Waffe, umklammerte den Griff – und glaubte zu spüren, wie meine Hand umgelenkt wurde. Sosehr ein verzweifeltes Stimmchen in mir sich wünschte, meinem Elend ein Ende zu setzen, gab es etwas, das stärker war. Viel stärker.

Mein Wille, zu überleben.

Ich stieß meinem Peiniger das Messer bis zum Heft seitlich zwischen die Rippen. Uriel war sich meiner so sicher, dass er vor lauter Überraschung für ein paar Sekunden gar nicht reagierte. Mein Herz setzte aus, die Zeit schien stillzustehen.

Dann plötzlich fing das Ding in meiner Brust an, wie wahnsinnig zu hämmern. »Du nicht«, flüsterte ich heiser, immer wieder, bis ich es laut herausschrie.

Völlig von Sinnen riss ich das Messer aus Uriels Körper und stach ihm die Klinge erneut in den Bauch, als er sich hochstemmte und mich fassungslos anstarrte. »Liebste ...«, flüsterte er vorwurfsvoll und für einen Augenblick sah er mich ehrlich bestürzt an, so als sei ich hier die Böse.

Nun, im Augenblick war ich es auch. Meine Seele lechzte nach Blut und sie sollte davon haben, so viel sie wollte. Ich wünschte, ich könnte den Prinzen mehrmals töten, immer wieder, bis sein Schmerz den meinen verschluckt hätte.

Kraftlos brach er schließlich mit einem verblüfften Ächzen über mir zusammen. Ehe sein Gewicht mich erdrücken konnte, schob ich ihn heulend und zitternd von mir, rollte mich von der Matratze und kauerte mich zusammen.

Stumm betrachtete ich den sterbenden Mann, ließ meinen Blick über seine offene Hose, den trainierten Bauch und die schimmernden schwarzblauen Schuppen gleiten. Seine Körperfunktionen spielten verrückt. Schuppen wechselten sich mit Haut ab, als könnte sich sein Organismus nicht entscheiden, in welcher Form er die besten Überlebenschancen hatte.

»Meine Familie wird dich jagen«, flüsterte er und spuckte Blut. Ich musste irgendeine seiner großen Arterien erwischt haben. Er verblutete und konnte mir nichts mehr antun. Nie wieder.

Ich versuchte, etwas zu fühlen, irgendetwas – Hass, Ekel, Scham –, doch da war einfach nichts. Lediglich so etwas wie Wut blieb zurück und hinterließ ein Brennen in meinem Mund, das ich nicht kannte. Sein Blick ließ mich erahnen, was er zu gern mit mir angestellt hätte.

»Ich bleibe dein ganzes Leben bei dir!« Er hustete und versuchte mühsam, an Luft zu kommen.

Ich beobachtete ihn reglos. Nicht eine Sekunde eher würde ich von seiner Seite weichen, bis er seinen letzten Atemzug getan hatte. Der nahende Tod des widerlichen Prinzen versöhnte einen Teil von mir auf eine boshafte Art mit der Welt. Der Rest von mir lag nach wie vor in Trümmern.

»Ich werde dein ganzes Leben lang … kostenfrei in deinem Kopf … wohnen, dein ganzes Leben! Selbst im Tod …« Sein Röcheln klang erbärmlich. »… gehörst du mir! Mir!«

Es gab keine passende Erwiderung darauf. Ich biss mir so fest auf die Zunge, bis ich mein eigenes metallisches Blut schmecken konnte.

Langsam bewegte ich die blutige Klinge hin und her. Meine Hände und Arme waren ebenso besudelt. Für einen Moment wurde mir vor Panik schwindelig.

Sie werden mich töten, werden mich langsam und qualvoll vertrocknen lassen, das Erdblut, die Mörderin ihres Kronprinzen. Tränen ließen meine Sicht verschwimmen. Ich blinzelte sie energisch weg.

»Wie fühlt sich das an, Uriel?«, wollte ich mit rauer Stimme wissen. »Zu wissen, dass du mich nicht kleinbekommen hast?«

Wie ein Fisch auf dem Trockenen öffnete er den Mund, brachte aber nur ein Keuchen heraus. Sein Hass waberte schwer und giftig durch den Raum.

»Ich … habe dich … besiegt!«, teilte ich ihm Silbe für Silbe mit und wollte gleichzeitig heulen und lachen. Mit Mühe konnte ich ein hysterisches Kichern unterdrücken. Vermutlich drehte ich ein wenig durch.

Vorsichtig bewegte ich meine Hände und Füße, deren Gelenke von den Fesseln immer wieder aufgescheuert worden waren, und verkniff mir jeden Schmerzenslaut. Die Befriedigung gönnte ich ihm in diesen letzten Minuten nicht.

Uriels Augen glommen vor Unglauben und Hass. »Dreckiges Erd… blut!«, blubberte er und hustete erbärmlich. Mittlerweile konnte er kaum noch die Augen offen halten.

Ich ließ die Worte an mir abprallen. Ich summte vor mich hin, irgendein Kinderlied, das aus den Untiefen meiner Erinnerung aufgetaucht war.

Dann, nur wenige Augenblicke später, baute sich ein sachter Druck im Raum auf, um Sekunden später davonzufließen. Ein süßer, frischer

Duft, den ich noch nie gerochen hatte, lag für ein paar Atemzüge noch in der Luft, ehe er sich auflöste. Wir hatten Besuch vom Tod gehabt.

Uriels Augen blieben geöffnet stehen. Sein Blick brach, seine Muskeln erschlafften. Ich verharrte mindestens genauso reglos. Stille hüllte uns ein. Lediglich ein paar Vögel ließen ihre Laute im frühen Morgengrau vernehmen.

Mein Peiniger war tot. Er würde mir niemals wieder etwas anhaben können. Probeweise stach ich ihm die Messerspitze in die Seite. Er rührte sich nicht mehr. Für all das war er zu einfach davongekommen, befand ich, und ein leises Bedauern ergriff mich.

In ein paar Stunden würden seine Schergen ihn finden. Bis dahin musste ich verschwunden sein, kein Schüppchen durfte von mir zurückbleiben. Wenn man mich aufspüren würde, würden mir die Qualen, die ich unter seiner Hand erlitten hatte, wie ein Streicheln vorkommen. Immerhin hatte ich gerade einen potenziellen Thronerben unseres Volkes getötet. Auf Mord stand die Höchststrafe, das Trockenlegen. Das wusste jedes Kind, und da diese Strafen ganz mittelalterlich gern vor Publikum vollstreckt wurden, war mir klar, was mich erwartete.

Die Angst, die mich überfiel, war unerwartet heftig. Ich krümmte mich auf Knien zusammen, wimmerte wie ein Baby und übergab mich neben der Leiche.

Schluchzend und mit einer wilden Mischung aus Durst und Triumph kam ich schließlich wieder auf die Beine und schnappte mir die Wasserflasche, die Uriel wie immer außerhalb meiner Reichweite, aber in Sichtweite platziert hatte. Ich spülte mir den Mund aus, kippte den Liter Wasser in mich hinein, als wäre er die Speise der Götter, und wankte zu dem Kasten Wasser neben der Tür. Fahrig öffnete ich die verbliebenen Flaschen, trank zweieinhalb Liter und schüttete mir die anderen über den Kopf. Manisch versuchte ich, mir das Blut von den Händen zu waschen, doch weder die Substanz selbst noch das klebrige Gefühl, es würde überall auf mir haften, wollte weichen. Verzweifelt leerte ich die letzte Flasche und fühlte mich nicht wesentlich sauberer. Ich würde ein Bad nehmen müssen, irgendwo im offenen Gewässer, und mich von Strömungen und Wirbeln reinwaschen lassen.

Der heller werdende Fleck auf dem nackten Betonboden erinnerte mich daran, dass der junge Tag voranschritt. Es war Zeit, zu verschwinden.

Meine Kleidung hatte Uriel einer Art Trophäe gleich in Sichtweite zur Matratze deponiert. Genauso triumphierend zog ich sie wieder an, unter Stöhnen und Ächzen, aber voller Genugtuung, dass ich nicht mehr nackt mit ihm in einem Raum sein musste. Viel zu lange hatte er mich in diesem Verlies gehalten. Ich hatte keine vollständigen Erinnerungen an die letzten Wochen. Oder waren es bloß ein paar Tage gewesen?

Die Schlüssel zu meinem Verlies steckten von innen, wie immer, schließlich wollte er nicht gestört werden. Ein letztes Mal ließ ich den Blick durch den muffigen Kellerraum gleiten. Meine letzte Aktion war das Ausschalten der staubig-matten Glühbirne, als könne diese simple Handlung meine Tat vertuschen. Endlich verließ ich nach vielen, vielen Tagen den Kerker. Ein Teil von mir aber blieb dort.

Meine Flucht endete nach ein paar Minuten recht unspektakulär. Zwei Wachen auf Patrouille entdeckten mich, und als ich zum ersten Mal seit Tagen wieder andere Wassermenschen sah, fing ich an zu weinen, obwohl sie noch gar nichts gesagt hatten.

Ich konnte mir beim besten Willen nicht vorstellen, dass niemand sonst von Uriels Taten etwas geahnt hatte, doch die beiden Wachen taten erstaunt und waren angemessen schockiert, eine demolierte, schluchzende Nymphe wie mich im Keller zu erblicken.

Mit ihren schrillen Pfeifen verständigten sie sich rasend schnell. Obwohl man mir eine Decke und etwas zu trinken besorgte, fand ich mich kaum eine halbe Stunde später eingeschlossen in einem kleinen, kargen Zimmer wieder. Eine Gefängniszelle wie aus dem Bilderbuch, etwas altmodisch eingerichtet, aber bestens dazu geeignet, eine Person an Ort und Stelle zu halten.

Ich durfte duschen und bekam etwas zu essen. Schließlich besuchte mich ein Arzt, ein schweigsamer dünner Mann mit schwermütigem Blick. Er hatte seine Assistentin im Schlepptau, eine hübsche Nymphe, die mich die ganze Zeit feindselig musterte.

Meine äußerlichen Blessuren wurden notiert und mit keinem Wort wurde erwähnt, dass ich innere Verletzungen davongetragen haben könnte. Auf Fragen bekam ich keine Antworten, weder, was während meiner Gefangenschaft in der Welt draußen passiert war, noch, was auf mich zukommen würde, ob meine Familie sich nach mir erkundigt hatte, ob sie überhaupt wusste, was geschehen war.

»Den Prinzen zu töten!«, zischte die Assistentin mir zu, als ich sie hilflos fragend ansah. »Einen Mann wie ihn! Das ist ungeheuerlich!«

»Er hat –«

»Seinen Verlobten!«, unterbrach die Frau mich. Sie schnaubte verächtlich. »Die Verlobung ist vor ein paar Tagen offiziell bekanntgegeben worden. Von beiden Familien.« Sie deutete auf meine Schulter. »Deine Zugehörigkeit ist nicht zu übersehen.« Abfällig kräuselte sie die Lippen.

Mir wurde schlecht, so schlecht, dass ich zur Toilette stürzte, die sich hinter einer niedrigen Mauer im Raum befand. Die Verlobungspapiere waren hinter meinem Rücken ausgehandelt worden – und den Beweis für meine Zustimmung trug ich auf der Schulter. Den Markierungsbiss bekam niemand ohne Einverständnis. Auch ich nicht – schließlich hatte ich Ja gesagt. Ich war hintergangen worden, abgeschoben, verraten und verkauft.

Ich verbrachte drei oder auch fünf Tage in der Zelle, genau konnte ich es nicht sagen. Mein Körper forderte Schlaf, mein Geist schenkte mir dunkle Träume und die wachen Stunden glichen einander wie eine Qualle der anderen.

Im frühen Morgengrauen, es war fast noch dunkel, schreckte ich aus dem Schlaf hoch. Angespannt starrte ich zur Tür.

Jemand schaltete das Licht an und ich blinzelte in die unerwartete Helligkeit. Der Sucher mit den sanften braunen Augen trat ein, sah mich stumm an und bedeutete mir schließlich, aufzustehen und mich anzuziehen. Anspannung lag in der Luft. Seit Tagen hatte ich nur die Essensklappe in der Tür auf und zu gehen sehen und hatte, vom Arztbesuch abgesehen, mit keiner Seele gesprochen.

»Komm«, murmelte der junge Mann, als ich fertig war, und sah mich aus seinen immer etwas wehmütig blickenden Augen lange an. »Ich tue dir nichts!«, versicherte er mir, als ich ihn misstrauisch beäugte.

»Wo …? Was passiert jetzt mit mir?«, fragte ich zaghaft, doch der Sucher hob abwehrend eine Hand.

»Ich darf dir nichts sagen.« Er presste die Lippen fest zusammen und sah an mir vorbei. Draußen warteten weitere Krieger.

»Bitte …« Ich verstummte. Sie würden gleich das Todesurteil vollstrecken, ich war mir sicher. Mein Blick irrte umher wie ein Fisch in einer Reuse. Konnte ich noch irgendetwas tun, irgendwie entkommen?

»Versuch nicht, zu fliehen, ich bitte dich.« Die Stimme des Suchers war leise und fest, doch als ich ihn fassungslos ansah und mir Tränen ohne mein Zutun über die Wangen liefen, seufzte er. Mit einem langen Schritt war er bei mir, schnappte sich meine Hände, um sie mit dünnen Algenseilen zusammenzubinden, und drückte mir dabei blitzschnell etwas in die Hand. Es war eine daumennagelgroße unregelmäßige Perle mit Ausbuchtungen, die sie wie ein Gesicht wirken ließen. Ich hatte mich einst als Kind mit Lia darum gestritten, bis ich klein beigegeben hatte. Meine Kehle war wie zugeschnürt. Das glänzende, knubbelige Ding war nun das Wertvollste, das ich besaß – denn es verriet mir, dass meine Schwester an mich dachte.

Der Sucher schob mich vorwärts, ohne eine Miene auf meinen tonlos gehauchten Dank hin zu verziehen. Angespannt folgte ich ihm über lange Flure und etliche Treppen, eskortiert von zwei weiteren Wachen, bis wir in einem großen Zimmer angekommen waren, an dessen Längsseiten mir Menschen mit unbekannten Gesichtern entgegenstarrten. Es war stickig und roch nach uraltem Holz. Schnitzereien von prachtvollen Unterwasserszenen mit Beschlägen aus Gold zierten die Decke und während ich noch den Anblick des Raumes und den der Anwesenden aufnahm, wurde ich angesprochen.

»Mialeena aus dem Hause Fenjenhi«, begann eine ältere Frau zu sprechen, die mir frontal gegenüberstand – eine der ältesten Richterinnen, wenn ich mich richtig erinnerte. Ich lauschte ihren Worten, hörte, wie das Gericht angebliche Aussagen abgewogen hatte, meine bestialische Tat schilderte und kein Wort darüber verlor, wie Uriel mich misshandelt hatte.

Erst allmählich realisierte ich, dass dies wohl so etwas wie meine Verhandlung sein sollte. Die Todesstrafe wurde angesprochen und ich sackte für einen Moment im Griff des Braunäugigen zusammen, der mich fest, aber behutsam stützte.

Die Richterin sah mich aus wässrig blauen Augen ernst an. Es hätte mich nicht gewundert, wenn sie eine von Uriels Tanten wäre. »Du wirst verbannt werden, Mialeena, für alle Zeit.«

Ich vernahm eine Version der Geschichte, in der ich Uriel lediglich schwer verletzt hatte und er später verstorben war, was meine Anklage auf Körperverletzung mit Todesfolge reduzierte und damit das Schlupfloch der Verbannung eröffnete. Die Richterin ignorierte mein verzweifeltes Flüstern, dass meine Tat Notwehr gewesen war.

Ich sah der Frau in die Augen und glaubte, ihr schlechtes Gewissen erkennen zu können.

Allein die Tatsache, dass das Todesurteil in eine Verbannung abgeschwächt worden war, verriet das Gericht und das ganze Königshaus: Auf Mord stand der Tod. Punktum. Dass ich nicht trockengelegt werden sollte, sondern fernab meiner gewohnten Umgebung weiterleben durfte, zeigte deutlich, dass sie ganz genau wussten, was Uriel mir angetan hatte. Ihr Urteil war ein politischer Schachzug, eine Entschuldigung an meine Familie – doch mir brachte es herzlich wenig.

Verbannung

Die Verbannung selbst begann noch am selben Tag recht nüchtern. Das Herrschaftsgebiet des Königs der nördlichen Meere war riesig und so wurde ich mitsamt Wachen in ein kleines Schiff verfrachtet, das tagelang fuhr. Ich hockte in einer winzigen Kabine, durfte zwischendurch unter schwerer Bewachung jeweils kurz ins Wasser und lauschte ansonsten den Wellen, die an die Bootswände klatschten. Der Gedanke an grüne Augen, die mich liebevoll musterten, hielt mich aufrecht.

Schon lange bevor wir anlandeten, konnte ich vertraute Gerüche wahrnehmen. *Milde, Biese, Aland.* Der Flusslauf, den ich von klein auf kannte. Man hatte mich tatsächlich den ganzen Weg, den ich Tage zuvor geschwommen war, fast bis zurück nach Hause gebracht.

Für einen kurzen Moment flackerte die vage Hoffnung in mir auf, dass ich vielleicht nur Arrest bekommen würde, dass das Urteil längst aufgehoben worden war, dass während der Fahrt *irgendetwas* zu meinen Gunsten geschehen war – doch niemand sagte mir etwas. Ich schluckte nervös. War das Urteil tatsächlich noch geändert worden? Ich traute dieser verlogenen Sippe alles zu und konnte ein Schluchzen nicht unterdrücken.

Meine fünf Wachen – fünf, als sei ich eine gemeingefährliche Mörderin! – gaben den Weg vor. Wir gingen in einem winzigen Sporthafen an Land, liefen querfeldein und ließen die Felder recht schnell hinter uns. Kiefernwald folgte. Es duftete herrlich nach Regen, nassen Bäumen und dem herben, erdigen Geruch des Bodens. Ich sog die Luft tief ein. Wer wusste schon, wann ich das alles hier wiedersehen und riechen würde?

Die Kiefern wirkten knorriger, je weiter wir in den Wald drangen. Schiefe Birkensprösslinge mit gelblichem Laub mischten sich darunter. Nebelfetzen hingen in den feuchten Senken, die wir passierten. Der Spätsommer lag sichtlich in seinen letzten Zügen.

Der Boden wurde immer weicher. Jeder Schritt verursachte ein sattes, schmatzendes Geräusch und ich fragte mich, ob man mich im Moor versenken würde. Das war eine noch unschönere Variante der Todesstrafe. Ein dafür sorgfältig ausgewähltes Moor war meist so sauer, dass unsere Haut sofort begann, sich zu zersetzen. Trotzdem dauerte der Tod elendig lange, wenn man den Berichten Glauben schenkte.

»Wir haben die Grenze gleich erreicht«, gab einer der Wächter bekannt – der Junge mit den traurigen braunen Augen. Er hatte offenbar das große Los gezogen, persönlich für mich zuständig sein zu müssen.

Ich antwortete nicht. Zum einen wusste ich nicht, welche Grenze er genau meinte, zum anderen war ich abgelenkt. Ich glaubte, ein Lied zu vernehmen, das ich kannte, gesungen von einer vertrauten Stimme. Hörten die anderen es denn nicht?

Je länger ich lauschte, dabei unachtsam strauchelte, weil der morastige Boden meinen Fuß umklammerte, desto sicherer wurde ich. Liliana war da draußen, irgendwo. Wie auch immer sie es geschafft hatte, als blinder Passagier oder weil sie nach Hause geflogen und dann im Gebüsch am Kanal auf uns gewartet hatte – sie war da und ich weinte still, weil ich sie für ihren Mut noch viel mehr liebte.

Soviel ich wusste, war es nicht verboten, Verbannungen zu begleiten. Manch eine in der Vergangenheit war angeblich von ganzen Festzügen begleitet worden, die dem Delinquenten ab der Grenze mit Gejohle oder finsterem Schweigen seinen Weg noch ein bisschen schwerer gemacht hatten. Lia jedoch war irgendwo in der Nähe, um mir zu zeigen, dass ich nicht allein war.

An einem kleinen Wasserlauf, der sich durch den morastigen Boden schlängelte, blieben wir stehen.

»Mialeena aus dem Hause Fenjenhi«, begann der Braunäugige leise zu sprechen, »du wirst verbannt auf alle Zeit. Es ist dir untersagt, dein Heimatgewässer und die fünfzigtausend Flossenlängen darum zu betreten.« Er sah meinen verständnislosen Blick und erklärte: »Gut hundert Kilometer um deinen Heimatsee herum.«

Sein leicht abfälliger Tonfall verriet, was er davon hielt, dass ich nicht einmal mit den einfachsten Entfernungsangaben etwas anfangen konnte, doch ich war einfach zu aufgeregt, um seinen Mitteilungen eine sinnvolle Information zu entnehmen.

»Was heißt das ... genau?«

Etwas Weiches schlich sich in seine Stimme. »Hamburg dürfte die nächste erlaubte Stadt sein«, bemerkte er leise. Dann räusperte er sich, als sei es ihm unangenehm, mit mir, der Verurteilten, mehr als nur die notwendigen Sätze zu sprechen. »Es ist dir des Weiteren untersagt zu schwimmen.«

Eine bedeutungsvolle Pause schloss sich an und ich realisierte nur langsam, was er gesagt hatte.

»Dann töte mich besser gleich«, murmelte ich und meinte es bitterernst. Nicht mehr zu schwimmen, war wie nicht mehr zu atmen. Eine Weile konnte ich die Luft anhalten, doch irgendwann würde ich einatmen müssen.

Der junge Mann ließ sich nicht beirren. »Es ist jedem aus unserem Volk bei Strafe untersagt, dir etwas zuleide zu tun. Wenn du jedoch gegen die Auflage verstößt, haben wir das Recht, dich mit dem Wandlungsbann zu belegen und die zur Bewährung ausgesetzte Strafe zu vollziehen.«

Meine Stimme klang belegt, als ich leise nachhakte: »Wie lange dauert meine Bewährungszeit?«

Sein Seufzen kündigte an, was ich im Grunde schon wusste. »Für immer.«

Das war grausam. Das wusste er, das wusste ich, das wussten alle anderen. Bei Poseidon, ich hasste diese Nymphen wirklich aus tiefstem Herzen. Uriel war schlicht ein sadistisches Arschloch gewesen. Seine Anverwandten, diese ganze Sippe, die sich mein Volk nannte, waren keinen Deut besser. Sie hatten mir ein Urteil auferlegt, gegen dessen Auflagen ich verstoßen musste, wenn ich leben wollte.

»Es ist dir nicht gestattet, Kontakt zu deiner Familie aufzunehmen. Umgekehrt ist eine Kontaktaufnahme ebenfalls untersagt!«

Bildete ich es mir ein oder hatte er den letzten Satz etwas lauter von sich gegeben? Wusste er, dass Lia hier war? Immerhin hatte er mir ihre Perle ausgehändigt. Er ließ sich jedoch nichts anmerken.

»Lauf zwei Tage von hier nach Nordwesten. Dann hast du das Ende des Bannkreises erreicht.« Der junge Mann holte tief Luft, doch ich hob die Hand.

»Warte.« Meine Zunge wollte kaum die Worte formen, die mir seit dem Urteilsspruch auf der Zunge lagen. »Werde … Werde ausschließlich ich für mein … Vergehen bestraft?«

»Ja.«

»Niemand sonst?«, hakte ich mit zittriger Stimme nach. »Auch niemand … außerhalb unseres Volkes?«

Sein Schweigen dröhnte in meinen Ohren. »Die Suche ist erfolglos eingestellt worden«, teilte der Sucher mir mit und nickte bestätigend, als ich ihn anstarrte, um nach dem Wahrheitsgehalt seiner Aussage zu forschen. Sie hatten versucht, Ben aufzuspüren, und hatten ihn nicht gefunden? Mein Herz schlug vor Erleichterung hart gegen meine Rippen.

»Wirklich?«, flüsterte ich und konnte nichts erkennen, das darauf hindeutete, dass dieser Mann mich anlog. »Gut«, wisperte ich, versuchte, mich damit zu beruhigen, dass Ben ungeschoren davonkommen würde, und fühlte mich dennoch elend.

Reglos lauschte ich dem Sucher, der meine Verfehlung nannte, noch einmal den Urteilsspruch zitierte und schließlich eine Pause ließ. Ich wusste, was kommen würde.

»Mialeena, du bist verbannt«, schloss er und war still.

Ich hatte keinen Nachnamen mehr, keine Zugehörigkeit zu einer Familie, kein Haus, keine Sippe. Niemand würde mir mehr wünschen, dass die Strömungen mit mir sein sollten. Ich schluckte hart. »Wo soll ich denn hin?«

Auf eine Antwort wartete ich vergeblich. Schließlich durfte ich nicht mehr mit ihnen sprechen und sie nicht mit mir.

Tränen kullerten mir über die Wangen. »Wo soll ich denn hin?«, wiederholte ich mich leiser und sah zur Grenzlinie.

Der Bach war etwas breiter, als dass ich hätte darüber springen können, und markierte eine Art symbolische Grenze. Gelbe Schwertlilien wuchsen dort in auffälliger Zahl und leuchteten zwischen welkem Schilf seltsam grell im morgendlichen Grau. Es war kühl, ich war verletzt, der Herbst nahte und ich wollte sterben, am liebsten gleich auf der Stelle. Doch ich blieb aufrecht stehen und sah zum anderen Ufer hin. Es schien Meilen entfernt. Dort drüben würde der Rest meines Lebens beginnen, das Leben nach dem Unheil.

Schritt für Schritt ging ich mit zittrigen Knien auf den schmalen Flusslauf zu. Ich würde mir später, irgendwann später, auf einer Landkarte ansehen müssen, aus welchem Bereich ich mich fernzuhalten hatte.

Vorsichtig steckte ich einen Fuß ins kalte Wasser und genoss das eisige Prickeln unerhört lange, bevor ich den anderen nachsetzte. Millimeterweise, um nicht den Halt zu verlieren, tastete ich mich über den morastigen Grund. Mehr als einmal sank ich bis zur Wade ein und auch wenn meine Zellen wild kribbelten und sich am liebsten gewandelt hätten, wäre genau das hier fatal gewesen.

Das Singen wurde lauter und endlich konnte ich den Text verstehen. *Adieu, goldene Schwester, wir sehen uns im nächsten Leben, in einem freien,* sang Lia, unbeirrt und stolz. Ihre Stimme klang so zart wie das Zerplatzen von Schaumkronen. Obwohl ich heulte und zitterte, verlieh mir ihr Gesang die Kraft, noch einen Schritt und noch einen zu machen. Kurz brach das Lied ab und ich hörte Lia die Sucher anzischen, dass sie lediglich *singen* würde und dies keine Kontaktaufnahme sei. Man ließ sie gewähren. Sie sang mir ein Abschiedslied voller Versprechen und Hoffnungen und als ich das andere Ufer erreicht hatte, drehte ich mich noch einmal um.

Lia trug ihr rotgoldenes Haar offen. Es leuchtete im ersten Tageslicht wie eine Fackel. Sie weinte, das konnte ich sehen, als sie sich über die Augen wischte und schließlich verstummte. Der Sucher mit den traurigen Augen legte ihr eine Hand auf die Schulter. Eine letzte Zeile – *Lauf, ich werde bei dir sein!* – wehte zu mir herüber und ich bewunderte ihren Mut, mir vor all diesen herrschaftstreuen Suchern zu sagen, dass sie mich finden würde. Die rebellische Ader pulsierte also nicht nur in mir.

Wie auf ein geheimes Kommando drehten die Sucher sich um. Lia jedoch verrenkte sich den Hals, ehe die hochgewachsenen Krieger ihr die Sicht versperrten. Ich sah ihnen hinterher, bis ich nicht einmal mehr ihre Schritte vernehmen konnte, und wandte mich gen Nordwesten. Irgendwo dort lag mein neues Leben, auch wenn ich nicht sicher war, ob ich es behalten wollte.

5
Liebe

Gegenwart

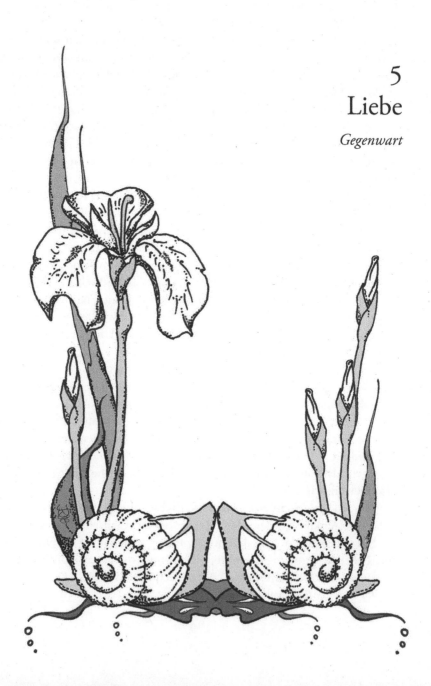

Aus dem Schneckenhaus

Jemand stupste mich sanft an. Ich zuckte weg, als hätte man mich geschlagen. In Sekundenschnelle war ich hellwach, bereit, wegzulaufen – und völlig in meinen Erinnerungen gefangen. Angespannt sah ich hoch, registrierte, wie Tilly ihre Hand wegzog, mich fragend anblickte und sie sachte wieder auf meinem Arm platzierte, als wolle sie mir Mut zusprechen.

»Es ist alles gut, Leenchen«, flüsterte Tilly. »Du bist in Sicherheit.« Die Feuernymphe, die erstaunlich nah am Wasser gebaut war, sah mich mit tränenfeuchten Augen an. Es war ungemein beruhigend, in ihre warmen rotbraunen Augen zu sehen und mich an diese wie an zwei Fixpunkte zu klammern. Sie funkelten wild. »Das ist alles so ...«

»Unfair«, ergänzte ich leise. Ich gab mir Mühe, mich zu sammeln. »Wisst ihr, was am meisten wehtut? Immer noch?«

»Du musst nicht –«

»Das Schweigen, das sich damals im Wohnzimmer ausbreitete«, sprach ich einfach weiter. Die Worte fanden plötzlich wie von selbst ihren Weg nach draußen. »Nicht etwa die widerliche Hilflosigkeit Uriel gegenüber, nein. Das herzlose Schweigen von damals höre ich wieder und wieder wie ein höhnisches Echo, immer dann, wenn in meinem Herzen Dunkelheit herrscht.«

Ich holte tief Luft und versuchte, die Schatten zu vertreiben. Dennoch entsprachen meine Worte der Wahrheit. Selbst bis heute, Jahre später, war mir kein einziger Augenblick untergekommen, in dem Schweigen so erdrückend und verletzend gewirkt hatte wie damals, als meine Familie mich verraten hatte.

»Wenn es jemanden gegeben hat, der hätte verstehen können, wie ich mich gefühlt habe, dann unsere Mutter«, stieß ich anklagend hervor. »Schließlich hat sie sich selbst vor Jahren dazu entschlossen, ihr Glück in der Menschenwelt zu suchen.«

»Und sie ist gescheitert«, erinnerte Lia mich und sah mich fest an. »Leena, ich liebe dich. Nichts wird das jemals ändern können. Aber für unsere Mutter, die inniger als irgendein Lebewesen sonst mit unseren Ritualen und Bräuchen und vor allem mit den Ansichten des Wasservolkes verbunden ist, war es eine Möglichkeit, sich reinzuwaschen, den Frevel, den sie begangen hat, wiedergutzumachen.« Das Gesicht meiner Schwester verzog sich schmerzlich. Sie strich verlegen die Tischdecke glatt, auf der längst keine Falte mehr zu entdecken war. »Menschenblut gilt als schwach, das weißt du?« Sie lachte bitter auf. »Wen frage ich, natürlich weißt du das.« Ihr Blick wurde weich. »Mutter wollte, dass dieser Makel bereinigt würde. Königsblut, das reinste, das es gibt, vermischt mit deinem … Für sie war es ein Ausweg, eine Option, um ihrem Volk etwas zurückzugeben.«

Ich erinnerte mich, dass Uriel etwas von einer neuen, starken Blutlinie gefaselt hatte, doch die Details waren mir entfallen. »Das ist paradox«, stellte ich fest. »Wenn ich als minderwertig gelte, warum …?«

Lia sah mich erstaunt an. »Das weißt du wirklich nicht?« Ihr Lachen wirkte angestrengt und entsprang wohl ihrer Nervosität. »Auf einem Deóndac vor ein paar Jahren – du weißt schon, der hoch oben in den Bergen, an diesem türkisen See – warst du ein paar Tage fort, einfach verschwunden. Du hattest dich im Bergsee verirrt.« Ihr Blick war eindringlich, trotz der Tränen, die in ihren Augenwinkeln schwammen. »Vor Kurzem habe ich mitbekommen, dass man dich absichtlich dort hat schmoren lassen. Sie haben es drauf ankommen lassen, Leena. Wärst du gestorben, wären die Gene deines Vaters schuld gewesen. Aber du hast überlebt. Aller Wahrscheinlichkeit zum Trotz.«

Irgendetwas schnürte mir die Luft ab. Wut? Unglauben?

»Ich hab's geahnt!«, fauchte ich. Hatte Uriel mich deshalb damals abgefangen? Weil ich überlebt hatte?

»Du bist eine der wenigen Hybriden, die tatsächlich ganz normal im Wasser leben können. Du wandelst dich ein wenig langsamer, in Ordnung, und deine Singstimme ist zum Fürchten, aber die Nymphenanteile in dir sind so stark, dass sie deine menschlichen Teile fast vollkommen überlagern. Das ist so selten, dass es dich zu einer begehrten Heiratskandidatin gemacht hat. Ständig unter Cousins und Cousinen zu heiraten, hat das Volk der Wassermenschen nicht gerade robuster und gesünder werden lassen. Viele von uns können ihre Wassergestalt kaum länger als ein paar Stunden aufrechterhalten.« Etwas gequält beobachtete Lia mich, als würde sie mir das, was sie sagen wollte, am liebsten verschweigen. Sie nagte auf ihrer Lippe herum.

»Wusste Mutter davon?«, presste ich heraus. »Hat sie ihre halbwüchsige Tochter auf Gedeih und Verderb in dieser Höhle unter Wasser verrotten lassen?«

»Sie hätte dich dort nicht sterben lassen, Leena. Das hätte sie sicher nicht ...«

»Sie wollte testen, wie robust ich bin, richtig? Wie lange ich die Gestalt halten kann?« Ich stand abrupt auf. Lia konnte am allerwenigsten etwas für das Unheil. Trotzdem funkelte ich sie aufgebracht an. »Und dann wollte sie mich meistbietend verschachern, weil ich gesundes Blut habe?« Meine Stimme überschlug sich. »Wie konnte sie das bloß zulassen?«, schrie ich meine Schwester an und schluchzte auf.

»Unser ganzes Leben besteht aus gesellschaftlichen Regeln!«, wurde auch Lia lauter. »Ja, sie ist zu weit gegangen, aber Leena – sie hat das nicht getan, um dir wehzutun! Für sie ist das große Ganze einfach wichtiger als der Einzelne, so schwer das nachzuvollziehen ist.« Sie erhob sich und packte mich fest bei den Schultern. »Sie wusste nicht, was der Prinz für ein Kaliber war, glaub mir. Auch jetzt ahnt sie es zwar, aber spricht nicht darüber. Aber sie hat dich immer –«

»Sag es nicht«, unterbrach ich meine Schwester schneidend.

»– geliebt. Sie vermisst dich furchtbar«, beendete Lia trotzdem ihren begonnenen Satz.

»Als ob mein Name jemals wieder erwähnt worden ist!«

Lia funkelte mich an. »Richtig, wurde er nicht.« Sie ergriff zaghaft meine Hand. »Aber ich habe sie an deinen vergangenen Geburtstagen erlebt. Ich habe sie gesehen, wann immer sie irgendetwas von deinen Sachen in die Finger bekommen hat.«

»Nicht mein Problem.« Als ich in Lias blaue Augen blickte, die vor Tränen überliefen, tat es mir leid, sie so angegangen zu haben. »Ihr habt immerhin noch euch gehabt«, flüsterte ich. »Ich hatte niemanden.«

»Ey!«, ließ Tilly leise protestierend vernehmen.

Ich seufzte und nickte. »Fast niemanden«, korrigierte ich mich. Trotzdem nagte die Empörung über diese Ungerechtigkeiten wieder nachdrücklicher an mir. Seit damals lauerte in mir ein Abgrund, der mich verschlucken konnte, wenn ich nicht aufpasste, so wie jetzt. Das war Uriels wahres Vermächtnis an mich: Er hatte mich so lange verformt, bis ich für ein paar Sekunden nur noch eine Rohmasse meines Ichs gewesen war, die er beliebig hätte gestalten können. Ich hatte Ja zu ihm gesagt und es so gemeint.

Es waren lediglich ein paar Minuten, doch die waren schmerzhafter und entblößender gewesen als alles, was er mir zuvor angetan hatte. Vielleicht war es genau dieser Schmerz, der mich so stark gemacht hatte, um mich letztlich gegen ihn zu erheben.

»Geschehen ist geschehen«, murmelte ich und atmete tief durch. »Ich habe überlebt«, bekräftigte ich, damit ich es auch selbst verinnerlichte. »Allein das zählt.«

»Aber nur knapp!«, warf Tilly ein. Sie sah mich ernst an und wischte sich Tränen aus den Augenwinkeln. »Ich dachte immer, dass Feuernymphen und Elfen noch im vorletzten Jahrtausend leben, aber solch eine Ignoranz schlägt echt jedem Fass den Boden aus!«

Ich nickte langsam und seufzte tief. In diesen Tagen, in denen ich mitten unter den Hochwohlgeborenen in einem abgesperrten Kellerraum verbracht hatte und offenbar niemand etwas bemerkt haben wollte, war etwas in mir zerbröselt und mit jedem Übergriff feiner gemahlen worden, bis meine Tränen es fortgewaschen hatten – mein Vertrauen in die Wesen, die wie ich waren. Nymphen wie ich, die so verqueren Regeln verhaftet waren, dass Seine Hoheit mit einem beliebigen Mädchen tun und lassen durfte, was er wollte – zum Wohle und Fortbestand seines Volkes.

»Bei allen Najaden, wie ich sie hasse, diese überheblichen Wassernymphen, diese selbstgerechten Undinen. Irgendjemand muss mich doch vermisst haben«, flüsterte ich hilflos.

»Na … ich«, hauchte Lia etwas verloren. »Hasst du mich etwa auch?«

Augenblicklich bekam ich ein schlechtes Gewissen. Erst jetzt wurde mir bewusst, was ich da eben von mir gegeben hatte.

»Nein, Sandfloh, dich nicht.« Ich versuchte zu lächeln, doch es misslang. »Ich liebe dich, Lia, das weißt du hoffentlich.«

Wortlos schmiegte sie sich an meine Schulter. Sie schniefte unterdrückt und ich küsste sie auf den Scheitel. Schließlich sah sie mich wieder an. Ihr verheultes Gesicht verzog sich zu einem bitteren Lächeln. »Weißt du, was sie der Öffentlichkeit erzählt haben?«

Ich verneinte.

»Auf Nachfrage hieß es, dass du es dir anders überlegt hättest, Uriel als Gatten in Betracht ziehen würdest und ein paar Tage auf dem herrschaftlichen Anwesen verbringen wolltest, um ihn näher kennenzulernen.« Lia schnaubte böse. »Kennenlernen … ha!«

Die Stimme meiner Schwester klang hart und ich bekam eine Gänsehaut, während ich einem Teil meiner Geschichte aus einer anderen Perspektive lauschte.

»Ich habe das keine Sekunde lang geglaubt. Uriel hat das Nein nicht akzeptieren können, das konnte ich ihm schon damals bei uns im Appartement ansehen.« Ihr Blick bohrte sich in meinen. Sie sah mich traurig an. »Wir sind für die Hochzeitsvorbereitungen von Nora und Derk zum Glück dort in der Gegend geblieben, sodass wir nach dir suchen konnten. Offiziell wurde eure Verlobung verkündet und dass ihr in aller Ruhe eine Natürliche Hochzeit begehen wolltet.« Sie schüttelte sich. »Mir kam das alles suspekt vor. Wenn du Uriel hättest zum Mann haben wollen – und selbst wenn ihr euch in Ruhe verbinden wolltet –, warum durften wir nie mit dir sprechen, dich nicht sehen? Ich habe unsere Schwester angebettelt, Derk auszufragen oder im Schloss zu spionieren. Eines Abends kam sie vollkommen aufgelöst in mein Zimmer und brach zusammen. Sie erzählte, dass sie Schreie gehört hätte und …« Lia ergriff meine Hände, die ich vor Anspannung fest zusammengeballt hatte. »Sie hat dich gehört, Leena. Später jedoch hat sie diese Aussage nie wiederholt.« Ihr niedergeschlagenes Lachen kratzte in meinen Gehörgängen. »Sie wollte Derk um jeden Preis heiraten, deshalb hat sie geschwiegen. Und mit ihr das ganze Königshaus. Als wir nach Wochen endlich ein Lebenszeichen von dir bekamen, hieß es, du hättest den Prinzen ohne Vorwarnung angegriffen und tödlich verletzt.« Sie schüttelte fassungslos den Kopf.

»Und damit ist er durchgekommen, dieser Prinz?«, wisperte Tilly. Der Schock hatte ihr jede Farbe aus dem Gesicht gestohlen.

»Ja. Er war der große Hoffnungsträger des Königshauses. Seine dreckigen Hobbys wurden gedeckt.«

»Puh!« Tarun holte tief Luft und ließ sie zischend wieder entweichen. »Ich wünschte, ich würde ihn zwischen die Pranken bekommen.« Er sagte wie immer, was er dachte. Kurz und knapp.

Lias Hand schloss sich plötzlich fest um meine. »Leena?« Sie klammerte sich an meinen Arm, als könne ich aufspringen und wegrennen.

Misstrauisch sah ich sie an. »Was denn?«

»Ich muss dir noch sagen, warum ich außerdem hier bin«, krächzte sie und blickte Tarun und Tilly Hilfe suchend an, doch die beiden konnten ihr offenbar keine Antwort geben. »Wenn man den Gerüchten glauben soll, bin ich nicht die Einzige, die dich finden will«, gab meine Schwester kryptisch von sich und sah mich aus ihren großen, beinahe amethystfarbenen Augen an. Sie kaute nervös auf ihrer Lippe herum. »Er hat irgendwie überlebt, Leena. Du hast ihn getötet, doch Uriel ist wieder da, mithilfe dunkler Magie, so sagt man.«

»Unsinn«, wehrte ich ab. Das war nicht möglich, das war –

»Es sind nur Gerüchte, aber ziemlich konkrete. Er wurde gesehen. Leena – er lebt.«

Ich hörte, dass sie noch etwas sagte, sah, wie sich ihre Lippen bewegten, doch in meinem Kopf toste ein Meeressturm, der jeden klaren Gedanken überflutete und wegriss. Er lebte? Das konnten bloß Gerüchte sein. Ich hatte ihn eigenhändig … Was war mit den Briefen? Hatte er etwa …?

Der Drang, umgehend mein Kleid loszuwerden und wieder ins Wasser zu springen, wurde übermächtig. Mir wurde übel. Hitze stieg mir in den Kopf.

Dieses ekelhafte Aas, dieses Gewürm, dieser Schlammkriecher atmete? Ich schnaufte angestrengt und ballte die Hände zu Fäusten. Uriel Demetrios schien sich zurück in mein Leben drängen zu wollen, in welcher Form auch immer.

Ich ließ den Kopf schwer in die Hände sinken, versuchte die Gedankenfetzen, die sich wie ein Strudel in meinem Kopf drehten und drehten, zu ordnen, und konnte die besorgten Blicke, die über mich hinwegglitten, körperlich spüren.

»Als ich von diesen Gerüchten hörte, habe ich sofort begonnen, dich ausfindig zu machen. Wenn er wirklich lebt, wird er dich suchen, Leena. Und deshalb habe ich mich auf den Weg gemacht, um dich zu warnen, um bei dir zu sein …« Sie verstummte und als ich hochsah, konnte ich schimmernde Tränen auf ihren Wangen entdecken. »Ich glaube, er will dich töten, Leena. Ich habe solche Angst, dass er dich wieder einfängt!«

Ich starrte meine kleine Schwester stumm an und nickte gedankenverloren. Natürlich wollte er mich töten, das erschien mir wie die logische Konsequenz dessen, was ich getan hatte.

Eiswasser flutete meinen Organismus, als mir bewusst wurde, dass mein erster Gedanke von eben gar nicht so abwegig war: Die Zettel in meinem Briefkasten konnten durchaus von ihm stammen.

Er. Wird. Sterben.

Die waren nicht als Scherz gemeint.

Ben. Uriel. Ein Mann, der auf Rache sinnt.

Mein Herz fing an, heftig zu pochen. Mein Magen krampfte sich ängstlich zusammen, als mein Hirn blutige Szenarien konstruierte, die alle mit dem qualvollen Tod des Mannes endeten, den ich zu seinem eigenen Schutz nicht hatte wiedersehen wollen – und in dessen Arme ich dennoch in meinen Träumen floh, wenn mich die Dunkelheit, die Uriel in mich gepflanzt hatte, zu überwältigen drohte.

»Ich muss nach Irland!«

Chaospläne

Tilly, Tarun und Lia sahen mich entgeistert an. Sie konnten meinen Gedankengängen nicht folgen. »Ich muss nach Irland«, wiederholte ich leise und spürte, wie Aufregung und Übelkeit sich abwechselten.

Mit übermäßiger Eile sprang ich auf und stürzte zu dem Kleiderhaufen, den Tilly auf einer schmalen Kommode platziert hatte. Es war die Kleidung, die ich vor dem Sprung in den See so schnell hatte loswerden wollen. Mit fliegenden Händen suchte ich meine Jacke, durchwühlte die Taschen und zog den kleinen Zettel heraus, den ich zusammengeknüllt dort hineingestopft hatte.

»Leena – jetzt noch mal von vorn!« Tilly schob mich behutsam zurück zum Stuhl, wartete, bis ich mich angespannt gesetzt hatte, und bog meine Finger auf. Ich ließ sie gewähren und beobachtete stumm, wie sie den Zettel las und mich fragend ansah, als sie nur das eine Wort *STERBEN* vorfand.

»Wenn Uriel wirklich lebt«, murmelte ich vor mich hin, »war das kein dummer, lästiger Scherz! Ich dachte die ganze Zeit, seine Familie würde mir diese Botschaften schicken, um mir Angst zu machen, aber ... Wenn er selbst ... Bei allen Najaden, das ist ...«

»Kontext!«, brummte Tarun und ich sah ihn bebend an.

»Das ist der dritte Zettel dieser Art. Auf den anderen beiden standen *ER* und *WIRD*. In den vergangenen Monaten habe ich immer mal wieder Dinge im Briefkasten gefunden, die dort nicht hingehörten: Hin und wieder ein toter Fisch. Zeitungsartikel über Tiere, die an Wassermangel verendet sind. Ein ausgerissener Bericht über das Trocknen von Fischen.« Letzteres war wirklich, von den Zetteln abgesehen, das Gruseligste gewesen. »Nur, um mir zu zeigen, dass man mich beobachtet hat, all die Jahre.«

»Du hast nie etwas davon erzählt«, murmelte Tilly.

»Ich wollte mit alldem abschließen, verstehst du das nicht?« Ich nahm ihr den Zettel weg und zerknüllte ihn langsam wieder. »Ich habe diese gemeinen Hinweise zur Kenntnis genommen, aber sie als bösen Scherz abgetan. Was sollte ich schon groß unternehmen?« Mein Herz schlug schmerzhaft von innen gegen die Brust. Ich wollte schwimmen, jetzt, sofort, und schob den Stuhl so heftig zurück, dass er umkippte. »Ich muss …«, begann ich, drehte mich um – und vernahm Lias Schluchzen.

»Wer wartet denn auf dich in Irland, dass du ein solches Risiko eingehen willst? Wer wird sterben? Dieser … Ben?«

Mein Seufzen klang schwer und ich wusste nicht, wo ich anfangen sollte. »Ganz genau.«

»Oh.« Lia lächelte gequält. »Der Mann also, mit dem du leben wolltest, bis …«

»Bis Uriel dazwischenkam.« Ich rieb gedankenverloren über eine perlmuttschimmernde Stelle an meinem Arm. Um Ben zu schützen, hatte ich ihm das Herz gebrochen. Ich war verschwunden, ohne ihm eine Chance zu geben, mir zu helfen. Wenn ich er gewesen wäre, hätte es mich vermutlich vor Sorge zerrissen. Er wusste nicht, ob ich noch lebte. Für ihn war ich einfach weg, ihm entrissen worden in eine Welt, in die er mir nicht folgen konnte.

»Also wirst du … wirst du wirklich nach Irland fahren?«

Meine Schultern sackten schwer nach unten. Unsicher krallte ich meine Finger um die Tischplatte, um einen Fixpunkt zu haben.

Würde ich? Würde ich genau das tun, wozu mich Uriel, der Totgeglaubte, drängen wollte? Die Drohung war eine Falle, ganz sicher. Er würde versuchen, meiner habhaft zu werden. Eisige Gänsehaut zog sich über meinen Nacken. Das war … undenkbar.

Aber wenn er nun wirklich Ben ausfindig gemacht hatte? Wenn er seine Wut an einem Unschuldigen ausließ? Oder wollte er mich als Publikum haben? Wenn er ihn einfach nur tötete, bekäme er vermutlich nicht das, was er sicher haben wollte – meinen Schmerz.

»Er wird ihm nichts tun, wenn du nicht auftauchst, vermute ich.«

Tilly konnte doch Gedanken lesen!

Ich sah sie zweifelnd an. »Oder er schneidet ihm sein Ohr oder sonst was ab und ich finde demnächst genau das im Briefkasten!«, erwiderte ich leise. Uriel hatte mir zwischendurch gern mit dem Abschneiden von Gliedmaßen, Zunge oder anderen Weichteilen gedroht. Mir wurde übel und ich schob den Gedanken weit weg.

»Was ist, wenn er wirklich nur blufft?«, warf Tarun ein.

»Und was, wenn nicht?« Die Vorstellung, Uriel könnte Ben längst wehgetan haben, nahm mir den Atem. »Ich muss versuchen, Ben zu retten«, flüsterte ich und lauschte auf Lias wieder lauter werdendes Schluchzen.

»Leena, stopp!« Meine Schwester sprang auf und sah mich aus tränennassen Augen an. »Warum willst du plötzlich dorthin? Selbst wenn wir diesen Typen wiederfinden – warum willst du dein Leben für einen beinahe Fremden riskieren? Du kannst ihn gar nicht lieben, du –«

Ich sah sie traurig an und wurde plötzlich innerlich ganz ruhig. »Ich weiß nicht, ob ich ihn liebe, Lia. Ja, ich habe Ben nur ein paar Tage kennenlernen dürfen – und trotzdem hat das Treffen meine ganze Welt verändert. Und wofür, wenn nicht für die Liebe, lohnt es sich zu kämpfen? Selbst wenn es bloß eine Ahnung wäre, nur eine winzige Chance, die rechnerisch so gering ist, dass sie kaum erwähnenswert ist – ist es das nicht trotzdem wert?«

Sie schluckte mühsam. »Aber wenn die Wahrscheinlichkeit, bei der Reise umzukommen, viel, viel größer ist? Lohnt es sich dann immer noch?«

Lia konnte die Antwort auf meinem Gesicht ablesen.

»Ja«, wisperten wir gleichzeitig. Trotzdem verzog sich ihr Gesicht, als habe sie Schmerzen.

»Er wird versuchen, dich zu töten!«

»Das wird er nicht schaffen«, erklärte ich. »Ich werde schneller sein.«

Mit einem Mal sah ich klarer als noch zuvor. Es gab nur diesen einen logischen Weg für mich. Dafür, dass ich eben noch aus meiner menschlichen Haut hatte fahren wollen und die Wassersehnsucht mich hatte schwach werden lassen, wurde ich minütlich gelassener. Meine Entscheidung war gefallen, so undurchdacht sie noch sein mochte.

Angespanntes Schweigen hüllte uns ein.

»*Wir* werden schneller sein«, hickste Lia und schniefte herzzerreißend. Ihre Augen wirkten blasslila, als sie mich fest ansah und sich die Tränen vom Gesicht wischte. »Ich habe dich nicht monatelang gesucht, um dich jetzt wieder zu verlieren!«

»Aber –«

»Versuch doch, uns loszuwerden!«, warf Tilly herausfordernd ein. »Wir kommen mit. Keine Widerrede.«

»Worauf du Gift nehmen kannst, Fischchen!«, knurrte Tarun. »Eigentlich gut, dass er lebt, dann kann man ihn noch einmal genüsslich töten!«, fauchte er und am grollenden Unterton hörte ich, dass seine Raubkatze unter der Oberfläche herumschlich. »So einen Fang würde ich gern Stück für Stück auseinandernehmen. Gräte für Gräte.«

»Aber Wassermänner sind nicht gerade schwach!«

Tarun lachte dunkel. »Ich bin ein Tiger, Nixe.« Er sah mich an, als sei damit alles gesagt. Als er aufsprang und mich ungestüm in die Arme nahm, konnte ich Krallen auf meinem Rücken spüren. »Ich wünschte, ich könnte die Zeit zurückdrehen und dir deine Qualen nehmen, Leena, aber das kann ich nicht!«, schnurrte er mir ins Ohr und ließ mich los. Streifen waberten unter seiner Haut. Er warf Tilly einen kurzen Blick zu. »Ich muss eine Runde laufen!« Seine Augen leuchteten golden und ich quiekte überrascht. Er hatte mir mit seiner rauen Tigerzunge über die Wange geleckt.

Wir sahen Tarun hinterher, der sich draußen wandelte, ein tiefes Grollen vernehmen ließ und zwischen den Bäumen verschwand.

»Wie heißt dein Angebeteter denn mit vollem Namen?«, wollte Tilly ganz pragmatisch wissen und tippte auf ihrem Smartphone herum. Anders als ich war sie ganz begeistert von der Technik, die die Menschen erschufen. Für sie war das der Beweis dafür, dass in einigen Menschen ein Rest an magischem Blut floss. Anders war es nicht zu erklären, wie solche Wunderwerke geschaffen werden konnten, versicherte sie mir regelmäßig. Mir war es gleich, denn obwohl ich ein Smartphone besaß, nutzte ich es selten – dazu hatte ich einfach zu wenige Freunde, mit denen ich mich über Messengerdienste hätte unterhalten können. Tilly hingegen hatte ihr technisches Equipment immer dabei.

»Ben«, murmelte ich und war noch nicht ganz darüber hinweg, dass ich gerade das dunkelste Kapitel meines Lebens offenbart hatte, dass der

Albtraum daraus allem Anschein nach tatsächlich wieder quicklebendig war – und meine Schwester und meine engste Freundin immer noch nicht vor Abscheu oder Unsicherheit verschwunden waren.

Wir saßen alle drei am Tisch. Tilly hatte die Beine lässig auf den Stuhl gelegt, auf dem Tarun zuvor gesessen hatte. Lia schmiegte sich an meine Schulter und hatte einen Arm um meinen Rücken geschlungen. Ihre Hand zwischen meinen Schulterblättern gab mir die nötige Orientierung, als ich in meinem Hirn nach verwertbaren Details zu Ben suchte und wieder und wieder auf Erlebnisse mit Uriel stieß. Ich hörte Satzfetzen, sein dunkles, gemeines Lachen, wenn er mich wieder zum Schreien gebracht hatte, und fühlte die Abscheu, die ich ihm mit jedem Molekül meines Seins entgegengebracht hatte.

»Es ist vorbei«, erinnerte Lia mich und drückte mich sanft. »Wir werden deinen Liebsten finden und dieses widerliche Stück Kadaver loswerden. Der Tiger macht das schon!«

Sie sah mich ernst an und als ich sie und auch Tilly, die genauso überzeugt dreinblickte, musterte, musste ich lächeln.

»Der Tiger macht das schon?«, echote ich.

Die beiden nickten synchron.

»Hast du Tarun schon einmal in seiner Tigergestalt in Aktion gesehen? Er ist als Mensch schon stark, aber in Tierform ist er fast unbesiegbar.«

Ich schüttelte den Kopf. »Ihr kennt Uriel nicht. Er ist skrupellos. Vollkommen gestört. Ich will nicht, dass Tarun etwas passiert«, erklärte ich. »Und euch auch nicht. Wenn er noch lebt, muss ich ihn töten. Endgültig.«

»Eins nach dem anderen. Erst einmal müssen wir herausfinden, wo wir suchen müssen.«

Tilly gab sich ganz sachlich, doch ich glaubte zu erkennen, dass ihr Aktionismus ein Mittel war, um meine Geschichte nicht an sie heranzulassen. Verübeln konnte ich ihr das auf gar keinen Fall.

Ich nannte ihr alles, was ich über Ben wusste, und musste zugeben, dass das gar nicht so viel war. Ich kannte zumindest gefühlt jeden Quadratzentimeter seines Körpers, jede Narbe, jeden Leberfleck. Ich wusste, welche Falte sich über Nacht in seine Wange grub und morgens erst wieder entknittern musste, ich erinnerte mich an die hellen grünen Sprenkel in seiner rechten und an die goldbraunen Tupfer in seiner linken Iris. Aber mehr als seinen vollen Vornamen und grob das Gebiet, auf dem er geforscht hatte, wusste ich nicht. Der Name des Dorfes war mir entfallen, ich hätte nicht einmal mehr sagen können, ob es im Norden oder im Süden gelegen hatte. Mein Gehirn hatte möglichst viele Details aus der Zeit gelöscht.

Lia nannte halblaut den Namen einer Hügelkette und nickte bekräftigend, als ich sie erstaunt ansah. »Als du verschwunden warst, habe ich mir mit Nora den Naturschutzpark angesehen. War hübsch. Und da wir kaum zwanzig Minuten mit dem Bus gefahren sind, muss der Versammlungsort dort ganz in der Nähe gelegen haben. Direkt am Meer. Ein Herrenhaus mit sehr viel privatem Gelände drumherum.«

»Und ich bin etwa sieben Kilometer entfernt von den Suchern aufgegriffen worden«, platzte es aus mir heraus. »Nicht weit von der Küste entfernt müssen sich kleine Felsinseln befinden.«

»Puh, das ist nicht viel, aber ein Anfang. Ein Nachname?«

Ich schüttelte den Kopf. Er hatte ihn mir nie genannt. »Nur Bennett.«

»Name der Uni?«

Mein Seufzen klang in meinen Ohren verzweifelt. »Er ... Er hat einen Bruder.« Ich legte die Stirn in Falten. »Brian. Und die beiden sind mit einem Boot herumgefahren ... Ich glaube, der Bruder ist Fischer. Das Schiff, es heißt ...« Der Name tauchte nur quälend langsam aus den Untiefen meiner Erinnerung auf. Immerhin hatte ich ihn bewusst nur über Kopf an einem Seil hängend gelesen. »Meredith!«, platzte ich nach ein paar Augenblicken heraus.

»Könnte weiterhelfen. Sonst noch was?«

Mein Schulterzucken geriet hilflos. »Nein. Ich werde ihn niemals wiederfinden«, flüsterte ich schließlich etwas resigniert, als mir nichts weiter einfiel. »Und dieser ... dieser elende ...«

»Verschrumpelte Riemenfisch?«, half Lia aus.

»Beleidige nicht die Riemenfische!«, schnaubte ich und ächzte ratlos. »Vielleicht will dieses Aas mich reinlegen, um mich dorthin zu locken, wo er mich ... Bei Poseidon, ich wünschte, er wäre tot! Tot geblieben!«

»Daran arbeiten wir ja«, murmelte Tilly, tippte gefühlt eine Stunde auf ihrem Smartphone herum und seufzte schließlich. »Es gibt tausend Bennetts, die irgendetwas mit Meeresbiologie zu tun haben. Das scheint dort so eine Art Volkssport zu sein. Aber«, sie wackelte mit den Augenbrauen und sah mich an, »es werden schon weniger, wenn man die Suche räumlich auf unser Gebiet eingrenzt, den Namen des Bruders mithinzuzieht, deine Infos zum Schiff untermengt und ... Ist der da dein Liebster?«

Ich starrte auf ein verpixeltes Bild eines blonden Mannes, der tatsächlich Ben sein konnte. Vielleicht. Und daneben, der Typ mit dem riesigen Fisch auf dem Arm, das war möglicherweise sein Bruder.

Ich nickte zögerlich, doch Tilly hatte ihr Spielzeug schon wieder zu sich gedreht und wischte munter darauf herum.

»Bennett Leuw. Wohnt in so 'nem kleinen Kaff an der Küste, hat ein paar Aufsätze geschrieben zu mikrobiellem Leben in der Zone des ... na egal. Über den Schiffsnamen bin ich weitergekommen. Ein Schiff mit dem passenden Namen und von der Art, wie du es beschrieben hast, ist auf einen Brian Leuw gemeldet. Dessen Bruder Bennett ist Sprecher des Naturschutzbundes der Gegend – Oh.« Sie sah mich mit großen Augen an. »Was für eine Schnitte!«

Sie hielt mir ein anderes Bild unter die Nase und mir stiegen die Tränen in die Augen. Mein Anker, mein Halt, mein Felsen. Ich nickte wie in Trance. »Das ist er«, flüsterte ich und konnte es nicht glauben, ihn dort zu sehen, nicht bloß in meiner Erinnerung.

»Hast du nie zuvor versucht, deinen Ben zu finden?«

Ich sah Lia kopfschüttelnd an. Natürlich, keine Frage, immer mal wieder, heimlich – aber ich hatte längst nicht so geschickt Informationen verknüpfen können, wie Tilly es getan hatte. Außerdem argwöhnte ich, dass mir jedes Mal, sobald ich die Karte Irlands im Netz aufgerufen oder gar seinen Vornamen in die Suchmaschine eingegeben hatte, jemand über die Schulter geblickt hatte. Man wusste, wo ich wohnte, und obwohl moderne Technik in der Welt der Wassermenschen eher skeptisch betrachtet wurde, hieß das nicht, dass sich nicht irgendwer so gut auskannte, um mich überwachen zu können. Zumindest in meinem phasenweise paranoiden Hirn hatte das einen Sinn ergeben.

Ein Teil der Wahrheit war aber auch, dass ich schlicht Angst vor einem Wiedersehen hatte. Ich war nicht mehr dieselbe, die ich einst gewesen war. Würde ich mit Ben noch umgehen können? Und er mit mir, einer wütenden, verletzten Nymphe?

Nachts sehnte ich mich trotzdem nach ihm, träumte von warm leuchtenden Augen, von Händen, die mich streichelten, neckten, erregten. Ben war meine kuschlige Decke, die ich mir über den Kopf zog, wenn meine Welt mir zu ungemütlich wurde. Wollte ich wirklich riskieren, diesen Schutzwall an die Realität zu verlieren?

Doch er war der einzige Mensch, der mich einfach so, ohne Bedingungen, geliebt hatte. Er war der Einzige, der vielleicht ab und zu mit zärtlichen Gefühlen an mich dachte. Ich konnte das Risiko nicht eingehen, ihn seinem Schicksal zu überlassen.

Mit ihm zusammen, in diesen paar Tagen, war ich so gewesen, wie ich hatte sein wollen: frei, ohne das enge Korsett aus Regeln. Ben hatte den Teil meines Selbst gesehen, den ich schon immer eifersüchtig gegen alle äußeren Einflüsse verteidigt hatte. Es war ein ungebändigtes, albernes, rebellisches Stückchen meines Ichs, das Dinge auf seine eigene Art machen wollte, scheitern konnte und es hartnäckig auf eine andere Weise erneut versuchte.

Das war das Ich, genau der Teil, der sich nicht in die Wasserwelten einfügen konnte, sich nicht an Regeln halten wollte oder sie zumindest hinterfragte. Er war immer noch in mir, manchmal spürte ich ihn. Ab und zu hatte ich Angst vor diesem Splitter meiner Seele, denn ihm wohnte eine Kraft inne, die ich vielleicht nicht mehr würde bändigen können.

Doch ich hatte Freunde und meine kleine Schwester, in der ebenjener Funke ebenfalls schlummern mochte. Mit ihnen an meiner Seite fühlte es sich nicht mehr so bedrohlich an, mich wieder mir selbst zuzuwenden.

Ich lächelte, atmete tief durch und fühlte ein merkwürdiges Kribbeln in der Magengegend. Aufregung? Gar Vorfreude? Euphorie? Wahnsinn? Vielleicht von allem etwas. Ich würde nach Irland fliegen und Ben und mich selbst retten.

»Auf nach Irland«, seufzte ich und sah Tilly und Lia auffordernd an. »Schätze, wir sollten ein paar Sachen packen.«

Aufbruchstimmung

Am frühen Morgen fuhren wir erst bei Tilly und Tarun vorbei, dann zu meiner winzigen Wohnung. Wir hatten den Rest der Nacht in den Betten der Hütte verbracht. Keiner von uns hatte gut schlafen können, daher waren wir nach ein paar Stunden aufgebrochen.

Es dämmerte, als wir bei mir ankamen. Das Viertel mit den schmucklosen mehrstöckigen Bauten war still, denn es war Sonntag. Hinter vereinzelten Fenstern brannte noch oder schon wieder Licht. Die morgendliche Luft war so frisch, dass sie in der Nase stach, und ich sog sie in tiefen Zügen ein.

Ich legte den Kopf in den Nacken. Dort oben auf dem Dach lag mein Rückzugsort der vergangenen Jahre und es war ungewiss, ob ich je wiederkehren würde. Tapfer verdrängte ich solche Überlegungen, schloss die Haustür auf und lauschte in das triste Treppenhaus. Nichts rührte sich, doch ich war angespannt. Seit ich wusste, dass Uriel mit einiger Sicherheit lebte, lauerte er in meiner Fantasie überall. Es blieb jedoch ruhig, genauso mein Appartement. Nirgends konnten Lia oder ich den Hauch eines fremden oder gar bekannten Gewässers ausmachen.

Ich packte ein paar Klamotten in einen Rucksack, während Lia und Tilly losgingen, um noch ein paar Sachen aus dem Vierundzwanzig-Stunden-Kiosk am Bahnhof zu holen.

Tarun wanderte wieder und wieder dieselbe Strecke durch meine kleine Wohnküche, blieb am Fenster stehen, sah aufmerksam hinaus und schlich wie ein eingesperrtes Tier abermals denselben Pfad entlang.

»Bist du nervös, weil die anderen beiden einkaufen sind?«, wollte ich wissen und bekam ein Brummen zur Antwort. »Der Bahnhof ist nur zehn Minuten zu Fuß entfernt. Die sind gleich wieder da.«

»Weiß ich, trotzdem. Sie hätten den Wagen nehmen sollen.«

»Man kann dort speziell sonntags kaum parken, das weißt du doch.« Er grollte unzufrieden.

Irgendwie fand ich seine Sorge rührend. Schon die Absicht der beiden, schnell ein paar Besorgungen zu erledigen, hatte Diskussionen auf der Fahrt hierher ausgelöst.

»Ihnen passiert schon nichts!«

»Das weiß man nie. Sie sind sicherer, wenn sie hier bei mir sind.«

Ich schnaubte belustigt. »Tarun, sicher, dass du ein Tigerwandler bist? Das sind doch gar keine Rudeltiere«, brummte ich und wich erschrocken zurück, als er plötzlich direkt vor mir anhielt und mich anfunkelte.

»Pack deine Sachen und schweig, Kätzchen!«, knurrte er mich an und entblößte lässig seine Reißzähne. »Wir haben keine festen Rudel, das stimmt. Aber ich habe ein paar Seelen, die mir wichtig sind. Tilly sowieso und dein kleines kupferhaariges Schwesterchen habe ich ebenfalls gern. Und du gehörst sowieso zur Familie, ob es dir passt oder nicht!«

Ich musste grinsen. »Du hast also einen Fisch adoptiert. Ich dachte, Fische seien Beute?«

Er schnurrte und lächelte mich spöttisch an. »Ich bin mit einer Feuernymphe verheiratet. Wusstest du, dass Tigerwandler sich vom Verspeisen von Feuerelementaren besondere Stärke versprechen?«

Meine Gesichtsfarbe musste ihm Antwort genug sein, denn er nickte bestätigend.

»Niemand hat jedoch je bedacht, dass das Feuer, das die Liebe zwischen zwei Wesen entfachen kann, ein viel größerer Quell an Stärke sein kann. Kannst dir ja vorstellen, was meine Sippe von der Heirat mit Tilly gehalten hat. Vielleicht erzähle ich dir die Geschichte irgendwann einmal.« Er ließ einen Eckzahn aufblitzen. »Ich mache mir meine Familie einfach selbst. Zwei leckere kleine Fischchen zu adoptieren, passt da hervorragend.« Er stieß mich gutmütig an. »Freunde sind die Familie, die man sich aussucht, heißt es so schön, richtig?«

Ich nickte glücklich. Und diese Familie wollte alles riskieren, damit ich den Mann wiederfand, der in meinem Herzen wohnte? Sie brachten sich meinetwegen in Gefahr!

»Tarun …«

»Wir kommen mit«, wiegelte er ab, als habe er meine Gedanken erraten. Nachdenklich musterte er mich. »Was willst du tun, wenn wir diesen Uriel tatsächlich aufstöbern?«

»Na, ihn umbringen.« Dabei hatte ich das längst getan. Ich konnte mir einfach nicht vorstellen, wie dieses stinkende Aas wiederauferstanden war.

Tarun seufzte und ließ sich auf einem meiner klapprigen Stühle nieder, die ich vom Sperrmüll aufgelesen hatte. Das Holz knackte bedrohlich. Ich nahm ihm gegenüber Platz. Der Tisch, auf dem er seine kräftigen Arme ablegte, knarrte ebenso protestierend wie das Sitzmöbel. Der Tigermann war eben keine Elfe.

»Was hat dir das beim letzten Mal gebracht? Das Töten.«

Ich kniff die Lippen fest zusammen. »Hätte ich etwa … bei diesem Psycho bleiben sollen?« Ungläubig starrte ich ihn an.

»Nein, das meinte ich nicht.« Er schüttelte sachte den Kopf. »Rache hat noch niemanden glücklich gemacht, kleines Fischchen. Wenn es Glück, Ruhe und Zufriedenheit sind, was du dir erhoffst, liegst du mit deinem Plan falsch. Egal, wie viele Monster du tötest, es macht deinen Schmerz nicht ungeschehen. So etwas löscht nicht deine Erinnerungen und es zeigt dir nicht den Weg, den du einschlagen musst.«

Ich schwieg eine Weile. »Ich weiß«, versicherte ich ihm schließlich. »Aber solange er lebt, blockiert er mich. Also werde ich ihn aus dem Weg räumen – ob ich ihn nun töte, ihn in Grund und Boden schreie oder sonst was mit ihm tue. Er muss … weg. Aus meinem Kopf. Er ist wie ein Schatten, der über mir liegt. Und jetzt, da er Ben bedroht …« Ich straffte die Schultern. »Die Gedanken an Ben haben mich durchhalten lassen. Es vergeht kein Tag, an dem ich nicht an ihn denke.« Meine Stimme zitterte. »All die Monate, an jedem einzelnen Tag der achtundzwanzig Monate und elf Tage, habe ich gehofft, dass es ihm gut geht. Dass man ihn nicht gefunden hat. Und jeden Tag habe ich mir eingeredet, dass es für Ben sicherer sei, wenn ich nicht nach ihm suchen würde.« Verzweifelt sah ich Tarun an. »Und jetzt stelle ich fest, dass ich nur Zeit vergeudet habe! Ich hätte längst nach ihm suchen müssen, um mit ihm abzutauchen und jeden Moment auszukosten!« Taruns Iriden leuchteten schwach auf, als ich mich über den Tisch zu ihm beugte. »Ich will mein Leben zurück!«, fauchte ich und war überrascht, wie wütend ich klang.

Der Tiger sah mich ernst an und nickte knapp. »Dafür lohnt es sich allemal.« Sein Kopf ruckte herum, als ein Schlüssel im Türschloss klimperte. »Endlich!«, schnaubte er.

»Laden wurde geplündert!«, machte Lia Meldung und hob zwei kleine Tüten hoch. »Wie sieht es hier aus?«

Mein Rucksack war gepackt. Viel besaß ich nicht, dementsprechend karg sah auch mein Zimmer aus. Trotzdem hatte ich plötzlich einen Kloß im Hals, als ich daran dachte, all das hier vielleicht niemals wiederzusehen.

»Hast du deinen Pass?«

Ich nickte. Meine Papiere hatte ich vor meiner Verbannung ausgehändigt bekommen. Es grenzte an ein Wunder, dass ich sie damals auf meiner planlosen Wanderung gen Nordwesten nicht verloren hatte.

»Auf zum Flughafen?«

Ich nickte zögerlich. Ich war noch nie geflogen. Allerdings war das eindeutig der schnellste Weg, um nach Irland zu kommen. Wenn ich Pech hatte, waren die Infos, die Tilly dem Internet abgerungen hatte, veraltet und wir würden eine Weile nach Ben suchen müssen. Also galt es, keine Zeit zu verlieren. Und das hieß – fliegen.

»Ich gehöre ins Wasser, nicht in die Luft!«, jammerte ich, während wir am Gate warteten. Als das Boarding begann, zerquetschte ich Lia beinahe die Hand – allerdings ging es ihr nicht viel besser als mir.

»Meine süßen kleinen Fischchen, jetzt hört mir mal zu«, wandte sich Tarun leise an uns. »Euch passiert nichts. Es ist ungewohnt, okay, aber wenn ihr euch noch bühnenreifer aneinanderklammert, lassen die uns womöglich nicht mit. Also reißt euch zusammen!«

Lia und ich wechselten einen Blick, lösten unsere verkrampften Hände voneinander und versuchten, völlig entspannt zu wirken.

Die Gangway bebte von den Schritten der Menschen. Ich war froh, als es endlich losging und wir das Flugzeug bestiegen. Allerdings war hier alles eng und die Luft roch seltsam trocken und stickig. Unsichtbare Magneten zogen mich wieder rückwärts in Richtung Tür, zumindest kam es mir so vor. Ich war wie versteinert.

»Du tust das hier für Ben, denk immer daran!«, raunte Tilly mir von hinten zu.

Sie hatte verdammt noch mal recht. Ich hatte schlimmere Momente überstanden als einen lächerlichen einstündigen Flug! Ich gab mir einen Ruck, drängte mich bis zu unseren Plätzen durch und wechselte einen angespannten Blick mit Lia. Sie tat das hier für mich und ich hoffte, dass ich ihr eines Tages ebenso helfen könnte wie sie mir.

»Du bist gleich ein fliegender Fisch«, giggelte meine Schwester und ich grinste schwach.

»Wir sind Säugetiere, keine Fische!«, brummte ich und quiekte unterdrückt, als das Flugzeug losfuhr. »Und übrigens – du auch!«, gab ich zurück, bevor die Maschine Geschwindigkeit aufnahm und uns beim Abheben in die Sitze drückte.

Ein paar Stunden später hatten wir sowohl den elenden Flug hinter uns gebracht als auch einen Mietwagen ergattert. Tarun steuerte den Wagen vom Dubliner Flughafen weg in Richtung Süden, summte irgendein Lied leise mit, das ich nicht kannte, und war offenbar trotz der gefährlichen Mission guter Dinge. Lia saß hinter ihm und schlief, Tilly döste auf dem Beifahrersitz vor sich hin. Ich war erschöpft, aber dank meiner Aufregung hellwach, starrte hinaus und ließ den Blick über sanfte Hügel, graue Steinmäuerchen und tief hängende Wolken gleiten.

Das Frühjahr war hier weiter als bei uns auf dem Kontinent. Zierkirschen blühten auf den Grundstücken, die wir in all ihrer rosa Pracht passierten. Außerhalb der Orte türmten sich am Straßenrand ein ums andere Mal ganze Wände aus blühendem Weißdorn auf, die mit den Brombeerranken aus dem Vorjahr verwunschene Alleen bildeten. Gelb blühender Ginster hob sich vor dem grauen Himmel ab. Ich musste unwillkürlich an die Schwertlilien denken, die meinen Weg in die Verbannung geschmückt hatten. Ähnlich angespannt wie damals musterte ich die Landschaft. Ich wusste einfach nicht, was mich, was uns erwarten würde.

Was, wenn es tatsächlich doch nur ein dummer Scherz von irgendwelchen Wasserleuten gewesen war und Uriel in Wirklichkeit gar nicht lebte, sondern ordnungsgemäß verrottet war? Dann würden wir vielleicht Ben finden.

Ich seufzte schwer. Das wäre die beste Variante – Uriel war und blieb tot und ich würde Ben wiedersehen.

Die schlechtere – und wahrscheinlichere – war, dass all das kein Jux und Uriel es höchstpersönlich gewesen war, der mir die Briefe geschickt hatte. Noch schlimmer wäre die Situation nur, wenn er Ben längst in seinen Fingern hatte.

Ich schloss die Augen und atmete tief durch. Am jetzigen Zustand, wie immer der aussehen mochte, konnte ich ohnehin nichts ändern.

»In etwa vierzig Minuten sind wir in dem Städtchen, in dessen Hafen die *Meredith* vor Anker liegt. Dort machen wir Rast und recherchieren ein bisschen«, raunte Tarun mir halb über die Schulter zu und ich nickte.

Wenn wir wirklich den richtigen Ort herausgesucht hatten – das Schiff war dort gemeldet, außerdem stimmten die Entfernungen zu einem riesigen alten Herrenhaus mit Meerzugang, den kleinen felsigen Inseln und dem Ort selbst grob –, würde ich in ein paar Augenblicken wieder dort sein, wo Uriel mich eingefangen hatte.

»Bei allen Najaden …«, murmelte ich kaum hörbar und atmete tief durch. Im Geiste hörte ich das Quietschen von Autoreifen, das Zuschlagen einer Tür, roch Uriel, der mich voll gieriger Vorfreude an sich presste. Konzentriert lenkte ich meine Aufmerksamkeit auf etwas anderes, begann, die Ordnungszahlen der Elemente vor mich hin zu murmeln, und stockte, als Lia nach meiner Hand griff. Sie war wohl nicht so tief eingeschlafen, wie ich vermutet hatte.

»Wir schaffen das«, flüsterte sie und sah mich fest an. »Zusammen, okay?«

Ich nickte und drückte ihre Hand. Mein Magen knurrte vernehmlich und ich war dankbar, dass ich endlich ein Thema hatte, das mich gut ablenken konnte: Essen.

»Als Erstes würde ich gern endlich etwas Vernünftiges essen«, verkündete ich daher und erntete ein heftiges Nicken meiner Schwester. Auch ihr Organismus brauchte ein wenig mehr Nahrung als der eines Menschen.

»Einverstanden.«

Wir passierten ein Ortsschild. Tarun wurde langsamer. »Da wären wir.« Der Tigermann runzelte die Stirn. »Falls wir im Vorfeld richtig recherchiert haben, sollten wir uns hier nach dem Boot umsehen und ein Hotel suchen. Und dann ... hören wir uns um.«

»Wir könnten die Kneipen durchkämmen. Dort gibt es meistens irgendjemanden, der gern redet«, schlug Lia vor.

»Unauffällig bleiben und keine Aufmerksamkeit auf uns ziehen wäre noch so ein Thema«, erwiderte Tarun leise, warf mir einen prüfenden Blick im Rückspiegel zu und nickte nach draußen. »Erinnert sich eine von euch an irgendetwas?«

Ich schüttelte den Kopf, Lia wiegte ihren hin und her. Wie ich musterte sie prüfend die niedrigen grauen Häuser und die oberirdischen Stromleitungen, die von Haus zu Haus zwischen Masten und Straßenlaternen verliefen. Die Laternen der Hauptstraße, die wir entlangfuhren, waren mit Blumenrabatten bestückt. Bunte Hornveilchen wucherten aus ihnen heraus.

»Also ... wenn es dort links runter zum Hafen geht ... rechts müsste sich ein kleiner Platz mit irgendeinem Soldatendenkmal befinden.«

Tarun bog in Richtung des vermeintlichen Hafens ab und Lia scannte die Umgebung. »Ah, siehst du, dahinten sind die Anleger. Ich kann die Schiffsmasten sehen. Doch, das Städtchen haben wir schon mal gefunden.«

Einen Augenblick später hielten wir am Straßenrand an. Von hier aus hatte man tatsächlich einen hübschen Blick auf den kleinen Hafen, wo Fischkutter und Sportboote vor Anker lagen. Möwen kreischten und segelten im Wind und als ich das Fenster herunterkurbelte, konnte ich den Geruch von Salz, Algen, Fisch und der ganz spezifischen Mischung des Ortes ausmachen. Ja, hier mochte ich schon einmal gewesen sein – beschwören wollte ich es nicht, aber Lia war sich sehr sicher.

»Dann suchen wir uns jetzt ein Hotel. Und endlich was zu futtern. Ich kann warmes Mittagessen riechen.«

Das kalte Wesen

Es war fast fünf Uhr nachmittags. Wir hatten, nachdem wir die *Meredith* fest vertäut und ohne Hinweis auf den Besitzer immerhin gefunden hatten, zwei Zimmer in einer Pension gemietet. Anschließend hatten wir sehr gut gegessen und ein paar Stunden geschlafen. Eigentlich fühlte ich mich ganz gut, als wir die Gaststätte betraten, die wir auf einen Tipp der Dame an der Rezeption hin aufsuchten. Sie lag in Sichtweite zum Hafen und wurde häufig von den Bootsführern und Fischern frequentiert. Wir hatten erzählt, zwei Bekannte von uns zu suchen, deren letzte Adresse hier im Ort lag. Meine Personenbeschreibung hatte die Dame nur zum Stirnrunzeln veranlasst – der Hinweis auf das Fischerboot namens *Meredith* hingegen hatte uns diesen Tipp eingebracht.

Der Laden schien seit einigen Jahrzehnten nicht mehr renoviert worden zu sein und wirkte, dank der dunklen Einrichtung und den unzähligen Flaschen Alkoholika aus aller Welt, etwas finster und gleichzeitig gemütlich. Er war ganz gut besucht, schließlich war Sonntag und die Leute hatten Zeit. Es roch nach deftigem Essen. Der Geräuschpegel schien mit jedem Schritt, den wir weiter in den Schankraum machten, zuzunehmen: Gläser klirrten, Besteck klapperte, Unterhaltungen wurden durch tiefes Lachen und japsendes Gelächter unterbrochen.

Sorgsam stopfte ich meine hellen Haare unter die dünne Mütze, die ich mir, ebenso wie Lia, aufgesetzt hatte. Wir wollten so wenige Blicke auf uns ziehen wie möglich – in meiner Vorstellung entdeckte Uriel uns rein zufällig, weil er zwei jungen, hübschen Frauen hinterherstarrte und ihm plötzlich auffiel, dass er die eine der beiden erkannte. Ich fühlte mich einfach ein wenig unsichtbarer.

Tilly nickte zu einem Ecktisch am Fenster, an dem eben ein Paar gezahlt hatte und seine Sachen zusammenräumte. Wir warteten höflich und ergatterten den Platz. Als wir saßen, fühlte ich mich tatsächlich entspannt, auch wenn die Essensdüfte meinen eigentlich vollen Magen zu einem auffordernden Knurren verleiteten.

Ich ließ den Blick über die Anwesenden gleiten – und hielt unwillkürlich die Luft an. Ich hätte mit allem gerechnet, aber nicht so plötzlich mit ihm, dem Mann, der mausetot sein sollte. Es rauschte in meinen Ohren.

Die Möglichkeit, Uriel zu begegnen, war in den letzten Stunden seltsam abstrakt gewesen. Ihn nun im selben Raum zu wissen, war so absurd, dass ich nicht wusste, was ich fühlte. Mein Körper wollte nicht mehr mit mir kommunizieren, war taub, abgeschaltet, als hätte ich zu lange in Eiswasser gelegen.

Er lebte, saß an der Theke und klopfte ungeduldig mit den Fingern auf der Platte herum. Vielleicht wartete er auf jemanden. Uriel Demetrios atmete, existierte, wandelte auf dieser Erde, obwohl ich ihm mit der Kraft der Verzweiflung sein eigenes Messer in den Unterleib gerammt und umgedreht hatte. Augenblicklich konnte ich das Gefühl seines warmen Blutes, das mir auf den Bauch getropft war, spüren.

Ich versuchte, ruhig und gleichmäßig zu atmen. Langsam kehrte das Leben kribbelnd in meine Gliedmaßen zurück. Ich beobachtete, wie er sich bewegte, wie er mit seinen Händen ungeduldig am Bierglas herumspielte, und spürte, wie eine dumpfe Übelkeit sich in mir breitmachte.

Er hat keinen blassen Schimmer, dass wir hier sind, versuchte ich mir klarzumachen. Im Wasser hätte er uns sofort mitbekommen – Luft hingegen trug Signaturen so gut wie gar nicht weiter. Noch waren wir im Vorteil und solange er dort saß und sich nicht großartig bewegte, würde ich klarkommen. Ich würde den Mann retten, den ich liebte, vor dem Mann, den ich hasste, beschwor ich mich. Schließlich war ich deswegen hier.

»Leena? Hallo?« Tilly stupste mich an.

»Er …« Ich holte tief Luft. »Der Mann mit dem langen schwarzen Zopf an der Theke. Er ist es.«

Gebannt sahen die anderen zu Uriel hinüber, schienen sich jedes Detail einzuprägen und wandten sich wieder mir zu.

»Soll ich ihn gleich töten oder darf ich vorher ein bisschen mit ihm spielen?«, raunte Tarun und ich erkannte an seiner Tonlage, dass sein Tiger in ihm herumschlich und ausbrechen wollte.

»Ich ... Ich weiß noch nicht. Erst müssen wir herausbekommen, ob er sich Ben bereits geschnappt hat«, flüsterte ich heiser und ergriff erleichtert Tillys Hand, die sich warm in meine schob.

Lia schnaubte böse. »Bevor er stirbt, würde ich ihm seine Genitalien amputieren und sie vor seinen Augen zerstückeln!«

Ich war ein wenig entsetzt, solch blutrünstige Worte aus dem Munde meiner kleinen Schwester zu hören.

Tarun knurrte vor sich hin und zerfetzte Uriel offenbar ebenfalls in Gedanken. »So ein großer Kerl hat es nötig, sich an Schwächeren zu vergreifen?«, grollte er in sich hinein und ich konnte sehen, dass seine Fingernägel spitzen, langen Krallen gewichen waren.

»Vielleicht ist er wirklich krank«, überlegte ich laut.

»Oder er ist einfach böse!« Tarun blitzte mich aufgebracht an. »Du bist 'ne halbe Portion gegen den da! Er ist ein Krieger und du ...«

»Ein kleines Fischchen«, lächelte ich. Taruns Sorge tat gut, denn ich wusste, dass er ehrlich empört war.

»Wer wahrhaft stark ist, nutzt diese Stärke nicht aus«, gab der Tigerwandler weise von sich und knackte mit dem Kiefer. Er wusste schließlich, wovon er sprach. Tilly hatte ihm rein körperlich genauso wenig entgegenzusetzen wie ich Uriel – aber Tarun vergötterte seine Frau und ging mit ihr so liebevoll um, als hätte er manchmal Angst, sie aus Versehen kaputt zu machen.

»Elendiger!«, fauchte er und seine Augen glommen gelb auf. »Du weißt, dass er allein die Schuld an dieser Sache trägt, oder?«

Ich schnaubte leise. Wie oft hatte ich mit mir gehadert, hatte überlegt, ob es für mich eine Alternative gegeben hätte, eine Verhaltensweise, die nicht zu dieser explosiven Gewaltanwendung geführt hätte. Hätte ich mich kooperativer zeigen sollen? Wäre ich dann all den Schlägen entgangen, den ruppigen Überfällen, den überraschenden Besuchen? Mittlerweile war ich der festen Überzeugung, dass es nichts, wirklich gar nichts geändert hätte.

Ich sah Tarun lange an. »Das weiß ich sehr genau«, sagte ich langsam und deutlich. Ein scharfes Brennen kroch meine Kehle empor. »Glaub mir, mein Gehirn hat alle Optionen tausendmal durchgespielt.« Ich spürte, wie mir vor Wut Tränen in die Augen schossen.

»Leena«, wisperte er so leise, dass ich ihn kaum verstehen konnte, »dann nur noch eines: Beginne keine Jagd, wenn du nicht töten willst!« Ein goldenes Leuchten huschte abermals durch seine Iriden. »Was ich damit sagen will, ist –«

»Ich verstehe dich schon«, schnitt ich ihm das Wort ab. Mein Albtraum saß an der Theke und schlürfte in aller Seelenruhe sein Bier. Ich wünschte ihm, dass jemand reingepinkelt hatte. Mit dem Kinn deutete ich vage in die Richtung des untoten Prinzen. »Aber der da, der gehört mir.«

Wir saßen so weit entfernt, dass Uriel mich kaum entdecken konnte – zumal der Laden sich füllte und es allmählich schwieriger wurde, bis zur Theke zu sehen. Trotzdem behielt ich ihn im Blick, so gut ich konnte. Immer wieder vergewisserte ich mich, ob er brav an seinem Platz sitzen blieb, und war beruhigt, dass er sich mittlerweile angeregt mit einem blonden, verwahrlost aussehenden Mann unterhielt, den ich zuvor kaum wahrgenommen hatte. Er wirkte, als gehörte er zur Einrichtung der Kneipe, war geradezu mit seiner Umgebung verschmolzen. So freundschaftlich, wie der Barkeeper mit ihm umging, schien er Stammgast zu sein.

»Das sehe ich mir mal aus der Nähe an.« Tarun schob sich aus der engen Bank heraus und sah uns der Reihe nach streng an. »Nicht weglaufen, Mädels!«, brummte er. »Noch wer was zu trinken?«

»Whiskey oder so«, schlug ich vor. »Ach, egal was, irgendetwas mit möglichst vielen Umdrehungen!«

»Garantiert nicht, Flipper!«, versetzte Tilly und lächelte ihren Mann an. »Wage es ja nicht, ihr Alkohol mitzubringen. Cola, das dürfte gehen!«

Ich protestierte nicht. Alkohol war eine verdammt dumme Idee, das wusste ich selbst, aber die Tatsache, dass Uriel am anderen Ende des Schankraums unbedarft an seinem Bier nuckelte und wir irgendwie herausfinden mussten, ob Ben tatsächlich hier in diesem Städtchen lebte, machte mich unruhig. Die Unruhe und den Rest des Chaos, das in meinem Kopf herrschte, hätte ich durchaus gern mit einem kräftigen Schluck von irgendetwas Starkem hinuntergespült.

»Er wird dir nichts tun«, versicherte Lia. Es war nicht allzu schwer, die Richtung meiner Gedanken zu erraten. Sie schmiegte sich an meine

Schulter, als müsste sie sich immer wieder überzeugen, dass ich wirklich da war. »Tarun ist ein Tigerwandler, der schlitzt dieses Gewürm mit einem Prankenhieb auf. Du weißt ja ...«

»... der Tiger macht das schon«, wisperte ich.

»Genau. Tilly kann mit Feuer um sich werfen. Falls du ihn also gut durch haben willst, lässt sich das vermutlich einrichten.«

Tilly schnaubte und nickte. »Oh ja, das dürfte gar kein Problem sein, Süße.«

»Und ich arbeite seit Jahren an meiner Banshee-Stimme«, ergänzte Lia und strahlte mich an. »Ich kann Glas zum Springen bringen und Nasenbluten habe ich auch schon hervorgerufen. Wenn ich mich richtig anstrengen würde, bekomme ich ihn –«

»Leute, das ist wirklich lieb von euch und ich komme gern darauf zurück, aber dieses Monster ist *mein* Albtraum. Ich bin diejenige, die ihn töten wird.« Als ich meinen eigenen Worten nachlauschte, wusste ich, dass es so war – ich würde ihn umbringen, endgültig und unwiderruflich, egal, welche dunklen Kräfte ihn am Leben erhielten. Ich würde mich vorbereiten und warten, wenn es sein musste. Aber ich würde ihn töten. Schließlich war ich auf der Jagd.

»Natürlich. Nur falls was schiefgeht, zerfetzen wir ihn zusammen in winzig kleine Stücke!«

Ich sah Lia erstaunt an. »Seit wann bist du eigentlich so blutrünstig, Schwesterherz?«

Meine kleine Schwester lächelte mich an, doch ich konnte einen Hauch an Traurigkeit in ihrem Blick ausmachen. »Ich habe dich monatelang gesucht, Leena. Allein. Ich habe die übelsten Spelunken durchkämmt, habe Bordelle abgeklappert und für Informationen einigen Leuten Gefallen getan, auf die ich nicht stolz bin.« Sie atmete tief durch und ich sah sie alarmiert an. »Keine Panik, es ist nichts gegen meinen Willen geschehen. Aber ich habe Wesen kennengelernt, die das Leben und Lebewesen vollkommen unterschiedlich kategorisieren. Und irgendwie ... ist die schillernde, friedliche Blase, in der wir aufgewachsen sind, dadurch endgültig geplatzt.«

Meine Überraschung musste ich nicht spielen. Neugierig, was sie damit meinte, hob ich die Augenbrauen. Lia streckte mir die Zunge raus und rettete sich gleich darauf mit einem hinreißenden Lächeln.

»Ich erzähle es dir. Ein andermal. Erst einmal suchen wir dein Herzblatt und rotten diese Plage von Königssohn aus.«

Tilly und ich tauschten einen raschen Blick und ich konnte die Neugier auch in ihren Augen aufblitzen sehen. Meine kleine Schwester barg ein paar Geheimnisse, doch ich würde sie mir später vornehmen.

Tarun kehrte zu uns zurück, stellte die Getränke ab und hangelte sich elegant auf seinen Platz. »Mädels, der betrunkene Kerl dahinten ist um diese Uhrzeit schon dicht bis in die Haarwurzeln und er erzählt nonstop von einer wunderschönen goldhaarigen Nymphe, die ihn besucht hat und dann für immer verschwunden ist.« Seine goldbraunen Augen blieben an mir hängen. »Leenchen, guck dir dieses arme alkoholgeschwängerte Wesen bitte mal ganz genau an – könnte das dein Ben sein?«

Ich versuchte, an Tarun vorbei zu dem zerzausten Mann zu blicken, der sich mit Uriel unterhielt. Plötzlich wurde mir gleichzeitig heiß und kalt. Er konnte es tatsächlich sein, wurde mir klar, als ich seine kräftige Statur begutachtete und die blonden, deutlich zu langen Locken registrierte.

Dreh dich um, versuchte ich ihm in Gedanken mitzuteilen. *Nur einmal, bitte ...*

Meine Neugier wurde von Sehnsucht unterstützt. Was, wenn dort wirklich ...? Gleichzeitig versuchte ich, hinter Tarun in Deckung zu bleiben, denn ich fühlte mich bei Weitem nicht stark genug, um Uriel zu begegnen. Dass ausgerechnet der Untote und mein Ben-Kandidat sich unterhielten, war zu viel.

Die Aufregung ließ meine Nymphenanteile zum Vorschein kommen. Unruhig rubbelte ich über die Stelle auf meinem Handrücken, an der meine menschliche Haut dünner wurde und die Schuppen meiner Wassergestalt sich durchdrückten. Ich musste mich zusammenreißen.

»Leena ...« Tilly griff beruhigend nach meiner Hand. *Gut so*, dachte ich. Körperkontakt konnte mich ablenken.

»Wenn dieser Widerling bloß verschwinden würde!«, knurrte Tarun. Irgendetwas musste ihn so in Rage versetzt haben, dass ich ein paar dunkle Streifen über sein Gesicht huschen sah. Auch er hatte Probleme mit seiner Wandelgestalt.

»Was hat er gesagt, das dich so aufgeregt hat?«, wollte ich wissen. Tilly schloss den Mund, als habe sie genau das ebenfalls fragen wollen.

»Er verhört ihn, diesen armen Tropf«, brummte Tarun. Ich konnte seine Krallen unter dem Tisch übers Holz kratzen hören. »Der Blonde ist allerdings längst so betrunken, dass er immer dasselbe erzählt.« Sein dunkles Lachen ließ meinen Rücken kribbeln. »Ich will diesen Prinzen klitzeklein metzeln, klitze–«

»Das hatten wir auch schon vor!«, warf Tilly trocken ein. »Leena hat da andere Pläne.«

»Ach?«

Ich seufzte tief. Der mordlustige Elan meiner Freunde erheiterte mich auf eine etwas morbide Art und Weise. »Tarun, ich muss das allein tun. Eigenhändig.«

Ich will sehen, wie sein Lebensfunke erlischt, endgültig, fügte ich in Gedanken hinzu.

Tarun nickte zu meinem Erstaunen. »Das verstehe ich sehr gut, Wassermädchen«, bestätigte er und irgendwie hatte ich das Gefühl, dass er das tatsächlich tat.

Sekunden später erstarrte ich wie Lava unter Wasser. *Er* hatte sich bewegt, war aufgestanden, machte einen Schritt nach dem anderen, selbstbewusst federnd. Sosehr ich auch versuchte, mich zusammenzureißen, entfleuchte meiner Kehle ein Fiepen. Zu oft war er langsam auf mich zugekommen, um die letzten Meter blitzschnell zu überwinden und meine Gegenwehr zu brechen.

»Atmen, Leenchen, atmen!«, raunte Tarun mir ins Ohr. »Wir sind bei dir. Er kann dir nichts tun.«

Da war ich mir nicht so sicher, doch genau in dem Augenblick, als Uriel nur noch ein paar Schritte von unserem Tisch entfernt war, stieg etwas wie eine silbrige, schillernde Luftblase in mir auf, das ich für eine lange Zeit vermisst hatte. Vielleicht war es Mut, vielleicht mein Widerstandsgeist.

Ich hob den Kopf, hörte es in meinen Ohren tosen, ballte die Fäuste unter dem Tisch und starrte Uriel reglos an. Ich hatte Freunde, ziemlich gefährliche Freunde, wenn ich es mir recht überlegte. Sie hatten mich gern und standen hinter mir – trotz allem.

Als er in Richtung Ausgang abbog und unserem Tisch nicht einmal einen winzigen Blick zuwarf, starrte ich ihm irritiert nach.

»Was ... Was war das denn, bitte schön?«

Lia und Tilly atmeten hörbar erleichtert auf, Tarun gab keinen Laut von sich. Lediglich seine angespannte Haltung verriet, dass er buchstäblich zum Sprung bereit gewesen war.

»Meint ihr, er hat mich erkannt?«, wisperte ich aufgeregt und schielte zum Ausgang, wo sich die Tür just hinter dem Mann schloss.

»Nein. Dafür, dass er ein furchtbar gut trainierter Sucher sein soll, ist er ziemlich nachlässig«, antwortete der Tiger und sah ihm finster hinterher.

Auch meine Schwester blickte in die Richtung, in die Uriel verschwunden war. Ihr Gesicht wirkte weiß wie Gischt und sie saß kerzengerade auf ihrem Platz. »Er ist keiner mehr von uns!«, flüsterte sie und blinzelte. »Er ist ... gewandelt worden.« Ihre amethystfarbenen Augen bohrten sich in meine. »Beweist mir gern das Gegenteil, aber dieser Mann ist ... Er ist längst tot.«

»Richtig, ich habe ihn umgebracht«, brummte ich. »So weit waren wir schon. Irgendwie hat man ihn wiederbelebt. Vermutlich mithilfe von dunkler Magie.« Ich schnaufte und warf der dunklen Holzdecke einen entnervten Blick zu. »Warum denn nur?«, maulte ich und schloss für einen Moment die Augen. Dunkle Magie war nichts, womit ich jemals hatte in Berührung kommen wollen. Sie war brandgefährlich und die wenigsten konnten mit ihr umgehen. Argwöhnisch sah ich Lia an, die nach wie vor bleich wirkte. »Wieso kannst du das überhaupt beurteilen?«, wollte ich wissen.

Meine Schwester zuckte jedoch nur mit den Schultern und grinste schwach. »Einige derjenigen, die ich getroffen habe, gehörten eher auf die ... finstere Seite.« Sie rutschte nervös auf der Stelle herum. »Ich habe ... Ich habe einem Wesen ...«, stotterte sie. »Ich habe jemandem mein Blut gegeben und seitdem ... sehe ich mehr.«

Ich schnappte nach Luft. Tilly und Tarun sahen genauso entgeistert aus. »Blut?«, hakte ich nach und stöhnte leise. Selbst ich wusste, dass Blut eine mächtige magische Verbindung herstellen konnte. »Vampir oder irgendwelche anderen Blutfresser?«

»Weiß ich nicht genau. Schätze, ein Vampir. So etwas in der Art.«

»Du bist mit einem Vampir verbunden, Lia?«, hakte ich nach und konnte ein hysterisches Kichern nicht mehr unterdrücken. Meine Schwester musste den Verstand verloren haben.

Sie grinste schief. »Ein bisschen, ja.«

»Bei Poseidon ...«, raunte ich und sah sie kopfschüttelnd an. »Ernsthaft, Lia? Ein Vampir? Das ist wirklich das Dümmste –«

»Es ist in etwa so dumm, wie sich in einen Menschen zu verlieben!«, konterte Lia trocken und brachte mich zum Schweigen.

Verblüfft nickte ich. »Ja, das ist wirklich eine Riesendummheit gewesen«, gab ich zu. »Aber eine, die mich für eine Weile sehr, sehr glücklich gemacht hat.«

»Und dir den Ärger deines Lebens eingehandelt hat.«

»Nein, daran ist nicht meine Verliebtheit schuld«, korrigierte ich sanft. »Daran ist ein psychopathischer Königssohn schuld, der immer alles bekommen hat, was er wollte. Das hat begonnen, lange bevor ich Ben getroffen habe.«

»Hat Uriel schon vorher versucht ...«

»Ja. Immer mal wieder – mal netter, mal weniger nett.«

»Und letzten Endes hat er sich dann einfach genommen, was er wollte«, murmelte sie und sah mich mit großen Augen an, als ich mit den Schultern zuckte.

»Ja. Aber ich bin noch hier, treffe meine eigenen Entscheidungen, und auch wenn ich die Erinnerungen nicht mehr loswerde, kann ich dafür sorgen, dass sie keine Macht mehr über mich haben. Und genau das tue ich.«

»Amen, Schwester!«, bekräftigte Lia meine Worte und ich musste mich zusammenreißen, um nicht laut loszulachen. Meine Stimmung schwankte wie ein Kahn bei Orkanstärke zwölf, aber ich würde es schaffen, auch durch diesen Sturm zu navigieren. Immerhin hatte ich Freunde, die mir im Notfall helfen würden. Und Uriel – der hatte bloß die Dunkelheit auf seiner Seite.

»Wir müssen herausfinden, was genau er jetzt ist«, schlug ich vor. »Aber erst einmal fühle ich diesem struppigen Herrn dort hinten auf den Zahn.«

Der Betrunkene

Meine Beine zitterten, als ich aufstand, doch ich riss mich zusammen. Mir würde nichts passieren, mir würde absolut gar nichts passieren – wir waren unter Menschen und ich hatte meine drei Leibwächter bei mir.

Tarun schloss sich mir an. »Kleine Wassernixen turnen heute Abend nicht allein durch die Kneipe!«, ließ er würdevoll verlauten.

Ich schnaubte belustigt. »Und was ist mit den anderen beiden?«

»Deine Schwester ist stärker als du glaubst, und Tilly – Na ja, sie ist eine Feuernymphe. Wer ihr ungefragt zu nahe kommt, ist selbst schuld. Glaub mir, ist Erfahrungssache.«

Irgendwann musste ich die beiden nach ihrer Kennenlerngeschichte fragen.

Ich hob eine Augenbraue. »Und ich bin der Depp, der nicht mal geradeaus laufen kann, ja?«

Tarun tat unbeeindruckt und strich sich durch die dunklen Haare. »Ja, Leenchen, in gewisser Weise bist du genau das. Ein bisschen unbeholfen und neu in der Welt der Rache – und kleine Kätzchen lässt man nun mal nicht ohne Aufsicht herumtapsen, klar?«

»Ja«, murrte ich und hätte ihn am liebsten umarmt – und das war wirklich ein seltener Impuls bei mir. Tarun passte auf seine Mädchen auf. Es hatte etwas ungemein Beruhigendes, einen ausgewachsenen Tiger mit menschlicher Intelligenz und tierischen Instinkten im Ernstfall parat zu haben.

Ich trat neben den Zotteligen und berührte ihn wie zufällig am Arm. Fühlte es sich vertraut an? Menschliche Haut kam mir für meine Begriffe ohnehin meist angenehm warm vor. Allein deshalb war die

Berührung angenehm. Das sachte Streichen über die dichten blonden Haare auf dem Arm des Mannes jedoch ließ mich geschockt innehalten.

Ich hatte mir das Wiedersehen hundertmal, nein, tausendmal ausgemalt. Immer wenn es mir schlecht ging, hatte ich an Bens zärtliche Berührungen gedacht und wie er mich angestrahlt oder ruhig beobachtet hatte. Ich hatte mir vorgestellt, wie ich in seine Arme rennen und er mich schlicht festhalten würde und wir sprachlos vor Rührung wären – und nun war alles so anders, so verdammt anders. Ich hätte ihn nicht einmal ansehen müssen, um zu wissen, dass hier neben mir Ben saß, der hartnäckig versuchte, sich das Hirn aus dem Schädel zu saufen.

Zaghaft warf ich ihm einen Blick von der Seite zu und spürte, wie mein Herz freudig hämmerte. Sein Bart war lang und zottelig, seine Haare standen wirr vom Kopf ab und allzu frisch roch er ebenfalls nicht. Trotzdem war es Ben, mein Ben, ein paar Jahre älter, etwas aufgedunsen und so bemitleidenswert, dass ich mich an ihn schmiegen wollte, um ihm seinen Kummer zu nehmen.

»Hey«, murmelte ich und bemerkte, wie der Blick aus seinen verquollenen Augen über mich glitt, ohne mich zu erkennen.

»Sie war wun-der-schööön!«, lallte der blonde Mann und versuchte, mich zu fixieren. »So 'ne Frau trifft man nur einmal im Leben«, erzählte er mir und nahm einen tiefen Zug von seinem Bier. »Wunnerschö ... Und liebevoll. Und witzig. Und ...« Er schnaufte schwer und sah mich an. Ich konnte es Ben nicht verübeln, dass er nicht begriff, wer vor ihm stand. Schließlich hatte ich meine auffallend hellen Haare unter einer Mütze versteckt und er war vor allem eines – sturzbetrunken.

Seine grünen Augen wirken trübe, doch er war immer noch der Mann, den ich liebte. Jede einzelne Zelle schien aufgeregt in mir herumzuflattern und ich fühlte mich, als würde mich ein warmer Strom mitreißen und an der Leena-liebt-Ben-Insel wieder an Land spülen. Sein ungepflegtes Äußeres hatte mich erschreckt, aber nach ein paar Augenblicken bemerkte ich es kaum mehr. Ich sah nur die tausend Sommersprossen, ein paar neue Fältchen, seine blonden Augenbrauen, die er unablässig zusammenzog und wieder entspannte, und seine vollen Lippen, die er einst so warm und sehnsüchtig auf meine gepresst hatte.

»Macht der Kerl Ihnen Probleme?«, wollte der Barkeeper wissen und sah mich fragend an.

Ich lächelte und schüttelte den Kopf. Selbst wenn hier einer Probleme gemacht hätte – Tarun stand ein Stückchen entfernt am Tresen und beobachtete uns unauffällig.

»Nur eine arme Seele, die reden will«, wehrte ich ab und der Mann hinter der Theke zuckte mit den Schultern.

»Er ist eigentlich ein feiner Kerl, aber seit einer Weile erzählt er immer wieder von der Meerjungfrau, die sein Herz gestohlen hat«, teilte er mir mit. Ich hatte etwas Mühe, sein schweres, rollendes Englisch zu verstehen. Den spöttischen Unterton jedoch hörte ich nur zu deutlich heraus. Er hielt Nixen für ein Hirngespinst. Gut so.

»Tatsächlich?«, hakte ich interessiert nach und der Barkeeper nickte knapp. Er senkte seine Stimme, deutete mit dem Kopf zur Seite und ich trat etwas widerwillig einen Schritt von Ben weg.

»War damals tagelang auf See, egal, bei welchem Wetter, als wolle er ihn suchen, diesen Fisch. Irgendein Weibsbild muss ihm heftig den Kopf verdreht haben, so viel ist klar«, verriet der Barkeeper mit verschwörerisch gesenkter Stimme. »Auf jeden Fall ist sie fortgegangen und hat diesen armen Tropf hiergelassen. Weiber.«

Ich rang mir ein kühles Lächeln ab und hätte schreien mögen. Ben soff, um mich zu vergessen. Ein Punkt mehr auf der Liste, für den ich Uriel büßen lassen wollte. So langsam bekam ich ein Gefühl dafür, was es hieß, jemanden nicht nur zu verabscheuen, sondern zu hassen. Uriel hatte zwei Leben auf dem Gewissen – mein altes und Bens irgendwie ebenfalls.

Ben sah mich eindringlich an. »Sie erinnern mich an sie«, teilte er mir mit lauter Stimme mit. Sein alkoholgeschwängerter Atem schlug mir entgegen, als ich mich ihm wieder zuwandte. Ich blieb tapfer und zuckte nicht zurück, sondern legte behutsam meine Hand auf seine.

Bens Augen weiteten sich, seine Lippen formten meinen Namen und ich war kurz davor, jede Vorsicht über Bord zu werfen. Meine Handfläche glühte durch seine Wärme und ich war versucht, ihm die Arme um den Hals zu schlingen, ihm alles zu erklären – doch ich schwieg und schluckte die Millionen Worte, die ich mir für ein Wiedersehen überlegt hatte, wieder und wieder herunter.

Tarun trat zu uns und für einen winzigen Augenblick war ich sauer auf ihn, weil er mich und Ben störte.

Dieser zog seine Hand weg, brummte etwas von *verdammter Alkohol* und starrte stumm in sein Glas.

»Ben«, flüsterte ich traurig, denn ihn so zu sehen und zu wissen, dass dies meine Schuld war, ließ mir kaum Luft zum Atmen.

Abermals hob er müde den Kopf und sah mich an – und der verhangene Blick verschwand zusehends. Als sei er mit einem Schlag nüchtern geworden, riss er die Augen auf, blinzelte mich an und schnappte nach Luft. »D…du!«

»Komm, mein Freund, ein bisschen frische Luft wird dir guttun!«, mischte sich Tarun ein und legte Ben salopp den Arm um die Schultern. »Wir müssen reden.«

Ben sah perplex zwischen dem Tiger und mir hin und her. Er war selbst im Vergleich zu Tarun keine halbe Portion, doch als dieser begann, ihn in Richtung Ausgang zu dirigieren, widersprach er nicht ein einziges Mal. In seinem Zustand hatte er einem Tigerwandler wie Tarun ohnehin wenig entgegenzusetzen. Abgesehen davon schien er viel zu verwirrt zu sein, um angemessen protestieren zu können, und so ließ er sich mit kleinen, unsicheren Schritten aus der Kneipe ziehen. Er verdrehte sich lediglich halb den Hals, um mich weiter ansehen zu können. Ein paar Köpfe wandten sich zu den beiden um, doch niemand fühlte sich dazu bemüßigt, einzugreifen.

»Ich zahle für ihn!«, entschied ich. »Ist ein alter Bekannter von meinem Freund. Wir haben nur nicht erwartet, ihn so wiederzufinden.«

Der Barkeeper nickte langsam. »Ist ein guter Stammkunde«, teilte er mir vertraulich mit. »Aber wenn ihr es schafft, ihm den Kopf zurechtzurücken – tut das. Ist schade um den Kerl.«

Ich wechselte noch ein paar Sätze mit dem Barkeeper, ließ mir ein paar Touristeninfos mit auf den Weg geben und verabschiedete mich freundlich.

Fröstelnd trat ich in die kühle Abendluft. Kalt war mir nicht, doch die Aufregung hatte mich voll im Griff. Ich hatte Uriel leibhaftig gesehen und es war bloß eine Frage der Zeit, bis er mir von Angesicht zu Angesicht begegnen würde. Außerdem hatte ich Ben gefunden, den

Mann, dem mein Verschwinden das Herz gebrochen hatte und das ihn zur Flasche hatte greifen lassen. Ein großartiger Abend also.

Tilly und Lia folgten mir unauffällig und ich war wirklich froh darüber. Die Straße war nicht gut beleuchtet und in den Schatten schienen sich finstere Wesen zu tummeln, die uns aus blanken schwarzen Augen beobachteten. Ich lauschte und konnte Tarun und den lallenden Ben ein paar Schritte links von mir hören. Der Tigermann hatte Ben untergehakt und ließ ihn gerade auf einer der vier Parkbänke nieder, die in dem kleinen Rondell standen, das um irgendein Denkmal gebaut worden war. Den übervollen Abfallbehältern nach wurden die Bänke gern frequentiert.

Ben stöhnte und ächzte und sah verwirrt zu Tarun auf. »Wer bissu überhaup'?«, schnaufte er und blickte dann zu mir. Ich nahm vorsichtig auf dem anderen Ende der Bank Platz und wünschte, er wäre nur halb so betrunken.

»Wir sind Freunde«, erklärte ich behutsam und war nicht auf das übertrieben laute Gelächter gefasst.

»Ha!«, brüllte Ben und schwankte sogar im Sitzen. »Ich hab keine Freunde, keinen einzigen ...«

Er rülpste lautstark und auch wenn ich ein wenig Mitleid mit ihm hatte, musste ich ein Lachen unterdrücken. Er schien zu der Sorte Mensch zu gehören, die betrunken etwas hilflos und weinerlich wurden. Zwar auch nervtötend, aber besser als aggressiv. Nicht jeder hätte sich so widerstandslos von einem Hünen wie Tarun nach draußen zerren lassen.

»Schön wie der junge Morgen!«, nuschelte Ben und gab eine seltsame Mischung aus Seufzen und Schluchzen von sich. »Wunnerschö...n.« Er schluchzte wirklich und ich wechselte einen schnellen Blick mit Tarun, der ratlos mit den Schultern zuckte. »Mein Herz is' fort ... hat se einfach mitgenomm'.« Ben packte sich an die Brust und heulte theatralisch auf. »Sie is' mir weggenommen worden, weißte? Jemand anderes hat sie sich geholt und ...« Er beugte sich zu mir und ich konnte Tränen in seinen Augen glitzern sehen. »Er hat ihr wehgetan«, flüsterte Ben und ich konnte nur trocken schlucken. »Ich weiß es genau!«, rief er wieder lauter und stöhnte herzzerreißend. »Sie hätte bei mir bleiben sollen, die kleine ... Nixe!« Seine Stimme stockte und nun weinte er tatsächlich.

Eine Welle an Zärtlichkeit überrollte mich und ich rückte näher, ignorierte seinen Alkoholgestank und umarmte ihn. Ich ließ meine Finger über seine abgetragene Jacke gleiten, zauste ihm die ungewaschenen Haare und blickte in seine Augen.

»Ich bin wieder da, Ben«, wisperte ich. »Die Frau aus dem Meer, erinnerst du dich?«

Seine rot unterlaufenen Augen fixierten mich, als wäre ich eine Erscheinung. Ich konnte sehen, wie der Alkohol schlagartig aus seinem Organismus zu weichen schien. Er blinzelte einige Male, flüsterte meinen Namen und schüttelte dann wild den Kopf. Schließlich sprang er auf, starrte mich für ein paar Atemzüge an, als wolle er etwas sagen – und rannte davon, ohne einen weiteren Laut von sich zu geben. Verblüfft öffnete ich den Mund, doch er war längst irgendwo in den engen Gassen verschwunden.

»Was ... Was war das?«, brach Lia die verdatterte Stille. »Ich dachte, er würde sich –«

»Freuen?« Ich stand auf. »Tarun, kannst du seine Fährte aufnehmen? Ich muss wissen, wo er wohnt. Vielleicht ist er nüchtern etwas ... kooperativer.«

Ich riss mich zusammen, um nicht loszuheulen. *Du hast ihn immerhin gefunden*, schimpfte mein rationales Ich mit mir. *Er hat sich bestimmt nur erschreckt!* Trotzdem traf seine spontane Flucht mich härter, als ich mir eingestehen wollte. Hatte er Angst? War es wirklich bloß der Schreck? Oder hatte Uriel ihn längst mit bösartigen Gedanken vergiftet? Diesem Psychopathen traute ich es durchaus zu.

»Wir gehen ihm nach. Seine Fährte verliere ich schon nicht. Und ganz ehrlich – selbst ihr müsstest ihn riechen können. Der Kerl muss sich seit Wochen in Hochprozentigem konserviert haben.« Tarun rümpfte die Nase. »Widerlich.«

Ich nickte nachdenklich. »Holen wir ihn uns.«

Wir hatten ihn schon nach kaum zehn Minuten wieder eingeholt. Er lehnte an einer Hauswand und murmelte vor sich hin. Ich sah meine Begleiter etwas unentschlossen an.

»Soll ich es mal versuchen? Nicht, dass er wieder davonrennt und aus Versehen vor ein Auto hüpft!«

»Dann wäre all die Mühe umsonst gewesen.«

Ich sah meine Schwester empört an. »Hey! Dann wäre er vor allem eines – tot!«

»Aber das Geschleim, das wir ausrotten wollen, hätte kein Druckmittel mehr gegen dich.«

»Oder er schnappt sich einfach meine kleine Schwester«, gab ich trocken zurück. Im Schein der Laterne konnte ich erahnen, wie Lia schlagartig bleich wurde.

»Okay, dann Plan B: Tarun, du schlägst den Typen jetzt k.o., wir nehmen ihn mit auf unser Hotelzimmer und wenn er morgen wieder ansprechbar ist, reden wir mit ihm.«

»Guter Plan!«, stimmte Tarun meiner Schwester zu.

»Das können wir nicht machen!«, stieß ich zeitgleich aus. »Wir können ihn nicht einfach zusammenschlagen!«

»Er wird morgen so oder so Kopfschmerzen haben!«, hielt der Tigerwandler dagegen und schließlich seufzte ich. Nett war das nicht, was wir vorhatten, aber Ben war für höfliche Bitten nicht besonders zugänglich.

»Sei vorsichtig, ja? Nur ein kleines bisschen Tigerkraft, okay?«

Tarun schnaubte belustigt. »Ehrlich – den Kerl da brauche ich bloß anhusten und er fällt um.«

Wir schlichen uns an. Kurz bevor wir bei dem zotteligen Mann angekommen waren, rutschte dieser in die Knie, sodass Tarun ihn mit einem übermenschlichen Sprint gerade noch auffangen konnte, ehe er auf den Boden knallte. Der Tigerwandler brummte irgendetwas in sich hinein, das ich nicht verstand, aber nach Fluchen klang, wuchtete sich den Mann über die Schulter und sah mich aus golden leuchtenden Augen an. »Wollen wir?«

Ich starrte ihn verblüfft an, immerhin hatte er sich einen Hundert-Kilo-Kerl über die Schulter geworfen, als wäre er nichts weiter als ein mittelgroßer Sack Kartoffeln. »Wenn du meinst«, gab ich zurück und gemeinsam trotteten wir die Gassen entlang, Tarun und Lia hinter Tilly und mir.

Ich war froh, als wir, von wenigen schrägen Blicken abgesehen, unbehelligt am Hotel angekommen waren. In das Zimmer, in dem wir zu schlafen gedachten, hatten wir die Matratzen von nebenan herübergetragen. Es erschien uns sicherer. Dafür war es kuschelig eng – zumal wir nun eine fünfte Person dabeihatten.

Angegilbte Blümchentapeten und die etwas muffig riechenden gelben Gardinen verrieten, dass in diesem Raum regelmäßig geraucht worden war. Der graublaue Teppichboden wirkte hingegen fast neu und ich fragte mich unwillkürlich, was hier geschehen sein musste, damit man einen Teppichboden erneuerte, den Rest der Einrichtung aber beibehielt. Vielleicht ging nur meine Fantasie mit mir durch. Letztlich wirkte das Zimmer sauber und war mit einer Badewanne ausgestattet – nicht ganz unwichtig für Lia und mich. Außerdem hatten Schokoladenbonbons als Willkommensgruß auf den Kissen gelegen. Ein klarer Pluspunkt.

»Leg ihn hier im Flur ab«, empfahl ich Tarun und sah zum Doppelbett, an dessen Seiten wir die anderen Matratzen platziert hatten. Wir hatten gerade genug Platz, um uns am Fußende vorbeizuquetschen. »Er bekommt ein Kissen und die Tagesdecke, das sollte reichen.«

»Quatsch. Wir passen auch zu dritt da rein«, meldete sich Tilly zu Wort. »Der Kerl ist bestimmt viel friedlicher gestimmt, wenn er weich gelegen und gut geschlafen hat.«

Da mochte was dran sein.

Als wir endlich in der Waagerechten lagen – Tarun links vom Bett, Tilly links neben mir, Lia rechts von mir und neben ihr, auf der Matratze, der mittlerweile schnarchende Ben –, sah Lia mich Mitleid heischend an und hielt sich die Nase zu. »Du liebst dieses stinkende Menschenkind. Dann kannst du auch seine Ausdünstungen ertragen«, flüsterte sie mit nasaler Stimme.

»Ja, das tue ich wirklich«, murmelte ich ernst, versuchte, nicht zu kichern, weil sie sich so dämlich anhörte, und kletterte über meine Schwester drüber. Ich lauschte ihrem erleichterten Seufzen und betrachtete Ben, den Einen, meinen Ersten, und war trotz aller Schwierigkeiten, die auf mich und meine Freunde zukommen mochten, zufrieden.

Stille kehrte ein und mir klappten die Augen zu. Als sich Erinnerungen mit Uriel in meine schläfrige Gedankenwelt schieben wollten, blinzelte ich den müffelnden Dreiviertel-Bewusstlosen neben mir an, lächelte und schlief schließlich traumlos ein.

Zu behaupten, dass ich ruhig geschlafen hatte, wäre gnadenlos übertrieben gewesen, aber alles in allem war die Nacht für meine Verhältnisse entspannt verlaufen. Ich war die Nähe von anderen Lebewesen in meiner unmittelbaren Umgebung nicht mehr gewohnt und so schreckte ich zwei bis dreimal kurz hoch, als Lia mich beim Umdrehen berührte. Sie selbst schien ebenso jedes Mal von meinem erschreckten Keuchen wach geworden zu sein und schließlich hatte ich mich von der Bettkante gerollt, mich vorsichtig an den schnarchenden Mann gekuschelt und war zu meinem eigenen Erstaunen in Minuten eingeschlafen. Sein regelmäßiger Herzschlag, selbst das knarzende Geräusch aus seiner Nase, musste etwas in mir angesprochen haben. Ich vertraute ihm immer noch, trotz der Zeit, die zwischen unserem letzten Treffen lag, trotz meiner lästigen Erinnerungen an Uriel.

»Guten Morgen«, flüsterte Lia. Lange Haare kitzelten mich im Gesicht und ich blinzelte zu meiner Schwester hoch. Sie beobachtete mich und Ben und lächelte mich an. »Gut, dass wir die Fenster heute Nacht offen hatten. Hoffe, dein Hübscher wird schnell wach und stellt sich unter die Dusche.«

Mein *Hübscher* streckte sich und kratzte sich am Bauch und etwas tiefer. Ich fing Lias ungläubigen Blick auf, der mich stumm fragte, ob ich sicher war, dass dies Ben, mein edler Held, war.

»Ben«, versuchte ich ihn leise zu wecken und streichelte seine raue, struppige Wange, »wach auf!«

»Wir haben den ganzen Tag, kleine Nixe«, murmelte er schläfrig.

Mein Herzschlag beschleunigte sich. Ich wusste, dass er noch nicht ganz wach war, doch die Vorstellung, dass er mich erkannt hatte und mich liebte, als hätte es die letzten Jahre nicht gegeben, ließ mein Blut durch meinen Körper rasen.

»Nicht heute, Ben.«

Ich sah hoch, als Tillys Kopf nun ebenfalls über dem Bettrand auftauchte. »Hast du gut geschlafen?«, wollte sie wissen und sah mich prüfend an. Sie war eine echte Glucke.

Ich nickte vage und begann, Ben vorsichtig zu schütteln. »Komm schon, du Zottel, du kannst nicht den ganzen Tag hier vor dich hin schnarchen.«

Der Mann stöhnte unwillig und endlich, endlich, öffnete er die Augen. Ich hielt den Atem an, als er erst Lia und Tilly musterte und schließlich mich schweigend ansah. Unter meiner Hand, die ich flach auf seiner Brust liegen hatte, konnte ich die plötzliche Anspannung in seinem Körper spüren.

»Leena?«, flüsterte er, schob mich nach ein paar Atemzügen energisch weg und rappelte sich mühsam auf. »Du bist nicht real, du bist nur ein Märchen!« Er schlug sich fest gegen die Stirn, als wollte er sich das Gehirn zurechtschütteln, und taumelte in Richtung Zimmertür.

Ich konnte die beiden nicht sehen, vernahm aber Taruns Knurren und Bens entsetztes Keuchen. Der Tiger schien sich gut als Türsteher zu machen.

»Das waren doch nur drei, vier Bier gestern!«, hörte ich Ben stöhnen. Er konnte hörbar nicht fassen, was hier vor sich ging.

»Wem willst du das denn weismachen? Unter die Dusche mit dir, meine Nase hat dich lange genug ertragen müssen!« Tarun schob Ben ins Bad. »Wenn ich nicht in dreißig Sekunden das Wasser höre, komme ich persönlich rein und stelle dich unter die Dusche. Und das ...« Er grollte vielsagend.

»Das will ich vermutlich nicht?«, hörte ich Bens kleinlaute Stimme. Tarun konnte wirklich böse gucken. Kaum eine Minute später lauschten wir dem Rauschen der Dusche.

Der Tigermann nickte uns dreien triumphierend zu. »So, das hätten wir schon mal!« Er wühlte in seinen eigenen Klamotten. »Das hier sollte ihm passen.«

Ohne sich darum zu scheren, dass sich im Bad ein fremder nackter Mann befand, riss er die Tür auf, legte die Kleidung ab und schnaufte behaglich, als er sich neben Tilly aufs Bett fallen ließ.

»Netten Sixpack hat der Typ«, brummte er, gähnte und ließ sein blankes Raubtiergebiss hervorblitzen. So entspannt, wie er tat, war er nicht. Nicht, wenn sein Gebiss sich so weit gewandelt hatte. »Trotz des vielen Saufens, Respekt! Wenn der Dreck runter ist, könnte ein hübsches Kerlchen zum Vorschein kommen.«

Ich lächelte und nickte. »Für meine Augen sowieso.«

»Er sieht auf jeden Fall groß und stark aus«, pflichtete Lia mir bei.

»Stark?« Tarun schnaubte spöttisch. »Na ja. Aber groß lasse ich gelten.« Er schnurrte behaglich, als Tilly ihm den Kopf kraulte, und brachte damit das Bett zum Vibrieren.

»Leena?«

Ich sprang auf und glaubte, jeden Moment ohnmächtig zu werden. Worte? Weder menschliche noch solche in Meeressprache existierten in meinem Kopf.

Bens Augen leuchteten mich aus seinem etwas blassen, halb zugewucherten Gesicht an. Aufmerksam glitt sein Blick über mich, registrierte meine Narben, jene am Handgelenk und die am Schlüsselbein. So zart, wie er meine silbrigen Schuppen bei unserem ersten Aufeinandertreffen berührt hatte, strich er mir über die Schläfe.

»Du lebst«, stellte er verblüfft fest.

Als ich mich mit einem verzweifelt-freudigen Schluchzen an seine Brust warf, umschlossen seine Arme mich und hielten mich umschlungen, ganz so, wie ich es mir erträumt hatte. Ich heulte und lachte, schniefte und blubberte ihn schließlich an, bis er mir sachte einen Finger auf die Lippen legte.

»Ich verstehe keinen einzigen Ton, kleine Nixe. Das hat schon mal zu Schwierigkeiten geführt.«

Ben grinste schief und ich warf ihm meine Arme erneut um den Hals, vergrub meine Nase in der kleinen Kuhle unter seinem Ohr und erzählte ihm, wie sehr ich ihn vermisst hatte, wie sehr mein Verschwinden mir leidtat und wie gern ich die Zeit zurückdrehen wollte.

Er hielt mich fest, lehnte seinen Kopf leicht auf meinen und nickte. »Ich dich auch, Leena. Du ahnst nicht, wie sehr.«

Verwirrt sah ich ihn an, fragend, wie er mich plötzlich verstanden haben mochte.

»Das konnte nur eines heißen«, gab Ben mir eine Antwort auf meine ungestellte Frage und nickte schließlich zu meiner Schwester hin. »Sie hat gedolmetscht«, gab er zu.

Erwachen

Er war da, leibhaftig, und ich konnte nicht aufhören, ihn anzusehen. Seine nassen, nach hinten gekämmten Haare trockneten allmählich und fingen an, sich wieder zu kringeln. Wie ein dummes Kätzchen wollte ich mit jeder einzelnen blonden Locke spielen. Ich bemerkte den struppigen Bart und die buschigen sonnengebleichten Augenbrauen kaum. Ich sah nur ihn, diesen Menschen, der mich einst mit seinem Bruder eingefangen und mich wieder freigelassen hatte. Ich hätte ewig hier stehen bleiben wollen, eng an ihn geklammert, damit wir ja niemals mehr getrennt würden.

Schweren Herzens ließ ich ihn los, atmete tief durch, sortierte meine Gehirnwindungen und meine umherwuselnden Moleküle und konzentrierte mich darauf, wieder menschliche Laute von mir zu geben. Es misslang kläglich.

Ben umfing mein Gesicht mit seinen riesigen Händen und sah mich an. »Ich kann kaum glauben, dass du wirklich da bist! Und die anderen ... Wer seid ihr überhaupt?«

»Lia, Tilly, Tarun«, stellte ich die drei knapp vor und erklärte: »Meine Schwester, meine Freundin, ihr Mann.«

Ben nickte verstehend und sah doch genauso verwirrt wie noch zuvor aus. »Und was ... tut ihr alle hier?«

»Wir sind nicht zum Kaffeetrinken vorbeigekommen«, ließ Tarun sich mit seiner rumpelnden Stimme vernehmen.

Ben zog seine buschigen Augenbrauen fragend hoch. Wir anderen wechselten unsichere Blicke. Wie sollten wir ihm erklären, was wir vermuteten? Tilly holte tief Luft und ich nickte ihr zu. Vielleicht würde es einfacher sein, wenn sie es ihm in ein paar Sätzen erklärte. Ich hätte vermutlich die dreifache Zeit gebraucht, weil ich ständig zwischendurch in Tränen ausgebrochen wäre.

»Der Mann, der dafür gesorgt hat, dass ihr beide getrennt wurdet, derjenige, der dafür verantwortlich ist, dass sie nicht zu dir zurückkehren konnte, ist hier. In diesem Ort. Er sucht dich. Schlimmer noch, er hat dich längst gefunden. Er will dich töten, um sie zu quälen.« Tillys Blick hatte sich mit jedem Wort verfinstert. »Und das werden wir nicht zulassen.«

Ben starrte uns mit offenem Mund an. »Ihr macht Scherze!« Er schwieg kurz. »Ihr macht keine Scherze?«, setzte er unsicher hinterher, als wir alle sachte den Kopf schüttelten.

»Der Kerl mit den langen dunklen Haaren und den auffallend blauen Augen gestern Abend in der Kneipe, erinnerst du dich?«

Ben verneinte, dann hellte sich sein Gesicht jedoch auf. »Ihr meint Hugh!«

Hugh. Na schön. »Ja. Nur ist das nicht sein richtiger Name«, erklärte ich. »Er heißt Uriel Demetrios und ist der Sohn des Königs der nördlichen Meere. Und er ist böse und eigentlich schon tot, aber …« Ich musste von Anfang an beginnen, denn ich konnte das wachsende Unverständnis auf seinem Gesicht erkennen. »Er hat mich dir entrissen und mir sehr, sehr wehgetan«, versuchte ich in Kurzform zu erklären, was geschehen war. »Ich habe ihn in Notwehr getötet, doch im Laufe der Jahre muss ein passender Fluch gefunden worden sein, der ihn hat auferstehen lassen.«

»Hugh?« Ben war vollends verwirrt. »Hugh ist der Kerl, vor dem du weggerannt bist? Der Typ, vor dem Grisha dich gerettet hat?«

»Wer ist Grisha?«

»Sein Hund«, antwortete ich Lia und konzentrierte mich weiter auf Ben, in dessen Oberstübchen es sichtbar hoch herging.

»Und der Kerl, den du getötet hast, ist jetzt hinter mir her? Als Zombie?«

Ich zuckte mit den Schultern. »Ich kann dir nicht genau sagen, was er jetzt ist. Aber er ist hier, damit hätten sich die Gerüchte schon mal bestätigt. Er ist untot, in welcher Form auch immer. Und er hat sich offenbar schon an dich herangepirscht, dieser Hugh-Uriel.«

»Oh ... Gott.« Ben sah mich entgeistert an. »Ich kann mich kaum an den Kerl erinnern, denn ich war schon ziemlich ... jenseits von Gut und Böse.«

»Du trinkst«, stellte ich nüchtern fest und Ben sah mich mit so viel Schmerz in den Augen an, dass ich schlucken musste.

»Man hat die Frau, die ich liebte, vor meinen Augen entführt. Sie hat mich eine Treppe hinuntergestoßen, um mich aus der Schusslinie zu bekommen, und ich hatte nicht einmal die Chance, ihr zu helfen.« Er wandte den Blick nicht eine Sekunde von mir ab. »Erinnerst du dich, dass du mir in die Arme gestolpert bist, als du vor diesem Kerl geflohen bist? Du warst halbnackt, dir stand das blanke Entsetzen in die Augen geschrieben und dann wurdest du entführt. Von ihm, da war ich mir sicher.« Seine Atemzüge klangen betont ruhig, doch er riss sich sichtlich zusammen. Eine Ader an seiner Stirn pochte. »Ich habe mir furchtbare Dinge ausgemalt, ein Szenario brutaler als das nächste. Nicht einmal der Polizei konnte ich Bescheid geben, denn diese Frau, die ich suchte, war nie offiziell ins Land eingereist. Ich wusste nichts außer ihren Namen und dass sie eine Wassernymphe ist.« Ben ließ die Schultern hängen. »Ich habe dich gesucht, wochenlang, habe versucht, diesen Versammlungsort ausfindig zu machen, habe Legenden studiert, die Alten interviewt und nachts von dir geträumt. Und irgendwann ...« Seine Stimme wurde leiser. »Irgendwann konnte ich die Bilder in meinem Kopf nicht mehr aushalten. Der Alkohol hat das Ganze ein bisschen erträglicher gemacht.«

Ich biss mir auf die Lippe und fügte der Liste an Dingen, die Uriel mir schuldete, einen weiteren Punkt hinzu: Bens gebrochenes Herz.

»Aber jetzt bin ich wieder da«, flüsterte ich etwas hilflos und konnte in den betretenen Gesichtern meiner Begleiter eine stille Fassungslosigkeit ausmachen. »Ich bin deinetwegen wieder hier, Ben. Ich will nicht, dass er dir etwas antut.«

»Und ich wollte nie, dass er dir etwas antut, nur hattest du längst entschieden, dass ich zu schwach bin, um es mit ihm aufzunehmen. Du hast mich eine Treppe hinuntergeschubst.« Er drückte meine Hand und hob die Mundwinkel. »Ich wusste nicht, dass du so stark bist.«

»Bin ich auch nicht. Ich war verzweifelt und ... Es tut mir leid, ich war egoistisch. Ich habe den Gedanken nicht ertragen, dass er dich vor meinen Augen tötet.«

»Hätte er das wirklich?«

So ernst ich konnte, sah ich Ben an. »Ja. Ohne zu zögern. Oder er hätte dich mitgenommen, um dich noch ein Weilchen zu quälen.«

»Also hast du dich für deine eigenen Qualen entschieden, um mich zu schützen?«

Mein Schweigen lastete wie eine bleierne Decke auf uns. Langsam schüttelte ich den Kopf, dann nickte ich, schließlich zuckte ich mit den Schultern. »Vielleicht. Es tut mir leid.«

»Du musst dich für nichts entschuldigen.« Er lächelte sein schiefes Lächeln, das mein Herz zum Stolpern brachte. »Ich hätte dich einfach eher unter den Arm klemmen sollen. Dann wären wir schneller bei meiner Mutter gewesen und sie ...« Sein Schnauben klang frustriert. »Wisst ihr, was sie mir erzählt hat, Wochen nachdem du weg warst und ich ihr endlich verraten habe, was los war?« Er warf mir einen entschuldigenden Blick zu, hatte er mir doch geschworen, keiner Menschenseele ein Wort zu verraten. »Meine Mutter hat mir ganz nebenbei erzählt, dass sie von den Wassermenschen wusste. Als kleines Kind hat ihr ein Wassermann das Leben gerettet.« Ben warf die Arme in die Luft und sah in die Runde. »Sie hat es wohl immer als Hirngespinst abgetan, aber dann habe ich ihr von meinem Anliegen erzählt ... Kommt, packt eure Sachen, ihr könnt sicher bei ihr schlafen.«

»Nein«, wiegelte ich ab, »das geht nicht. Deine Mutter wird da nicht mit reingezogen.«

Ben stemmte die Hände in die Hüften und grinste mich an. »Wenn ihr wissen wollt, was dieser Hugh, ich meine Uriel, nun ist, werdet ihr früher oder später eh zu ihr geschickt. Es heißt, sie habe Hexenkräfte. Das kann ich zwar nicht bestätigen, aber sie ist schon ein wenig seltsam. Sie weiß vielleicht, wer echte Kräfte hat und euch mehr zu diesem Verrückten sagen kann.«

»Deine Mutter ist eine Hexe?«

»Nein ... ja. Vielleicht. Zumindest sagen die Leute das hinter ihrem Rücken. Sie ist eben ... anders.« Ben zuckte mit den Schultern. »Vielleicht habe ich deswegen was Naturwissenschaftliches studiert. Fakten und so.« Er grinste mich schief an. »Und dann stolpere ausgerechnet ich über ein Märchenwesen aus dem Meer. Das hat definitiv nicht auf dem Lehrplan gestanden.«

»Und sollte es auch niemals!«, brummte Tarun und ich konnte ihm nur beipflichten. Es reichte schon, dass Ben im Suff von seiner Begegnung mit einer Nixe erzählt hatte. Wenn ich es mir recht überlegte, konnte ich heilfroh sein, dass er dabei sturzbetrunken gewesen war. So ließen sich seine wilden Stories eher als Hirngespinst abtun.

»Ich wollte dich damals schon zu ihr bringen, aber ...« Schatten zogen über sein Gesicht und ich konnte abermals erahnen, wie schwer ihn mein plötzliches Verschwinden getroffen hatte. Er musste sich wahnsinnig hilflos gefühlt haben und fast tat es mir leid, ihn so rüde die Treppen hinabgeschubst zu haben.

»Und deine Mutter kann uns wie helfen?«

Ben sah mich an, als wäre ich schwer von Begriff. »Na – im schlimmsten Fall kennt sie jemanden, der euch ... uns helfen kann, herauszufinden, was Hugh, ich meine, Uriel, jetzt für ein Wesen ist. Und dann wissen wir, wie er vernichtet werden kann.«

Zweifelnd sah ich von ihm zu Tilly, Lia und Tarun. »Was meint ihr?«

»Ist einen Versuch wert. Kommt schon, machen wir uns fertig.«

Ich war angespannt, während Tarun den Wagen gemächlich und nach Bens Anweisungen durch den Ort steuerte. Wir drei Frauen hatten uns auf die Rückbank gequetscht, Ben hatten wir zu Navigationszwecken nach vorn gelassen. Zwischen Lia und Tilly eingeklemmt – wir hätten definitiv einen größeren Wagen mieten sollen – starrte ich nach draußen und erkannte immer noch nichts wieder. Das letzte Mal, als ich hier durchgehastet war, hatte es in Strömen geregnet und ich hatte ganz andere Dinge im Kopf gehabt, als mir Wege zu merken.

»Meint ihr, er weiß, dass wir da sind?«, fragte ich und konnte am leisen Seufzen von Tilly und dem betretenen Schweigen von Tarun und Lia erkennen, dass auch sie sich diese Frage bereits gestellt hatten. »Vielleicht beobachtet er uns längst. Er oder seine Schergen«, mutmaßte ich und hatte insgeheim auf vehementen Protest gehofft. Doch der blieb aus. Schließlich hörte ich Lia seufzen.

»Ich denke nicht, dass wir ihn tagsüber treffen werden. Er ist ein Geschöpf der Dunkelheit und die vertragen Tageslicht nun einmal nicht besonders.«

»Also ist er jetzt ein Vampir?«, wollte Tilly wissen.

»Höchstens ein Fisch-Vampir«, schnaubte Tarun. »Statt fliegen kann er schwimmen.«

»Gibt es alles«, gab Lia ungerührt zurück und ich musterte sie nachdenklich von der Seite.

»Eines Tages möchte ich zu gern wissen, wen du in den letzten anderthalb Jahren so getroffen hast.«

»Finstere Gestalten«, brummte Lia und verzog keine Miene. »Und außerdem weiß ich, und auch du solltest das wissen, dass wir Wassermenschen es tunlichst unterlassen, mit dunkler Magie in Berührung zu kommen. Sie ist böse.«

»Dann passt sie ja zu diesem Gewürm.«

»Ja, sowieso. Aber was ich damit sagen wollte: Ich wage zu bezweifeln, dass er alte Mitstreiter aus den Reihen der Nymphen an seiner Seite hat.« Lias Blick ging in die Ferne. »Ich habe diese Gerüchte über seine Wiederauferstehung unter höchster Verschwiegenheit erzählt bekommen, denn der König des Nordens ist bekanntermaßen kein Freund von dunkler Magie.«

»Außer, wenn es um Wandlungsbanne geht«, murmelte ich leise.

Lia schnaubte bestätigend. »Scheinheilig, ja.«

Ich schwieg einen Moment und überlegte, ob es irgendeinen Weg gab, den ich übersah, irgendein Schlupfloch ... »Irgendjemand muss Uriel geholfen haben.« Wir hielten an einer roten Ampel und ich musste unwillkürlich an Blut denken. »Er war tot, wirklich! Ich weiß nicht genau, wie viele Tage bis zu meiner endgültigen Verbannung vergangen sind. Aber wenn er in dieser Zeit wiederbelebt worden wäre, hätte mein Verfahren anders ausgesehen. Dann hätte er da kräftig mitgemischt.«

»Dann würde Vampir ausscheiden. Es sei denn, er ist vorher schon einer gewesen.« Lia druckste ein wenig herum. »Hat er dich mal gebissen?«

Mein Puls schoss in die Höhe und ich knirschte mit den Zähnen. »Ja.«

»Hm. Der Markierungsbiss. Stimmt.« Lia kaute nachdenklich an ihrer Unterlippe und schüttelte schließlich den Kopf. »Dann bleibt nur noch so etwas wie ein Wiedergänger oder Nachzehrer. Ich dachte, ausschließlich Menschen könnten sich in so etwas verwandeln, aber vielleicht ja auch Nixen. Ich bin allerdings kein Experte auf dem Gebiet.«

Eine sachte Gänsehaut lief mir vom Scheitel bis zum Steiß und ich schüttelte mich. Auf Untote, die aus ihren Gräbern heraus den Lebenden ihre Kraft absaugten, konnte ich gern verzichten – vor allem, wenn der Untote Uriel hieß.

»Ich muss wissen, was er jetzt ist«, flüsterte ich, »und dann bringe ich ihn um.«

»Du rachsüchtige Najade!«, lachte Tarun und wurde schlagartig wieder ernst. »Ich kann dich wirklich verstehen, Fischchen. Vorsichtig müssen wir trotzdem sein.«

Das kleine Häuschen, in dem Bens Mutter wohnte, lag etwas abseits der Straße. Ein untypisch großes Grundstück wurde von einem schmiedeeisernen Zaun umrandet – keine echte Hürde, falls man zum Haus gelangen wollte, aber durchaus als deutliches Zeichen zu verstehen. Willkommen fühlte ich mich nicht gerade.

»Ist das dein Elternhaus?«

Wir hatten den Wagen auf einem gegenüberliegenden Parkplatz abgestellt, waren ausgestiegen und folgten Ben, der zielsicher auf das Tor zusteuerte.

»Nein. Nach dem Tod meines Vaters vor ein paar Jahren ist sie hierhergezogen. Das Haus, in dem ich und mein Bruder aufgewachsen sind, liegt auf der anderen Seite der Stadt und wird vermietet. Es war viel zu groß und ich glaube, meiner Mutter gefällt es in diesem kleinen Hex… Oh, hi, Mum. Ich bin es, Ben. Ich habe Besuch mitgebracht.«

Aus der Gegensprechanlage, die ich bei diesem eher unscheinbaren Häuschen nicht erwartet hatte, knisterte uns Stille entgegen. Kommentarlos summte die Elektronik am Tor und meine Begleiter und ich folgten Ben im Gänsemarsch.

»Ich habe zwar einen Schlüssel, aber sie mag es nicht, wenn man sie unangemeldet stört.« Ben warf mir ein winziges, etwas nervös wirkendes Lächeln zu und mein Herz stolperte kurz. »Ich glaube, sie wird sich freuen, dich kennenzulernen.«

»Oder sie hasst mich, weil ihr Sohn meinetwegen ein Säufer geworden ist.«

Ben seufzte. »Ich trinke ja nicht ständig. Nur wenn … wenn mir alles zu viel wird.«

6
Mut

Gegenwart

Die dunkle Hexe

Eine hochgewachsene Frau mit strengem Blick öffnete uns die Tür, musterte erst ihren Sohn, dann mich und die anderen, und trat schweigend zurück.

»Mum«, murmelte Ben zur Begrüßung und ich glaubte, ein winziges Lächeln auf dem Gesicht der Grauhaarigen entdeckt zu haben.

Sie wirkte auf mich vielmehr wie eine Landadelige als eine Hexe. Fast so groß wie ihr Sohn, war sie doch eher schmal gebaut. Ihr vollständig ergrautes Haar hatte sie zu einem strengen Knoten hochgebunden, kein Haar tanzte aus der Reihe. Sie trug eine dunkelgrüne Tweedjacke über einer makellos weißen Bluse. Nur an der hellbraunen Hose und den schweren Stiefeln konnte ich ein paar Krümel Erde ausmachen. Vielleicht hatten wir sie beim Unkrautjäten überrascht. Als sie sich halb umdrehte, um voranzugehen, konnte ich tatsächlich eine Gartenschere in ihrer Gesäßtasche entdecken.

Im Wohnzimmer, lichtdurchflutet und durch fast ausschließlich weiße Möbel unglaublich hell, blieb sie stehen und drehte sich zu uns um. Eine erneute schweigende Musterung später lächelte sie ihren Sohn an. »Unangemeldet und nüchtern? Das will schon was bedeuten! Was führt dich her?«

Ben seufzte tief und ignorierte die Spitze. »Mum, das hier sind Tilly, Tarun und Lia. Und das hier«, er legte seinen Arm um mich, »das ist Leena.«

»Sollte mir das was sagen?«, lautete die kühle Gegenfrage und ich fragte mich unwillkürlich, wie diese Frau es geschafft hatte, einen so warmherzigen Sohn zu erziehen. Sie wirkte eiskalt und als sich ihre klaren blauen Augen auf mich richteten, wurde ich nervös. »Oh!«, murmelte sie nach ein paar Sekunden, als sei ihr ein Licht aufgegangen. »Ach du liebes bisschen! Sie sind also das Mädchen, das meinem Sohn so viel Kummer bereitet hat? Sie sind der Grund, aus dem sich meine zwei Jungs nur noch streiten, wenn sie sich sehen?«

Sie hasste mich also. »Das war nicht meine Absicht!«, antwortete ich etwas steif. Ich musste Ben unbedingt fragen, was zwischen ihm und seinem Bruder vorgefallen war.

»Nun, Sirenen stehlen Herzen und bringen Männer um den Verstand – Legenden lügen nicht immer.« Bens Mutter musterte mich unverhohlen neugierig. »Und jetzt sind Sie wieder hier, um den Rest des Verstandes, den er sich nicht weggesoffen hat, zu verderben?«

»Nein!« Ich machte mich los und trat der großen Frau entgegen. »Ich bin hier, um Ihrem Sohn das Leben zu retten!«, zischte ich. »Ich habe nicht einen Herzschlag lang jemals daran gedacht, ihm zu schaden!«

»Tatsächlich? Aber Sie sind verschwunden und haben ihm das Herz gebrochen.«

Ich schnaubte verächtlich. »Ja, korrekt. Verschleppt werden ist auch eine Art von Verschwinden.«

»Sie sind also entführt worden.«

Die Frau glaubte mir offenbar kein Wort.

»Tja. Freiwillig wäre ich niemals mit diesem ... Monster mitgegangen!«

»Monster?«

»Mann«, korrigierte ich mich und seufzte. »Hören Sie, ich kenne Sie nicht und werde Ihnen sicher nicht meine Lebensgeschichte im Schnelldurchlauf erzählen, damit Sie mir glauben. Fakt ist, dass ich nicht freiwillig verschwunden bin. Und derjenige, der dafür verantwortlich ist, ist wieder hier. In der Stadt. Und er will Ben töten.«

»Oh.« Ihr Erstaunen wirkte echt. Als sie zaghaft lächelte, verflüchtigte sich ihre kühle Aura allmählich. »Ich habe das wirre Gerede von der entführten Nixe immer für ein Hirngespinst meines Sohnes gehalten. Etwas, das er sich zurechtgebogen hat, um damit klarzukommen, dass Sie ihn verlassen haben.«

Ben schnappte hörbar nach Luft. »Mum!«

»Schatz, deine Launen waren unerträglich. Und du hast erst nach Wochen angefangen zu behaupten, dass das Mädchen, dem du nachgetrauert hast, eine Wassernymphe sei. Ich liebe dich, Ben, aber du warst wirklich nicht ganz zurechnungsfähig.« Sie schenkte ihrem Sohn ein flüchtiges Lächeln, ehe sie ihren forschenden, nicht mehr ganz so misstrauischen Blick wieder mir zuwandte. »Erzähl mir mehr über diesen Mann, der meinen Sohn töten will.«

Kein ›Oh Gott, ruf die Polizei‹, kein Gejammer, nur sachliche Fakten wollte diese Dame haben, und ich lieferte sie ihr, kurz und knapp: Uriels Eifersucht, sein Besitzanspruch, die Zettel in meinem Briefkasten. Meine Vermutung und damit der Grund unserer Reise.

Sie nahm meine Zusammenfassung zur Kenntnis, nickte kurz und sah uns nacheinander an. Nichts verriet, ob sie erschrocken war, ob sie mir glaubte, wie sie zu der Geschichte stand. Ich konnte sie mir hervorragend an einem Pokertisch vorstellen. »Und wie kann ich euch helfen?«

»Ben hat gesagt, Sie seien eine Hexe!«, platzte es aus mir heraus. Geduld war nicht unbedingt eine meiner Stärken. »Wir müssen irgendwie herausfinden, was für eine übernatürliche Kreatur Uriel jetzt ist, um ihn –«

»– vernichten zu können?« Ein vergnügtes Glitzern schlich sich in die blauen Augen der Frau. »Und du, Ben, hast also behauptet, ich sei eine Hexe?«

»Mum, du kennst die Gerüchte«, brummte Ben ein wenig kleinlaut. »Ich hatte gehofft, dass du vielleicht jemanden kennst, der uns –«

»Schätzchen, guck nicht so dumm aus der Wäsche.« Die Frau lachte leise. »Es ist ja wahr. Allerdings ist das nichts, was man seinen Kindern erzählt, wenn diese selbst vollkommen unbegabt in dieser Richtung sind.«

Ben hob protestierend an, zuckte dann jedoch mit den Schultern. »Ich habe es irgendwie geahnt«, murmelte er und so richtig geschockt wirkte er nicht. »Weiß Brian davon?«

»Oh bitte!« Bens Mutter schüttelte den Kopf. »Natürlich nicht. Er könnte damit nicht umgehen.« Sie sah uns alle nacheinander an und ich hatte den Eindruck, dass nicht nur ich mich wie ein kleines Schulkind fühlte. »Ich bin mir nicht sicher, was genau ihr euch von mir erhofft. Ich bin Heilerin und kann ein paar einfache Banne wirken, aber mehr –«

»Sie sind eine dunkle Hexe!«, unterbrach Lia Bens Mutter aus heiterem Himmel und trat langsam vor. »Und wenn ich mir Ihre Aura so ansehe, sind Sie nicht unbegabt.«

Ich staunte abermals über meine kleine Schwester – und dann wunderte ich mich über Bens Mutter. Sie fing an zu lachen, herzlich, tief aus dem Bauch heraus, und zerstörte so den Eindruck der vornehmen Landlady.

»Du liebe Güte, mit wem hast du dich denn eingelassen, dass du Auren sehen kannst, kleine Nixe?«

»Mit diversen Gestalten der Finsternis«, gab Lia so gelassen zurück, als sei sie gefragt worden, wie spät es war. »Hat gewisse Nachteile, aber ein paar praktische Seiten eben auch.«

»Unverkennbar.« Bens Mutter lächelte Lia freundlich an. »Na schön, du hast recht, Kindchen. Ich bin auf dem Gebiet der harten Magie nicht ganz unwissend.« Ihr klarer Blick schnellte zu mir. »Wenn ihr also jemanden töten wollt, seid ihr bei mir ganz richtig. Allerdings brauche ich eine Gegenleistung. Etwas, um die Geister zu besänftigen.«

»Mit meiner Stimme können Sie schon mal nichts anfangen«, rutschte es mir heraus und die weißhaarige Hexe, die offenbar mit harter dunkler Magie spielte, kicherte leise. Ich wusste nicht, ob ich sie sympathisch fand oder eher unheimlich.

»Nein, keine Sorge. Ich werde Blut brauchen. Blut desjenigen, der den Todesbann aussprechen wird. Darüber wird die Verbindung zur Finsternis hergestellt.«

»Quasi so einfach wie Flugtickets buchen.« Blutmagie, dunkle Magie. Der Gedanke, damit zu hantieren, machte mich nervös. Ich sah Bens Mutter fest an. »Also helfen Sie uns?«

»Wenn ich kann.« Sie sah zu ihrem Sohn und ihr Blick wurde weich. »Bennett Leuw, bedeutet dieses Mädchen dir etwas?«

Ich hatte schon furchtbarere Momente der Stille erlebt, keine Frage, aber dieser hier gehörte eindeutig zu jenen, die möglichst schnell vorübergehen sollten. Von der eigenen Mutter beim vollständigen Namen genannt zu werden, hatte wohl für jeden eine gewisse alarmierende Wirkung.

Ben überlegte und schwieg für ein paar Herzschläge. Ich wagte nicht, ihn anzusehen. Was, wenn er zugab, dass er unsicher war? Hätte ich es ihm übel nehmen können? Nein, ganz sicher nicht. Mein Herz würde zwar in tausend Splitter zerspringen, aber rational nachvollziehen könnte ich es.

»Zu viel, um das, was sein könnte, zu riskieren«, antwortete er schließlich leise und ergriff meine Hand.

Ich traute mich endlich, ihn anzusehen, und neben einer gewissen Grundverwirrung, die ihn wohl begleitete, seit er bei uns im Hotelzimmer aufgewacht war, konnte ich seine für ihn typische Neugier erkennen – und das warme, beruhigende Leuchten in seinen Gesichtszügen, das mich immer bei ihm hatte ankommen lassen. Das, was zwischen uns gewesen war, war da irgendwo. Und so wie er es ausgedrückt hatte, war es: Es war zu viel, um es zu riskieren.

»Gut.« Sie musterte mich intensiv und schenkte mir ein winziges Lächeln. »Meredith«, stellte sie sich endlich vor, als habe sie mich und die anderen nun für würdig befunden, ihren Vornamen zu erfahren.

»Das Boot!«, rutschte es Tilly raus. Sie schlug sich die Hand vor den Mund, als Bens Mutter ihr einen Blick zuwarf.

»Richtig. Mein verstorbener Mann hat es nach mir benannt.« Sie seufzte spöttisch. »Er konnte sich nie entscheiden, ob er mich oder dieses Schiff mehr liebte – aber da wir beide schließlich denselben Namen trugen, legte er all seine Liebe in dieses eine Wort. Niemand konnte den Namen Meredith so zärtlich aussprechen wie er.« Sie lächelte ein wenig wehmütig und die Reste ihrer kühlen Fassade schmolzen weg.

»Dann lasst uns herausfinden, wer und was euer Widersacher sein mag. Was kannst du mir über diesen Mann sagen, der hinter euch her ist?«

Ich nannte ein paar Eckdaten wie Name, Aussehen, Alter, Rang, doch Bens Mutter schien noch nicht zufrieden.

»Wie ist er vom Wesen her? Was macht ihn aus?«

Erst als Ben mir sachte über den Rücken strich, wurde mir gewahr, dass ich urplötzlich die Luft angehalten hatte. Ich stieß sie zischend aus. »Ein widerlicher, machtgeiler Sadist ist er. Er erträgt es nicht, seinen Willen nicht durchzusetzen.«

Die Weißhaarige sah mich prüfend an. Sie hob abwehrend die Hände. »Schon gut. Ich brauche nichts weiter zu erfahren. Allmählich ergibt sich ein Bild aus den Fragmenten, die ihr mir vor die Füße geworfen habt.« Sie lächelte mich an und zum ersten Mal konnte ich einen Zug ihres Sohnes an ihr ausmachen. »Du hast dich also in meinen Sprössling verliebt und dich offen gegen einen Mann der deinen gestellt?«

Ich nickte.

»Und er hat dich entführt und damit meinen Sohn und dich sehr unglücklich gemacht?«

Gut, das war äußerst milde ausgedrückt, aber ich bestätigte ihre Zusammenfassung mit knappem Nicken.

»Dann hätte ich noch eine kleine Frage: Was meintest du mit der Bemerkung ›Wir müssen irgendwie herausfinden, was für eine übernatürliche Kreatur Uriel jetzt ist‹? Was ist mit ihm geschehen?«

Ich spürte, wie die Worte meine Kehle zuschnürten, doch ich presste sie leise heraus: »Er hat versucht, mich zu schwängern, um mich an sich zu binden.« Dann richtete ich mich ein Stück weit auf und sah Bens Mutter direkt in die Augen. »Und dafür habe ich ihn getötet.«

Die Hexe zog lediglich eine Augenbraue hoch. »Wie?«, wollte sie nach kurzer Stille wissen.

Ben drückte meine Hand und ich flüsterte: »Messer«.

»Uh, Eisenmagie. Gar nicht schlecht.« Bens Mutter kommentierte ihre Bemerkung nicht weiter, nickte nur, als sortiere sie die Einzelheiten, und klatschte unternehmungslustig in die Hände. »Ich werde einen Bann entwerfen, der ihn kalt erwischen wird. Das dazugehörige Elixier setze ich ebenfalls auf, aber dafür werdet ihr mir etwas von ihm bringen müssen – Haare, Fleisch, Speichel, irgendetwas von ihm. Dann kann ich genauer bestimmen, was er ist, und dem Bann den Feinschliff verpassen.« Sie sah uns nacheinander an. »Ich würde sagen, dass er ein Wiedergänger ist, ein Untoter. Mich wundert nur, dass er jetzt erst auftaucht. Normalerweise erheben die Toten sich kurz nach ihrer Beerdigung aus ihren Gräbern. Holt mir etwas von ihm, dann finden wir es heraus.«

Mit ein paar energischen Schritten trat sie zu einer alten grünen Kommode, deren Fronten mit aufgemalten Blümchen verziert waren und damit etwas zu bunt für die restliche helle Einrichtung wirkten.

»Hier, Silberketten. Fast alle sehr stark Begabten reagieren furchtbar allergisch darauf. Falls er irgendetwas merkt, versucht, ihn zu überwältigen und damit gefesselt herzubringen.« Sie riss eine andere Schublade auf und holte eine Phiole mit einer blassrosa Essenz hervor. »Wasserschierling und ein paar andere Zutaten. Tötet die Lebenden, lähmt Verwunschene und Verfluchte. Allerdings nicht lange. Wenn es gut läuft und ihr glaubt, dass er keinen Verdacht schöpft, tut ihm das hier ins Glas und bringt ihn direkt mit. Aber seid vorsichtig. Dunkle Magie kann eure Absichten erkennen. Wenn er sich damit umhüllt hat, könnte er einen siebten Sinn für Bedrohungen entwickelt haben.«

Silber, Wasserschierling, Verfluchte?

Ich seufzte schwer und zuckte kurz zusammen, als Ben mich sachte aufs Haar küsste und an sich zog. »Das wird schon, kleine Meerjungfrau«, flüsterte er und als ich aufsah, glitzerten die tausend Grüntöne seiner Iris vertraut und wunderschön. Zart und keusch berührten sich unsere Lippen und ich spürte das ganze pikende Gestrüpp in seinem Gesicht kaum. Ausschließlich diese weichen Lippen, die mich liebkosen und fordern konnten, waren wichtig. Die Welt versank und auch wenn wir Wichtigeres zu tun hatten – für ein paar Herzschläge gab es nur Ben und mich.

»Ihr Turteltäubchen, könntet ihr wohl …«

Nach einem alles versprechenden letzten Druck auf meine Lippen löste Ben sich von mir, ließ aber meine Hand nicht los. »Töten wir diesen Bastard!«, wisperte er und küsste mich auf die Nasenspitze. »Endgültig.«

Ben und Tarun wollten am Abend in der Kneipe versuchen, Uriel wenigstens ein paar Haare zu stehlen. Wenn es nach dem Tigermann gegangen wäre, hätte er Uriel gleich in kleinen Stücken mitgebracht, aber Bens Mutter riet ihm dringend davon ab.

»Wenn er verflucht ist, kann solch ein Fluch durchaus auf dich überspringen.« Sie duzte uns einfach alle. »Solange wir nicht wissen, was er ist, solltest du ihm nicht näher kommen als unbedingt notwendig. Ben wird heute Abend wie immer an der Theke sitzen. Du stiehlst ihm ein paar Haare und ihr verschwindet, klar?«

»Aye, Ma'am!«, brummte Tarun und zeigte seine Zähne, die auch in seiner Menschengestalt erstaunlich scharf und kräftig wirkten. »Ich kann so schlecht untätig herumsitzen.«

»Schone deine Kräfte, Tiger. Du könntest sie gebrauchen.«

Ablenkung

Den Tag verbrachten wir im Haus von Bens Mutter. Sie hatte sich in eine dunkle Kammer zurückgezogen, die in krassem Gegensatz zu ihrer freundlichen, hellen Einrichtung stand. Hier herrschte ein ähnliches Chaos wie in Bens Küche. Von irgendwem musste er das schließlich haben.

Sie verließ ihre kleine Hexenküche kaum, hatte mir eine Folge an Silben aufgeschrieben, die ich auswendig lernen musste, und so hüpfte ich die schmale Treppe im Haus auf und ab, prägte mir die Silben ein, ließ mich abfragen, schlief eine Stunde, um den Bann sacken zu lassen, fing wieder an zu üben und ließ mich von Tilly und Lia aus der Küche scheuchen, als ich ihnen mit meinem Gemurmel auf die Nerven ging. Sie kochten und backten für das Abendessen, das so reichhaltig ausfallen würde, als wäre es unser letztes Mahl. Vielleicht würde es das sein?

Stunden später, gen Nachmittag, brummte mir der Schädel. Ich hatte mir abenteuerlich klingende Silben in den Kopf gehämmert, hatte die Laute gesummt, geflüstert und bei Bens Mutter die richtige Betonung überprüfen lassen. Nur die Eröffnungs- und die Schließformel durfte ich nicht laut aussprechen, denn die und eine bekräftigende Anrufung nach der Hälfte des Bannes würden den Fluch scharf stellen.

Den Crashkurs zu dunkler Magie hatte ich aufgesogen wie ein Schwamm. Doch nun streikte mein Hirn. Ich wollte ins Wasser und ich wollte schlafen, am besten beides gleichzeitig und jetzt sofort. Ich wurde immer gereizter.

Ben, der an der Treppe vorbeikam, auf dessen mittleren Stufen ich mich zusammengekauert hatte, streckte mir seine Hand entgegen.

»Komm, lass uns einen kleinen Spaziergang machen. Du brauchst frische Luft!«

Luft, ha! Ich brauchte frisches Wasser, beruhigende, kalte Nässe um mich herum, und die Tatsache, dass wir fußläufig das Meer hätten erreichen können, machte meine Laune nicht besser. Ich roch es, schmeckte es, fühlte es bis in die letzte Zelle und hätte mich am liebsten gewandelt – dabei war ich vor nicht einmal zwei Tagen in meinem Geburtstagsüberraschungs-See geschwommen. Diese nervöse Sehnsucht war also vor allem eines – pure Angst vor dem, was kommen mochte.

»Hör auf, vor dich hin zu grollen, und komm. Es nieselt sogar ein bisschen!«

Ich musste gegen meinen Willen lächeln. Er hatte sich gemerkt, wie gern ich bei Regen draußen war und gar nicht genug von den Tropfen auf meiner Haut bekommen konnte. Mit einem leisen Seufzen stand ich auf, hüpfte die Treppenstufen hinunter und blieb auf der vorletzten Stufe stehen, um einigermaßen mit Ben auf Augenhöhe zu sein. »Dann los«, murmelte ich.

»Ihr könnt jetzt nicht raus! Was ist, wenn Uriel oder etwaige Helfer draußen herumschleichen?« Lia sah mich erschrocken an, als wir die Küchentür nach hinten in den hübsch angelegten Gemüse- und Kräutergarten öffneten.

»Wir bleiben auf dem Grundstück«, versuchte Ben sie zu beruhigen, doch ihr finsterer Blick sprach mehr als tausend Worte.

»Könnt ihr nicht einfach bis morgen warten? Irgendwann heute Nacht wird das Gebräu fertig sein. Wenn wir ihn dann finden und bannen, ist er fort und ihr könnt hingehen, wo immer ihr wollt – nur ausgerechnet jetzt ist das vollkommen leichtsinnig!« Meine kleine Schwester hielt mir tatsächlich eine Standpauke, unterstützt durch Tillys energisches Nicken.

»Nur kurz raus, meine Güte!«

»Das dürfte gehen. Aber nur, wenn ihr mit Talisman aus dem Haus geht. Das Grundstück ist zwar an sich geschützt, aber geht lieber auf Nummer sicher.« Bens Mutter reichte uns zwei unspektakuläre graue Steine, wie man sie auf jeder Auffahrt finden konnte. »Hier. Sie fangen an zu summen, wenn sich fremde Magie einem von euch nähert. Einstecken. Und nicht verlieren!«, mahnte sie. »Es sind machtvolle Schutzzauber eingewoben, also bringt sie mir heil zurück. Oh, und euch selbst natürlich auch.«

Ich sah die Hexe verdattert an. An ihre etwas schroffe Art hatte ich mich in den letzten Stunden schon gewöhnt, nur der selbstverständliche Umgang mit Magie war mir nach wie vor suspekt.

Wir Wassermenschen hatten einfach nichts mit dieser schwarzen Kunst zu tun. Auch wenn Ben mir weiszumachen versuchte, dass aus seiner Sicht meine Wandlung in ein Wesen mit Flossen und Kiemen ebenfalls übernatürlich und irgendwie magisch wirkte, waren das für mich zwei völlig unterschiedliche Sachen.

»Meine Güte, kannst du skeptisch gucken. Es ist bloß Magie! Das ist wie Physik – sie funktioniert nach strengen Gesetzen, hat ihre eigenen Regeln und manche Bereiche sind so kompliziert, dass es dafür regelrecht Spezialisten gibt. Da ist gar nichts Gruseliges dran.«

»Na ja, doch …«

»Hättest du vor fünfhundert Jahren jemandem ein Smartphone unter die Nase gehalten, wäre es sicher als nicht von dieser Welt betitelt worden, als Hexenwerk.«

Ich nickte zweifelnd. Das mochte ja alles seine Richtigkeit haben, doch wenn man mittels Worten jemanden töten konnte, war das schon unheimlich. In diesem speziellen Fall aber sehr praktisch, denn es stand schließlich zu befürchten, dass wir Uriel nicht auf konventionelle Art und Weise erledigen konnten.

»Ich finde das alles trotzdem gruselig.«

Nur weil aus Sicht der Menschen, die unzweifelhaft die Mehrheit an einigermaßen intelligentem Leben auf diesem Planeten darstellten und damit die Denknormen vorgaben, Magie, Nixen, Feuernymphen und Gestaltwandler komplett und allesamt auf die Seite des Übernatürlichen gehörten, konnte ich das sehr wohl differenzierter sehen. Ich fand Magie gruselig.

»Guck nicht so skeptisch. Magie funktioniert.«

»Daran zweifle ich auch nicht. Aber sie ist mir trotzdem suspekt. Punkt.« Mein vertrauter Dickkopf war unversehens aufgetaucht.

»Kann ich verstehen, sie ist dir fremd. Hauptsache ist, dass du keine Angst vor dem hast, was du tun wirst. Angst ist ein schlechter Ratgeber, erst recht im Umgang mit harter Magie.« Bens Mutter schloss meine Finger um den Talisman. Ihre Hände waren weich, warm und glatt. »Nimm den Talisman mit. Tu es für mich.«

Ich nickte ergeben.

»Und wenn euch jemand ganz ohne diesen magischen Schnickschnack auflauert?« Lia war längst nicht beruhigt. »Okay, wir gehen davon aus, dass er ein dunkles Wesen ist, aber können wir *sicher* sein, dass er nicht am Tag auftaucht? Nein! Es könnte jemand versuchen, euch ganz klassisch eins über die Rübe zu geben!«

»Uriel kann nicht aufs Grundstück. Es ist für andere Dunkle und Menschen gesperrt.« Bens Mutter nickte uns zu. »Geht ruhig. Bleibt nicht zu lange weg und verlasst das Grundstück nicht. Ihr seht, es machen sich Leute Sorgen um euch!«

Ich versuchte es mit einem beruhigenden Lächeln.

Tilly zuckte mit den Schultern. Sie kannte das immerhin schon von mir. Wenn mir alles zu viel wurde, verschwand ich einfach für ein paar Stunden. Sie hatte nie gefragt, wohin, denn ich war immer entspannter als zuvor wieder aufgetaucht. Manchmal brauchte ich einfach von jetzt auf gleich Zeit für mich. Die Reise am gestrigen Tag, die Ankunft an diesem Ort, die abendliche Begegnung mit Ben, ganz zu schweigen von Uriel, die seltsame Nacht zu fünft, und nun seit Stunden die Vorbereitungen eines gezielten Tötungsdelikts. Das alles musste ich kurz sacken lassen.

Das Grundstück war, gemessen an der Größe des Hauses, wirklich ausladend. Direkt rechts am Haus war eine kleine Terrasse mit von Knöterich und Clematis bewachsener Pergola angebracht, links von der Terrasse erstreckte sich ein Kräuter- und Gemüsegarten, in dem die ersten Stauden dabei waren, sich ihren Platz an der Sonne zu erobern. Ein paar letzte Krokusse waren aus den Beeten ausgebrochen und zierten den Rasen mit gelben, fliederfarbenen und sattvioletten Tupfern. Zartes Grün spross an den mannshohen Büschen, die den Garten vor Blicken schützten. Es wirkte … friedlich. Ich sog die nasse Frühlingsluft tief ein. Alles würde gut werden.

Hinter den Obstbäumen, die ein paar erste Blüten in Weißrosa geöffnet hatten, wurde das Grundstück wild und fast naturbelassen, sodass ich die kaum hüfthohe Mauer aus grauen Schiefersteinen entdeckte, die wohl das ganze Anwesen umschloss.

»Zur Straße hin sieht das Haus deiner Mutter deutlich abweisender aus«, stellte ich fest und Ben nickte.

»Ja, stimmt. Allerdings glaube ich ihr, wenn sie sagt, dass hier niemand ungefragt auf das Grundstück kommen kann.« Er schlich an der niedrigen grauen Steinmauer entlang, kratzte an der einen oder anderen bemoosten Stelle herum und zuckte schließlich mit den Schultern. »Ich wusste immer, dass meine Mutter einen kleinen Tick hat, aber hey ... sie ist eben meine Mum. Dass sie tatsächlich eine echte Hexe ist ... nun, das ist ...«

»Ungemein hilfreich!«, ergänzte ich und verschränkte meine Finger mit seinen. Es war schön, ihn bei mir zu wissen. Der Kuss vorhin hatte ein bisschen mehr von dem zutage befördert, was einst gewesen war, und als ich ihn ansah, konnte ich in seinen Augen den Willen sehen, es zu versuchen. Es mit *mir* zu versuchen.

»Es wird nicht leicht werden, Mialeena«, murmelte er, als hätte er meine Gedanken lesen können.

»Das wird es nicht«, bestätigte ich und sah ihn an. Nieselregen wehte mir in die Augen. »Das, was ich dir damals schon gesagt habe, gilt heute mehr denn je: Ich will so leben, wie es mir gefällt. Durch das, was ich bin, sind mir ohnehin genug Grenzen gesetzt, aber die Freiräume, die ich in dieser Welt habe, will ich mir nehmen und ich will sie auskosten – und ich würde es liebend gern mit dir tun.«

Ben sah mich lange an, blinzelte den feinen Regen aus den Augen und zeichnete meine Unterlippe sachte nach. »Von allen Frauen dieser Erde verliebe ich mich ausgerechnet in eine Nixe. Und die kann noch nicht einmal singen, wie es die Legenden verheißen.« Er schnaubte belustigt und grinste mich vielsagend an. »Aber alles andere, was die Erzählungen der Alten versprochen haben, ist wahr.«

Röte flammte auf meinen Wangen auf, denn sie kribbelten warm. »Wenn du das sagst«, gab ich etwas unbeholfen zurück. Körperliche Nähe würde ganz bestimmt noch ein Thema zwischen uns werden, aber –

»Ich kann warten«, flüsterte Ben mir ins Ohr und küsste mich aufs Haar. »Wir haben jeder unsere Armee an Dämonen, die es zu bekämpfen gilt, richtig? Und heute fangen wir damit an.«

»Gut«, flüsterte ich heiser. »Wo wir gerade dabei sind ... Was ist aus Brian geworden?«, wollte ich von Ben wissen. »Habt ihr euch damals wieder vertragen?«

Sein Seufzen verriet mir genug und Ben brauchte eine Weile, bis er die richtigen Worte gefunden hatte. »Ja und nein. Er hat tatsächlich fast zwei Wochen nicht mit mir gesprochen, so sauer war er. Er glaubte immer noch, dass ich ihm den Kuss einer Meerjungfrau absichtlich verwehrt hatte, um ihn mir selbst zu holen.« Er lächelte etwas gequält und warf mir einen vielsagenden Blick zu. »Habe ich ja auch – irgendwie.« Nachdenklich starrte er in die Ferne und für einen Augenblick glaubte ich, ein feuchtes Schimmern in seinen Augen entdecken zu können. »Als wir uns wiedergesehen haben, warst du gerade ein paar Tage verschwunden. Ich war außer mir vor Sorge und konnte Brian trotzdem nichts von dir erzählen. Wir vertrugen uns wieder. Ich habe mir selbst ein Boot gechartert und bin die Küsten auf und ab gefahren, um irgendeine Spur von dir oder einem Artgenossen zu finden. Nichts. Zwischen Brian und mir war alles okay, obwohl er mir dein Freilassen immer noch ein wenig übel nahm. Wir tranken eine Weile später zusammen bei mir in der Hütte. Irgendwann begann Brian, mich auszufragen. Er ließ sich nicht damit abspeisen, dass ich angeblich für meine Forschungen so viel aufs Meer hinausmusste. Ich wich aus, Brian wurde immer aufgebrachter. Er kennt mich eben mein ganzes Leben lang und wusste, dass ich etwas verbarg. Er riet drauflos und kam dabei der Wahrheit erstaunlich nahe: Er mutmaßte, die Nixe von damals – du – habe mir den Kopf verdreht und mich verhext.« Ben drückte meine Hand ein wenig fester. »Erinnerst du dich daran, dass ich dich manchmal gezeichnet habe? Brian fegte einen meiner Papierstapel von der Anrichte.« Sein leises Schnauben klang erstaunlich heiter. »Noch nie habe ich meine chaotische Natur so sehr bereut wie damals. Im Stapel lagen ein paar Zeichnungen von dir, einige von denen, bei denen ich dich mit deinen Flossen und diesen wunderschönen Schuppen gezeichnet hatte. Mein Bruder wurde blass, dann lief er rot an. All meine Beteuerungen, dass ich dich aus der Erinnerung heraus gezeichnet hatte, fanden kein Gehör. Und ... nun ja ... Wir waren angetrunken, ich war nervlich ohnehin dünn besaitet und ... ich steckte ihm schließlich eiskalt, dass wir zwei uns ... na ja, dass wir es ...«

»… miteinander getrieben hatten?«, ergänzte ich nüchtern, als Ben nur rot anlief.

Er seufzte bestätigend. »Brian ist ausgerastet, beschimpfte mich, nannte mich einen Verräter – und seitdem sprechen wir nur noch das Nötigste miteinander. Als er mich das erste Mal im Pub beim Saufen erwischte, teilte er mir mit, dass ich es verdient hätte, deinetwegen den Kopf zu verlieren. Das war noch das Netteste, was er zu dem Thema zu sagen hatte.« Ben schwieg eine Weile, während wir weitergingen. »Ich habe es nie auch nur eine Sekunde bereut, dich damals wieder in die Freiheit entlassen zu haben. Niemals. Das weißt du hoffentlich.«

Ich schluckte hart und schmiegte mich an seine Schulter. »Weiß ich. Wenn das alles vorbei ist, vielleicht … Vielleicht reden wir mal mit ihm?«

Bens Kiefer mahlten. »Vielleicht. Irgendwann.«

»Bitte. Ich möchte nicht, dass ihr meinetwegen weiter streitet.«

Seine Gesichtszüge entspannten sich, als er mich direkt ansah. »Alles, was du willst, Leena.«

Ich atmete erleichtert auf, war verzückt und umarmte ihn ungestüm. »Bennett Leuw, du weißt gar nicht, was du mir bedeutest. Und bedeutet hast, in all der Zeit.«

»Mialeena …« Er strich mir ein paar störrische Strähnen aus dem Gesicht, küsste mich liebevoll auf die Nasenspitze und schien um Worte verlegen zu sein – aber die brauchten wir auch nicht.

Stumm gingen wir weiter, bis die Mauer, die das Grundstück einfasste, einen Knick machte. Wir blieben stehen.

»Hast du eigentlich einen Nachnamen? Ich habe dich nie gefragt.«

Mein Lächeln geriet etwas schief. »Fenjenhi. Aber das ist vorbei, lange vorbei.«

»Oh.« Bens Grinsen wurde breiter. »Überleg doch mal, ob Leuw dir gefallen würde«, raunte er mir zu, küsste mich auf die Lippen und schob mich dann von sich. »Hast du das eben gehört? Das Bellen?«

Bei Poseidon, hatte ich tatsächlich so was wie einen versteckten Antrag bekommen? Ich sah ihn verdattert an. »Bellen?«, echote ich lahm und befahl meinen Gesichtsmuskeln, sich nicht zu hysterisch grinsenden Grimassen hinreißen zu lassen.

»Ja, ich hätte schwören können, dass es Grisha gewesen ist, aber sie –«

»Grisha!«, quietschte ich. Irgendwohin musste ich ja mit meiner kindischen Freude, die mich immer und immer wieder wie Wellen warmen Wassers durchschwappte.

Fühlte sich so Glück an? Einen Antrag, oder zumindest einen halben, von dem Mann, den man liebte, zu bekommen? Ganz nebenbei, unspektakulär und aus dem Moment geboren? Ja, ich war glücklich, trotz der Umstände.

»Grisha!«, japste ich und sprang über die Mauer. Der Colliemischling schien sich wirklich zu freuen, mich zu sehen. Die Hündin warf sich auf den Rücken, jaulte und fiepte, sprang um mich herum und obwohl mir Hunde suspekt waren – dieser hier hatte mir damals Aufschub in Sachen Uriel verschafft. Sie verdiente eine angemessene Begrüßung und so laut, wie sie jaulte, waren wir da wohl einer Meinung. Ich konnte kaum verstehen, was Ben mir zurief. Vielleicht rief er seine Hündin, vielleicht aber ...

Ich sah hoch.

»Leena!«, brüllte Ben, rannte auf mich zu und irgendetwas an seinem Gesichtsausdruck irritierte mich. In meiner Hosentasche vibrierte es energisch. Der Stein. Und Ben, er sah ... verängstigt aus. Nein, er war in heller Panik. »Komm zurück! Das ist nicht Grisha! Sie ist seit einem guten Jahr tot!«

Ich erstarrte und blickte die gescheckte Hündin an, die mich unschuldig und schwanzwedelnd ansah, als frage sie sich, warum ich aufgehört hatte, sie zu kraulen. »Aber das ist doch ...«, hob ich an und verstummte.

Die Augen des Hundes leuchteten blauer, je länger ich sie ansah. Kälte kroch mir vom Steiß bis in den Nacken und ich taumelte zurück, machte einen Satz zur Seite, als Grisha, oder das Wesen, das so aussah wie Bens treue Weggefährtin, nach mir schnappte. Es befand sich genau zwischen Ben und mir.

»Uriel«, flüsterte ich geschockt. Der Hund begann, sich zu wandeln. »Ben – lauf!«

»Damit er wieder gewinnt? Ganz sicher nicht!« Ben war nicht zu stoppen. Er prügelte und trat auf das sich wandelnde Wesen ein, immer und immer wieder, doch er konnte die Wandlung nicht aufhalten. Uriel musste unglaublich stark sein.

»Ben, lass ihn! Wir müssen zurück!« Warum hatten wir bloß das Schierlingsgift nicht mitgenommen? Ich versuchte, erst Ben fortzuziehen, was lächerlich war, dann konzentrierte ich mich darauf, an der halb gewandelten Kreatur herumzuzerren, doch sie schüttelte mich immer und immer wieder ab. Alles, was mir gelang, war, ihr büschelweise Haare auszureißen – vermutlich vom Kopf, so genau war das nicht zu erkennen. Die Kreatur jaulte und knurrte und die Geräusche fraßen sich durch meine Gehörgänge. Es war ein leidendes, jämmerliches Fiepen, dann wieder ein dunkles, gefährliches Knurren. Schließlich bekam ich einen herben Schlag in die Magengrube, krümmte mich und hoffte, dass Ben wenigstens jetzt von diesem Dämon ablassen würde.

»Wir müssen verschwinden!«, keuchte ich schmerzverzerrt, doch Ben war nicht ansprechbar. Er wollte ihn töten, hier und jetzt, und die Worte seiner Mutter fielen mir wieder ein – es konnte sein, dass der Fluch auf Ben übersprang. »Hör auf, der Fluch könnte …!«

Wie von Sinnen malträtierte Ben das unheimliche Wesen, bis es aufstand, nackt, wie die Dämonen es erschaffen haben mussten, und seinen Gegner packte.

»Du bist also tatsächlich dieser elende Mensch, den sie lieber haben wollte?« Er sah Ben abschätzend an und dann – blickte er zu mir.

Sein Anblick schnürte mir die Kehle zu. Uriel war ein halbnackter Dämon, direkt aus den kochenden Schwefelfluten des Teils des Meeres entstiegen, mit dem man kleine Nixensprösslinge ängstigte und ihnen drohte, wenn sie nicht artig waren. Sein mittlerweile hüftlanges Haar flatterte unnatürlich stark im kaum vorhandenen Wind und ließ die schwarze Masse um seinen Kopf wie eine sich langsam vermischende dunkle Flüssigkeit wogen. Sein Körper schien keineswegs unter seinem Tod gelitten zu haben. Auf dem nackten muskulösen Oberkörper war nicht eine einzige Narbe zu erkennen – nicht einmal die der brutalen Messerstiche, die ich ihm verpasst hatte. Diese perfekte, makellose Form seines Körpers hatte etwas Obszönes an sich. Zerstörung, Hass und Machtwille drangen ihm aus jeder Pore und ich gab mir Mühe, nicht zu würgen. Starr blickte ich ihm entgegen, spürte, wie seine blauen Augen mich anblitzten und er mich abschätzend scannte.

»Mialeena, meine Schöne.« Uriels Blick brachte meinen Magen zum Revoltieren, doch ich schluckte mühsam. Sein Tonfall, seine Haltung, seine ganze Gestalt stießen mich ab. »Gefällt dir, was du siehst?«

Es war Jahre her, dass er mich genau das gefragt hatte. Die Antwort war allerdings dieselbe.

»Kein Stück! Und jetzt lass ihn los! Er hat dir nichts getan, er –«

»Er hat seinen Schwanz in meinem Eigentum versenkt. So was nehme ich persönlich.«

Ich sah, wie Ben um Luft rang. »Aber das war mein Fehler und nicht seiner!«, improvisierte ich hastig. Fehler meinerseits, die es zu bestrafen galt? Dem würde Uriel nicht widerstehen können.

»Oh. Nun … auch eine Sichtweise. Und wie gedenkst du deinen Fehler wiedergutzumachen?«

Mein Herz raste. »Ich komme mit dir. Aber du lässt ihn gehen!«

Ben röchelte empört.

»Du willst also mit mir kommen? Damit dieser Mensch sein Leben leben kann? Ein Tausch?« Uriel lachte leise. Ich musste mich zusammenreißen, um nicht zurückzuweichen, als er sich zu mir umdrehte. »Du warst schon immer widerborstig. Das hat es so interessant gemacht, dich zu brechen.«

Sein Blick glitt aufmerksam über mein Gesicht, doch ich wollte ihm nichts verraten, mir keine Blöße geben.

»Erinnerst du dich? *Nimm mich, Gebieter!* Waren das nicht deine Worte?«

»Du hast mir ja kaum eine Wahl gelassen!«, fauchte ich. Es gab wirklich ein paar Dinge, für die ich mich an schlechten Tagen in Grund und Boden schämte – an guten Tagen regierte die Wut in mir, dass Uriel mich zu so vielem gezwungen hatte, was mich anwiderte.

»Ich habe dir bloß einen Handel angeboten – dein Schoß gegen ein paar Annehmlichkeiten.«

Ja, heute war es eindeutig Hass, den ich verspürte.

»Annehmlichkeiten?«, spuckte ich aus. »Wasser, Nahrung, Schlaf und ein paar Stunden ohne dich waren also verhandelbare Annehmlichkeiten? Du bist tot genauso widerlich wie lebendig, Uriel.«

»Und du hast deine Lektionen immer noch nicht gelernt, Mialeena.« Er lachte kalt und strich selbstgefällig über seinen dämonischen Körper.

»Heute lernst du eine Lektion in Demut, meine Schöne.« Er zog Ben nah zu sich heran. »Nun, als Fischköder und Pfand wirst du taugen, schätze ich. Du, Mialeena, wirst heute bei Aufgang des Vollmondes zu den Klippen dort hinten kommen. Allein und ... Ich weiß nicht, soll ich dich nackt antreten lassen?« Er sog Bens Duft ein. Erinnerungen drohten mich zu übermannen.

»Lass ihn ...«, flüsterte ich hilflos. Wenn ich bloß schon diesen Trank dabeihätte! Oh, wenn ich bloß auf Lia gehört hätte! Und wäre ich nicht auf diesen Hund reingefallen ...

»Aber nein, ich will ja was von meinem Geschenk haben. Komm ruhig angezogen. Es wird mir eine Freude sein, deinen Körper und deine Seele zu entblättern. Schicht für Schicht.«

Damit warf er sich Bens mittlerweile bewusstlosen Körper über die Schulter und rannte los. Er war so schnell, dass ich ihn schon bald im diesigen Grau verloren hatte.

»Ben!«, schluchzte ich entsetzt und starrte perplex die graue Wand aus Nieselregen an. *Uriel hat Ben*, hämmerte es in meinem Schädel, und diesem Monster war es vermutlich vollkommen egal, ob es Frauen oder Männer quälte. Ich wollte mir nicht ausmalen, was er Ben antun würde. Panik lauerte sprungbereit in einem Eckchen meines Bewusstseins und drohte mich zu überwältigen. Ich musste mich zwingen, ruhig und bedächtig zu atmen, zählte bis zwanzig, murmelte Primzahlenfolgen und multiplizierte Zahlen, bis mein Gehirn sich genug von der Angst abgelenkt hatte und ich wieder einigermaßen klar denken konnte.

Es war meine Schuld. Ich war über die Mauer geklettert. Ich hatte uns einem Monster ausgeliefert und das Monster hatte zugeschnappt.

Geschockt wankte ich zurück in die Richtung, aus der ich gekommen war, ehe ich Uriel und Ben ein paar Schritte hinterhergerannt war – doch ich fand die Gartenmauer nicht mehr. Zwar traf ich auf die Stelle, an der der Boden von den Rangeleien aufgewühlt war, doch der niedrige graue Wall war verschwunden, als hätte der Nieselregen ihn verschluckt. Irritiert drehte ich mich im Kreis, aber ich konnte nur ein paar Häuserschemen an der Stadtgrenze ausmachen.

Das durfte nicht wahr sein! Dieser widerliche Hexenkram verbarg wirklich und wahrhaftig das Anwesen von Bens Mutter vor mir!

»Lia? Tilly? Tarun?«, rief ich verzweifelt, bis ich heulend zusammenbrach. Eben noch hätte ich die Welt umarmen können, und nun? Uriel würde die Kneipe, in der wir ihm hatten auflauern wollen, ganz sicher nie wieder betreten, also konnten wir den Plan, ihm Haare oder sonst etwas zu klauen, vergessen. Der Trank, den Bens Mutter seit Stunden für mich braute, wäre damit unwirksam, den Bann könnte ich nicht sprechen und …

Haare … Es gab diese eine Chance. Hauchdünn, geradezu wahnsinnig, und ob ich nicht vorher durchdrehen würde, stand in den Sternen. Aber es gab sie.

Mit zittrigen Beinen schritt ich gewissenhaft Meter für Meter ab, heulte und fluchte und schließlich, kaum auszumachen, fand ich, wonach ich gesucht hatte: die ausgerissenen Haare des Monsters. Meine Hände zitterten, als ich die unterschiedlich langen Strähnen zusammenklaubte. Die meisten stammten von Uriels Hundegestalt, ein paar lange schwarze musste Ben der menschlichen Form in Rage ausgerissen haben. Ein wenig kribbelten meine Hände beim Berühren. War das die dunkle Magie, die ihnen innewohnte? Egal, selbst wenn sie meine Finger verbrannt hätten, ich musste jedes Einzelne aufsammeln.

Ein tiefes Schnurren unterbrach mich in meinem Tun. Als ich aufsah, blickte ich in das schwarzgelbweiß gestreifte Gesicht eines Tigermännchens, das näher kam und wirklich beeindruckend groß war. Ich hielt die Luft an, starrte Taruns Tiergestalt an und hielt ganz still, als er mich beschnüffelte und schließlich – für seine Verhältnisse vermutlich sanft – anstupste. Ich fiel trotzdem um.

»Tarun!«, heulte ich auf, rappelte mich auf und schlang meine Arme um seinen starken, weichen Tigerhals. Sein Fell fühlte sich ein wenig borstig an und roch nach wilder Katze, doch es störte mich nicht. »Er hat ihn mitgenommen!«, rief ich verzweifelt. »Es war ein Trick und er … er hat … Er wird Ben umbringen!«

Schluchzend presste ich mich an das große Tier und lauschte dem tiefen Vibrieren, das mich einlullte. Als es sich bewegte und mich aus seinen bernsteinfarbenen Augen ansah, fühlte ich mich schon ein wenig ruhiger.

»Komm«, brummte Tarun und es hörte sich ganz und gar nicht nach ihm an.

Der Tiger trottete neben mir her und gab ein unglaublich tiefes Grollen von sich. Obwohl ich Minuten zuvor noch geschworen hätte, dass die Mauer des Grundstücks nicht da gewesen war, tauchten ihre Umrisse in der feuchten Luft auf wie Flecken auf einem Blatt Papier, die sich allmählich zu seltsamen Formen ausbreiteten. Ich staunte für einen Augenblick, dann schob Tarun mich weiter in Richtung Haus.

Lia sparte sich ihr *Ich hab's euch gesagt* glücklicherweise, als ich durchweicht und verheult – und vor allem allein – zur Tür hereingestolpert kam. Der Hergang der Geschehnisse war schnell erzählt. Stumm hielt ich Bens Mutter die Haare hin, die ich die ganze Zeit fest umklammert hatte. Sie schien trotz der Sorge um ihren Sohn erleichtert zu sein, hatten wir doch eine Chance, Uriel bei dem nächtlichen Treffen zu eliminieren – allerdings musste ich vorher aus ihm herausbekommen, wo Ben war.

»Es gefällt mir nicht, dass du da allein hingehen willst.«

Tarun, mittlerweile wieder in Menschengestalt, lief unruhig im hellen Wohnzimmer ab und ab.

»Meinst du, mir?« Mein Magen fühlte sich jetzt schon flattrig und nervös an. Uriel hatte sich unmissverständlich ausgedrückt – ich sollte allein erscheinen.

»Meinst du, er wird Ben mitbringen?«

Ich sah Lia, die am Esstisch saß, kopfschüttelnd an. »Nein. Er ist nicht dumm. Solange er mir nicht verrät, wo Ben sich befindet, kann ich ihn nicht töten.«

Was mich in eine gewisse Zwickmühle brachte – ich musste versuchen, ihn hinzuhalten und gleichzeitig auszufragen. Und die Kleinigkeit meines revoltierenden Magens in den Griff zu bekommen.

»Wir sollten uns den Kerl einfach schnappen und ihn verhören«, knurrte Tarun. »Den krieg ich klein, das wäre gar kein Problem und –«

»Ich bin mir relativ sicher, dass er dichtmachen wird, wenn wir mit Gewalt anfangen. Er würde Ben eher sterben lassen, als uns etwas zu verraten. Vielleicht erzählt er *mir* etwas, denn er verhandelt gern Zug um Zug.«

Aus Lias Richtung kam ein Seufzen. Versonnen strich sie über die Deckel der Töpfe, die vor ihr auf dem Tisch standen. Appetit hatte keiner von uns, auch wenn das Essen köstlich duftete. »Er will dich. Also wirst du ihm etwas für seine Informationen anbieten, richtig?«, dachte sie laut nach.

Mein Magen hüpfte nervös. »Ja, irgendwie so ... wird es wohl laufen.«

Ich verbrachte die Zeit bis Mitternacht mit dem Wiederholen der Bannsilben, formte lautlos die Eröffnungs- und Schließformeln und fühlte mich, kurz bevor es losgehen sollte, seltsam euphorisch, obwohl ich zutiefst erschöpft war. Ich musste Ben retten. Ich musste mich selbst retten – ich musste uns beide und das, was sein könnte, retten.

Bens Mutter trat zu mir ans helle Sofa, auf dem ich mich zusammengerollt hatte, um ein wenig Ruhe zu bekommen.

»Leena, hör mir gut zu.« Sie setzte sich auf die Lehne eines Sessels und hielt eine bläulich schimmernde, durchsichtige Kapsel zwischen den Fingern, kaum größer als eine Erbse. »In dieser Kapsel befindet sich ein sehr machtvolles Gebräu. Es macht dich widerstandsfähiger gegen die dunklen Mächte, die du anrufen wirst. Es schützt dich für eine gewisse Zeit, etwa zwei Stunden lang. Also nimm es erst zu dir, wenn du ihn wirklich so weit hast, um den Bann zu sprechen.« Ihre Stimme klang scharf und hart und ich glaubte, Sorge herauszuhören. Immerhin hing das Leben ihres Sohnes davon ab, was ich mit Uriel anzustellen vermochte. »Der Todesbann, den du aussprichst, muss bei vollem Körperkontakt gesprochen werden. Hexen wie ich könnten ihn aus gewisser Distanz wirken, aber du ...«

Ich sah sie schockiert an. »Körperkontakt?«, hauchte ich entsetzt. Ich konnte diesen Mann doch nicht anfassen! Mein Magen zog sich schmerzhaft zusammen. Und ob ich das konnte. Wenn es dieses Ungeheuer einen Schritt näher in Richtung Jenseits brachte, würde ich es tun. Wenn ich Ben damit retten konnte, musste es sein. »Reicht es, wenn ich seinen kleinen Finger festhalte?«

»Natürlich.« Die Hexe sah mich fest an. »Dein Wunsch, Mialeena, wird die Magie leiten. Wünsche sind machtvoll, dessen musst du dir bewusst sein. Wenn du dir seinen Tod wünschst, musst du es so meinen, tief aus dem Herzen. Willst du ihn verstümmeln, stell es dir bildlich vor.« Ihre Stimme wurde leise und eindringlich. »Die Magie sieht in dich hinein und wendet sich im schlimmsten Fall gegen dich. Sie wird nicht umsonst harte oder auch kalte Magie genannt, denn dunkle Magie nennen nur jene sie, die sie fürchten und verurteilen. Wir, die sie kennen und verehren, kennen ihre wahre Natur. Sie wertet nicht. Ein Todesfluch tötet – du kannst lediglich versuchen, dich zu schützen, und hoffen, dass derjenige, den du töten willst, sich nicht dagegen sichern kann.«

Ich nickte und versuchte, das Schaudern zu unterdrücken. Mit zittrigen Fingern nahm ich die Kapsel entgegen, für deren Herstellung die Hexe fast einen ganzen Tag gebraucht hatte.

Wusste ich überhaupt, was ich wollte? Er sollte mir niemals wieder etwas tun können. Musste er dafür sterben? Uriel war der Vernunft nicht zugänglich, das war klar. Er würde immer und immer wieder versuchen, mir Schaden zuzufügen, jetzt wohl noch viel mehr als damals. Aber ihn dafür bewusst umzubringen? Wollte ich ihn nicht vielmehr leiden lassen?

Ein boshaftes Stimmchen in mir brach in Jubel aus und für ein paar Herzschläge gab ich mich lustvoll blutigen Bildern hin. Doch das wollte ich nicht, damit wäre ich nicht besser als er. Das Monster musste verschwinden, ein für alle Mal.

»Leena«, drang die sanfte Stimme von Bens Mutter durch meine sich überschlagenden Gedanken. »Der Bann wird deine Erinnerungen nicht löschen. Aber die Tatsache, dass du selbstbestimmt handelst und dich deinem größten Albtraum stellst, wird deine Wunden ein ganzes Stück heilen, vertrau mir.«

Ich blinzelte die Tränen weg und nickte tapfer.

»Dein Herz wird sagen, was es will. Versuche nicht, es zu beeinflussen.«

Und dann brachen wir auf. Tilly und Tarun, Lia und Bens Mutter – sie alle würden so weit weg sein, dass Uriel davon ausgehen musste, ich sei allein erschienen. Falls etwas schiefging, würden sie mir vielleicht, ganz vielleicht, helfen können. Doch wenn Uriel mich töten wollte, würde er das tun – er war schnell und er war skrupellos. Seine Schwäche war es jedoch, mit seinen Opfern spielen zu wollen. Ich würde ihn spielen lassen. Nach meinen Regeln.

Eiserner Wille

Der Mond hing knapp über dem Horizont. Sein kühles Licht warf tiefe Schatten auf den zerklüfteten Boden. Selbst mit meinen auf Nachtsicht eingestellten Augen konnte ich kaum mehr als helle und dunkle Flächen erkennen. Zackige Felsenkanten formten seltsame Gebilde und ich ahnte, warum Uriel sich genau diesen Ort als Treffpunkt ausgewählt hatte. Er war weit genug weg von den ersten Häusern, als dass man lautes Geschrei hätte hören können, und ausreichend unheimlich, um einen nervösen Geist Gestalten sehen zu lassen, die Angst machten. Die See donnerte einige Meter unter uns gegen die Klippen und bildete ein permanentes Hintergrundrauschen. Tiere hörte ich keine, sosehr ich meine sensiblen Sinne auch anstrengte. Sie hatten ihren Instinkten vermutlich gehorcht und waren geflohen – ich beneidete sie ungemein.

»Ah ... Mialeena. Süß wie eh und je.«

Ich fuhr herum und konnte nichts sehen, nichts außer spärlichem Gras, das sich hartnäckig gegen den hier oben pfeifenden Wind stemmte, und die unheilvollen Schatten, in denen sich Uriel verbergen mochte.

»Ich erinnere mich an dein weiches Fleisch ... Kribbelt es nicht zwischen deinen Schenkeln? Du hast mich vermisst, oder?«

Die Stimme war da und unverkennbar Uriels. Ich konnte sie nicht orten, sosehr ich mich auch anstrengte.

»In all den einsamen Nächten, in denen du von mir geträumt hast, hast du dir da nicht gewünscht, du hättest dich damals anders entschieden?«

Ich knackte nervös die Kapsel, die Bens Mutter mir gegeben hatte, und schluckte den bitteren Geschmack der Essenz herunter, die mich gegen den Todesbann schützen sollte. Das alles hier musste getan werden – für Ben. Für uns. Für mich.

Vorsichtig drehte ich den Kopf, auf ein verräterisches Knacken hoffend, auf irgendeinen Laut, der mir verriet, wo sich das Monster aufhielt.

»Ein Teil von dir gehört mir für alle Zeiten, Mialeena, das habe ich dir doch versprochen. Du weißt ja, dass ich meine Versprechen niemals breche, nicht wahr?«

Leider ja, das wusste ich nur zu gut.

Links von mir sah ich etwas aufblitzen, vielleicht seine Zähne. Gut, nun hatte ich einen Anhaltspunkt, wo er sich befand. Das war nicht viel, aber immerhin würde ich wissen, aus welcher Richtung ein Angriff kommen konnte. Ich zog es vor, ihm nicht zu antworten – ohnehin glaubte ich, dass er einen sorgsam vorbereiteten Monolog hielt, um mich mürbe zu machen.

»Du wirst auf allen vieren krabbeln und darum betteln, dass ich dich nehme, ganz wie früher, erinnerst du dich?«

Ich wollte nicht daran denken, und doch tat ich es. Es war wieder und wieder um eine simple anderthalb Liter Wasserflasche gegangen. Ohne regelmäßig zu trinken, begannen wir Wassermenschen schon nach vierundzwanzig Stunden zu halluzinieren. Eine halb ausgetrocknete Nixe brauchte verdammt viel Wasser – also hatte ich ihn angebettelt, nicht aufzuhören, war in Tränen ausgebrochen, sobald es vorbei war, weil ich noch Durst hatte, und hatte mich immer und immer wieder für ein paar Schlucke Wasser verkauft.

Meine Hände ballten sich zu Fäusten. »Zeig dich endlich!«, unterbrach ich sein provozierendes Gewäsch – und meine Gedanken. Wut köchelte in mir, genauso wie die lähmende Angst, die ich so gut kannte. »Komm raus, Feigling! Kannst du nichts anderes, als Schwächere einzuschüchtern?«

Wirklich, ich wollte es hinter mich bringen. Mein ganzer Körper schien aus einem einzigen harten Klumpen zu bestehen.

Aus dem Schatten, genau dort, wo ich ihn vermutet hatte, schälten sich die Umrisse des großen Mannes. Er war diesmal immerhin mit einer Hose bekleidet. Trotzdem wirkte es, als wollten seine Muskeln den Stoff sprengen. Es war schlichtweg unerhört, dass ein Toter – erst recht *dieser* Tote – vor Kraft und Leben nur so strotzte. Selbst zu seinen normalen Lebzeiten war er ein zwar attraktiver Mann gewesen, aber nicht auf diese … schamlose Weise. Er schien vor Dunkelheit und Lust zu vibrieren und leuchtete, als sei die Sättigung aller Farben an ihm trotz des kühlen Mondlichts ein wenig zu hoch.

Uriel musterte mich und versuchte zu ergründen, wo meine schwächste Stelle liegen mochte. In diesem Punkt war ich ihm um einiges voraus: Ich hatte damit gerechnet, dass er versuchen würde, mich mit lauerndem Schweigen oder mit wohl platzierten Worten einzuschüchtern. Unbehagen und Angst erst im Kopf zu erzeugen, einen lächerlichen Ausweg aufzuzeigen und dann seine mit Worten gemalten Horrorszenarien wahr werden zu lassen – das war sein Ding. Ich wusste das alles und doch fühlte ich, wie die vertrauten Mechanismen in mir begannen, ihr Werk zu tun. Etwas in mir sehnte sich so sehr danach, ihm die Kehle darzubieten, mich ihm zu ergeben, dass es mich selbst anwiderte.

»Ich will zu Ben!«, schleuderte ich ihm entgegen, bevor meine Angst mich völlig lähmte. »Lass ihn gehen. Dann komme ich mit dir.«

»Und wenn ich ihn einfach umbringe?« Uriel kam näher. »Du, Liebste, hast keinen Verhandlungsspielraum, ist dir das bewusst? Ich werde mir zurückholen, was mir gehört. Du wirst bluten und schreien, das verspreche ich dir.« Er beobachtete jedes winzige Zucken auf meinem Gesicht und ich erinnerte mich, dass er damals schon nach ein paar Tagen sehr gut darin geworden war, in mir zu lesen.

Trotzdem konnte ich weiteratmen – und das fühlte sich verdammt gut an.

Uriel machte einen Schritt auf mich zu. »Du weißt, dass es deine Schuld ist, wenn er stirbt? Durch dein Auftauchen hier in Irland hast du mir schließlich erst bestätigt, dass ich den richtigen Verwirrten ausfindig gemacht habe. Deinen … Bennett.« Er spie Bens Namen aus wie etwas Ekliges. »Hast du ihm nicht eingebläut, mit keiner Menschenseele über unsereins zu sprechen?« Uriel lachte hämisch. »Aber ich will mich nicht beschweren. Komm zu mir, Liebste, wir gehen. Ich bringe dich zu ihm. Du darfst dich verabschieden.«

Ich musste Zeit schinden, um mich zu fangen, hämmerte es in meinem Kopf. Also zwang ich mich, den Blick von ihm abzuwenden, so als interessiere mich die Dunkelheit hinter ihm mehr als er selbst. Trotzdem behielt ich ihn aus den Augenwinkeln im Blick – und es wirkte. Ich war nicht mehr das gelähmte Opfer. Ich würde ihn nie wieder vor Angst und Durst anbetteln, meinen Körper zu benutzen. Die Frau, die den Wahnsinnigen schließlich und letztendlich auf die Bretter geschickt hatte, wohnte immerhin auch irgendwo in mir.

Ich richtete mich auf und konnte Uriel wieder ansehen, ohne augenblicklich wegzurennen. Sein irritiertes Stirnrunzeln gab mir recht. »Also hast du mir die Briefe geschickt«, stellte ich fest, um ihn am Reden zu halten, bevor er wieder mit seinen Psychospielchen anfangen konnte.

»Natürlich. Guter altmodischer Postweg.« Er verschränkte seine kräftigen Arme vor der Brust, musterte mich wie etwas zu essen und lächelte schließlich. Mein Herz schlug einmal zu viel, als er noch ein wenig näher kam. »Verrate mir, Mialeena, hast du Durst?« Wie aus dem Nichts hatte er plötzlich eine Halbliterflasche Wasser in der Hand. Geschmeidig wie eine Muräne kam er träge lächelnd auf mich zu. Meine Kehle fühlte sich tatsächlich staubtrocken an.

Ich räusperte mich und brachte ein heiseres »Nein!« heraus, auch wenn Wasser alles war, woran ich plötzlich denken konnte.

Reiß dich zusammen, bleib ruhig, atme durch, riet ich mir und versuchte, das Verlangen nach Wasser zu verdrängen. Es war einer seiner Tricks, etwas, auf das er meinen Körper abgerichtet hatte. Ich hasste ihn mit jeder Faser meines Seins. Augenblicklich wollte ich ihn zu Asche zerfallen lassen, doch ich wusste, ich würde ihn berühren müssen, um ihn zu verfluchen – und das so lange, bis der Bann vollständig ausgesprochen war.

»Widerliches Gewürm!«, ging ich selbst in die Offensive, um mich abzulenken. »Sag mir, wo Ben ist, und dann bringen wir es hinter uns!«

»Na!«, schnalzte er missbilligend. »Nicht so schnell. Ich frage mich ja, was damals mit uns schiefgelaufen ist. Du warst letztlich so brav, meine Schöne, wirklich, so eifrig bemüht, mir zu gefallen … Du hättest mein Meisterstück sein können.«

Ich schnaufte tief. Bei allen Najaden, ich wollte diese Flasche Wasser so dringend, dass ich mich abermals bei der Vorstellung ertappte, mich ihm hinzugeben. Hier und jetzt.

Wütend schüttelte ich den Kopf. »Ich hätte lieber sterben wollen, als dich für den Rest meines Lebens zu ertragen.« Ein böses Lächeln stahl sich auf mein Gesicht. Da war sie, die dunkle Seite an mir, die ich gerade so dringend brauchte, weil sie meine Angst und meine Kapitulationsfantasien im Zaum halten würde. »Aber wenn ich mich recht erinnere, lagst du am Ende ausgeblutet am Boden, nicht wahr?«

Zorn flammte so unvermittelt in seiner Mimik auf, dass mein ängstliches Ich sich prompt an seine Stimmungsschwankungen erinnerte. Ich hätte einiges darum gegeben, ganze Welten zwischen uns bringen zu können, doch ich war eine Nixe und kein Weltenwandler – und ich hatte nur dieses eine Leben. Und darin hatte Uriel Demetrios nichts mehr zu suchen. Er würde gleich Geschichte sein – ich musste bloß durchhalten.

Meine Lippen verzogen sich zu einem gehässigen Lächeln. Ja, da war sie, die unbekannte Frau, die ich in meinen Träumen beobachtet hatte, die blonde Nymphe, die sich auf seinen Tod freute. Sie war ich und ich war sie – und ich hatte sie die letzten Monate vor lauter Angst und Scham ignoriert.

Ich konnte nur gewinnen. Falls ich zu schwach war, würden die anderen den Kerl plattmachen. Und falls ich den Bann überlebte, wäre von Uriel bloß noch ein schmutziges Häufchen Dreck übrig. Ich war frei und so würde es bleiben, denn der Bann würde entweder ihn oder mich töten.

Wäre da nicht noch Ben.

»Warum lebst du?«, stellte ich die offensichtlichste Frage, die mir die ganze Zeit schon unter den Nägeln brannte. »Ich habe dich getötet!«

»Und das war nicht besonders nett von dir.«

Ich hätte ihn allein schon wegen seines überheblichen Tonfalls schlagen wollen. »Sag schon! Wieso bist du hier?«

»Nun ... Ich bin hier, weil du hier bist. Ich habe tagtäglich an Macht gewonnen, liebste Mialeena.« Seine schmeichelnde Stimme stand im harten Kontrast zu dem begehrlichen Funkeln in seinen Augen. »Durch dich. Deine Albträume haben mich erschaffen, kurz nachdem unsere gemeinsame Liaison vorbei war. Doch das war sie nicht, nicht wahr?«

Ich vernahm seine Worte und konnte sie trotzdem nicht verarbeiten. *Ich* sollte diesen widerlichen Mann, diese Kreatur, erschaffen haben?

»Du hast mich gut genährt. Nach einer Weile übernahm ich die Kontrolle über mich selbst, meine süße, weiche Nixe.« Er trat etwas näher und stolzierte um mich herum, bis er hinter mir stehen blieb. »Du warst nie allein«, raunte er. Sosehr ich davonlaufen wollte, konnte ich meine Beine doch nicht rühren. »Ich war bei dir, als du schreiend aus dem Schlaf geschreckt bist. Ich war da, sobald du dich schluchzend zusammengerollt hast, um all das zwischen uns zu vergessen.« Seine Stimme wurde leiser. »Ich war und werde immer da sein.«

Tränen stiegen mir in die Augen. Ich war hier, um dieses Monster zu vernichten, verdammt noch mal!

»Sehnst du dich ein bisschen nach mir? Danach, dass du mir einfach nur gehorchen musst, um belohnt zu werden?«

Die Antwort schnürte mir die Kehle zu. »Ich hasse dich!«, presste ich wütend hervor. »Habe ich dich an meinem Geburtstag im See deswegen gesehen? Weil ich dich erschaffen habe?«

Er trat vor mich und musterte mich. »Ja, das war seltsam. Dein Unterbewusstsein wollte dir wohl zeigen, dass es mich gibt und dass wir uns dringend treffen sollten ... Ist es nicht so?«

Darauf wusste ich nichts zu sagen. Er war verrückt geworden, das schien mir die einleuchtendste Erklärung zu sein.

»Ich bin nun mal, was ich bin.«

»Ja, aber *was* bist du denn?«

Vielleicht hatte er mittlerweile vollends den Verstand verloren. Ich unterhielt mich also mit einem Wahnsinnigen. Diese Erkenntnis machte mich seltsamerweise noch nervöser, als ich ohnehin schon war. Uriel war eines sicher nie gewesen – dumm oder inkonsequent. Alles, was er angekündigt hatte, hatte er ernst gemeint, sowohl was seine Drohungen betraf als auch in Bezug auf seine Zusagen. War er jetzt vollkommen unberechenbar geworden?

»Ich bin dein Albtraum, süße Mialeena!« Überheblich musterte er mich. »Liegt das nicht auf der Hand?«

Ich holte tief Luft. »Wie du meinst.« Wenn er so sehr darauf bestand, dass ich ihn in irgendeiner Form erschaffen hatte, musste ich das so hinnehmen. Ich wich einen Schritt zurück und musterte ihn mit klopfendem Herzen. »Und du hast mich geformt, nicht wahr?«, flüsterte ich und ging ganz allmählich zu einem Angriff über, den er nicht kommen sehen würde.

Sein Lächeln wurde sanft. »Aber natürlich, Liebste. Das versuche ich dir die ganze Zeit deutlich zu machen. Du gehörst mir!«

Nein, wollte ich ihm entgegenschleudern, *du hast eine wütende, verletzte Kopie von mir erschaffen.* Doch ich biss mir auf die Zunge und lächelte dünn. Ich würde ihn in die Knie zwingen.

Uriel fuhr fort, sich mir langsam, fast schon misstrauisch zu nähern, dabei war er mir kräftemäßig klar überlegen. Er schien etwas Gefährliches zu wittern, als könne er das dunkle Wesen, das in mir existierte, riechen.

»Du bist schöner als in meiner Erinnerung, Mialeena«, flüsterte er und seine Gier stieß mich ab. »Ich würde dir gern hier und jetzt die Beine auseinanderzwingen. Aber das haben wir ja gar nicht nötig. Du wirst das alles ganz artig von selbst machen, richtig? Was meinst du, möchtest du jetzt einen Schluck?« Er tat so, als lese er das Etikett auf der Flasche. »Quellwasser aus den Wicklow Mountains. Rein und frisch, schmeckt ganz vorzüglich.«

Ich versuchte, seine Stimme auszuschalten und mich auf den Bann zu konzentrieren. Es gelang leidlich. Ich hatte Durst, ein unwirkliches, verzehrendes Gefühl. Ausgerechnet jetzt musste ich daran denken, was ich für jeden Schluck, den ich hatte trinken dürfen, klaglos ertragen hatte. Scham brannte heiß auf meinen Wangen. Ich hatte diese Überlegungen tausendmal angestellt – ich hatte keine andere Wahl gehabt.

Mit bloßem Willen verbannte ich die Gedanken aus meinem Kopf und konzentrierte mich wieder auf die Dinge, die ich mit Uriel zu klären hatte, bevor ich ihn umbringen würde.

»Ich möchte, dass du Ben freilässt«, forderte ich leise und starrte stur an Uriel vorbei. »Bitte. Wo ist er?«

»Gut verwahrt.« Uriel umkreiste mich mit gewissem Abstand und ich drehte mich langsam mit ihm.

»Ich komme mit dir, aber nur, wenn du ihn vorher freilässt.«

Mein Herz schlug dumpf und gleichmäßig, pumpte Adrenalin durch meinen Körper und ließ jede Zelle nach Vergeltung kreischen.

»Wo ist er?«, beharrte ich. »Ich tue alles, Uriel. Alles, was du verlangst. Aber sag mir, wo er ist.«

Uriel lachte leise und ließ sich mein Angebot durch den Kopf gehen. »Versprochen?«, hakte er nach.

»Ja … mein Herr«, flüsterte ich und hatte das Gefühl, das letzte Wort würde einen widerlichen Geschmack auf meiner Zunge hinterlassen. Doch Uriel gefiel es.

»Schon viel besser, Mialeena. Dann will ich nicht so sein. Für jeden Hinweis, den ich dir gebe, ziehst du etwas aus. Tu es, oder überlass ihn seinem Tod.«

»In Ordnung«, flüsterte ich heiser. »Was soll ich als Erstes ausziehen?«

»Deine Jacke.«

Na schön. Ich war stark. Ich musste Ben retten. Bei allen Najaden, ich wollte wegrennen, doch ich legte gehorsam meine Jacke ab und ließ sie zu Boden fallen.

Uriel lächelte kalt. »Er ist einem Raum aus Stein«, gab er mir den ersten Hinweis. »Und es ist feucht dort, wo er ist.« Er leckte sich über die Lippen. Obwohl sich mir schlagartig die Nackenhärchen aufstellten, wusste ich, dass ich ihn am Haken hatte. »Deine Stiefel. Zieh sie aus, Mialeena. Möchtest du einen Schluck Wasser?«

Ich hasste diesen sanften, fordernden Tonfall. Als ich kommentarlos in die Hocke ging, die festen Stiefel aufschnürte und sie auszog, fühlte ich mich für ein paar Atemzüge zurückversetzt, allein durch diesen leisen Singsang, in dem er seine Anweisungen hervorbrachte. Stumm schüttelte ich den Kopf und konnte den Blick nicht von der kleinen Wasserflasche wenden, die er genüsslich an die Lippen setzte und einen kleinen Schluck nahm.

»Ah … So ist es brav, meine Schöne.«

Ich würde mitspielen, für Ben. Für mich. Dieser Albtraum würde hier und heute enden. Der Gedanke machte mich kribbelig.

»Es gibt aus diesem Raum nur einen Ausgang, doch dieser ist tödlich für einen schwachen Menschen wie ihn.«

Mein Gehirn ratterte. Ein Raum aus Stein, feucht, mit einem Ausgang, der Ben töten würde? Vielleicht irgendeine gemein konstruierte Falle?

»Deine Hose und die Socken. Runter damit.«

Er fuhr fort, mich zu umrunden. Etwas unbeholfen stieg ich aus meiner Hose und versuchte, ihn nicht aus den Augen zu lassen.

»Niemals wird es dort hell und trotzdem ist es nicht dunkel, denn das Licht, das dort existiert, lebt.«

»Sag mir einfach, wo er –«

»Scht!«, unterbrach er mich ärgerlich.

Ich hatte einen Fehler gemacht – ich hatte gesprochen, ohne aufgefordert zu werden. Seine ganzen dämlichen Regeln fielen mir schlagartig wieder ein. Ich presste den Kiefer fest zusammen und senkte unterwürfig den Kopf. Das musste ihm gefallen.

»Sehr gut, Mialeena.« Er kam näher, ich konnte seine Körperwärme mit meinen Nymphensinnen spüren. »Zieh dein T-Shirt aus. Für die unangemessene Unterbrechung.«

Ich nickte und tat es, ohne nachzudenken. In Unterwäsche blieb ich, wo ich war, ließ ihn glotzen und atmete scharf ein, als er hinter mich trat.

»Wasser?«, raunte er mir ins Ohr und ich biss mir auf die Lippen, um nichts zu sagen. Ich konnte lediglich normalen Durst haben – er *musste* irgendetwas mit meinem Hirn machen. Ich konnte bloß noch an kühles Nass denken.

Mein Atem ging stoßweise, als Uriel eine Hand um meine Kehle legte. Er drückte die kleine Plastikflasche gegen meine Lippen. »Trink, Mialeena. Du weißt, wie das laufen wird.«

Ich wollte nicht trinken, doch meine Nymphensinne lechzten nach Flüssigkeit. Erstaunt über mich selbst öffnete ich den Mund und stöhnte leise, als das ungemein beruhigende Gefühl von kaltem Wasser, das meine Kehle hinabströmte, meine Zellen wohlig kribbeln ließ.

Das hier war mein Spiel, versuchte ich mir klarzumachen, und es half, mich nicht in den antrainierten Mechanismen von damals zu verlieren. Meine Inszenierung, meine Regeln.

Ich bog mich dem Verrückten entgegen, rieb meinen Hintern an seiner Front und vernahm ein gefälliges Stöhnen.

»Ich gestatte dir noch eine Frage«, raunte er.

Für ein paar Sekunden herrschte Stille, denn ich bekam vor lauter Aufregung kein Wort heraus. Die direkte Frage, wo Ben sich befand, hätte Uriel mir ohnehin nicht beantwortet.

»Welche Informationen brauche ich noch, um ihn zu finden?«, flüsterte ich und vernahm sein spöttisches Auflachen.

»Du hast alle Puzzlesteine, die du brauchst. Schade, dass du sie deinen Freunden nicht weitergeben kannst.«

»Uriel, bitte –«

»Wasser?«

Gehorsam öffnete ich den Mund und schluckte. Na schön – dann kam jetzt der schwierige Teil des Plans. Der Bann.

»Ich habe von dir geträumt«, wisperte ich und schnappte etwas verzweifelt nach der Flaschenöffnung, als er sie aus meiner Reichweite hielt und wartete.

»Ich weiß«, raunte er und sog den Duft meiner Haare ein. »Noch einen Schluck?«

Seine dunkle Stimme verursachte ein nervöses Aufblitzen meiner silbernen Schuppen, die vor Nervosität stellenweise den Platz mit meiner Haut getauscht hatten. Ich nickte hastig, öffnete die Beine ein wenig, so wie er es immer verlangt hatte, und spürte, wie er mich berührte.

In Gedanken rief ich die erste Bannzeile auf. Jetzt gab es kein Zurück mehr – ich musste bei jedem Wort für Körperkontakt sorgen. Ein magisches Prickeln ließ mich keuchen. Uriel interpretierte mein Stöhnen vollkommen anders und schnaufte triumphierend.

Idiot.

Hatte ich es mir so vorgestellt? Mich meinem Albtraum auszuliefern, um Ben zu retten? Ja, so in etwa – auch wenn ich versucht hatte, es mir nicht allzu genau auszumalen. Aber bei der Frage, wie ich einen Mann wie Uriel lange genug festhalten sollte, um Körperkontakt herzustellen, war mir durchaus der Gedanke gekommen, meine körperlichen Reize einzusetzen. Nun, dann sollte es so sein.

Ich bat leise um Wasser, bis er mir die Flasche erneut an die Lippen hielt. Er wollte seine dummen Machtspielchen spielen? Konnte er haben.

Die Eröffnungsfloskel, die den Bann zu einem tödlichen machte, musste korrekt ausgesprochen werden, also wiederholte ich sie, kaum dass die Flasche wieder weggenommen wurde, zur Sicherheit noch einmal lautlos. Ich spürte, wie die Berührungen des Mannes ungeduldiger wurden, und lächelte bei der letzten Silbe.

Wieder ließ ein Schwall Magie mich erschauern. Er fuhr mir direkt von den Fußsohlen bis in die Schädeldecke und diesmal schrie ich auf.

Das Licht wurde etwas schwächer, diffuser, grauer. Das Universum schien sich zusammenzuziehen. Es hatte begonnen.

Uriel murmelte etwas an meinem Ohr, lobte mich, dass ich so schön brav war, bezog meine wimmernden und gestöhnten Laute auf sich und seine aufdringlichen Finger und übte schließlich Druck auf meine Schultern aus, bis ich in den Knien einknickte.

Als er meine Hüften berührte und mich an sich zog, begann ich leise, Zeile um Zeile, den Bann zu murmeln. Ein Sturm toste durch meine Zellen. Es wurde merklich kühler und vom Meer stieg eine feuchte Wand aus Nebel auf. Sie kam wie eine Woge auf uns zu, bis um uns herum statt der scharfen Kontraste des Mondlichts ein diffuses Grau herrschte. Ich hatte Mächte angerufen, die ich nur mit Glück händeln konnte.

Harte, trockene Grasbüschel und kleine Steine bohrten sich in meine Knie und Hände. Bei allen Najaden, ich würde es tatsächlich tun, ich würde mich freiwillig von diesem Tier besteigen lassen! Das war etwas mehr, als nur seinen kleinen Finger zu berühren, aber dafür hatte ich alle Zeit der Welt, um den Bann zu sprechen, denn während Uriel sich in mich trieb, wäre er für alles andere blind und taub.

Magie rauschte mir mit jedem Wort heftiger durch die Adern – kribbelnd, heiß, drängend. Ich hantierte schließlich mit einem Todesbann, was hatte ich erwartet? Ich flüsterte weitere Zeilen des Bannes und konzentrierte mich auf die korrekte Aussprache der Worte und sonst nichts – nicht auf die Hand, die mich niederdrückte, bis meine Stirn den harten Boden berührte, nicht auf Uriels Erektion, die sich durch seine Hose an meinen Hintern drückte.

Er hielt mich nieder, krallte sich in meinen Nacken und ließ seine freie Hand über meinen Körper gleiten. Gut für den Bann, gut für mich – denn sein gieriges Gefummel verschaffte mir Zeit. Wort für Wort wob ich ein Gefängnis für die Dunkelheit, aus der Uriel bestand.

»Brav, Liebste, so ist es richtig.« Uriels leise, vor Erregung vibrierende Stimme ließ mich schaudern, doch ich blieb, wie ich war, und bot ihm das, was er sehen wollte: die unterworfene Nixe.

Die folgende Zeile des Banns trieb mir Schweißperlen auf die Stirn, die nächsten Silben sorgten dafür, dass ich abermals aufkeuchte. Es war fast vollbracht.

Als er schließlich hinter mir erstarrte, sich seine Finger grob in mein Fleisch bohrten und er plötzlich ganz stillhielt, wusste ich, dass die Lähmung des Bannes einsetzte. Der Nebel rückte näher und legte sich über uns wie ein Leichentuch.

Das Keuchen meines Albtraums verriet mir, dass sein Verstand es noch nicht mitbekommen hatte, dass er nicht auf seinen ersehnten Erguss zusteuerte, sondern auf sein Ende. Ich spürte ein boshaftes Kichern in mir aufsteigen und schluckte es herunter.

Schließlich krallte er sich in meine Hüften und bewegte sich ansonsten keinen Millimeter mehr. Ich krabbelte von ihm weg und stöhnte angewidert, als er auf mich zu kippte und mich halb unter sich begrub. Erstaunlich gelassen schob ich ihn zur Seite.

»Du bist …«, röchelte Uriel und starrte mich verständnislos an. Seine Augen irrten umher, als bemerke er erst jetzt den dichten Nebel, dessen feine Wassertröpfchen sich auf mir festsetzten und mich fast schon liebevoll kühlten. »Du …«

»Magie«, erklärte ich knapp. Er hatte mir so viel genommen. Er war böse, durch und durch. Hatte er jemals etwas getan, das nicht aus egoistischen Motiven geschah? Ich wusste es nicht.

Ich wünschte, dass er in seinem nächsten Leben erfahren würde, wie furchtbar es war, einem Stärkeren auf Gedeih und Verderb ausgeliefert zu sein. Hilflos eingesperrt. Ich wünschte, die Welt könnte sehen, wie hässlich er in seinem Inneren wirklich war! Doch ich würde ihn töten. Wieder einmal. Diese widerliche Kröte.

Plötzlich musste ich kichern. Der Druck, der sich in mir aufgebaut hatte, suchte sich seinen Weg und ich lachte, bis mir Tränen über das Gesicht liefen und ich nur noch schluchzte.

Meine Stimme war eine Mischung aus Krächzen und Heulen, als ich die letzten Zeilen, die ich mir eingeprägt hatte, in die graue Nacht hinausschrie. Ich rief damit dunkle Mächte und Dämonen an, sich die Reste seiner Seele zu holen und sie auf immer zu verwahren.

Uriel sah mich die ganze Zeit an, als realisiere er im letzten Moment, dass ich mich ihm aus lauter Kalkül hatte hingeben wollen, und dass nicht sein, sondern mein Plan letztlich aufgegangen war. Dafür war das Intermezzo mit ihm nur ein kleines Opfer gewesen. Es hatte seinen Zweck voll und ganz erfüllt.

Die Worte der Schlusssequenz perlten leise über meine Lippen. Wie im Zeitraffer beobachtete ich, wie der Nebel vor meinen Augen zerfloss, bis eine heulende Windböe die restlichen grauen Fetzen davonpustete, die an den Gesteinsformationen festhingen. Über mir konnte ich die Sterne erkennen – dann brauste ein Orkan der Stärke zwölf durch meinen Kopf und ließ die Welt um mich herum schwarz werden.

Der Nachtmahr

Mit einem zaghaften Blinzeln öffnete ich die Augen, starrte den Mond an und lauschte auf den Wind, der sich deutlich beruhigt hatte, seit ich sämtliche Dämonen, Naturgeister und sonstige Wesen angerufen hatte, um Uriel zu töten. Der Bann hatte Kraft gekostet und alles in allem fühlte ich mich, als sei ich von mächtigen Wellen zwischen Felsen umhergeschleudert worden.

Matt drehte ich den Kopf und konnte ihn nirgends entdecken. Er musste zu Asche zerfallen sein – vielleicht gab er wenigstens brauchbaren Dünger ab.

Ich wartete darauf, dass ich irgendetwas anderes außer der bleiernen Schwere spüren würde, vielleicht Ekel, Scham oder Wut – doch da war nichts. Fühlte ich mich erleichtert? War ich zufrieden? Freute ich mich nicht ein klitzekleines bisschen? Ja, irgendwo in meinem Herzen entbrannte ein winziger Funken Triumph. Ich hatte mich meinem Albtraum gestellt – und ihn besiegt.

Dann jedoch tauchte in meinen trägen Gedanken ein Paar grüne Augen auf. Wie elektrisiert setzte ich mich auf. *Ben.* Ich musste ihn finden. Ich kam auf die Beine, als mich fast zeitgleich meine Begleiter auf der Anhöhe erreichten.

»Wir haben«, keuchte Tilly und hielt sich die Seiten, »wir haben darauf gewartet, bis sich der magische Sturm gelegt hat, und sind sofort zu dir –« Ihre Augen wurden riesig. »Was bei allen Dämonen ist *das* denn?« Mit offenem Mund sah sie an mir vorbei.

Bitte keine entstellte Leiche, schickte ich ein Stoßgebet an alle, die mich hören konnten, drehte mich um – und erblickte die hässlichste

Gestalt, die mir je untergekommen war. Etwas starrte mich aus leuchtend blauen Augen an.

»Bei allen Göttern, was zum …?«, entfuhr es mir entsetzt.

Das Vieh fixierte mich und ich glotzte genauso dumm zurück. Es hatte einen warzigen, krötenartigen schwarzen Körper, ebensolche Gliedmaßen, die in glänzenden, kurzen Krallen endeten. Ich schluckte. Der Kopf war platt und breit und erinnerte mich mit seinen Kiemenbüscheln an ein riesiges Axolotl. Seltsam menschliche, runde Augen saßen etwas schräg nahe am Maul und musterten mich.

»Die geborene Hexe bist du nicht gerade«, flüsterte Lia perplex und trat zu mir.

Ungläubig starrte ich das Wesen an. Ich hatte mit einem Häufchen Asche, schlimmstenfalls mit einer schwarzhaarigen Leiche gerechnet, aber ganz sicher nicht mit so etwas. Ich hatte ihn töten, vom Erdball tilgen wollen!

Das Warzentier quakte vorwurfsvoll. Obwohl das Letzte, was ich wollte, das Empfinden von Mitleid war, durchzuckte mich genau das. Ich hatte eine Kreatur erschaffen. Dabei hatte ich den Bann korrekt und fehlerfrei aufgesagt und hatte fest an seinen Tod gedacht! Und dann …

Verdammt. Ich hatte mir zwar gewünscht, ihn ein für alle Mal zu vernichten, aber im selben Gedanken, dass sein hässliches Inneres sichtbar würde. Genau das war geschehen, dabei hatte die Hexe es mir wirklich eindringlich gepredigt. *Die Magie sieht in dein Herz*, hatte sie gesagt. Und das hatte die Magie wohl auch getan. Ich zweifelte an meinem Verstand. Vielleicht war ich letzten Endes verrückt geworden?

»Ist das wirklich … Uriel?«

Ich nickte perplex. Er war nicht tot – er war gewandelt.

»Wir sperren ihn ein. Also dieses Ding.« Lia schüttelte unablässig den Kopf. Und auch ich hatte für den Moment nichts zu sagen. Zum einen hatte ich bis eben nicht geglaubt, dass dunkle Magie tatsächlich Materie verwandeln konnte, zum anderen hockte der Mann, den ich wie nichts sonst auf diesem Planeten verabscheute, als schwarze, blauäugige Kröte vor mir und gab seltsame Laute von sich. Ein hysterisches Kichern mogelte sich über meine Lippen. »Versteht er … Kann er uns …?«, fragte ich irritiert.

Das Vieh grunzte.

»Ja, ich denke … Uriel ist da drinnen. Er versteht jedes Wort.« In der Stimme von Bens Mutter schwang ungläubiges Erstaunen mit.

Ich konnte nicht mehr. Mein Lachen klang selbst in meinen Ohren vollkommen überdreht, aber ich konnte nicht anders.

»Er ist eine hässliche Kröte? Er ist da drinnen gefangen?«

Ich schnappte nach Luft und wich dem schwerfälligen Hopsen der Uriel-Kröte aus.

»Bringen wir ihn jetzt um?«, wollte Lia wissen.

Tarun ließ sein Tigergebiss aufblitzen. »Och ja, bitte!«

Ich musterte Uriel. Er blickte reglos zurück. War da wirklich ein lebendiger, verständiger Geist drinnen?

»Verstehst du mich?«

Der schwarze Klops quakte beleidigt.

»Dann hör mir gut zu, Widerling!« Ich ging in die Hocke. »Ja, du wohnst in meinem Kopf, seit damals. Aber in meinem Kopf gibt es eine Zweiunddreißig-Zimmer-Villa. Und du bist längst vom Speisesaal in die Besenkammer umgezogen.«

Als ich das unförmige Häufchen Elend betrachtete, musste ich schon wieder kichern. Vielleicht hätte ich angesichts der Situation Allmachtsfantasien haben sollen, doch ich konnte nicht aufhören zu kichern. Nach ein paar betont ruhigen Atemzügen bekam ich es dann hin.

»Vielleicht erkennst du eines Tages, wie gemein du gewesen bist. Und bis dahin«, knurrte ich und deutete mit dem Finger auf den verwunschenen Prinzen, »bis dahin gehörst du mir! Ich lege dir ein hübsches Halsband an und wenn du artig bist, darfst du ab und zu ins Wasser.« Ich hatte nicht gewusst, dass Kröten so fies dreinblicken konnten. »Ich hab's dir gesagt – wenn du mich mit Gewalt zwingst, dir zu Willen zu sein, finde ich einen Weg, um dir den Rest deines Lebens zur Hölle zu machen. Auch ich halte mich an meine Versprechen.«

Endlich löste sich etwas in mir. Je länger ich meinen gewandelten Albtraum ansah, desto tiefer begriff ein Teil von mir, dass ich endlich die Kontrolle über ihn übernommen hatte.

»Ich denke, er ist ein Nachtmahr.« Bens Mutter sah mich ernst an. »Ein starkes magisches Wesen. Sie entstehen durch Wünsche und Träume. Deine Angst, deine Furcht, deine Erinnerungen – all das hat das Wesen genährt. Er hatte keine Helfer, er hatte nur dich. Und je mehr Energie du auf ihn verschwendet hast, desto stärker ist er geworden, bis er seine endgültige stoffliche Gestalt annehmen konnte – Uriels Gestalt. Es ist Uriel – aber er ist es auch wieder nicht. Er handelt, denkt und fühlt wie er, aber es ist nicht mehr sein Körper gewesen.«

Ich nickte versonnen. »Ja, so etwas in der Art hat er angedeutet. Und ich habe ihn wirklich wieder ins Leben zurückgerufen? Durch Träume und Gedanken?«

»Und durch starke Wünsche und Befürchtungen, ja.«

Ich schluckte unruhig. »Er ist entstanden, als ich bei Uriel ... zu Gast war. Und seit damals ...«

»Begleitet er dich«, vollendete Bens Mutter meinen Satz.

»Er müsste doch längst verwest sein!«

»Der Nachtmahr war schon eigenständig genug, um in Uriels toten Körper zu schlüpfen und zu warten, nehme ich an. Er hat ihn auf gewisse Weise am Leben erhalten, um seine Pläne zu verwirklichen, sobald er stark genug war.«

»Habe ich ihn dann auch gestaltet?«

Bens Mutter schüttelte den Kopf. »Nein. Das ist eine typische Nachtmahrgestalt. Und seine menschliche Form hat sich an dem orientiert, was vorhanden war. Aber es sind eitle Wesen. Sie optimieren ihre Hüllen gern.«

Daher also diese vor Farben vibrierende, makellose Hülle, die mich gleichermaßen fasziniert wie abgestoßen hatte. Seltsame Wesen waren das.

Ich ließ das Gehörte ein paar Atemzüge sacken. »Wie kann ich es ... ihn töten?«

»Nachtmahre sterben nicht. Du kannst sie nur aushungern, bis sie klein und handlich sind.«

»Ich war gerade so weit, nicht mehr jede Nacht von alldem zu träumen«, gab ich zu. »Und nun ...«

»Das ist die Natur eines Nachtmahrs. Er gibt sich zufrieden, von der Energie zu leben, die du des Nachts erträumst. Meistens ziehen diese Wesen sich irgendwann zurück und suchen sich ein neues Opfer. Du, Leena, hast den Nachtmahr jedoch so stark gemacht, dass er mehr wollte, immer mehr. Er wird dich wieder und wieder besucht haben, um dir alles zu rauben, was du ihm geben konntest.«

Da war was dran. Ich schauderte, als ich mir vorstellte, wie der Nachtmahr auf meiner Bettkante gesessen haben mochte.

»Wenn ich also nicht mehr von ihm ... vom Unheil träume, stirbt das Ding dann?«

»Ich weiß es nicht. Aber sieh dir an, was du dem Nachtmahr mithilfe des Bannes und der Tatsache, dass du ihm hier leibhaftig begegnet bist, an Energie hast abziehen können. Von einem Menschen zu einer fußballgroßen Kröte? Das ist schon ein beachtlicher Sprung.« Bens Mutter lachte auf. »Hätte ich geahnt, dass du so stark bist ... Meiner Einschätzung und Erfahrung nach wird der Nachtmahr einfach immer weiter an Substanz verlieren, bis er eines Tages die Größe einer Kaulquappe hat. Also überleg dir, was du mit der Kreatur anfangen willst.«

»Einsperren!«, empfahl Tilly.

»Einen Weg finden, es zu töten!«, kam von Lia.

»Später«, entschied ich.

Über das Warzentier konnte ich mir immer noch Gedanken machen – so wie es aussah, war ich ohnehin mit ihm verknüpft. Und je eher ich Ben wiederfand, desto schneller konnte ich den kleinen schwarzen Klops aushungern.

»Ben. Wir müssen ihn finden.« Ich sah Bens Mutter fest an. »Ich *werde* ihn finden. Lebendig.« Zumindest hoffte ich das.

Ich holte tief Luft und zwang mich zur Ruhe. Nur so konnte ich mich an die Hinweise erinnern, die Uriel mir gegeben hatte.

»Er hat gesagt, Ben sei in einem feuchten Raum, der niemals hell wird, und in dem es Licht gibt, das lebt. Und er kann nicht heraus, ohne getötet zu werden. Und Uriel sagte, seine Zeit liefe ab.« Ich legte die Stirn in Falten und starrte das hässliche Krötenvieh finster an. »Wo ist er?«, schrie ich es schließlich an, als es dümmlich zurückglotzte und leise quakte. »Hüpf dort hin, los!«

Das Röcheln der Kröte interpretierte ich als hämisches Lachen und für einen wahnsinnigen Augenblick wünschte ich mir eine Axt, um dieser elendigen Kreatur den Rest zu geben. Vermutlich wäre sie dann in anderer Form zurückgekehrt – oder gar wieder gewachsen.

»Lasst uns mal nachdenken«, murmelte ich halblaut. »Kalte, dunkle Räume ohne Licht gibt es Tausende. Vielleicht fällt von irgendwo Licht herein, wenigstens ein bisschen?«

»Nein, er sagte, kein Tageslicht.«
»Dann brennt eine Glühbirne?«
»Nein, *lebendiges Licht* oder so ähnlich.«
»Also keine leuchtende Wandfarbe ... Fluoreszierende Pilze!«

Ich sah Tarun erstaunt an. »Ja, das könnte sein! Ein altes Gemäuer, dessen Wände mit solch einem Zeug bewachsen sind.« Das Vieh quakte und ich warf ihm einen finsteren Blick zu. Es wollte einfach nur stören. »Aber was ist mit dem Ausgang? Was tötet einen Menschen, wenn er versucht, aus etwas auszubrechen?«

»Selbstschussanlagen! Giftpfeile!«

»Feuer!«

Meine Mitstreiter rieten fleißig mit, selbst Bens Mutter hatte die Stirn in Falten gelegt und schnippte schließlich mit den Fingern. »Wasser!« Plötzlich schien sie ganz aufgeregt. »Eine Barriere aus Wasser! Das würde passen!«

Zu gut – und dann ahnte ich plötzlich, wo Ben war.

»Er ist in einer Höhle. In einer, die ausschließlich vom Wasser aus zugänglich ist. Gibt es so was hier?«

Bens Mutter nickte matt und vervollständigte leise meine Überlegungen: »Dort kommt niemals Tageslicht hin, Flechten oder Algen könnten an den Wänden wachsen und wenn der Zugang lang genug ist, kann kein Mensch ohne Sauerstoffgerät hindurchtauchen.«

Ich schluckte trocken. Höhlen. Ausgerechnet diese finsteren, lichtlosen Orte, an die ich keine guten Erinnerungen hatte.

»Und mit der auflaufenden Flut wird sich bestimmt die eine oder andere Grotte mit Wasser füllen. Deshalb läuft seine Zeit ab.« Ich fluchte leise und sah zu den Klippen hin. »Wie sollen wir ihn finden? Da unten gibt es bestimmt hundert solcher Grotten!«

»Und bis zum Hochwasser haben wir nicht einmal mehr zwei Stunden Zeit«, fügte Lia hinzu und sah mich fest an. »Ich kann es schaffen, ihn zu finden. Du aber wirst mit dem Wandlungsbann belegt, wenn herauskommt, dass du im Meer geschwommen bist. Also komm nicht auf die Idee –«

»Oh doch.«

Lia stieß einen leisen Schrei aus. »Aber der Wandlungsbann! Du weißt, wie schnell das geht!«

Natürlich wusste ich das. Bei Poseidon, ich wusste es nur zu gut, allein deshalb hatte ich mich seit zwei Jahren immer wieder selbst beinahe trockengelegt, bloß weil der Fluch mich hätte treffen können.

»Ich muss es aber tun«, gab ich nüchtern von mir. »Ich werde ihn finden, dort unten in den Höhlen.«

Das erste Mal in meinem Leben ergaben meine Fähigkeiten einen Sinn. Ich hatte notgedrungen meine Sinne trainiert, um die Signaturen möglicher Feinde frühestmöglich zu erkennen. Selbst im Leitungswasser hatte ich ab und an Spuren von fremden Wassermenschen ausmachen können. Seen und Teiche hatte ich nach Möglichkeit zuvor sorgsam geprüft. Und nun würde ich einen Menschen suchen, einen vollkommen durchschnittlichen, wunderbaren Mann, der keine Signatur wie wir Wasserwesen besaß. Mein Herz musste mich leiten.

»Wenn wir zu zweit sind, geht es schneller. Los.«

Ich sah den Protest auf Lias Gesicht, doch sie schluckte ihn tapfer herunter. Für Diskussionen hatten wir keine Zeit. Die Gezeiten ließen sich nicht auf später verschieben.

Flut

»Passt auf ihn auf. Lasst ihn nicht davonhüpfen!« Ich atmete tief durch. »Tilly, Tarun, seht zu, dass ihr ein Boot organisiert bekommt. Ich weiß nicht, in welchem Zustand wir Ben finden. Vielleicht muss er schnell ins Krankenhaus gebracht werden und weder Lia noch ich können ihn die Felsen heraufschleppen.«

»Wasserflüsterin, schaffst du das alles?«, wollte Tilly leise wissen.

Ich straffte die Schultern. »Ich kenne jeden Leberfleck, jede Narbe, seinen Geruch und seinen Geschmack. Den Rest macht mein Herz.«

Tilly umarmte mich ungestüm, Tarun kämpfte mit seiner Tigergestalt und sah mich traurig aus seinen goldenen Augen an.

»Pass auf dich auf, Fischchen!«, grollte es aus seiner Kehle und ich nickte knapp. Es gab nicht mehr viel zu sagen.

»Willst du ein letztes Mal mit mir schwimmen, Schwesterherz?«, wandte ich mich an Lia und nickte auffordernd zu den Klippen hin.

Sie sah mich entsetzt an, dann atmete auch sie tief durch und nickte tapfer. »Irgendjemand muss deinen blonden Zottel ja im Notfall wieder an Land bringen, richtig?«

Ich lächelte. »Wenn ich die Liebe meines Lebens nicht retten kann, musst du es tun. Für mich.«

»Das wirst du schön selbst erledigen!«, widersprach Lia, streckte die Hand nach mir aus und ich ergriff ihre.

»Ein letztes Mal?«, flüsterte ich, doch Lia schüttelte den Kopf.

»Noch unzählige Male!«, korrigierte sie mich. Diese Optimistin.

Wir suchten uns einen Weg die Klippen hinunter und kletterten und sprangen behände über die spitzen Felsen. Wellen brachen einige Meter unter uns. Immer wieder sprühte Gischt zu uns herauf.

»Die Wellen werden uns zerschmettern«, stellte ich nüchtern fest.

»Du musst die ersten Meter mit aller Kraft losschnellen«, gab Lia gelassen zurück. Sie hatte gut reden, immerhin war sie eine Nixe, die gut im Schwimmtraining war. »Die Wellen sind längst nicht so hart, wie sie aussehen, und der Sog wird dich von ganz allein von den Felsen wegziehen«, versuchte sie mich aufzumuntern, als sie meinen zweifelnden Blick sah. »Allerdings werden wir springen müssen.« Sie kletterte ein Stück weiter runter, dann war sie an einer Abbruchkante angekommen, an der der Fels steil zum Wasser abfiel. »Zwanzig Meter?«, schätzte sie und fluchte. »Ich habe Höhenangst, wusstest du das?«

Ich schüttelte den Kopf. Zwanzig Meter waren nicht ohne. Eine Böe konnte uns gegen die Steinwand wehen, das Wasser konnte hart wie ein Brett sein … »Wird schon schiefgehen.«

In Windeseile wurden wir unsere Klamotten los.

»Fang jetzt schon mit der Wandlung an, Leena.«

Lia schüttelte ihre Arme und ließ ihre Flossen vom Wind ausklappen. Ich war verblüfft, wie unglaublich schnell sie war – und wie träge ich dagegen wirken musste.

»Sekunde«, murmelte ich und konzentrierte mich auf meine Nymphensinne. Sie reagierten erstaunlich schnell und als Lia meine Hand packte, mit einem energischen Nicken zur Felskante deutete, rannten wir los und sprangen.

Wir kamen unfallfrei im Wasser an. Die Wellen jedoch nahmen keine Rücksicht auf uns. Anders als sonst, wenn ich lange nicht mehr geschwommen war, fiel es mir diesmal glücklicherweise relativ leicht, in meine Wassergestalt zu finden, immerhin hatte ich sie an meinem Geburtstag benutzt. Meine Flossen entfalteten sich majestätisch, meine Lunge überließ ohne zu murren ihre Arbeit den Kiemen. Dann tat ich das, was meine Schwester mir geraten hatte – ich schwamm mit aller Kraft von den Felsen weg und tauchte tiefer hinab, um den Verwirbelungen zu entgehen.

Schließlich entdeckte ich Lia ein paar Meter weiter und schwamm auf sie zu. Ihr Anblick ließ mich staunen. Erst als ich sie sah, wie grazil und pfeilschnell sie durchs Wasser schoss, sich in kleinen Pirouetten um mich herum drehte und mich anstrahlte, wurde mir klar, dass ich immer ein klitzekleines bisschen hinter geborenen Wassernymphen hinterherhinken würde. Sie war atemberaubend schön. Goldene und grünblaue Schuppen bedeckten ihren schlanken Körper und ihre Flossen schimmerten kupferfarben wie ihr Haar. Sie war schon in ihrer menschlichen Gestalt etwas größer und zierlicher als ich, doch in ihrem Element schien sie mich um Längen zu überstrahlen – und ich fühlte nicht einmal Bedauern.

»Sieh dich nur an, Lia, du bist …«

»Der schnellste Fisch im Teich!«, blubberte sie selbstbewusst und schwamm voraus.

Für ein paar Minuten genoss ich das kalte Kribbeln des Salzwassers in meinen Kiemen, spürte, wie der Ozean die letzten Spuren Uriels von mir wusch, und summte erleichtert. Jetzt brauchte ich nur noch Ben.

Wir tauchten am Fuße der mächtigen Granitfelsen tiefer hinab, die sich an dieser schmalen Stelle etliche Meter unter Wasser fortsetzten, bis sie im Kontinentalschelf ausliefen.

»Hier beginnen die Höhlen«, murmelte Lia und hielt inne. »Leena, was glaubst du – und ich will dich mit dieser Frage bestimmt nicht ärgern: Lebt Ben noch?«

Ich sah sie empört an, doch auf ihrem Gesicht, das in diesen Tiefen für mich grünlich schimmerte, lag nur eine ruhige Ernsthaftigkeit.

»Ja, er lebt.« Es musste einfach so sein. Außerdem hatte Uriel damit gerechnet, mit mir zu ihm zurückzukehren, um dann eine wie auch immer geartete Show abzuziehen. Ben musste einfach noch am Leben sein.

»Dann wird er ihn nicht in die ganz tief liegenden Höhlen gebracht haben«, überlegte Lia laut, »sonst hätte sein Körper dem Wasserdruck längst nicht mehr standgehalten. Und wenn die Höhle sich bei Flut mit Wasser füllt, bleibt ein recht schmaler Streifen … Komm!«

Sie schien plötzlich aufgeregt, als habe sie eine geniale Idee gehabt. Immerhin eine von uns dachte strategisch.

Staunend folgte ich ihr, beobachtete, wie sie vor jedem Loch verharrte, das groß genug aussah, um einen Menschen hindurchzuziehen, und eine kurze Folge an Tönen ausstieß. Mir wurde ein wenig übel von der Frequenz, aber ich blieb tapfer. Wieder und wieder schüttelte sie den Kopf, brummte »Nicht tief genug«, »Zu klein« und dergleichen, bis sie schließlich in einen Felsspalt hineintauchte, dessen Wände erst weit über unseren Köpfen in einem Spitzbogen zusammenfanden. Das letzte Drittel lag über Wasser. An ihm brach sich tosend die Brandung.

Lia wirkte plötzlich ganz aufgeregt. Ich folgte ihr in die Dunkelheit hinein und musste statt auf meine Augen auf mein Seitenlinienorgan vertrauen. Das Wirbeln des Wassers viele Meter über uns war hier in Form von Strömungen zu spüren, die unsere Körper umflossen.

»Bleib hinter mir!«, wies Lia mich an und ich gehorchte, ohne zu fragen. Was das Orten von Gegenständen mittels Schallwellen betraf, war meine kleine Schwester mir einfach haushoch überlegen. »Könnte ein bisschen unangenehm werden«, hörte ich, ehe Lia das Wasser zum Beben brachte.

Ihre hochfrequenten Töne rammten mich wie ein übermütiger Orca und ließen mich für ein paar Atemzüge orientierungslos im Wasser herumirren. Mein ganzer Körper fühlte sich taub an und kurz glaubte ich, bewusstlos zu werden.

»Die könnte es sein, Leena!« Lia hatte mich am Arm gepackt und tastete sich zu meinem Gesicht hoch. »Arme empfindliche Menschenschwester!«, flachste sie, strich mir liebevoll über den Kopf, bis ich mich wieder gefangen hatte, und zupfte ungeduldig an meiner Hand. »Komm schon, diese Höhle könnte es sein!«

»Dann sollte ich wohl mal die Signaturen prüfen, was?«, gab ich nuschelnd von mir. *Reiß dich zusammen*, ermahnte ich mich und holte tief Luft. Signaturen waren wie Düfte, wie ein spezieller Geschmack, wie ein charakteristischer Ton. Es war ein Zusammenspiel an Informationen, die ein einziges Lebewesen hervorrufen konnte. Ich hatte bisher noch nie versucht, so etwas bei einem Menschen zu erspüren.

Mit tiefen Zügen sog ich das Wasser ein, roch, schmeckte und lauschte auf die entsprechenden Hinweise, doch bis auf Lia konnte ich nichts und niemanden wahrnehmen.

Und dann ... war da etwas.

Ein feiner Geschmack nach Zimt, eine Ahnung von Sandelholz, die flüchtige Idee von Ben. »Er ist hier!«, flüsterte ich dumpf und Lia und ich schwammen los. Ich kam mir etwas unbeholfen mit meinem Klicksonar vor, aber ich fand meinen Weg. Trotz dieser absoluten Finsternis konnte ich Felsen erahnen, sah die schlanke Gestalt meiner Schwester vor mir, entdeckte ein paar lichtscheue Krebse und schließlich – war die Höhle zu Ende.

Ich schnalzte mit der Zunge und klickte die Wand an. Hier gab es kein Weiterkommen. Es sei denn … Ich deutete nach oben und Lia ließ sofort ein paar Töne los und nickte.

»Über uns ist ein recht großer Raum«, flüsterte sie und überließ mir kommentarlos den Vortritt.

Ich schwamm nach oben, wurde von einer Strömung gegen die Wand gedrückt und verlor ein paar Schuppen an der Hüfte, doch ich arbeitete mich weiter voran, zwängte mich durch einen letzten Trichter, tauchte wieder ein Stückchen abwärts und schob und drückte mich in eine weitere Höhle. Algen und kleine Schnecken überwucherten Teile der Felsen.

Kaum zwei Schwimmzüge später durchbrach ich die Wasseroberfläche und konnte das laute Sausen und Gluckern, das das Einfließen des Wassers verkündete, unheilbringend in meinen Ohren tosen hören.

In dieser Höhle herrschte ein seltsam unwirkliches Licht – Menschen hätten es vermutlich gerade noch wahrgenommen. Für meine Nixenaugen hingegen schimmerten die kantigen Wände türkis. Von irgendwoher glaubte ich, einen Luftzug wahrnehmen zu können, und das hieß immerhin, dass es hier Sauerstoff gab. Aber selbst der würde einem Menschen nichts nützen, wenn die Höhle erst einmal vollgelaufen war.

»Ben?«, rief ich leise, dann noch mal lauter. Ich schnalzte und klickte und schwamm weiter in die Höhle hinein, bis ich ein großes Bündel ausmachen konnte, das auf einem schmalen Felsvorsprung abgelegt worden war. Von dort war es bis zur Decke kaum mehr ein guter Meter. »Ben!«

Das Bündel zuckte und ich bekam es tatsächlich mit der Angst zu tun. Ben schien zu leben, das war schon einmal gut. Doch ich wusste nicht, was mich erwartete. Uriel war sicher nicht zimperlich gewesen. Wenn schon wir, die für das Leben unter Wasser gemacht waren, Schwierigkeiten mit dem Zugang zu der Höhle gehabt hatten –

wie mochte es einem Menschen ergangen sein, der im Vergleich zu uns steif wie ein Stück Holz war?

»Los jetzt!« Lia schob mich an und endlich kam wieder Bewegung in mich.

»Ben!«, rief ich und ächzte vor Erleichterung darüber, dass er atmete. Ich tastete ihn mit fliegenden Fingern ab. Ihm schien nichts Größeres zu fehlen – allerdings zitterte er erbärmlich. Seine Zähne schlugen laut aufeinander. Für einen Menschen war es hier eindeutig zu kalt. Er lag schließlich schon seit Stunden hier. »Ben? Sag was! Ich bin es, Leena!«

Das Stöhnen war Antwort genug. Er kam wieder zu Bewusstsein und im matten Licht der schwach schimmernden Wände konnte ich erahnen, dass er blinzelte. Seine linke Gesichtshälfte wirkte etwas angeschwollen.

»Meine ... kleine ... Meerjungfrau!«, ächzte er benommen.

»Deine Meerfrau!«, korrigierte ich ihn schniefend. Das war damals ein dummer Running Gag zwischen uns gewesen und auch jetzt verzog sich sein Gesicht zu einem schwachen Lächeln.

»Mir ist so kalt«, flüsterte er und ich glaubte es ihm gern – Menschen waren da wesentlich empfindlicher als wir Nixen.

»Ich weiß, Ben, aber es wird gleich noch viel unangenehmer werden. Du musst aus dieser Höhle raus. Und der einzige Weg nach draußen führt durchs Wasser.«

»Oh.« Seine Augen konnten mich nicht erfassen und ich wünschte mir, dass ich an Leuchtstäbe gedacht hätte. Andererseits konnte er die Gefahr, in der er schwebte, so erst gar nicht sehen. Das Tosen und Gluckern nahm allmählich zu.

»Leena, wir müssen uns beeilen!« Lia war neben mir aufgetaucht. »Hi, Ben. Wie geht es dir?«

»Ganz ... gut?«, antwortete er verwirrt und suchte in der Dunkelheit nach der Quelle der zweiten Stimme.

»Je länger du im Wasser bleibst, desto stärker wird deine Signatur. Und der Königssitz ist nicht weit, also bitte ...«

»Du hast recht.«

Lia und ich sahen uns an. Jetzt auf die letzten Meter mit dem Wandlungsbann belegt zu werden, wäre eine Katastrophe.

Hast du Durst?, schoss mir Uriels leise Stimme ohne Vorwarnung durch den Kopf und ich erstarrte.

»Ja, Lebensdurst!«, sprach ich mir selbst laut Mut zu. Das hatte schon gegen die schwer greifbare Dunkelheit in meinem Kopf geholfen, als ich im Regen auf dem Dach gestanden hatte. Ich verdrängte die störenden Gedanken und wandte mich bewusst wieder Ben zu. »Vertraust du mir?«, fragte ich ihn und konnte sein verwirrtes Nicken erahnen, bevor er leise mit »Ja« antwortete. »Dann wirst du jetzt mit mir und Lia ins Wasser hinabsteigen. Es wird kalt sein und es wird starke Strömungen geben, aber ich werde dich mit Sauerstoff versorgen. Ich verspreche es.«

Er zitterte und ich konnte ihm die Angst ansehen. Vermutlich wusste er nicht genau, wie sein Gefängnis aussah, doch etwas in ihm schien zu ahnen, dass es ihn töten würde, wenn er untätig blieb.

»Ich liebe dich!«, teilte ich ihm eindringlich mit. »Ich lasse dich nicht sterben.«

Ich trug die Verantwortung für sein Leben, dafür, dass seine Lunge sich mit Sauerstoff füllte. Fest umschlungen zog ich ihn mit mir, presste alle paar Sekunden meine Lippen auf seine und gab ihm etwas von dem lebenswichtigen Gas. Mit meinen Kiemen konnte ich mehr Sauerstoff filtern, als meine Lunge es gekonnt hätte. Im Moment war ich heilfroh drum.

Bens eher massiger Körper hatte keine Chance gegen die Strömungen, die dank des auflaufenden Wassers an unzähligen Stellen auftraten, die ich auf dem Hinweg nicht bemerkt hatte. Sosehr er auch versuchte, gegen die Strömungen zu halten und es mir leichter zu machen, so sinnlos waren seine Bemühungen. Ich stemmte mich mit aller Kraft gegen einen Sog, der mich immer und immer wieder in die Höhle zurückdrückte. Immerhin wollte das Wasser hinein – und wir hinaus.

Schließlich zogen und zerrten Lia und ich gemeinsam an Ben, schlugen mit kräftigen Beinflossen gegen die Strömung an, schoben ihn durch Engpässe und endlich, endlich schwammen wir durch eine schmale, gewundene Röhre nach unten und landeten dort, wo unsere Suche vor … wann auch immer … beinahe ihr Ende gefunden hatte. Erleichtert versorgte ich Ben mit Sauerstoff. Er zitterte. Ihm musste unsagbar kalt sein und ich wünschte, ich würde ihn mit irgendetwas wärmen können.

Wir hatten noch ein gutes Stück zu überwinden – bestimmt zwanzig Meter gegen die Flut. Dann ein Stück unter der Brandung wegtauchen plus weitere Meter, bis wir vielleicht irgendwo auf ein Boot mit den anderen treffen würden. Doch zögern half nicht – wenn wir warteten, würde Ben nach und nach weiter auskühlen. Von dem Bann, der mir drohte, ganz zu schweigen.

Schließlich schwamm ich mit aller Kraft, die ich aufbringen konnte, stemmte mich gegen den Sog der Flut, zog meine Energie aus der Wut, die mich schon so lange begleitete, und erzwang Meter um Meter. Ich würde es schaffen.

Viele Meter von den Felsen entfernt tauchten wir auf, schaukelten in den sich aufbäumenden Wellen und hielten Bens Kopf über Wasser. Er atmete zwar, aber die Kälte setzte ihm furchtbar zu. Er würde das Bewusstsein verlieren und ich gab alles, zog ihn wieder unter Wasser, da wir hier einfach besser vorankamen.

Minuten später vernahmen wir Motorengeräusche und ich wollte vor Erleichterung heulen. Ich hatte es tatsächlich geschafft. *Wir* hatten es tatsächlich geschafft!

Lia und ich tauchten auf, winkten – und dank der ersten Sonnenstrahlen, die sich über den Horizont tasteten, fanden sie uns schließlich. Wir hievten Ben mit Taruns Hilfe ins Boot. Lia zog sich geschmeidig an der Reling hinauf und platschte mit ihren Flossen im Wasser herum.

»Beeil dich!«, drängte sie mich.

Ich gab mir ja Mühe, doch aus meiner Haut konnte ich nun mal nicht. Konzentriert unterband ich die Tätigkeit der Kiemen und zwang meine Lunge, ihre Arbeit wieder aufzunehmen. Die Stoffe in meinem Blut, die meinen Körper widerstandsfähiger gegen Wasserdruck und Kälte machten, schwanden allmählich. Meine Flossen wurden schlaffer und verloren ihre Spannung. Ich war müde, aber zufrieden.

Zuversichtlich packte ich das Seil an der Reling, um mich hochzuziehen, da brannte sich etwas durch meinen Rücken, die Wirbelsäule hoch und breitete sich rasend schnell in meinem Körper aus.

»Nein!«, wisperte ich. Das war nicht fair! Das war so … »Nein!«, brüllte ich immer lauter und schleuderte all meinen Widerwillen, meine

Wut und meinen Schmerz diesen unsichtbaren Schlingen entgegen, die unter meine Haut krochen, um mich so lange zwischen den Welten zu halten, bis ich zur Vollstreckung meines Urteils eingesammelt werden würde. Ich kämpfte einen ungleichen Kampf, wehrte mich im Geiste, während mein Körper erstarrte. Er wurde schwer wie ein Stein und ich sank ein Stück zurück ins Wasser, bevor mich kräftige Hände packten und hochrissen.

Tarun schüttelte mich, bevor Lia sich dazwischendrängte. »Leena!«, wisperte sie, dann brüllte sie an jemand anderen gewandt: »Fahr los! Fahr doch!«, und fuhr fort, mir über das Haar zu streichen.

»Bei allen Najaden, die haben mir einen Wandlungsbann auf den Leib gejagt!«, ächzte ich und lag schwer atmend in dem kleinen Boot auf dem Rücken. Ich konnte meine Stimme kaum hören, doch irgendetwas Verständliches musste ich hervorgebracht haben, denn Lia nickte heftig.

»Sie haben es tatsächlich getan!«, wimmerte sie entsetzt. »Sie haben den Bann ausgesprochen. Diese rechthaberischen, überheblichen nassen Wesen!«

Bens Mutter kniete sich an meiner anderen Seite nieder. Das Licht der aufgehenden Sonne ließ ihr blasses Gesicht golden schimmern. »Dieser Wandlungsbann besteht durch und durch aus harter Magie. Selbst ich habe ihn gespürt.« Sie schnippte mit ihren Fingern vor meinem Gesicht herum. »Wackle mit den Füßen, dann ball die Hände zu Fäusten«, gab sie mir leise Anweisungen.

Darauf vertrauend, dass sie schon irgendwie wissen würde, was sie tat, gehorchte ich. Ich musste nacheinander die Beine anheben, an meine Nase tippen und die Augen auf und zu klappen. Bens Mutter wirkte zufrieden mit mir.

»Wie fühlst du dich?«

Was für eine Frage! Als ich in mich hineinlauschte, fiel die Bestandsaufnahme jedoch gar nicht so übel aus. Mir war kalt – obwohl ich als Nixe eher selten fror –, ich konnte normal atmen ... »Ich bin ein Mensch!«, rief ich erstaunt aus. So schnell hatte die Wandlung noch nie bei mir geklappt. Dafür war ich unendlich müde.

»Oh ja, das bist du.« Lia griff wieder nach meiner Hand und wischte sich mit dem Arm über das Gesicht. Trotzdem liefen ihr Tränen wie

Bäche über die Wangen. »Vielleicht bist du doch eine Hexe«, mutmaßte sie und heulte und grinste zugleich.

»Irgendwie bist du ihn losgeworden«, stellte Bens Mutter fest. »Du bist stark, Leena. Stärker, als du selbst wusstest und als ich es geahnt habe.« Ich drehte meinen Kopf ein Stück weit zu ihr. Schwindel überkam mich. »Du hast einen dunklen Bann gebrochen, mit deinem bloßen Willen.« Sie blickte auf, als es in einer Kiste im Heck dumpf rumpelte, als wolle da etwas – oder jemand – dringend wieder hinaus. »Du hast schon den Bann gegen Uriel hervorragend umgesetzt.«

»Hast du etwa … daran gezweifelt?«, schnaubte ich und fühlte mich augenblicklich alles andere als stark.

»Oh, nun …« Sie rettete sich in ein etwas gequält wirkendes Lächeln. »Der Bann ist nur so stark wie die Hexe, die ihn verwendet.« Sie sah mich prüfend an. »Du musstest deinem Schmerz erst sehr nahekommen – und als du genau das zugelassen hast, erwuchs in dir Stärke ungeahnten Ausmaßes und der finstere Bann entfaltete seine Wirkung. Habe ich recht?«

Ich schluckte nervös. Uriel hatte ich tatsächlich sehr nah an mich herangelassen. So nah, dass ich auf die Knie gesunken war und … »Ja«, gab ich erstaunt zu. »Ab da ging es erstaunlich schnell. Zwei Bannzeilen später rührte er sich schon nicht mehr.«

»Und genau dieser starke Wille hat dich den Wandlungsbann brechen lassen. Respekt.«

Für einen Moment schloss ich erschöpft die Augen und ließ ihre Worte sacken. Ich hatte mich tatsächlich einem äußerst hinterhältigen Bann entzogen, dadurch, dass ich einfach mein Leben leben und mit Ben zusammen sein wollte? Das klang unglaublich und doch lag es mir immer noch auf der Zunge, dieses *Nein*, das ich den unsichtbaren Fangarmen, die mich festhalten und lähmen wollten, entgegengeschleudert hatte.

»Weißt du, wie wir Erdhexen die Wasserleute nennen, die dunkle Magie weben können?«

Ich öffnete die Augen und schüttelte schwach den Kopf.

»Nebelnixen.« Sie sah mich vergnügt an. »Denn wann immer ein nasses Wesen wie du dunkle Banne webt, tritt ein dichter Seenebel auf, der sich rasend schnell ausbreitet und den Sterblichen die Sicht nimmt. Genau das bist du, Leena. Eine starke Nebelnixe, die ihren Nachtmahr bezwungen hat.«

Zum ersten Mal in meinem Leben wurde ein echtes Talent in mir erkannt.

»Wirklich?«, flüsterte ich ungläubig. Ich war sprachlos und schluckte hart, als Bens Mutter mir liebevoll über die Wange strich.

»Jeder hat etwas, in dem er oder sie besonders gut ist. Hast du dir nie Gedanken darum gemacht, was es bei dir sein könnte?«

Ich schüttelte zaghaft den Kopf. All die Jahre hatte ich immer nur zu hören bekommen, für was meine Fähigkeiten nicht ausreichten. Tatsächlich hatte ich nie darüber nachgedacht, ob ich ein Talent haben könnte – geschweige denn, dass mir die Idee gekommen wäre, es mit dunkler Magie zu probieren.

»Du hast mir meinen Sohn zurückgebracht«, flüsterte Bens Mutter. »Ich danke dir.« Sie nickte zu der in Decken gewickelten Gestalt im Bug des Bootes. »Und genau dort solltest du jetzt sein.«

Kaum einen Wimpernschlag später hatte Tarun mich hochgehoben und neben Ben abgelegt, der an der Bordwand lehnte und mich aus schweren Augen fragend ansah.

»Hallo, Hexensohn«, wisperte ich zärtlich. Mit seinen bläulichen Lippen und der schneeweißen Haut sah er verfroren aus, doch er würde wieder werden.

»Meerestochter!« Ihm fielen die Augen halb zu. »Du hast dein Leben für mich riskiert?«, fragte er leise.

»Nein«, widersprach ich, »für uns.«

Vielleicht würde es Zeit brauchen, bis wir wieder dort anknüpfen konnten, wo wir zwangsweise aufgehört hatten. Aber wir würden es tun, denn das, was vor so vielen Monaten zwischen uns entstanden war, war noch da.

»Dein Kuss hat mir wie versprochen Glück und Reichtum gebracht«, flüsterte Ben. Vor Müdigkeit und Schwäche sackte sein Kopf immer wieder zur Seite, bis er den Kampf verlor und einschlief.

Die Morgenröte tauchte uns alle und die ganze Welt in Rosa und Orange. Zufrieden umklammerte ich Bens Hand und beobachtete ein paar Möwen, die über uns hinwegzogen.

Erdblut, Geliebte, Spielzeug, Verstoßene. Und nun eine Nebelnixe. Eine Nixe, die Dinge aus eigener Kraft bewirken konnte. Das gefiel mir. Magier waren unter uns Nixen so selten, dass sie fast schon als Legenden galten. Mystisch, gefürchtet, sagenumwoben. Ich stellte mir mich als finstere Seehexe vor und musste grinsen.

Für ein paar Atemzüge wusste ich nicht, woher dieses seltsam leichte, kribbelige Gefühl in mir stammte. Es fühlte sich an wie Aufregung, ein wenig wie Wahnsinn, vielleicht mit einer Spur Freude gemischt. Oder alles zusammen. Schließlich dämmerte es mir: Ich fühlte mich um so vielen Ballast erleichtert, den ich jahrelang mit mir herumgeschleppt hatte. Ich hatte mich von meinen finstersten Ängsten befreit, hatte mich ihnen gestellt und sie so geformt, dass ich sie beherrschen konnte. Das war ungemein beruhigend und als ich an dieses hässliche, unfreiwillig komische Krötenvieh dachte, schlich sich ein triumphierendes Lächeln auf meine Lippen. Allein dafür hatte es sich gelohnt. Und für so vieles mehr.

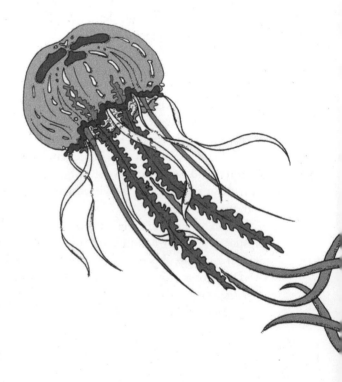

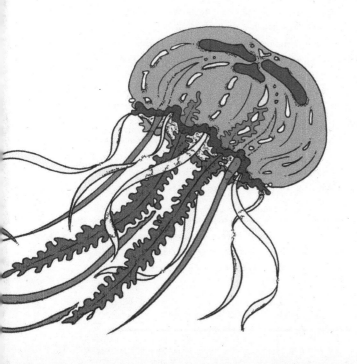

Du brauchst Lesenachschub und hast Entscheidungsschwierigkeiten, möchtest dich überraschen lassen oder wünschst Empfehlungen? Da können wir helfen! Wir stellen für dich ganz individuell gepackte Buchpakete zusammen – unsere

Drachenpost

Du wählst, wie groß dein Paket sein soll, wir sorgen für den Rest.

Du sagst uns, welche Bücher du schon hast oder kennst und zu welchem Anlass es sein soll.
Bekommst du es zum Geburtstag #birthday
oder schenkst du es jemandem? #withlove
Belohnst du dich selber damit #mytime
oder hast du dir eine Aufmunterung verdient? #savemyday
Je mehr wir wissen, umso passender können wir dein Drachenmond-Care-Paket schnüren. Du wirst nicht nur Bücher und Drachenmondstaubglitzer vorfinden, sondern auch Beigaben, die deine Seele streicheln. Was genau das sein wird, bleibt unser Geheimnis …

Die Wahrscheinlichkeit ist groß,
dass sich das ein oder andere signierte Exemplar in deiner Box befinden wird. :)

Wir liefern die Box in einer Umverpackung, damit der schöne Karton heil bei dir ankommt und als Geschenk nicht schon verrät, worum es sich handelt.

Lisan bringt das kleinste Drachenpaket zu dir, wobei *klein* bei Drachen ja relativ ist. € 49,90
Djiwar schleppt dir in ihren Klauen einen seitenstarken Gruß aus der Drachenhöhle bis vor die Tür. € 74,90
Xorjum hütet dein Paket wie seinen persönlichen Schatz und sorgt dafür, dass es heil bei dir ankommt – und wenn er sich den Weg freibrennt! € 99,90

Zu bestellen unter www.drachenmond.de